OEUVRES

COMPLETES

DE

VOLTAIRE.

HENRY IV.

OEUVRES

COMPLETES

DE

VOLTAIRE.

TOME DIXIEME.

DE L'IMPRIMERIE DE LA SOCIÉTÉ LITTÉRAIRE-
TYPOGRAPHIQUE.

1785.

LA

HENRIADE,

POEME.

PREFACE

DE LA HENRIADE,

PAR LE ROI DE PRUSSE.

LE poëme de la Henriade est connu de toute l'Europe. Les éditions multipliées qui s'en font faites l'ont répandu chez toutes les nations qui ont des livres, & qui font assez policées pour avoir quelque goût pour les lettres.

M. de *Voltaire*, peut-être l'unique auteur qui préfère la perfection de fon art aux intérêts de fon amour-propre, ne s'est point laffé de corriger fes fautes ; & depuis la première édition où la Henriade parut fous le titre du *Poëme de la ligue*, jufqu'à celle qu'on donne aujourd'hui au public, l'auteur s'est toujours élevé, d'efforts en efforts, jufqu'à ce point de perfection que les grands génies & les maîtres de l'art ont ordinairement mieux dans l'idée, qu'il ne leur est poffible d'y atteindre.

L'édition qu'on donne à préfent au public est confidérablement augmentée par l'auteur : c'est une marque évidente que la fécondité de fon génie est comme une fource intariffable, & qu'on peut toujours s'attendre, fans fe tromper, à des beautés nouvelles & à quelque chofe de

A 2

parfait d'une aussi excellente plume que l'est celle de M. de *Voltaire*.

Les difficultés que ce prince de la poësie française a trouvées à surmonter, lorsqu'il composa ce poëme épique, sont innombrables. Il avait contre lui les préjugés de toute l'Europe, & ceux de sa propre nation, qui était du sentiment que l'épopée ne réussirait jamais en français ; il avait devant lui le triste exemple de ses précurseurs, qui avaient tous bronché dans cette pénible carrière; il avait encore à combattre ce respect superstitieux du peuple savant pour *Virgile* & pour *Homère*, & plus que tout cela, une santé faible & délicate, qui aurait mis tout autre homme, moins sensible que lui à la gloire de sa nation, hors d'état de travailler. C'est néanmoins, malgré ces obstacles, que M. de *Voltaire* est venu à bout d'exécuter son dessein, quoiqu'aux dépens de sa fortune & souvent de son repos.

Un génie aussi vaste, un esprit aussi sublime, un homme aussi laborieux que l'est M. de *Voltaire*, se ferait ouvert le chemin aux emplois les plus illustres, s'il avait voulu sortir de la sphère des sciences qu'il cultive, pour se vouer à ces affaires que l'intérêt & l'ambition des hommes ont coutume d'appeler de solides occupations : mais il a préféré de suivre l'impulsion irrésistible de son génie pour ces arts & pour ces sciences, aux avantages que la fortune aurait été forcée de lui accorder ; auffi a-t-il fait des progrès qui répondent parfaitement à fon attente. Il fait autant d'honneur aux fciences que les fciences lui en font : on ne le connaît dans la Henriade qu'en qualité de poëte ; mais il eft philofophe profond, & fage hiftorien en même temps.

Les fciences & les arts font comme de vaftes pays, qu'il nous eft prefque auffi impoffible de fubjuguer tous qu'il l'a été à *Céfar*, ou bien à *Alexandre*, de conquérir le monde entier : il faut beaucoup de talens & beaucoup d'application pour s'affujettir quelque petit terrain ; auffi la plupart des hommes ne marchent-ils qu'à pas de tortue dans la conquête de ce pays. Il en a été cependant des fciences comme des empires du monde, qu'une infinité de petits fouverains fe font partagés ; & ces petits fouverains réunis ont compofé ce qu'on appelle des académies : & comme dans ces gouvernemens ariftocratiques il s'eft fouvent trouvé des hommes nés avec une intelligence fupérieure, qui fe font élevés au-deffus des autres ; de même les fiècles éclairés ont produit des hommes qui ont uni en eux les fciences qui devaient donner une occupation fuffifante à quarante têtes penfantes. Ce que les *Leibnitz*, ce que les *Fontenelle* ont été de leur temps, M. de *Voltaire* l'eft aujourd'hui ; il n'y a aucune fcience qui n'entre dans la fphère

A 3

de fon activité ; & depuis la géométrie la plus fublime jufqu'à la poëfie, tout eft foumis à la force de fon génie.

Malgré une vingtaine de fciences qui partagent M. de *Voltaire*, malgré fes fréquentes infirmités, & malgré les chagrins que lui donnent d'indignes envieux, il a conduit fa Henriade à un point de maturité où je ne fache pas qu'aucun poëme foit jamais parvenu.

On trouve toute la fageffe imaginable dans la conduite de la Henriade. L'auteur a profité des défauts qu'on a reprochés à *Homère* : fes chants & l'action ont peu ou point de liaifon les uns avec les autres, ce qui leur a mérité le nom de rapfodies. Dans la Henriade on trouve une liaifon intime entre tous les chants ; ce n'eft qu'un même fujet divifé par l'ordre des temps en dix actions principales. Le dénouement de la Henriade eft naturel : c'eft la converfion de HENRI IV & fon entrée à Paris, qui met fin aux guerres civiles des ligueurs qui troublaient la France ; & en cela le poëte français eft infiniment fupérieur au poëte latin, qui ne termine pas fon Enéide d'une manière auffi intéreffante qu'il l'avait commencée : ce ne font plus alors que les étincelles du beau feu que le lecteur admirait dans le commencement de ce poëme ; on dirait que *Virgile* en a compofé les premiers chants dans la fleur de fa jeuneffe, &

qu'il a compofé les derniers dans cet âge où l'imagination mourante, & le feu de l'efprit à moitié éteint, ne permet plus aux guerriers d'être héros, ni aux poëtes d'écrire.

Si le poëte français imite en quelques endroits *Homére* & *Virgile*, c'eft pourtant toujours une imitation qui tient de l'original, & dans laquelle on voit que le jugement du poëte français eft infiniment fupérieur à celui du poëte grec. Comparez la defcente d'*Ulyſſe* aux enfers avec le feptième chant de la Henriade, vous verrez que ce dernier eft enrichi d'une infinité de beautés que M. de *Voltaire* ne doit qu'à lui-même.

La feule idée d'attribuer au rêve de HENRI IV ce qu'il voit dans le ciel, dans les enfers, & ce qui lui eft pronoftiqué au temple du Deftin, vaut feule toute l'Iliade ; car le rêve de HENRI IV ramène tout ce qui lui arrive aux règles de la vraifemblance, au lieu que le voyage d'*Ulyſſe* aux enfers eft dépourvu de tous les agrémens qui auraient pu donner l'air de vérité à l'ingénieufe fiction d'*Homére*.

De plus, tous les épifodes de la Henriade font placés dans leur lieu : l'art eft fi bien caché par l'auteur, qu'il eft difficile de l'apercevoir ; tout y paraît naturel, & l'on dirait que ces fruits qu'a produits la fécondité de fon imagination, & qui embelliffent tous les endroits de ce poëme, n'y font que par néceffité. Vous n'y trouvez

A 4

point de ces petits détails où fe noient tant d'auteurs, à qui la féchereffe & l'enflure tiennent lieu de génie. M. de *Voltaire* s'applique à décrire d'une manière touchante les fujets pathétiques ; il fait le grand art de toucher le cœur : tels font ces endroits touchans, comme la mort de *Coligny*, l'affaffinat de *Valois*, le combat du jeune d'*Ailly*, le congé de HENRI IV de la belle *Gabrielle d'Eftrées*, & la mort du brave d'*Aumale* ; on fe fent ému à chaque fois qu'on en fait la lecture : en un mot l'auteur ne s'arrête qu'aux endroits intéreffans, & il paffe légèrement fur ceux qui ne feraient que groffir fon poëme ; il n'y a ni du trop ni du trop peu dans la Henriade.

Le merveilleux que l'auteur a employé ne peut choquer aucun lecteur fenfé ; tout y eft ramené au vraifemblable par le fyftème de la religion ; tant la poëfie & l'éloquence favent l'art de rendre refpectables des objets qui ne le font guère par eux-mêmes, & de fournir des preuves de crédibilité capables de féduire.

Toutes les allégories qu'on trouve dans ce poëme font nouvelles ; il y a la Politique qui habite au Vatican, le temple de l'Amour, la vraie Religion, les Vertus, la Difcorde, les Vices ; tout eft animé par le pinceau de M. de *Voltaire* ; ce font autant de tableaux qui furpaffent, au jugement des connaiffeurs, tout ce qu'a produit le crayon habile du *Carache* & du *Pouffin*.

Il me refte à préfent à parler de la poëfie du
ftyle, de cette partie qui caractérife proprement
le poëte. Jamais la langue françaife n'eut autant
de force que dans la Henriade : on y trouve
par-tout de la nobleffe ; l'auteur s'élève avec
un feu infini jufqu'au fublime, & il ne s'abaiffe
qu'avec grâce & dignité : quelle vivacité dans
les peintures , quelle force dans les caractères
& dans les defcriptions, & quelle nobleffe dans
les détails ! Le combat du jeune *Turenne* doit
faire en tout temps l'admiration des lecteurs ;
c'eft dans cette peinture de coups portés, parés,
reçus & rendus , que M. de *Voltaire* a trouvé
principalement des obftacles dans le génie de
fa langue ; il s'en eft cependant tiré avec toute
la gloire poffible. Il tranfporte le lecteur fur le
champ de bataille, & il vous femble plutôt voir
un combat qu'en lire la defcription en vers.

Quant à la faine morale, quant à la beauté
des fentimens , on trouve dans ce poëme tout
ce qu'on peut défirer. La valeur prudente de
HENRI IV, jointe à fa générofité & à fon humanité , devraient fervir d'exemple à tous les rois
& à tous les héros qui fe piquent quelquefois
mal-à-propos de dureté & de brutalité envers
ceux que le deftin des Etats ou le fort de la
guerre a foumis à leur puiffance ; qu'il leur
foit dit en paffant que ce n'eft point dans
l'inflexibilité ni dans la tyrannie que confifte

la vraie grandeur, mais bien dans ces fentimens
que l'auteur exprime avec tant de noblelle.

> Amitié, don du ciel, plaifir des grandes ames,
> Amitié que les rois, ces illuftres ingrats,
> Sont affez malheureux pour ne connaître pas.

Le caractère de *Philippe de Mornay* peut aufli
être compté parmi les chefs-d'œuvre de la
Henriade; ce caractère eft tout nouveau. Un
philofophe guerrier, un foldat humain, un
courtifan vrai & fans flatterie; un affemblage
de vertus aufli rare doit mériter nos fuffrages;
aufli l'auteur y a-t-il puifé comme dans une
riche fource de fentimens. Que j'aime à voir
Philippe de Mornay, ce fidelle & ftoïque ami, à
côté de fon jeune & vaillant maître, repouffer
par-tout la mort, & ne la donner jamais! Cette
fageffe philofophique eft bien éloignée des mœurs
de notre fiècle; & il eft à déplorer, pour le bien
de l'humanité, qu'un caractère aufli beau que
celui de ce fage ne foit qu'un être de raifon.

D'ailleurs la Henriade ne refpire que l'humanité: cette vertu fi néceffaire aux princes,
ou plutôt leur unique vertu, eft relevée par
M. de *Voltaire*; il montre un roi victorieux qui
pardonne aux vaincus; il conduit ce héros aux
murs de Paris, où, au lieu de faccager cette
ville rebelle, il fournit les alimens néceffaires
à la vie de fes habitans défolés par la famine

la plus cruelle ; mais d'un autre côté il dépeint, des couleurs les plus vives, l'affreux maſſacre de la St Barthelemi, & la cruauté inouïe avec laquelle *Charles IX* hâtait lui-même la mort de ſes malheureux ſujets calviniſtes.

La ſombre politique de *Philippe II*, les artifices & les intrigues de *Sixte-Quint*, l'indolence léthargique de *Valois*, & les faibleſſes que l'amour fit commettre à HENRI IV, ſont eſtimées à leur juſte valeur. M. de *Voltaire* accompagne tous ſes récits de réflexions courtes mais excellentes, qui ne peuvent que former le jugement de la jeuneſſe, & donner des vertus & des vices les idées qu'on en doit avoir. On trouve de toute part dans ce poëme, que l'auteur recommande aux peuples la fidélité pour leurs lois & pour leurs ſouverains. Il a immortaliſé le nom du préſident de *Harlay*, dont la fidélité inviolable pour ſon maître méritait une pareille récompenſe ; il en fait autant pour les conſeillers *Briſſon*, *Larcher*, *Tardif*, qui furent mis à mort par les faĉtieux ; ce qui fournit la réflexion ſuivante de l'auteur :

Vos noms toujours fameux vivront dans la mémoire ;
Et qui meurt pour ſon roi, meurt toujours avec gloire.

Le diſcours de *Potier* aux faĉtieux eſt auſſi beau par la juſteſſe des ſentimens que par la force de l'éloquence. L'auteur fait parler un

grave magiſtrat dans l'aſſemblée de la ligue ; il
s'oppoſe courageuſement au deſſein des rebelles,
qui voulaient élire un roi d'entre eux : il les
renvoie à la domination légitime de leur ſouverain, à laquelle ils voulaient ſe ſouſtraire ; il
condamne toutes les vertus des *Guiſes*, en tant
que vertus militaires, puiſqu'elles devenaient
criminelles dès-là qu'ils en feſaient uſage contre
leur roi & leur patrie. Mais tout ce que je
pourrais dire de ce diſcours ne ſaurait en approcher ; il faut le lire avec attention. Je ne prétends
qu'en faire remarquer les beautés à ceux des
lecteurs auxquels elles pourraient échapper.

Je paſſe à la guerre de religion qui fait le
ſujet de la Henriade. L'auteur a dû expoſer
naturellement les abus que les ſuperſtitieux &
les fanatiques ont coutume de faire de la religion ;
car on a remarqué que, par je ne ſais quelle
fatalité, ces ſortes de guerres ont toujours été
plus ſanguinaires que celles que l'ambition des
princes ou l'indocilité des ſujets ont ſuſcitées ;
& comme le fanatiſme & la ſuperſtition ont été
de tout temps les reſſorts de la politique déteſtable des grands & des eccléſiaſtiques, il fallait
néceſſairement y oppoſer une digue. L'auteur
a employé tout le feu de ſon imagination, &
tout ce qu'ont pu l'éloquence & la poëſie, pour
mettre devant les yeux de ce ſiècle les folies de
nos ancêtres, afin de nous en préſerver à jamais.

Il voudrait purifier les *camps & les soldats* des argumens pointilleux & subtils de l'école, pour les renvoyer au peuple pédant des scolastiques ; il voudrait désarmer à perpétuité les hommes du glaive saint qu'ils prennent sur l'autel, & dont ils égorgent impitoyablement leurs frères : en un mot, le bien & le repos de la société fait le principal but de ce poëme, & c'est pourquoi l'auteur avertit si souvent d'éviter dans cette route l'écueil dangereux du fanatisme & du faux zèle.

Il paraît cependant, pour le bien de l'humanité, que la mode des guerres de religion est finie, & ce serait assurément une folie de moins dans le monde ; mais j'ose dire que nous en sommes en partie redevables à l'esprit philosophique, qui prend depuis quelques années beaucoup le dessus en Europe. Plus on est éclairé, moins on est superstitieux. Le siècle où vivait HENRI IV était bien différent ; l'ignorance monacale, qui surpassait toute imagination, & la barbarie des hommes, qui ne connaissaient pour toute occupation que d'aller à la chasse & de s'entre-tuer, donnaient de l'accès aux erreurs les plus palpables. *Catherine de Médicis* & les princes factieux pouvaient donc alors abuser d'autant plus facilement de la crédulité des peuples, puisque ces peuples étaient grossiers, aveugles & ignorans.

Les siècles polis qui ont vu fleurir les sciences, n'ont point d'exemples à nous présenter de guerres de religion, ni de guerres séditieuses. Dans les beaux temps de l'empire romain, je veux dire vers la fin du règne d'*Auguste*, tout l'empire, qui composait presque les deux tiers du monde, était tranquille & sans agitation; les hommes abandonnaient les intérêts de la religion à ceux dont l'emploi était d'y vaquer, & ils préféraient le repos, les plaisirs & l'étude, à l'ambitieuse rage de s'égorger les uns les autres, soit pour des mots, soit pour l'intérêt, ou pour une funeste gloire.

Le siècle de *Louis le grand*, qui peut-être égale sans flatterie celui d'*Auguste*, nous fournit de même un exemple d'un règne heureux & tranquille pour l'intérieur du royaume, mais qui malheureusement fut troublé vers la fin par l'ascendant que le père *le Tellier* prenait sur l'esprit de *Louis XIV*, qui commençait à baisser; mais c'est la faute proprement d'un particulier, & l'on n'en saurait charger ce siècle, d'ailleurs si fécond en grands-hommes, que par une injustice manifeste.

Les sciences ont ainsi toujours contribué à humaniser les hommes, en les rendant plus doux, plus justes, & moins portés aux violences; elles ont pour le moins autant de part que les lois au bien de la société & au bonheur des peuples. Cette façon de penfer aimable & douce fe communique infenfiblement de ceux qui cultivent les arts & les fciences au public & au vulgaire ; elle paffe de la cour à la ville , & de la ville à la province ; on voit alors avec évidence que la nature ne nous forma point affurément pour que nous nous exterminions dans ce monde , mais pour que nous nous affiftions dans nos communs befoins ; que le malheur , les infirmités & la mort nous pourfuivent fans ceffe , & que c'eft une démence extrême de multiplier les caufes de nos mifères & de notre deftruction. On reconnaît , indépendamment de la différence des conditions , l'égalité que la nature a mife entre nous , la néceffité qu'il y a de vivre unis & en paix , de quelque nation & de quelque opinion que nous foyons ; que l'amitié & la compaffion font des devoirs univerfels : en un mot , la réflexion corrige en nous tous les défauts du tempérament.

Tel eft le véritable ufage des fciences , & voilà par conféquent la règle de l'obligation que nous devons avoir à ceux qui les cultivent & qui tâchent d'en fixer l'ufage parmi nous. M. de *Voltaire* , qui embraffe toutes ces fciences , m'a toujours paru mériter une part à la gratitude du public , & d'autant plus qu'il ne vit & ne travaille que pour le bien de l'humanité. Cette réflexion , jointe à l'envie que j'ai eue toute ma vie de rendre hommage à la vérité, m'a déterminé à procurer au public cette édition, que j'ai rendue aussi digne qu'il me l'a été possible de M. de *Voltaire* & de ses lecteurs.

En un mot, il m'a paru que donner des marques d'estime à cet admirable auteur était en quelque façon honorer notre siècle, & que du moins la postérité se redirait d'âge en âge que si notre siècle a porté des grands-hommes, il en a reconnu toute l'excellence, & que l'envie ni les cabales n'ont pu opprimer ceux que leur mérite & leurs talens distinguaient du vulgaire & même des grands-hommes.

PREFACE

PREFACE

POUR LA HENRIADE,

PAR M. MARMONTEL.

On ne fe laffe point de réimprimer les ouvrages que le public ne fe laffe point de relire, & le public relit toujours avec un nouveau plaifir ceux qui, comme la Henriade, ayant d'abord mérité fon eftime, ne ceffent de fe perfectionner fous les mains de leurs auteurs.

Ce poëme, fi différent dans fa naiffance de ce qu'il eft aujourd'hui, parut pour la première fois en 1723 imprimé à Londres fous le titre de *la Ligue*. M. de *Voltaire* ne put donner fes foins à cette édition ; auffi eft-elle remplie de fautes, de tranfpofitions, & de lacunes confidérables.

L'abbé *Desfontaines* en donna peu de temps après une édition à Evreux, auffi imparfaite que la première, avec cette différence qu'il gliffa dans les vides quelques vers de fa façon, tels que ceux-ci, où il eft aifé de reconnaître un tel écrivain :

Et malgré les Perraults, & malgré les Houdarts,
L'on verra le bon goût naître de toutes parts.

Chant VI de fon édition.

La Henriade. B

En 1726 on en fit une édition à Londres, fous le titre de *la Henriade*, *in-4°*, avec des figures ; elle eft dédiée à la reine d'Angleterre : & pour ne rien laiffer à défirer dans cette édition, j'ai cru devoir inférer dans ma préface cette épître dédicatoire. On fait que dans ce genre d'écrire M. de *Voltaire* a pris une route qui lui eft propre. Les gens de goût, qui s'épargnent ordinairement la lecture des fades éloges que même nos plus grands auteurs n'ont pu fe difpenfer de prodiguer à leurs *Mécènes*, lifent avidement & avec fruit les épîtres dédica- toires d'Alzire, de Zaïre, &c. Celle-ci eft dans le même goût ; on y reconnaît un philofophe judicieux & poli, qui fait louer les rois, même fans les flatter. Il n'écrivit cette épître qu'en anglais.

TO THE QUEEN.

MADAM,

IT is the fate of HENRY the fourth to be protected by an english queen. He was affifted by that great *Elifabeth*, who was in her age the glory of her fex. By whom can his memory be fo well protected, as by her who refembles fo much *Elifabeth* in her per- fonal virtues ?

YOUR MAJESTY will find in this book bold impar- tial truths ; morality unftained with fuperftition ;

a fpirit of liberty , equally abhorrent of rebellion and of tyranny; the rights of kings always afferted, and thofe of mankind never laid afide. The fame fpirit in which it is written gave me the confidence to offer it to the virtuous confort of a king , who , among fo many crowned heads , enjoys , almoft alone , the ineftimable honour of ruling a free nation , a king who makes his power confift in being beloved , and his glory in being juft.

Our *Defcartes*, who was the greateft philofopher in Europe , before fir *Ifaac Newton* appeared , dedicated his Principles to the celebrated princefs Palatine *Elifabeth* , not , faid he , becaufe she whas a princefs ; for true philofophers refpect princes , and never flatter them ; but becaufe of all his readers she underftood him the beft , and loved truth the moft.

I beg leave , MADAM , (without comparing myfelf to *Defcartes*) to dedicate the Henriade to YOUR MAJESTY, upon the like account , not only as the protectrefs of all arts and fciences , but as the beft judge of them.

I am , with that profound refpect which is due to the greateft virtue , as well as to the higheft rank ;

May it pleafe YOUR MAJESTY ,

YOUR MAJESTY'S

moft humble , moft dutiful , moft obliged fervant ,

VOLTAIRE.

M. l'abbé *Langlet du Frefnoy* nous en a donné la traduction fuivante.

A LA REINE.

MADAME,

C'EST le fort de HENRI IV d'être protégé par une reine d'Angleterre. Il a été appuyé par *Elifabeth*, cette grande princeffe qui était dans fon temps la gloire de fon fexe. A qui fa mémoire pourrait - elle être auffi bien confiée qu'à une princeffe dont les vertus perfonnelles reffemblent tant à celles d'*Elifabeth* ?

VOTRE MAJESTÉ trouvera dans ce livre des vérités bien grandes & bien importantes ; la morale à l'abri de la fuperftition ; l'efprit de liberté, également éloigné de la révolte & de l'oppreffion ; les droits des rois toujours affurés, & ceux du peuple toujours défendus. Le même efprit dans lequel il eft écrit me fait prendre la liberté de l'offrir à la vertueufe époufe d'un roi qui, parmi tant de têtes couronnées, jouit prefque feul de l'honneur, fans prix, de gouverner une nation libre, d'un roi qui fait confifter fon pouvoir à être aimé, & fa gloire à être jufte.

Notre *Defcartes*, le plus grand philofophe de l'Europe, avant que le chevalier *Newton* parût, a dédié fes Principes à la célébre princeffe Palatine *Elifabeth;* non pas, dit-il, parce qu'elle était princeffe ; car les vrais philofophes refpectent les princes & ne les flattent point ; mais parce que de tous fes lecteurs il la regardait comme la plus capable de sentir & d'aimer le vrai.

Permettez-moi, MADAME, (sans me comparer à *Descartes*) de dédier de même la Henriade à VOTRE MAJESTÉ, non-feulement parce qu'elle protége les sciences & les arts, mais encore parce qu'elle en est un excellent juge.

Je suis, avec ce profond respect qui est dû à la plus grande vertu & au plus haut rang, si VOTRE MAJESTÉ veut bien me le permettre,

DE VOTRE MAJESTÉ,

Le très-humble, très-respectueux,
& très-obéissant serviteur,

VOLTAIRE.

Cette édition, qui fut faite par soufcription, a servi de prétexte à mille calomnies contre l'auteur. Il a dédaigné d'y répondre, mais il a remis dans la bibliothèque du roi, c'est-à-dire sous les yeux du public & de la postérité, des preuves authentiques de la conduite généreuse qu'il tint dans cette occasion : je n'en parle qu'après les avoir vues.

Il ferait long & inutile de compter ici toutes les éditions qui ont précédé celle-ci, dans laquelle on les trouvera réunies par le moyen des *variantes*.

En 1736 le roi de Prusse, alors prince royal, avait chargé M. *Algarotti*, qui était à Londres,

d'y faire graver ce poëme avec des vignettes
à chaque page. Ce prince, ami des arts qu'il
daigne cultiver, voulant laiffer aux fiècles à
venir un monument de fon eftime pour les
lettres, & particulièrement pour la Henriade,
daigna en compofer la préface ; & fe mettant
ainfi au rang des auteurs, il apprit au monde
qu'une plume éloquente fied bien dans la main
d'un héros. Récompenfer les beaux-arts eft un
mérite commun à un grand nombre de princes ;
mais les encourager par l'exemple & les éclairer
par d'excellens écrits, en eft un d'autant plus
recommandable dans le roi de Pruffe qu'il eft
plus rare parmi les hommes. La mort du roi
fon père, les guerres furvenues, & le départ
de M. *Algarotti* de Londres, interrompirent ce
projet fi digne de celui qui l'avait conçu.

La Henriade a été traduite en plufieurs
langues ; en vers anglais par M. *Lokman* ; une
partie l'a été en vers italiens par M. *Querini*,
noble vénitien, & une autre en vers latins par
le cardinal de ce nom, bibliothécaire du Vatican, fi connu par fa grande littérature. Ce font
ces deux hommes célébres qui ont traduit le
poëme de Fontenoy. MM. *Ortolani* & *Nenci* ont
auffi traduit plufieurs chants de la Henriade.
Elle l'a été entièrement en vers hollandais &
allemands, & en vers latins par M. *Caux de
Cappeval.*

Cette juſtice, rendue par tant d'étrangers contemporains, ſemble ſuppléer à ce qui manque d'ancienneté à ce poëme ; & puiſqu'il a été généralement approuvé dans un ſiècle qu'on peut appeler celui du goût, il y a apparence qu'il le fera des ſiècles à venir. On pourrait donc, ſans être téméraire, le placer à côté de ceux qui ont le ſceau de l'immortalité. C'eſt ce que ſemble avoir fait M. *Cocchi*, lecteur de Piſe, dans une lettre (*a*) imprimée à la tête de quelques éditions de la Henriade, où il parle du ſujet, du plan, des mœurs, des caractères, du merveilleux, & des principales beautés de ce poëme, en homme de goût & de beaucoup de littérature ; bien différent d'un Français, auteur de feuilles périodiques, qui, plus jaloux qu'éclairé, l'a comparé à la Pharſale. Une telle comparaiſon ſuppoſe dans ſon auteur ou bien peu de lumières ou bien peu d'équité ; car en quoi ſe reſſemblent ces deux poëmes ? Le ſujet de l'un & de l'autre eſt une guerre civile, mais dans la Pharſale *l'audace eſt triomphante & le crime adoré* ; dans la Henriade, au contraire, tout l'avantage eſt du côté de la juſtice. *Lucain* a ſuivi ſcrupuleuſement l'hiſtoire ſans mélange de fiction, au lieu que M. de *Voltaire* a changé l'ordre des temps, tranſporté les faits, & employé le merveilleux. Le ſtyle du premier eſt ſouvent

(*a*) Voyez cette lettre à la ſuite de cette préface.

ampoulé, défaut dont on ne voit pas un feul exemple dans le fecond. *Lucain* a peint fes héros avec de grands traits, il eft vrai ; & il a des coups de pinceau dont on trouve peu d'exemples dans *Virgile* & dans *Homére*. C'eft peut-être en cela que lui reffemble notre poëte. On convient affez que perfonne n'a mieux connu que lui l'art de marquer les caractères : un vers lui fuffit quelquefois pour cela, témoin les fuivans.

Médicis la (*b*) reçut avec indifférence,
Sans paraître jouir du fruit de fa vengeance,
Sans remords, fans plaifirs &c.

Connaiffant les périls, & ne redoutant rien ;
Heureux (*c*) guerrier, grand prince, & mauvais citoyen.

Il (*d*) fe préfente aux Seize, & demande des fers,
Du front dont il aurait condamné ces pervers.

Il (*e*) marche en philofophe où l'honneur le conduit,
Condamne les combats, plaint fon maître, & le fuit.

Mais fi M. de *Voltaire* annonce avec tant d'art fes perfonnages, il les foutient avec beaucoup de fageffe ; & je ne crois pas que dans le cours de fon poëme on trouve un feul vers où quelqu'un d'eux fe démente. *Lucain* au contraire eft plein d'inégalités ; & s'il atteint quelquefois la véritable grandeur, il donne fouvent dans l'enflure. Enfin ce poëte latin, qui a porté à un

(*b*) La tête de *Coligny*, Chant II.   (*d*) *Harlay*, Chant IV.
(*c*) *Guife*, Chant III.   (*e*) *Mornay*, Chant VI.

fi haut point la nobleffe des fentimens, n'eft plus
le même lorfqu'il faut ou peindre ou décrire; &
j'ofe affurer qu'en cette partie notre langue n'a
jamais été fi loin que dans la Henriade.

Il y aurait donc plus de jufteffe à comparer
la Henriade avec l'Enéide. On pourrait mettre
dans la balance le plan, les mœurs, le merveilleux de ces deux poëmes ; les perfonnages,
comme HENRI IV & ENÉE, *Achates* & *Mornay*,
Sinon & *Clément*, *Turnus* & d'*Aumale* &c ; les
épifodes qui fe répondent, comme le repas des
Troyens fur la côte de Carthage, & celui de
HENRI chez le folitaire de Jerfey ; le maffacre
de la St Barthelemi, & l'incendie de Troye ;
le quatrième chant de l'Enéide, & le neuvième
de la Henriade ; la defcente d'ENÉE aux enfers,
& le fonge de HENRI IV ; l'antre de la Sibylle,
& le facrifice des Seize ; les guerres qu'ont à
foutenir les deux héros, & l'intérêt qu'on prend
à l'un & à l'autre ; la mort d'*Euriale*, & celle du
jeune d'*Ailly* ; les combats finguliers de *Turenne*
contre d'*Aumale*, & d'ENÉE contre *Turnus* ; enfin
le ftyle des deux poëtes, l'art avec lequel ils ont
enchaîné les faits, & leur goût dans le choix des
épifodes, leurs comparaifons, leurs defcriptions.
Et après un tel examen, on pourrait décider
d'après le fentiment.

Les bornes que je fuis obligé de me prefcrire
dans cette préface, ne me permettent pas

d'appuyer fur ce parallèle ; mais je crois qu'il me fuffit de l'indiquer à des lecteurs éclairés & fans prévention.

Les rapports vagues & généraux dont je viens de parler, ont fait dire à quelques critiques que la Henriade manquait du côté de l'invention ; que ne fait-on le même reproche à *Virgile*, au *Taffe* &c? Dans l'Enéide font réunis le plan de l'Odyffée & celui de l'Iliade : dans la Jérufalem délivrée on trouve le plan de l'Iliade exacte-ment fuivi & orné de quelques épifodes tirés de l'Enéide.

Avant *Homère*, *Virgile*, & le *Taffe*, on avait décrit des fiéges, des incendies, des tempêtes ; on avait peint toutes les paffions ; on connaiffait les enfers & les champs Elyfées ; on difait qu'*Orphée*, *Hercule*, *Pirithoüs*, *Ulyffe*, y étaient defcendus pendant leur vie. Enfin ces poëtes n'ont rien dont l'idée générale ne foit ailleurs. Mais ils ont peint les objets avec les couleurs les plus belles : ils les ont modifiés & embellis fuivant le caractère de leur génie & les mœurs de leur temps : ils les ont mis dans leur jour & à leur place. Si ce n'eft pas là créer, c'eft du moins donner aux chofes une nouvelle vie ; & on ne faurait difputer à M. de *Voltaire* la gloire d'avoir excellé dans ce genre de production. Ce n'eft là, dit-on, que de l'invention de détail, & quelques critiques voudraient de la nouveauté dans le tout. On fesait un jour remarquer à un homme de lettres ce beau vers où M. de *Voltaire* exprime le myſtère de l'euchariſtie :

Et lui découvre un DIEU fous un pain qui n'eſt plus.

Oui, dit-il, ce vers eſt beau ; mais, je ne fais, l'idée n'en eſt pas neuve. Malheur, dit M. de *Fénélon*, (ƒ) à qui n'eſt pas ému en lifant ces vers !

(g) *Fortunate fenex, hîc, inter flumina nota*
    Et fontes facros, frigus captabis opacum.

N'aurais-je pas raifon d'adreſſer cette eſpèce d'anathème au critique dont je viens de parler ? J'ofe prédire à tous ceux qui comme lui veulent du neuf, c'eſt-à-dire de l'inouï, qu'on ne les fatisfera jamais qu'aux dépens du bon fens. *Milton* lui-même n'a pas inventé les idées générales de fon poëme, quelque extraordinaires qu'elles foient : il les a puifées dans les poëtes, dans l'écriture fainte. L'idée de fon pont, toute gigantefque qu'elle eſt, n'eſt pas neuve : *Sadi* s'en était fervi avant lui, & l'avait tirée de la théologie des Turcs. Si donc un poëte qui a franchi les limites du monde, & peint des objets hors de la nature, n'a rien dit dont l'idée générale ne foit ailleurs, je crois qu'on doit fe contenter d'être original dans les détails & dans

(ƒ) Lettre à l'académie françaife. (g) *Virgile*, églogue I, v. 51.

l'ordonnance, furtout quand on a affez de génie pour s'élever au-deffus de fes modèles.

Je ne réfuterai pas ici ceux qui ont été affez ennemis de la poëfie pour avancer qu'il peut y avoir des poëmes en profe : ce paradoxe paraît téméraire à tous les gens de bon goût & de bon fens. M. de *Fénélon*, qui avait beaucoup de l'un & de l'autre, n'a jamais donné fon Télémaque que fous le nom des *Aventures de Télémaque*, & jamais fous celui de poëme. C'eft fans contredit le premier de tous les romans; mais il ne peut pas même être mis dans la claffe des derniers poëmes. Je ne dis pas feulement parce que les aventures qu'on y raconte font prefque toutes indépendantes les unes des autres, & parce que le ftyle, tout fleuri & tendre qu'il eft, ferait trop uniforme; je dis parce qu'il n'a pas le nombre, le rythme, la mefure, la rime, les inverfions, en un mot rien de ce qui conftitue cet art fi difficile de la poëfie, art qui n'a pas plus de rapport avec la profe que la mufique n'en a avec le ton ordinaire de la parole.

Il ne me refte plus qu'un mot à dire fur l'orthographe qu'on a fuivie dans cette édition, c'eft celle de l'auteur; il l'a juftifiée lui-même; & puifqu'il n'a contre lui qu'un ufage condamné par ceux mêmes qui le fuivent, il paraît affez inutile de prouver qu'il a eu raifon de s'en écarter; je me contenterai donc, pour faire voir combien cet ufage eft pernicieux à notre poëfie, de citer quelques endroits de nos meilleurs poëtes, où ils ne l'ont que trop fcrupuleufement fuivi.

(h) Attaquons dans leurs murs ces conquérans fi *fiers*;
    Qu'ils tremblent à leur tour pour leurs propres *foyers*.
    Ma colère revient, & je me *reconnois*;
    Immolons en partant trois ingrats à la *fois*,

(i)   Je ne fais que recueillir les *voix*,
    Et dirois vos défauts fi je vous en *favois*.

Il eft fûr qu'une orthographe conforme à la prononciation eût obvié à ces défauts, & que deux poëtes fi exacts & fi heureux dans leurs rimes ne fe font contentés de celles-ci que parce qu'elles fatisfefaient les yeux : ce qui le prouve, c'eft qu'on ne s'eft jamais avifé de faire rimer *Beauvais*, qu'on prononce comme *favois*, avec *voix* qu'on a cru cependant pouvoir rimer avec *favois*.

Dans ces deux vers de *Boileau* :

(k) La difcorde en ces lieux menace de *s'accroître*;
    Demain avant l'aurore un lutrin va *paroître*.

L'on prononce *s'accraître* pour la rime, & cela eft affez ufité. Mme *Deshoulières* dit :

(l)   Puiffe durer, puiffe *croître*
      L'ardeur de mon jeune amant,
      Comme feront fur ce *hêtre*
      Les marques de mon tourment.

(h) Mithridate.   (k) Lutrin, chant II.
(i) Le Flatteur.   (l) Célimène, églogue.

Mais ce qui paraît fingulier, c'eft que *paroître*, en faveur de qui on prononce *s'accraître*, change lui-même fa prononciation en faveur de *cloître*.

(*m*) L'honneur & la vertu n'ofèrent plus *paroître;*
    La piété chercha les déferts & le *cloître.*

Une bizarrerie fi marquée vient de ce qu'on a changé l'ancienne prononciation, fans changer l'orthographe qui la repréfente. La réformation générale d'un tel abus eût été une affaire d'éclat. M. de *Voltaire* n'a porté que les premiers coups ; il a cru judicieufement qu'on devait rimer pour l'oreille & non pour les yeux : en conféquence il a fait rimer *François* avec *fuccès*, &c. Et pour fatisfaire en même temps les oreilles & les yeux, il a écrit *Français*, fubftituant à la diphthongue *oi* la diphthongue *ai*, qui, accompagnée d'une *s*, exprime à la fin des mots le fon de l'*è*, comme dans *bienfaits*, *fouhaits*, &c. M. de *Voltaire* a été d'autant plus autorifé à ce changement d'ortho-graphe, qu'il lui fallait diftinguer dans fon poëme certains mots qui, écrits par-tout ailleurs de la même façon, ont néanmoins une pronon-ciation & une fignification différente : fous le froc de *François*, &c. des courtifans *Français*, &c.

(*m*) *Boileau*, Epître IV.

TRADUCTION

D'une Lettre de M. Antoine Cocchi, lecteur de Pise, à M. Rinuccini, secrétaire d'Etat de Florence, sur la Henriade.

Selon moi, Monsieur, il y a peu d'ouvrages plus beaux que le poëme de la Henriade, que vous avez eu la bonté de me prêter.

J'ose vous dire mon jugement avec d'autant plus d'assurance, que j'ai remarqué qu'ayant lu quelques pages de ce poëme à gens de différente condition & de différent génie, & adonnés à divers genres d'érudition, tout cela n'a point empêché la Henriade de plaire également à tous ; ce qui est la preuve la plus certaine que l'on puisse rapporter de sa perfection réelle.

Les actions chantées dans la Henriade regardent, à la vérité, les Français plus particulièrement que nous ; mais comme elles sont véritables, grandes, simples, fondées sur la justice, & entre-mêlées d'incidens qui frappent, elles excitent l'attention de tout le monde.

Qui est celui qui ne se plairait point à voir une rebellion étouffée, & l'héritier légitime du trône s'y maintenir, en assiégeant sa capitale rebelle, en donnant une sanglante bataille, & en prenant toutes les mesures dans lesquelles la force, la valeur, la prudence & la générosité brillent à l'envi ?

Il est vrai que certaines circonstances historiques
font changées dans le poëme ; mais outre que les
véritables sont notoires & récentes , ces changemens
étant ajustés à la vraisemblance , ne doivent point
embarrasser l'esprit d'un lecteur tant soit peu accoutumé à considérer un poëme comme l'imitation du
possible & de l'ordinaire , liés ensemble par des fictions
ingénieuses.

Tout l'éloge que puisse jamais mériter un poëme,
pour le bon choix de son sujet , est certainement dû
à la Henriade , d'autant plus que par une suite naturelle il a été nécessaire de raconter le massacre de la
Saint-Barthelemi , le meurtre de *Henri III* , la bataille
d'Ivry , & la famine de Paris : événemens tous vrais,
tous extraordinaires , tous terribles , & tous repré-
sentés avec cette admirable vivacité qui excite dans le
spectateur & de l'horreur & de la compassion ; effets
que doivent produire pareilles peintures , quand elles
font de main de maître.

Le nombre d'acteurs dans la Henriade n'est pas
grand ; mais ils font tous remarquables dans leurs
rôles , & extrêmement bien dépeints dans leurs
mœurs.

Le caractère du héros *Henri IV* est d'autant plus
incomparable , que l'on y voit la valeur , la prudence
militaire , l'humanité , & l'amour , s'entre-disputer le
pas , & se le céder tour-à-tour , & toujours à propos
pour sa gloire.

Celui de *Mornay* , son ami intime , est certainement
rare ; il est représenté comme un philosophe savant ,
courageux , prudent & bon.

Les

Les êtres invifibles, fans l'entremife defquels les poëtes n'oferaient entreprendre un poëme, font bien ménagés dans celui-ci, & aifés à fuppofer : tels font l'ame de St *Louis* & quelques paffions humaines perfonnifiées ; encore l'auteur les a-t-il employées avec tant de jugement & d'économie, que l'on peut facilement les prendre pour des allégories.

En voyant que ce poëme foutient toujours fa beauté, fans être farci comme tous les autres d'une infinité d'agens furnaturels, cela m'a confirmé dans l'idée que j'ai toujours eue, que fi l'on retranchait de la poëfie épique ces perfonnages imaginaires, invifibles & tout-puiffans, & qu'on les remplaçât comme dans les tragédies par des perfonnages réels, le poëme n'en deviendrait que plus beau.

Ce qui m'a d'abord fait venir cette penfée, c'eft d'avoir obfervé que dans *Homère*, *Virgile*, le *Dante*, l'*Ariofte*, le *Taffe*, *Milton*, & en un mot, dans tous ceux que j'ai lus, les plus beaux endroits de leurs poëmes ne font pas ceux où ils font agir ou parler les dieux, le diable, le deftin, & les efprits ; au contraire, tout cela fait rire, fans jamais produire dans le cœur ces fentimens touchans qui naiffent de la repréfentation de quelque action infigne, proportionnée à la capacité de l'homme notre égal, & qui ne paffe point la fphère ordinaire des paffions de notre ame.

C'eft pourquoi j'ai admiré le jugement de ce poëte qui, pour enfermer fa fiction dans les bornes de la vraifemblance & des facultés humaines, a placé le tranfport de fon héros au ciel & aux enfers dans un fonge, dans lequel ces fortes de vifions peuvent paraître naturelles & croyables.

La Henriade. C.

D'ailleurs, il faut avouer que fur la conftitution de l'univers, fur les lois de la nature, fur la morale, & fur l'idée qu'il faut fe former du mal & du bien, des vertus & du vice, le poëte fur tout cela a parlé avec tant de force & de jufteffe, que l'on ne peut s'empêcher de reconnaître en lui un génie fupérieur, & une connaiffance parfaite de tout ce que les philofophes modernes ont de plus raifonnable dans leur fyftème.

Il femble rapporter toute fa fcience à infpirer au monde entier une efpèce d'amitié univerfelle, & une horreur générale pour la cruauté & pour le fanatifme.

Egalement ennemi de l'irréligion, le poëte dans les difputes que notre raifon ne faurait décider, qui dépendent de la révélation, adjuge avec modeftie & folidité la préférence à notre doctrine romaine, dont il éclaircit même plufieurs obfcurités.

Pour juger de fon ftyle, il ferait néceffaire de connaître toute l'étendue & la force de la langue ; habileté à laquelle il eft prefque impoffible qu'un étranger puiffe atteindre, & fans laquelle il n'eft pas facile d'approfondir la pureté de la diction.

Tout ce que je puis dire là-deffus, c'eft qu'à l'oreille fes vers paraïffent aifés & harmonieux, & que dans tout le poëme je n'ai trouvé rien de puéril, rien de languiffant, ni aucune fauffe penfée ; défauts dont les plus excellens poëtes ne font pas tout-à-fait exempts.

Dans *Homére* & *Virgile* on en voit quelques-uns, mais rares : on en trouve beaucoup dans les principaux, ou, pour mieux dire, dans tous les poëtes de langues modernes, furtout dans ceux de la feconde claffe de l'antiquité.

A l'égard du ftyle, je puis encore ajouter une expérience que j'ai faite, qui donne beaucoup à préfumer en fa faveur. Ayant traduit ce poëme couramment, en le lifant à différentes perfonnes, je me fuis aperçu qu'elles en ont fenti toute la grâce & la majefté; indice infaillible que le ftyle en eft très-excellent. Auffi l'auteur fe fert-il d'une noble fimplicité & briéveté pour exprimer des chofes difficiles & vaftes, fans néanmoins rien laiffer à défirer pour leur entière intelligence; talent bien rare, & qui fait l'effence du vrai fublime.

Après avoir fait connaître en général le prix & le mérite de ce poëme, il eft inutile d'entrer dans un détail particulier de fes beautés les plus éclatantes. Il y en a, je l'avoue, plufieurs dont je crois réconnaître les originaux dans *Homère*, & furtout dans l'Iliade, copiés depuis avec différens fuccès par tous les poëtes poftérieurs; mais on trouve auffi dans ce poëme une infinité de beautés qui femblent neuves & appartenir en propre à la Henriade.

Telles font, par exemple, la nobleffe & l'allégorie de tout le chant V^e, l'endroit où le poëte repréfente l'infame meurtre de *Henri III*, & fa jufte réflexion fur le miférable affaffin.

C'eft encore quelque chofe de nouveau dans la poëfie, que le difcours ingénieux qu'on lit fur les châtimens à fubir après la mort.

Il ne me fouvient pas non plus d'avoir vu ailleurs ce beau trait qu'il met dans le caractère de *Mornay*: *qu'il combat fans vouloir tuer perfonne.*

C 2

La mort du jeune d'*Ailly*, maffacré par fon père fans en être connu, m'a fait verfer des larmes, quoique j'euffe lu une aventure un peu femblable dans le *Taffe*; mais celle de M. de *Voltaire*, étant décrite avec plus de précifion, m'a paru nouvelle & plus fublime.

Les vers fur l'amitié font d'une beauté inimitable, & rien ne les égale, fi ce n'eft la defcription de la modeftie de la belle d'*Eftrées*.

Enfin dans ce poëme font répandues mille grâces, qui démontrent que l'auteur, né avec un goût infini pour le beau, s'eft perfeétionné encore davantage par une application infatigable à toutes fortes de fciences, afin de devoir fa réputation moins à la nature qu'à lui-même.

Plus il a réuffi, plus il eft obligeant à lui envers notre Italie d'avoir, dans un difcours à la fuite de fon poëme, préféré notre *Virgile* & notre *Taffe* à tout autre poëte, quoique nous n'ofions nous-mêmes les égaler à *Homère*, qui a été le premier fondateur de la belle poëfie.

I D É E

DE LA HENRIADE.

LE fujet de la Henriade eft le fiége de Paris, commencé par *Henri de Valois* & *Henri le grand*, achevé par ce dernier feul.

Le lieu de la fcène ne s'étend pas plus loin que de Paris à Ivry , où fe donna cette fameufe bataille, qui décida du fort de la France & de la maifon royale.

Le poëme eft fondé fur une hiftoire connue, dont on a confervé la vérité dans les événemens principaux. Les autres moins refpeftables ont été ou retranchés , ou arrangés fuivant la vraifemblance qu'exige un poëme. On a tâché d'éviter en cela le défaut de *Lucain* , qui ne fit qu'une gazette ampoulée , & on a pour garant ces vers de M. *Defpréaux* déjà cités.

On n'a fait même que ce qui fe pratique dans toutes les tragédies , où les événemens font pliés aux règles du théâtre.

Au refte , ce poëme n'eft pas plus hiftorique qu'aucun autre. Le *Camouens* , qui eft le *Virgile* des Portugais, a célébré un événement dont il avait été témoin lui-même. Le *Taffe* a chanté une croifade connue de tout le monde , & n'en a omis ni l'ermite *Pierre* ni les proceffions. *Virgile* n'a conftruit la fable de fon Enéide que des fables reçues de fon temps , & qui paffaient pour l'hiftoire véritable de la defcente d'*Enée* en Italie.

C 3

Homère, contemporain d'*Héfiode*, & qui par conféquent vivait environ cent ans après la prife de
Troye, pouvait aifément avoir vu dans fa jeuneffe
des vieillards qui avaient connu les héros de cette
guerre. Ce qui doit même plaire davantage dans
Homère, c'eft que le fond de fon ouvrage n'eft point
un roman, que les caractères ne font point de fon
imagination, qu'il a peint les hommes tels qu'ils
étaient, avec leurs bonnes & mauvaifes qualités,
& que fon livre eft un monument des mœurs de ces
temps reculés.

La Henriade eft compofée de deux parties;
d'événemens réels dont on vient de rendre compte,
& de fictions. Ces fictions font toutes puifées dans
le fyftème du *merveilleux*, telles que la prédiction
de la converfion de *Henri IV*, la protection que lui
donne *St Louis*, fon apparition, le feu du ciel
détruifant ces opérations magiques qui étaient alors
fi communes, &c. Les autres font purement allégoriques : de ce nombre font le voyage de la Difcorde
à Rome, la Politique, le Fanatifme perfonnifiés, le
temple de l'Amour, enfin, les paffions & les vices.

Prenant un corps, une ame, un efprit, un vifage.

Que fi l'on a donné dans quelques endroits à
ces paffions perfonnifiées les mêmes attributs que
leur donnaient les païens, c'eft que ces attributs
allégoriques font trop connus pour être changés.
L'Amour a des flèches, la Juftice a une balance dans
nos ouvrages les plus chrétiens, dans nos tableaux,
dans nos tapifferies, fans que ces repréfentations
aient la moindre teinture de paganifme. Le mot

d'*Amphitrite* dans notre poëfie ne fignifie que la *mer*, & non l'*époufe* de *Neptune*. Les *champs de Mars* ne veulent dire que la *guerre* &c. S'il eft quelqu'un d'un avis contraire, il faut le renvoyer encore à ce grand maître M. *Defpréaux*, qui dit :

C'eft d'un fcrupule vain s'alarmer fottement ;
C'eft vouloir aux lecteurs plaire fans agrément.
Bientôt ils défendront de peindre la Prudence,
De donner à Thémis ni bandeau ni balance,
De figurer aux yeux la Guerre au front d'airain,
Ou le Temps qui s'enfuit une horloge à la main ;
Et par-tout des difcours, comme une idolâtrie,
Dans leur faux zèle iront chaffer l'allégorie.

Ayant rendu compte de ce que contient cet ouvrage, on croit devoir dire un mot de l'efprit dans lequel il a été compofé. On n'a voulu ni flatter ni médire. Ceux qui trouveront ici les mauvaifes actions de leurs ancêtres, n'ont qu'à les réparer par leur vertu. Ceux dont les aïeux y font nommés avec éloge ne doivent aucune reconnaiffance à l'auteur, qui n'a eu en vue que la vérité ; & le feul ufage qu'ils doivent faire de ces louanges, c'eft d'en mériter de pareilles.

Si l'on a dans cette nouvelle édition retranché quelques vers, qui contenaient des vérités dures contre les papes qui ont autrefois déshonoré le St Siége par leurs crimes, ce n'eft pas qu'on faffe à la cour de Rome l'affront de penfer qu'elle veuille rendre refpectable la mémoire de ces mauvais pontifes. Les Français, qui condamnent les méchancetés de *Louis XI* & de *Catherine de Médicis*, peuvent parler sans doute avec horreur d'*Alexandre VI*. Mais l'auteur a élagué ce morceau, uniquement parce qu'il était trop long, & qu'il y avait des vers dont il n'était pas content.

C'est dans cette seule vue qu'il a mis beaucoup de noms à la place de ceux qui se trouvent dans les premières éditions, selon qu'il les a trouvés plus convenables à son sujet, ou que les noms mêmes lui ont paru plus sonores. La seule politique dans un poëme doit être de faire de bons vers. On a retranché la mort d'un jeune *Boufflers*, qu'on suppofait tué par *Henri IV*, parce que dans cette circonstance la mort de ce jeune homme semblait rendre *Henri IV* un peu odieux, sans le rendre plus grand. On a fait passer *Duplessis - Mornay* en Angleterre auprès de la reine *Elisabeth*, parce qu'effectivement il y fut envoyé, & qu'on s'y ressouvient encore de sa négociation. On s'est servi de ce même *Duplessis - Mornay* dans le reste du poëme, parce qu'ayant joué le rôle de confident du roi dans le premier chant, il eût été ridicule qu'un autre prît sa place dans les chants suivans ; de même qu'il serait impertinent dans une tragédie (dans Bérénice, par exemple) que *Titus* se confiât à *Paulin* au premier acte, & à un autre au cinquième. Si quelques personnes veulent donner des interprétations malignes à ces changemens, l'auteur ne doit point s'en inquiéter : il sait que quiconque écrit est fait pour essuyer les traits de la malice.

Le point le plus important est la religion, qui fait en grande partie le sujet du poëme, & qui en est le seul dénouement.

L'auteur fe flatte de s'être expliqué en beaucoup d'endroits avec une précifion rigoureufe, qui ne peut donner aucune prife à la cenfure. Tel eft, par exemple, ce morceau fur la TRINITÉ :

La puiffance, l'amour avec l'intelligence,
Unis & divifés, compofent fon effence.

Et celui-ci :

Il reconnaît l'Eglife ici-bas combattue,
L'Eglife toujours une, & par-tout étendue ;
Libre, mais fous un chef, adorant en tout lieu
Dans le bonheur des faints la grandeur de fon Dieu ;
Le CHRIST, de nos péchés victime renaiffante,
De fes élus chéris nourriture vivante,
Defcend fur les autels à fes yeux éperdus,
Et lui découvre un DIEU fous un pain qui n'eft plus.

Si l'on n'a pu s'exprimer par-tout avec cette exactitude théologique, le lecteur raifonnable y doit fuppléer. Il y aurait une extrême injuftice à examiner tout l'ouvrage comme une thèfe de théologie. Ce poëme ne refpire que l'amour de la religion & des lois. On y détefte également la rebellion & la perfé-cution : il ne faut pas juger fur un mot un livre écrit dans un tel efprit.

HISTOIRE ABREGÉE

*Des événemens fur lefquels eft fondée la fable
du poëme de la Henriade.*

LE feu des guerres civiles, dont *François II* vit les
premières étincelles, avait embrafé la France fous la
minorité de *Charles IX.* La religion en était le fujet
parmi les peuples, & le prétexte parmi les grands.
La reine-mère, *Catherine de Médicis*, avait plus d'une
fois hafardé le falut du royaume pour conferver fon
autorité, armant le parti catholique contre le proteftant, & les *Guifes* contre les *Bourbons*, pour accabler
les uns par les autres.

La France avait alors, pour fon malheur, beaucoup de feigneurs trop puiffans, par conféquent
factieux ; des peuples devenus fanatiques & barbares
par cette fureur de parti qu'infpire le faux zèle ; des
rois enfans aux noms defquels on ravageait l'Etat.
Les batailles de Dreux, de Saint-Denis, de Jarnac,
de Moncontour, avaient fignalé le malheureux règne
de *Charles IX.* Les plus grandes villes étaient prifes,
reprifes, faccagées tour-à-tour par les partis oppofés.
On fefait mourir les prifonniers de guerre par des
fupplices recherchés. Les églifes étaient mifes en
cendres par les réformés, les temples par les catholiques ; les empoifonnemens & les affaffinats n'étaient
regardés que comme des vengeances d'ennemis
habiles.

On mit le comble à tant d'horreurs par la journée de St Barthelemi. *Henri le grand*, alors roi de Navarre, & dans une extrême jeuneſſe, chef du parti réformé, dans le ſein duquel il était né, fut attiré à la cour, avec les plus puiſſans ſeigneurs du parti. On le maria à la princeſſe *Marguerite*, ſœur de *Charles IX*. Ce fut au milieu des réjouiſſances de ces noces, au milieu de la paix la plus profonde, & après les ſermens les plus ſolemnels, que *Catherine de Médicis* ordonna ces maſſacres, dont il faut perpétuer la mémoire, (toute affreuſe & toute flétriſſante qu'elle eſt pour le nom français) afin que les hommes, toujours prêts à entrer dans de malheureuſes querelles de religion, voient à quel excès l'eſprit de parti peut enfin conduire.

On vit donc dans une cour qui ſe piquait de politeſſe une femme célébre par les agrémens de l'eſprit, & un jeune roi de vingt-trois ans, ordonner de ſang-froid la mort de plus d'un million de leurs ſujets. Cette même nation, qui ne penſe aujourd'hui à ce crime qu'en friſſonnant, le commit avec tranſport & avec zèle. Plus de cent mille hommes furent aſſaſſinés par leurs compatriotes; & ſans les ſages précautions de quelques perſonnages vertueux, comme le préſident *Jeannin*, le marquis de *Saint-Herem*, &c. la moitié des Français égorgeait l'autre.

Charles IX ne vécut pas long-temps après la St Barthelemi. Son frère *Henri III* quitta le trône de la Pologne pour venir replonger la France dans de nouveaux malheurs, dont elle ne fut tirée que par *Henri IV*, ſi juſtement ſurnommé *le grand* par la poſtérité, qui ſeule peut donner ce titre.

Henri III, en revenant en France, y trouva deux partis dominans. L'un était celui des réformés, renaissant de sa cendre, plus violent que jamais, & ayant à sa tête le même *Henri le grand*, alors roi de Navarre. L'autre était celui de la ligue, faction puissante, formée peu-à-peu par les princes de *Guise*, encouragée par les papes, fomentée par l'Espagne, s'accroissant tous les jours par l'artifice des moines, consacrée en apparence par le zèle de la religion catholique, mais ne tendant qu'à la rebellion. Son chef était le duc de *Guise*, surnommé le *balafré*, prince d'une réputation éclatante, & qui ayant plus de grandes qualités que de bonnes, semblait né pour changer la face de l'Etat dans ce temps de troubles.

Henri III, au lieu d'accabler ces deux partis sous le poids de l'autorité royale, les fortifia par sa faiblesse. Il crut faire un grand coup de politique en se déclarant le chef de la ligue ; mais il n'en fut que l'esclave. Il fut forcé de faire la guerre pour les intérêts du duc de *Guise*, qui le voulait détrôner, contre le roi de Navarre son beau-frère, son héritier présomptif, qui ne pensait qu'à rétablir l'autorité royale, d'autant plus qu'en agissant pour *Henri III*, à qui il devait succéder, il agissait pour lui-même.

L'armée que *Henri III* envoya contre le roi son beau-frère, fut battue à Coutras ; son favori *Joyeuse* y fut tué. Le Navarrois ne voulut d'autre fruit de sa victoire que de se réconcilier avec le roi. Tout vainqueur qu'il était, il demanda la paix ; & le roi vaincu n'osa l'accepter, tant il craignait le duc de *Guise* & la ligue. *Guise* dans ce temps-là même venait de diffiper une armée d'Allemands. Ces fuccès du *balafré* humilièrent encore davantage le roi de France, qui fe crut à la fois vaincu par les ligueurs & par les réformés.

Le duc de *Guife*, enflé de fa gloire, & fort de la faibleffe de fon fouverain, vint à Paris malgré fes ordres. Alors arriva la fameufe journée des barricades, où le peuple chaffa les gardes du roi, & où ce monarque fut obligé de fuir de fa capitale. *Guife* fit plus : il obligea le roi de tenir les états-généraux du royaume à Blois ; & il prit fi bien fes mefures, qu'il était près de partager l'autorité royale, du confentement de ceux qui repréfentaient la nation, & fous l'apparence des formalités les plus refpectables. *Henri III,* réveillé par ce preffant danger, fit affaffiner au château de Blois cet ennemi fi dangereux, auffi-bien que fon frère le cardinal, plus violent & plus ambitieux encore que le duc de *Guife*.

Ce qui était arrivé au parti proteftant après la St Barthelemi, arriva alors à la ligue : la mort des chefs ranima le parti. Les ligueurs levèrent le mafque ; Paris ferma fes portes : on ne fongea qu'à la vengeance. On regarda *Henri III* comme l'affaffin des défenfeurs de la religion, & non comme un roi qui avait puni fes fujets coupables. Il fallut que *Henri III,* preffé de tous côtés, fe réconciliât enfin avec le Navarrois. Ces deux princes vinrent camper devant Paris, & c'eft là que commence la Henriade.

Le duc de *Guife* laiffait encore un frère ; c'était le duc de *Mayenne,* homme intrépide, mais plus habile qu'agiffant ; qui fe vit tout d'un coup à la tête d'une faction inftruite de fes forces , & animée par la vengeance & par le fanatifme.

Prefque toute l'Europe entra dans cette guerre. La célébre *Elifabeth* , reine d'Angleterre , qui était pleine d'eftime pour le roi de Navarre , & qui eut toujours une extrême paffion de le voir , le fecourut plufieurs fois d'hommes , d'argent , de vaiffeaux ; & ce fut *Dupleffis-Mornay* qui alla toujours en Angleterre folliciter ces fecours. D'un autre côté , la branche d'Autriche qui régnait en Efpagne favorifait la ligue , dans l'efpérance d'arracher quelques dépouilles d'un royaume déchiré par la guerre civile. Les papes combattaient le roi de Navarre , non-feulement par des excommunications , mais par tous les artifices de la politique , & par les petits fecours d'hommes & d'argent que la cour de Rome peut fournir.

Cependant *Henri III* allait fe rendre maître de Paris , lorfqu'il fut affaffiné à S, Cloud par un moine dominicain , qui commit ce parricide dans la feule idée qu'il obéiffait à DIEU , & qu'il courait au martyre ; & ce meurtre ne fut pas feulement le crime de ce moine fanatique , ce fut le crime de tout le parti. L'opinion publique , la créance de tous les ligueurs était qu'il fallait tuer fon roi , s'il était mal avec la cour de Rome. Les prédicateurs le criaient dans leurs mauvais fermons ; on l'imprimait dans tous ces livres pitoyables qui inondaient la France , & qu'on trouve à peine aujourd'hui dans quelques bibliothèques , comme des monumens curieux d'un fiècle également barbare , & pour les lettres , & pour les mœurs.

Après la mort de *Henri III*, le roi de Navarre, (*Henri le grand*) reconnu roi de France par l'armée, eut à foutenir toutes les forces de la ligue, celles de Rome, de l'Efpagne, & fon royaume à conquérir. Il bloqua, il affiégea Paris à plufieurs reprifes. Parmi les plus grands-hommes qui lui furent utiles dans cette guerre, & dont on a fait quelque ufage dans ce poëme, on compte les maréchaux d'*Aumont* & de *Biron*, le duc de *Bouillon*, &c. *Dupleffis-Mornay* fut dans fa plus intime confidence jufqu'au changement de religion de ce prince ; il le fervait de fa perfonne dans les armées, de fa plume contre les excommunications des papes, & de fon grand art de négocier, en lui cherchant des fecours chez tous les princes proteftans.

Le principal chef de la ligue était le duc de *Mayenne :* celui qui avait le plus de réputation après lui était le chevalier d'*Aumale*, jeune prince connu par cette fierté & ce courage brillant qui diftinguaient particulièrement la maifon de *Guife*. Ils obtinrent plufieurs fecours de l'Efpagne ; mais il n'eft queftion ici que du fameux comte d'*Egmont*, fils de l'amiral, qui amena treize ou quatorze cents lances au duc de *Mayenne*. On donna beaucoup de combats, dont le plus fameux, le plus décifif, & le plus glorieux pour *Henri IV*, fut la bataille d'Ivry, où le duc de *Mayenne* fut vaincu, & le comte d'*Egmont* fut tué.

Pendant le cours de cette guerre, le roi était devenu amoureux de la belle *Gabrielle d'Eftrées ;* mais fon courage ne s'amollit point auprès d'elle ; témoin la lettre qu'on voit encore dans la bibliothèque du roi, dans laquelle il dit à fa maîtreffe : ,, Si je fuis

,, vaincu, vous me connaiffez affez pour croire que
,, je ne fuirai pas ; mais ma dernière penfée fera à
,, DIEU, & l'avant-dernière à vous. ,,

Au refte on omet plufieurs faits confidérables, qui,
n'ayant point de place dans le poëme, n'en doivent
point avoir ici. On ne parle ni de l'expédition du
duc de Parme en France, qui ne fervit qu'à retarder
la chute de la ligue ; ni de ce cardinal de *Bourbon*,
qui fut quelque temps un fantôme de roi, fous le
nom de *Charles X*. Il fuffit de dire qu'après tant de
malheurs & de défolation *Henri IV* fe fit catholique,
& que les Parifiens, qui haïffaient fa religion &
révéraient fa perfonne, le reconnurent alors pour
leur roi.

N. B. Il y a trois fortes de notes dans l'édition de 1775 ; on
les a réunies dans celle-ci, avec les notes des Editeurs de cette
nouvelle édition.

On a défigné dans le texte l'endroit où il faut chercher ces notes
par des lettres italiques pour les *Variantes*, & par des chiffres pour
les *Notes des Editeurs*, & les *Remarques hiftoriques*.

De Dieu, dit le vieillard, adorons les desseins;

Et ne l'accusons pas des fautes des humains. *Henriade Ch.I.*

J.M. Moreau le jeune, Inv.   *L.J. Masquelier, Sculp.*

LA HENRIADE.

CHANT PREMIER.

ARGUMENT.

HENRI III *réuni avec Henri de Bourbon, roi de Navarre, contre la ligue, ayant déjà commencé le blocus de Paris, envoie secrétement Henri de Bourbon demander du secours à Elisabeth, reine d'Angleterre. Le héros essuie une tempête. Il relâche dans une île, où un vieillard catholique lui prédit son changement de religion & son avénement au trône. Description de l'Angleterre & de son gouvernement.*

JE chante ce héros qui régna sur la France, (a)
Et par droit de conquête, & par droit de naissance;
Qui par de longs malheurs apprit à gouverner,
Calma les factions, sut vaincre & pardonner,
Confondit & Mayenne, & la ligue, & l'Ibère,
Et fut de ses sujets le vainqueur & le père.

DESCENDS du haut des cieux, auguste Vérité,
Répands sur mes écrits ta force & ta clarté:
Que l'oreille des rois s'accoutume à t'entendre.
C'est à toi d'annoncer ce qu'ils doivent apprendre;
C'est à toi de montrer aux yeux des nations
Les coupables effets de leurs divisions.

La Henriade.   D

Dis comment la difcorde a troublé nos provinces ;
Dis les malheurs du peuple, & les fautes des princes :
Viens, parle ; & s'il eft vrai que la fable autrefois
Sut à tes fiers accens mêler fa douce voix,
Si fa main délicate orna ta tête altière,
Si fon ombre embellit les traits de ta lumière ;
Avec moi fur tes pas permets-lui de marcher,
Pour orner tes attraits, & non pour les cacher.

(1) Valois régnait encore, & fes mains incertaines
De l'Etat ébranlé laiffaient flotter les rènes :
Les lois étaient fans force, & les droits confondus ;
Ou plutôt en effet Valois ne régnait plus.
Ce n'était plus ce prince environné de gloire,
(2) Aux combats dès l'enfance inftruit par la victoire,
Dont l'Europe en tremblant regardait les progrès ;
Et qui de fa patrie emporta les regrets,
Quand du Nord étonné de fes vertus fuprêmes
Les peuples à fes pieds mettaient les diadèmes. (3)
Tel brille au fecond rang, qui s'éclipfe au premier :
Il devint lâche roi, d'intrépide guerrier ;
Endormi fur le trône au fein de la molleffe,
Le poids de fa couronne accablait fa faibleffe.
(4) Quélus & Saint-Maigrin, Joyeufe & d'Efpernon,
Jeunes voluptueux qui régnaient fous fon nom,
D'un maître efféminé corrupteurs politiques,
Plongeaient dans les plaifirs fes langueurs léthargiques.

Des Guifes cependant le rapide bonheur
Sur fon abaiffement élevaient leur grandeur ;
Ils formaient dans Paris cette ligue fatale,
De fa faible puiffance orgueilleufe rivale.

Les peuples déchaînés, vils efclaves des grands,
Perfécutaient leur prince, & fervaient des tyrans.
Ses amis corrompus bientôt l'abandonnèrent ;
Du louvre épouvanté fes peuples le chaffèrent ;
Dans Paris révolté l'étranger accourut ;
Tout périffait enfin, lorfque Bourbon (5) parut.
Le vertueux Bourbon, plein d'une ardeur guerrière,
A fon prince aveuglé vint rendre la lumière :
Il ranima fa force, il conduifit fes pas
De la honte à la gloire, & des jeux aux combats.
Aux remparts de Paris les deux rois s'avancèrent ;
Rome s'en alarma, les Efpagnols tremblèrent.
L'Europe intéreffée à ces fameux revers
Sur ces murs malheureux avait les yeux ouverts.

On voyait dans Paris la Difcorde inhumaine,
Excitant aux combats & la ligue & Mayenne,
Et le peuple & l'Eglife ; & du haut de ces tours, (b)
Des foldats de l'Efpagne appelant les fecours.
Ce monftre impétueux, fanguinaire, inflexible,
De fes propres fujets eft l'ennemi terrible :
Aux malheurs des mortels il borne fes deffeins :
Le fang de fon parti rougit fouvent fes mains :
Il habite en tyran dans les cœurs qu'il déchire ;
Et lui-même il punit les forfaits qu'il infpire.

Du côté du Couchant, près de ces bords fleuris,
Où la Seine ferpente en fuyant de Paris,
Lieux aujourd'hui charmans, retraite aimable & pure,
Où triomphent les arts, où fe plaît la nature,
Théâtre alors fanglant des plus mortels combats,
Le malheureux Valois raffemblait fes foldats.

On y voit ces héros, fiers soutiens de la France,
Divifés par leur fecte, unis par la vengeance.
C'eft aux mains de Bourbon que leur fort eft commis :
En gagnant tous les cœurs, il les a tous unis.
On eût dit que l'armée, à fon pouvoir foumife,
Ne connaiffait qu'un chef, & n'avait qu'une églife.

(6) LE père des Bourbons, du fein des Immortels,
Louis fixait fur lui fes regards paternels ;
Il préfageait en lui la fplendeur de fa race ;
Il plaignait fes erreurs, il aimait fon audace ;
De fa couronne un jour il devait l'honorer ;
Il voulait plus encore, il voulait l'éclairer.
Mais Henri s'avançait vers fa grandeur fuprème,
Par des chemins fecrets, inconnus à lui-même :
Louis du haut des cieux lui prêtait fon appui ;
Mais il cachait le bras qu'il étendait pour lui,
De peur que ce héros, trop fûr de fa victoire,
Avec moins de danger n'eût acquis moins de gloire.

DEJA les deux partis aux pieds de ces remparts
Avaient plus d'une fois balancé les hafards ;
Dans nos champs défolés le démon du carnage
Déjà jufqu'aux deux mers avait porté fa rage ;
Quand Valois à Bourbon tint ce trifte difcours,
Dont fouvent fes foupirs interrompaient le cours :
,, Vous voyez à quel point le deftin m'humilie ;
Mon injure eft la vôtre ; & la ligue ennemie,
Levant contre fon prince un front féditieux,
Nous confond dans fa rage, & nous pourfuit tous deux.
Paris nous méconnaît, Paris ne veut pour maître,
Ni moi qui fuis fon roi, ni vous qui devez l'être :

(c) Ils favent que les lois, le mérite & le fang,
Tout, après mon trépas, vous appelle à ce rang;
Et redoutant déjà votre grandeur future,
Du trône où je chancelle ils penfent vous exclure.
De la religion, (7) terrible en fon courroux,
Le fatal anathème eft lancé contre vous.
Rome, qui fans foldats porte en tous lieux la guerre,
Aux mains des Efpagnols a remis fon tonnerre:
Sujets, amis, parens, tout a trahi fa foi,
Tout me fuit, m'abandonne, ou s'arme contre moi;
Et l'Efpagnol avide, enrichi de mes pertes,
Vient en foule inonder mes campagnes défertes.

Contre tant d'ennemis ardens à m'outrager,
Dans la France à mon tour appelons l'étranger :
Des Anglais en fecret gagnez l'illuftre reine.
Je fais qu'entre eux & nous une immortelle haine
Nous permet rarement de marcher réunis,
Que Londre eft de tout temps l'émule de Paris;
Mais après les affronts dont ma gloire eft flétrie,
Je n'ai plus de fujets, je n'ai plus de patrie.

Je hais, je veux punir des peuples odieux;
Et quiconque me venge eft Français à mes yeux.
Je n'occuperai point, dans un tel miniftère,
De mes fecrets agens la lenteur ordinaire :
Je n'implore que vous; c'eft vous de qui la voix
Peut feule à mon malheur intéreffer les rois.
Allez en Albion; que votre renommée (d)
Y parle en ma défenfe, & m'y donne une armée.
Je veux par votre bras vaincre mes ennemis;
Mais c'eft de vos vertus que j'attends des amis. ,,

D 3

Il dit ; & le héros, qui jaloux de fa gloire
Craignait de partager l'honneur de la victoire,
Sentit en l'écoutant une jufte douleur.
Il regrettait ces temps fi chers à fon grand cœur,
Où fort de fa vertù, fans fecours, fans intrigue,
Lui (8) feul avec Condé fefait trembler la ligue.
Mais il fallut d'un maître accomplir les deffeins :
Il fufpendit les coups qui partaient de fes mains ;
Et laiffant fes lauriers cueillis fur ce rivage,
A partir de ces lieux il força fon courage.
Les foldats étonnés ignorent fon deffein ;
Et tous de fon retour attendent leur deftin.
Il marche : cependant la ville criminelle
Le croit toujours préfent, prêt à fondre fur elle ;
Et fon nom, qui du trône eft le plus ferme appui,
Semait encor la crainte, & combattait pour lui.

Deja des Neuftriens il franchit la campagne : (e)
De tous fes favoris, Mornay feul l'accompagne ;
Mornay (9) fon confident, mais jamais fon flatteur ;
Trop vertueux foutien du parti de l'erreur,
Qui, fignalant toujours fon zèle & fa prudence,
Servit également fon Eglife & la France ;
Cenfeur des courtifans, mais à la cour aimé ;
Fier ennemi de Rome, & de Rome eftimé.

A travers deux rochers, où la mer mugiffante
Vient brifer en courroux fon onde blanchiffante,
Dieppe aux yeux du héros offre fon heureux port :
Les matelots ardens s'empreffent fur le bord ;
Les vaiffeaux fous leurs mains, fiers fouverains des ondes,
Etaient prêts à voler fur les plaines profondes :

L'impétueux Borée, enchaîné dans les airs,
Au souffle du Zéphyre abandonnait les mers.

On lève l'ancre, on part, on fuit loin de la terre; (f)
On découvrait déjà les bords de l'Angleterre :
L'aftre brillant du jour à l'inftant s'obfcurcit ;
L'air fiffle, le ciel gronde, & l'onde au loin mugit :
Les vents font déchaînés fur les vagues émues ;
La foudre étincelante éclate dans les nues ;
Et le feu des éclairs, & l'abyme des flots,
Montraient par-tout la mort aux pâles matelots.
Le héros qu'affiégeait une mer en furie
Ne fonge en ce danger qu'aux maux de fa patrie,
Tourne fes yeux vers elle, & dans fes grands deffeins,
Semble accufer les vents d'arrêter fes deftins.
Tel, & moins généreux, aux rivages d'Epire,
Lorfque de l'univers il difputait l'empire,
Confiant fur les flots aux Aquilons mutins
Le deftin de la terre & celui des Romains,
Défiant à la fois & Pompée & Neptune,
Céfar (10) à la tempête oppofait fa fortune.

Dans ce même moment, le Dieu de l'univers
Qui vole fur les vents, qui foulève les mers,
Ce Dieu dont la fageffe ineffable & profonde
Forme, élève, & détruit les empires du monde,
De fon trône enflammé qui luit au haut des cieux,
Sur le héros français daigna baiffer les yeux.
Il le guidait lui-même : il ordonne aux orages
De porter le vaiffeau vers ces prochains rivages,
Où Jerfey femble aux yeux fortir du fein des flots :
Là, conduit par le ciel, aborda le héros.

D 4

Non loin de ce rivage, un bois sombre & tranquille
Sous des ombrages frais préfente un doux afile.
Un rocher, qui le cache à la fureur des flots,
Défend aux Aquilons d'en troubler le repos.
Une grotte eft auprès, dont la fimple ftructure
Doit tous fes ornemens aux mains de la nature.
Un vieillard vénérable avait loin de la cour
Cherché la douce paix dans cet obfcur féjour.
Aux humains inconnu, libre d'inquiétude,
C'eft là que de lui-même il fefait fon étude ;
C'eft là qu'il regrettait fes inutiles jours,
Plongés dans les plaifirs, perdus dans les amours.
Sur l'émail de ces prés, au bord de ces fontaines,
Il foulait à fes pieds les paffions humaines :
Tranquille, il attendait qu'au gré de fes fouhaits
La mort vînt à fon Dieu le rejoindre à jamais.
Ce Dieu qu'il adorait prit foin de fa vieilleffe,
Il fit dans fon défert defcendre la fageffe ;
Et prodigue envers lui de fes tréfors divins,
Il ouvrit à fes yeux le livre des deftins.

Ce vieillard au héros que Dieu lui fit connaître,
Au bord d'une onde pure, offre un feftin champêtre.
Le prince à ces repas était accoutumé :
Souvent fous l'humble toit du laboureur charmé,
Fuyant le bruit des cours, & fe cherchant lui-même,
Il avait dépofé l'orgueil du diadème.

Le trouble répandu dans l'empire chrétien
Fut pour eux le fujet d'un utile entretien.
Mornay, qui dans fa fecte était inébranlable,
Prêtait au calvinifme un appui redoutable ;

Henri doutait encore, & demandait aux cieux
Qu'un rayon de clarté vînt deffiller fes yeux.
,, De tout temps, difait-il, la vérité facrée
Chez les faibles humains fut d'erreurs entourée :
Faut-il que de Dieu feul attendant mon appui,
J'ignore les fentiers qui mènent jufqu'à lui ?
Hélas ! un Dieu fi bon, qui de l'homme eft le maître,
En eût été fervi s'il avait voulu l'être. ,,

,, De Dieu, dit le vieillard, adorons les deffeins,
Et ne l'accufons pas des fautes des humains.
J'ai vu naître autrefois le calvinifme en France ;
Faible, marchant dans l'ombre, humble dans fa naiffance,
Je l'ai vu fans fupport exilé dans nos murs,
S'avancer à pas lents par cent détours obfcurs.
Enfin mes yeux ont vu, du fein de la pouffière,
Ce fantôme effrayant lever fa tête altière,
Se placer fur le trône, infulter aux mortels,
Et d'un pied dédaigneux renverfer nos autels.

,, Loin de la cour alors, en cette grotte obfcure,
De ma religion je vins pleurer l'injure.
Là, quelque efpoir au moins flatte mes derniers jours :
Un culte fi nouveau ne peut durer toujours :
Des caprices de l'homme il a tiré fon être ;
On le verra périr ainfi qu'on l'a vu naître.
Les œuvres des humains font fragiles comme eux :
Dieu diffipe à fon gré leurs deffeins factieux :
Lui feul eft toujours ftable ; (g) & tandis que la terre
Voit de fectes fans nombre une implacable guerre,
La Vérité repofe aux pieds de l'Eternel.
Rarement elle éclaire un orgueilleux mortel :

Qui la cherche du cœur un jour peut la connaître.
Vous ferez éclairé, puisque vous voulez l'être.
Ce Dieu vous a choisi : fa main dans les combats
Au trône des Valois va conduire vos pas.
Déjà fa voix terrible ordonne à la Victoire
De préparer pour vous les chemins de la gloire :
Mais si la vérité n'éclaire vos esprits,
N'espérez point entrer dans les murs de Paris.
Surtout des plus grands cœurs évitez la faiblesse ;
Fuyez d'un doux poison l'amorce enchanteresse ;
Craignez vos passions ; & sachez quelque jour
Résister aux plaisirs, & combattre l'amour.
Enfin quand vous aurez, par un effort suprême,
Triomphé des ligueurs, & surtout de vous-même ;
Lorsqu'en un siége horrible, & célébre à jamais,
Tout un peuple étonné vivra de vos bienfaits ;
Ces temps de vos États finiront les misères ;
Vous leverez les yeux vers le Dieu de vos pères ;
Vous verrez qu'un cœur droit peut espérer en lui.
Allez, qui lui ressemble est sûr de son appui. „

CHAQUE mot qu'il disait était un trait de flamme,
Qui pénétrait Henri jusqu'au fond de son ame.
Il se crut transporté dans ces temps bienheureux,
Où le DIEU des humains conversait avec eux ;
Où la simple Vertu, prodiguant les miracles,
Commandait à des rois, & rendait des oracles.

(*h*) IL quitte avec regret ce vieillard vertueux ;
Des pleurs en l'embrassant coulèrent de fes yeux ;
Et dès ce moment même il entrevit l'aurore
De ce jour qui pour lui ne brillait pas encore.

Mornay parut furpris, & ne fut point touché :
DIEU, maître de fes dons, de lui s'était caché.
Vainement fur la terre il eut le nom de fage ;
Au milieu des vertus l'erreur fut fon partage.

TANDIS que le vieillard, inftruit par le Seigneur,
Entretenait le prince & parlait à fon cœur ;
Les vents impétueux à fa voix s'apaifèrent,
Le foleil reparut, les ondes fe calmèrent.
Bientôt jufqu'au rivage il conduifit Bourbon :
Le héros part & vole aux plaines d'Albion.

EN voyant l'Angleterre, en fecret il admire
Le changement heureux de ce puiffant empire,
Où l'éternel abus de tant de fages lois
Fit long-temps le malheur, & du peuple, & des rois.
Sur ce fanglant théâtre où cent héros périrent,
Sur ce trône gliffant dont cent rois defcendirent,
Une femme, à fes pieds enchaînant les deftins,
De l'éclat de fon règne étonnait les humains.
C'était Elifabeth ; elle dont la prudence
De l'Europe à fon choix fit pencher la balance,
Et fit aimer fon joug à l'Anglais indompté,
Qui ne peut ni fervir, ni vivre en liberté.
Ses peuples fous fon règne ont oublié leurs pertes ;
De leurs troupeaux féconds leurs plaines font couvertes,
Les guérets de leurs blés, les mers de leurs vaiffeaux.
Ils font craints fur la terre, ils font rois fur les eaux.
Leur flotte impérieufe, afferviffant Neptune,
Des bouts de l'univers appelle la Fortune.
Londre jadis barbare eft le centre des arts,
Le magafin du monde, & le temple de Mars.

Aux (11) murs de Weftminfter on voit paraître enfemble
Trois pouvoirs étonnés du nœud qui les raffemble,
Les députés du peuple, & les grands, & le roi,
Divifés d'intérêt, réunis par la loi ;
Tous trois membres facrés de ce corps invincible,
Dangereux à lui-même, à fes voifins terrible.
Heureux lorfque le peuple, inftruit dans fon devoir,
Refpecte, autant qu'il doit, le fouverain pouvoir !
Plus heureux lorfqu'un roi, doux, jufte, & politique,
Refpecte, autant qu'il doit, la liberté publique !
Ah ! s'écria Bourbon, quand pourront les Français
Réunir comme vous la gloire avec la paix ?
Quel exemple pour vous, monarques de la terre !
Une femme a fermé les portes de la guerre ;
Et renvoyant chez vous la difcorde & l'horreur,
D'un peuple qui l'adore elle a fait le bonheur.

Cependant il arrive à cette ville immenfe,
Où la liberté feule entretient l'abondance.
Du vainqueur (12) des Anglais il aperçoit la tour.
Plus loin, d'Elifabeth eft l'augufte féjour.
Suivi de Mornay feul, il va trouver la reine,
Sans appareil, fans bruit, fans cette pompe vaine
Dont les grands, quels qu'ils foient, en fecret font épris,
Mais que le vrai héros regarde avec mépris.
Il parle, fa franchife eft fa feule éloquence :
Il expofe en fecret les befoins de la France ;
Et jufqu'à la prière humiliant fon cœur,
Dans fes foumiffions découvre fa grandeur.

Quoi ! vous fervez Valois ? dit la reine furprife :
C'eft lui qui vous envoie au bord de la Tamife ?

Quoi ! de fes ennemis devenu protecteur,
Henri vient me prier pour fon perfécuteur ?
Des rives du Couchant aux portes de l'Aurore,
De vos longs différends l'univers parle encore ;
Et je vous vois armer, en faveur de Valois,
Ce bras, ce même bras qu'il a craint tant de fois !

,, SES malheurs, lui dit-il, ont étouffé nos haines ;
Valois était efclave, il brife enfin fes chaînes :
Plus heureux, fi toujours affuré de ma foi,
Il n'eût cherché d'appui que fon courage & moi !
Mais il employa trop l'artifice & la feinte ; (i)
Il fut mon ennemi par faibleffe & par crainte.
J'oublie enfin fa faute, en voyant fon danger ;
Je l'ai vaincu, Madame, & je vais le venger.
Vous pouvez, grande Reine, en cette jufte guerre,
Signaler à jamais le nom de l'Angleterre,
Couronner vos vertus, en défendant nos droits,
Et venger avec moi la querelle des rois. ,,

ELISABETH alors avec impatience
Demande le récit des troubles de la France,
Veut favoir quels refforts & quel enchaînement
Ont produit dans Paris un fi grand changement.
,, Déjà, dit-elle au roi, la prompte Renommée
De ces revers fanglans m'a fouvent informée ;
Mais fa bouche indifcrète en fa légèreté
Prodigue le menfonge avec la vérité :
J'ai rejeté toujours fes récits peu fidelles.
Vous donc, témoin fameux de ces longues querelles,
Vous, toujours de Valois le vainqueur ou l'appui,
Expliquez-nous le nœud qui vous joint avec lui,

Daignez développer ce changement extrème.
Vous feul pouvez parler dignement de vous-même.
Peignez-moi vos malheurs & vos heureux exploits ;
Songez que votre vie eft la leçon des rois. ,,

,, HELAS ! reprit Bourbon, faut-il que ma mémoire
Rappelle de ces temps la malheureufe hiftoire !
Plût au ciel irrité, témoin de mes douleurs,
Qu'un éternel oubli nous cachât tant d'horreurs !
Pourquoi demandez-vous que ma bouche raconte
Des princes de mon fang les fureurs & la honte ?
Mon cœur frémit encore à ce feul fouvenir :
Mais vous me l'ordonnez, je vais vous obéir.
Un autre, en vous parlant, pourrait avec adreffe
Déguifer leurs forfaits, excufer leur faibleffe ;
Mais ce vain artifice eft peu fait pour mon cœur,
Et je parle en foldat plus qu'en ambaffadeur. ,, (13)

Fin du premier Chant.

u plus grand des Français, tel fut le triste sort.

On l'insulte, on l'outrage, eucore après sa mort. *Henriade Ch. 2.*

J. M. Moreau le jeune Inv.

J. L. Delignon Sculp.

CHANT II.

ARGUMENT.

Henri le grand raconte à la reine Elifabeth l'hiftoire des malheurs de la France : il remonte à leur origine, & entre dans le détail des maffacres de la St Barthelemi.

,, Reine, l'excès des maux où la France eft livrée (1)
Eft d'autant plus affreux, que leur fource eft facrée.
C'eft la religion dont le zèle inhumain
Met à tous les Français les armes à la main.
(2) Je ne décide point entre Genève & Rome.
De quelque nom divin que leur parti les nomme,
J'ai vu des deux côtés la fourbe & la fureur ;
Et fi la perfidie eft fille de l'erreur,
Si dans les différends où l'Europe fe plonge,
La trahifon, le meurtre eft le fceau du menfonge ;
L'un & l'autre parti cruel également,
Ainfi que dans le crime, eft dans l'aveuglement.
Pour moi qui, de l'Etat embraffant la défenfe,
Laiffai toujours aux cieux le foin de leur vengeance,
On ne m'a jamais vu, furpaffant mon pouvoir,
D'une indifcrète main profaner l'encenfoir ;
Et périffe à jamais l'affreufe politique
Qui prétend fur les cœurs un pouvoir defpotique,
Qui veut le fer en main convertir les mortels,
Qui du fang hérétique arrofe les autels,
Et fuivant un faux zèle ou l'intérêt pour guides,
Ne fert un Dieu de paix que par des homicides !

,, PLUT à ce Dieu puiffant, dont je cherche la loi,
Que la cour des Valois eût penfé comme moi !
Mais l'un & l'autre Guife (3) ont eu moins de fcrupule.
Ces chefs ambitieux d'un peuple trop crédule,
Couvrant leurs intérêts de l'intérêt des cieux,
Ont conduit dans le piége un peuple furieux,
Ont armé contre moi fa piété cruelle.
J'ai vu nos citoyens s'égorger avec zèle,
Et la flamme à la main courir dans les combats,
Pour de vains argumens qu'ils ne comprenaient pas.

,, VOUS connaiffez le peuple, & favez ce qu'il ofe,
Quand du ciel outragé penfant venger la caufe,
Les yeux ceints du bandeau de la religion,
Il a rompu le frein de la foumiffion.
Vous le favez, Madame, & votre prévoyance
Etouffa dès long-temps ce mal en fa naiffance.
L'orage en vos Etats à peine était formé ;
Vos foins l'avaient prévu, vos vertus l'ont calmé :
Vous régnez; Londre (4) eft libre, & vos lois floriffantes.
Médicis a fuivi des routes différentes.
Peut-être que fenfible à ces triftes récits,
Vous me demanderez quelle était Médicis !
Vous l'apprendrez du moins d'une bouche ingénue.
Beaucoup en ont parlé, mais peu l'ont bien connue,
Peu de fon cœur profond ont fondé les replis.
Pour moi, nourri vingt ans à la cour de fes fils,
Qui vingt ans fous fes pas vis les orages naître,
J'ai trop à mes périls appris à la connaître.

,, SON époux, expirant dans la fleur de fes jours,
A fon ambition laiffait un libre cours.

Chacun

Chacun de fes enfans, nourri fous fa tutelle, (5)
Devint fon ennemi dès qu'il régna fans elle.
Ses mains autour du trône avec confufion
Semaient la jaloufie & la divifion :
Oppofant fans relâche, avec trop de prudence,
Les Guifes (6) aux Condés, & la France à la France ;
Toujours prête à s'unir avec fes ennemis,
Et changeant d'intérêt, de rivaux & d'amis ;
Efclave (7) des plaifirs, mais moins qu'ambitieufe ;
Infidele (8) à fa fecte, & fuperftitieufe ; (9)
Poffédant, en un mot, pour n'en pas dire plus,
Les défauts de fon fexe, & peu de fes vertus.

" Ce mot m'eft échappé, pardonnez ma franchife ;
Dans ce fexe, après tout, vous n'êtes point comprife :
L'augufte Elifabeth n'en a que les appas :
Le ciel, qui vous forma pour régir des Etats,
Vous fait fervir d'exemple à tous tant que nous fommes ;
Et l'Europe vous compte au rang des plus grands-hommes.

" Deja François fecond, par un fort imprévu,
Avait rejoint fon père au tombeau defcendu ;
Faible enfant, qui de Guife adorait les caprices,
Et dont on ignorait les vertus & les vices.
Charles plus jeune encore avait le nom de roi.
Médicis régnait feule, on tremblait fous fa loi.
D'abord fa politique, affurant fa puiffance,
Semblait d'un fils docile éternifer l'enfance ;
Sa main, de la difcorde allumant le flambeau,
Signala par le fang fon empire nouveau ;
Elle arma le courroux de deux fectes rivales.
Dreux, (10) qui vit déployer leurs enfeignes fatales,

La Henriade.   E

Fut le théâtre affreux de leurs premiers exploits.
Le vieux Montmorenci, (11) près du tombeau des rois,
D'un plomb mortel atteint par une main guerrière,
De cent ans de travaux termina la carrière.
Guife (12) auprès d'Orléans mourut affaffiné.
Mon père (13) malheureux, à la cour enchaîné,
Trop faible, & malgré lui fervant toujours la reine,
Traîna dans les affronts fa fortune incertaine;
Et toujours de fa main préparant fes malheurs,
Combattit & mourut pour fes perfécuteurs.
Condé, (14) qui vit en moi le feul fils de fon frère,
M'adopta, me fervit & de maître & de père;
Son camp fut mon berceau; là, parmi les guerriers,
Nourri dans la fatigue à l'ombre des lauriers,
De la cour avec lui dédaignant l'indolence,
Ses combats ont été les jeux de mon enfance.

,, O plaines de Jarnac! ô coup trop inhumain!
Barbare Montefquiou, moins guerrier qu'affaffin,
Condé déjà mourant, tomba fous ta furie!
J'ai vu porter le coup, j'ai vu trancher fa vie:
Hélas! trop jeune encor, mon bras, mon faible bras
Ne put ni prévenir, ni venger fon trépas.

,, Le ciel, qui de mes ans protégeait la faibleffe,
Toujours à des héros confia ma jeuneffe.
Coligny, (15) de Condé le digne fucceffeur,
De moi, de mon parti devint le défenfeur:
Je lui dois tout, Madame, il faut que je l'avoue:
Et d'un peu de vertu fi l'Europe me loue,
Si Rome a fouvent même eftimé mes exploits;
C'eft à vous, ombre illuftre, à vous que je le dois.

Je croiffais fous fes yeux, & mon jeune courage
Fit long-temps de la guerre un dur apprentiffage.
Il m'inftruifait d'exemple au grand art des héros ;
Je voyais ce guerrier, blanchi dans les travaux,
Soutenant tout le poids de la caufe commune,
Et contre Médicis, & contre la fortune ;
Chéri dans fon parti, dans l'autre refpecté ;
Malheureux quelquefois, mais toujours redouté ;
Savant dans les combats, favant dans les retraites ;
Plus grand, plus glorieux, plus craint dans fes défaites,
Que Dunois ni Gafton ne l'ont jamais été
Dans le cours triomphant de leur profpérité.

,, APRÈS dix ans entiers de fuccès & de pertes,
Médicis , qui voyait nos campagnes couvertes
D'un parti renaiffant qu'elle avait cru détruit,
Laffe enfin de combattre & de vaincre fans fruit,
Voulut, fans plus tenter des efforts inutiles,
Terminer d'un feul coup les difcordes civiles.
La cour de fes faveurs nous offrit les attraits ;
Et n'ayant pu nous vaincre, on nous donna la paix.
Quelle paix, jufte Dieu ! Dieu vengeur que j'attefte,
Que de fang arrofa fon olive funefte !
Ciel ! faut-il voir ainfi les maîtres des humains
Du crime à leurs fujets applanir les chemins !

,, COLIGNY, dans fon cœur à fon prince fidele,
Aimait toujours la France en combattant contre elle ;
Il chérit, il prévint l'heureufe occafion
Qui femblait de l'Etat affurer l'union.
Rarement un héros connaît la défiance :
Parmi fes ennemis il vint plein d'affurance ;

E 2

Jufqu'au milieu du louvre il conduifit mes pas.
Médicis en pleurant me reçut dans fes bras,
Me prodigua long-temps des tendreffes de mère,
Affura Coligny d'une amitié fincère,
Voulait par fes avis fe régler déformais,
L'ornait de dignités, le comblait de bienfaits,
Montrait à tous les miens, féduits par l'efpérance,
Des faveurs de fon fils la flatteufe apparence :
Hélas ! nous efpérions en jouir plus long-temps.

„ QUELQUES-UNS foupçonnaient ces perfides préfens :
Les dons d'un ennemi leur femblaient trop à craindre.
Plus ils fe défiaient, plus le roi favait feindre :
Dans l'ombre du fecret depuis peu (16) Médicis
A la fourbe, au parjure avait formé fon fils,
Façonnait aux forfaits ce cœur jeune & facile ;
Et le malheureux prince, à fes leçons docile,
Par fon penchant féroce à les fuivre excité,
Dans fa coupable école avait trop profité.

„ ENFIN, pour mieux cacher cet horrible myftère,
Il me donna fa fœur, (17) il m'appela fon frère.
O nom qui m'as trompé, vains fermens, nœud fatal !
Hymen (18) qui de nos maux fus le premier fignal !
Tes flambeaux, que du ciel alluma la colère,
Eclairaient à mes yeux le trépas de ma mère.
Je (19) ne fuis point injufte, & je ne prétends pas
A Médicis encore imputer fon trépas :
J'écarte des foupçons peut-être légitimes,
Et je n'ai pas befoin de lui chercher des crimes.
Ma mère enfin mourut : pardonnez à des pleurs
Qu'un fouvenir fi tendre arrache à mes douleurs.

Cependant tout s'apprête, & l'heure eft arrivée
Qu'au fatal dénoûment la reine a réfervée.

  ,, LE fignal eft donné fans tumulte & fans bruit;
C'était à la faveur des ombres de la nuit:
(20) De ce mois malheureux l'inégale courière
Semblait cacher d'effroi fa tremblante lumière.
Coligny languiffait dans les bras du repos,
Et le fommeil trompeur lui verfait fes pavots:
Soudain de mille cris le bruit épouvantable
Vient arracher fes fens à ce calme agréable:
Il fe lève, il regarde, il voit de tous côtés
Courir des affaffins à pas précipités:
Il voit briller par-tout les flambeaux & les armes,
Son palais embrafé, tout un peuple en alarmes,
Ses ferviteurs fanglans, dans la flamme étouffés,
Les meurtriers en foule au carnage échauffés,
Criant à haute voix: ,, Qu'on n'épargne perfonne,
,, C'eft DIEU, c'eft Médicis, c'eft le roi qui l'ordonne. ,,
Il entend retentir le nom de Coligny;
Il aperçoit de loin le jeune Teligny, (21)
Teligny dont l'amour a mérité fa fille,
L'efpoir de fon parti, l'honneur de fa famille,
Qui, fanglant, déchiré, traîné par des foldats,
Lui demandait vengeance, & lui tendait les bras.

  ,, LE héros malheureux, fans armes, fans défenfe,
Voyant qu'il faut périr, & périr fans vengeance,
Voulut mourir du moins comme il avait vécu,
Avec toute fa gloire & toute fa vertu.

  ,, DEJA des affaffins la nombreufe cohorte
Du fallon qui l'enferme allait brifer la porte;

Il leur ouvre lui-même, & fe montre à leurs yeux,
Avec cet œil ferein, ce front majeftueux,
Tel que dans les combats, maître de fon courage,
Tranquille il arrêtait ou preffait le carnage.

» A cet air vénérable, à cet augufte afpect,
Les meurtriers furpris font faifis de refpect ;
Une force inconnue a fufpendu leur rage :
» Compagnons, leur dit-il, achevez votre ouvrage ;
» Et de mon fang glacé fouillez ces cheveux blancs,
» Que le fort des combats refpecta quarante ans ;
» Frappez, ne craignez rien, Coligny vous pardonne ;
» Ma vie eft peu de chofe, & je vous l'abandonne.....
» J'euffe aimé mieux la perdre en combattant pour vous...»
Ces tigres à ces mots tombent à fes genoux ;
L'un faifi d'épouvante abandonne fes armes,
L'autre embraffe fes pieds qu'il trempe de fes larmes ;
Et de fes affaffins ce grand-homme entouré
Semblait un roi puiffant par fon peuple adoré.

(22) » B E S M E, qui dans la cour attendait fa victime,
Monte, accourt, indigné qu'on diffère fon crime ;
Des affaffins trop lents il veut hâter les coups ;
Aux pieds de ce héros il les voit trembler tous.
A cet objet touchant lui feul eft inflexible ;
Lui feul à la pitié toujours inacceffible
Croirait commettre un crime & trahir Médicis,
Si du moindre remords il fe fentait furpris.
A travers les foldats il court d'un pas rapide :
Coligny l'attendait d'un vifage intrépide ;
Et bientôt dans le flanc ce monftre furieux
Lui plongea fon épée en détournant les yeux,

De peur que d'un coup d'œil cet augufte vifage
Ne fît trembler fon bras & glaçât fon courage.

,, Du plus grand des Français tel fut le trifte fort.
On l'infulte, (23) on l'outrage encore après fa mort,
Son corps percé de coups, privé de fépulture,
Des oifeaux dévorans fut l'indigne pâture ;
Et l'on porta fa tête aux pieds de Médicis,
Conquête digne d'elle & digne de fon fils.
Médicis la reçut avec indifférence,
Sans paraître jouir du fruit de fa vengeance,
Sans remords, fans plaifir, maîtreffe de fes fens,
Et comme accoutumée à de pareils préfens.

,, Qui pourrait cependant exprimer les ravages
Dont cette nuit cruelle étala les images ?
La mort de Coligny, prémices des horreurs,
N'était qu'un faible effai de toutes leurs fureurs.
D'un peuple d'affaffins les troupes effrénées,
Par devoir & par zele au carnage acharnées,
Marchaient, le fer en main, les yeux étincelans,
Sur les corps étendus de nos frères fanglans.
Guife (24) était à leur tête, & bouillant de colère,
Vengeait fur tous les miens les manes de fon père.
Nevers, (25) Gondy, (26) Tavanne, (27) un poignard à la main,
Echauffaient les tranfports de leur zèle inhumain ;
Et portant devant eux la lifte de leurs crimes,
Les conduifaient au meurtre, & marquaient les victimes.

,, Je ne vous peindrai point le tumulte & les cris,
Le fang de tous côtés ruiffelant dans Paris,
Le fils affaffiné fur le corps de fon père,
Le frère avec la fœur, la fille avec la mère,

E 4

Les époux expirans fous leurs toits embrafés,
Les enfans au berceau fur la pierre écrafés;
Des fureurs des humains c'eft ce qu'on doit attendre:
Mais ce que l'avenir aura peine à comprendre,
Ce que vous-même encore à peine vous croirez,
Ces monftres furieux, de carnage altérés,
Excités par la voix des prêtres fanguinaires,
Invoquaient le Seigneur en égorgeant leurs frères;
Et le bras tout fouillé du fang des innocens,
Ofaient offrir à Dieu cet exécrable encens.

„ O combien de héros indignement périrent!
Rénel (28) & Pardaillan chez les morts defcendirent;
Et (29) vous, brave Guerchy, vous, fage Lavardin,
Digne de plus de vie & d'un autre deftin.
Parmi les malheureux que cette nuit cruelle
Plongea dans les horreurs d'une nuit éternelle,
Marfillac & Soubife, (30) au trépas condamnés,
Défendent quelque temps leurs jours infortunés:
Sanglans, percés de coups, & refpirant à peine,
Jufqu'aux portes du louvre on les pouffe, on les traîne;
Ils teignent de leur fang ce palais odieux,
En implorant leur roi qui les trahit tous deux.

„ Du haut de ce palais excitant la tempête,
Médicis à loifir contemplait cette fête;
Ses cruels favoris, d'un regard curieux,
Voyaient les flots de fang regorger fous leurs yeux;
Et de Paris en feu les ruines fatales
Etaient de ces héros les pompes triomphales.

„ Que dis-je! ô crime! ô honte! ô comble de nos maux!
Le roi, (31) le roi lui-même, au milieu des bourreaux,

Pourfuivant des profcrits les troupes égarées,
Du fang de fes fujets fouillait fes mains facrées :
Et ce même Valois que je fers aujourd'hui, (32)
Ce roi qui par ma bouche implore votre appui,
Partageant les forfaits de fon barbare frère,
A ce honteux carnage excitait fa colère.
Non qu'après tout Valois ait un cœur inhumain ;
Rarement dans le fang il a trempé fa main :
Mais l'exemple du crime affiégeait fa jeuneffe,
Et fa cruauté même était une faibleffe.

,, QUELQUES-UNS, il eft vrai, dans la foule des morts,
Du fer des affaffins trompèrent les efforts.
De Caumont, (33) jeune enfant, l'étonnante aventure
Ira de bouche en bouche à la race future.
Son vieux père, accablé fous le fardeau des ans,
Se livrait au fommeil entre fes deux enfans ;
Un lit feul enfermait & les fils & le père :
Les meurtriers ardens, qu'aveuglait la colère,
Sur eux à coups preffés enfoncent le poignard :
Sur ce lit malheureux la mort vole au hafard.

,, L'ETERNEL en fes mains tient feul nos deftinées :
Il fait, quand il lui plaît, veiller fur nos années ;
Tandis qu'en fes fureurs l'homicide eft trompé.
D'aucun coup, d'aucun trait Caumont ne fut frappé ;
Un invifible bras, armé pour fa défenfe,
Aux mains des meurtriers dérobait fon enfance ;
Son père à fes côtés, fous mille coups mourant,
Le couvrait tout entier de fon corps expirant ;
Et du peuple & du roi trompant la barbarie,
Une feconde fois il lui donna la vie.

,, CEPENDANT, que fefais-je en ces affreux momens ?
Hélas ! trop affuré fur la foi des fermens,
Tranquille au fond du louvre, & loin du bruit des armes,
Mes fens d'un doux repos goûtaient encor les charmes.
O nuit ! nuit effroyable ! ô funefte fommeil !
L'appareil de la mort éclaira mon réveil.
On avait maffacré mes plus chers domeftiques ;
Le fang de tous côtés inondait mes portiques ;
Et je n'ouvris les yeux que pour envifager
Les miens que fur le marbre on venait d'égorger.
Les affaffins fanglans vers mon lit s'avancèrent ;
Leurs parricides mains devant moi fe levèrent ;
Je touchais au moment qui terminait mon fort ;
Je préfentai ma tête, & j'attendis la mort.

,, MAIS foit qu'un vieux refpeƈt pour le fang de leurs maîtres
Parlât encor pour moi dans le cœur de ces traîtres ;
Soit que de Médicis l'ingénieux courroux
Trouvât pour moi la mort un fupplice trop doux ;
Soit qu'enfin s'affurant d'un port durant l'orage,
Sa prudente fureur me gardât pour otage ;
On réferva ma vie à de nouveaux revers,
Et bientôt de fa part on m'apporta des fers. (34)

,, COLIGNY, plus heureux & plus digne d'envie,
Du moins en fuccombant ne perdit que la vie ;
Sa liberté, fa gloire au tombeau le fuivit......
Vous frémiffez, Madame, à cet affreux récit ;
Tant d'horreur vous furprend ; mais de leur barbarie
Je ne vous ai conté que la moindre partie.
On eût dit que du haut de fon louvre fatal
Médicis à la France eût donné le fignal ;

Tout imita Paris : (35) la mort fans réfiftance
Couvrit en un moment la face de la France.
Quand un roi veut le crime , il eft trop obéi :
Par cent mille affaffins fon courroux fut fervi ;
Et des fleuves français les eaux enfanglantées
Ne portaient que des morts aux mers épouvantées. „

Fin du fecond Chant.

CHANT III.

ARGUMENT.

Le héros continue l'histoire des guerres civiles de France. Mort funeste de Charles IX. Regne de Henri III : son caractère. Celui du fameux duc de Guise, connu sous le nom du Balafré. Bataille de Coutras. Meurtre du duc de Guise. Extrémités où Henri III est réduit. Mayenne est le chef de la ligue : d'Aumale en est le héros. Réconciliation de Henri III & de Henri roi de Navarre. Secours que promet la reine Elisabeth. Sa réponse à Henri de Bourbon.

,, QUAND l'arrêt des destins eut, durant quelques jours,
A tant de cruautés permis un libre cours,
Et que des assassins, fatigués de leurs crimes,
Les glaives émoussés manquèrent de victimes ;
Le peuple, dont la reine avait armé le bras,
Ouvrit enfin les yeux, & vit ses attentats.
Aisément sa pitié succede à sa furie ;
Il entendit gémir la voix de sa patrie.
Bientôt Charles lui-même en fut saisi d'horreur ;
Le remords dévorant s'éleva dans son cœur.
Des premiers ans du roi la funeste culture
N'avait que trop en lui corrompu la nature ;
Mais elle n'avait point étouffé cette voix
Qui jusque sur le trône épouvante les rois.
Par sa mère élevé, nourri dans ses maximes,
Il n'était point comme elle endurci dans les crimes.

Je l'aperçus bien-tôt porté par des soldats,

Pâle, et déja couvert des ombres du trépas. *Henriade ch 3*

Dessiné par J. M. Moreau le jeune. 182 Gravé par Dambrun.

Le chagrin vint flétrir la fleur de fes beaux jours ;
Une langueur mortelle en abrégea le cours :
DIEU déployant fur lui fa vengeance févère
Marqua ce roi mourant du fceau de fa colère ;
Et par fon châtiment voulut épouvanter
Quiconque à l'avenir oferait l'imiter.
Je le vis (1) expirant : cette image effrayante
A mes yeux attendris femble être encor préfente.
Son fang, à gros bouillons de fon corps élancé,
Vengeait le fang français par fes ordres verfé :
Il fe fentait frappé d'une main invifible ;
Et le peuple, étonné de cette fin terrible,
Plaignit un roi fi jeune & fitôt moiffonné,
Un roi par les méchans dans le crime entraîné,
Et dont le repentir permettait à la France
D'un emprie plus doux quelque faible efpérance.

,, SOUDAIN du fond du Nord, au bruit de fon trépas,
L'impatient Valois, accourant à grands pas,
Vint faifir dans ces lieux, tout fumans de carnage,
D'un frère infortuné le fanglant héritage.

,, LA Pologne (2) en ce temps avait, d'un commun choix,
Au rang des Jagellons placé l'heureux Valois ;
Son nom, plus redouté que les plus puiffans princes,
Avait gagné pour lui les voix de cent provinces.
C'eft un poids bien pefant qu'un nom trop tôt fameux :
Valois ne foutint pas ce fardeau dangereux.
Qu'il ne s'attende point que je le juftifie ;
Je lui peux immoler mon repos & ma vie,
Tout, hors la vérité que je préfère à lui ;
Je le plains, je le blâme, & je fuis fon appui.

„ SA gloire avait paſſé comme une ombre légère:
Ce changement eſt grand, mais il eſt ordinaire.
On a vu plus d'un roi, par un triſte retour,
Vainqueur dans les combats, eſclave dans ſa cour.
Reine, c'eſt dans l'eſprit qu'on voit le vrai courage.
Valois reçut des cieux des vertus en partage:
Il eſt vaillant, mais faible, & moins roi que ſoldat;
Il n'a de fermeté qu'en un jour de combat.
Ses honteux favoris, flattant ſon indolence,
De ſon cœur à leur gré gouvernaient l'inconſtance;
Au fond de ſon palais avec lui renfermés,
Sourds aux cris douloureux des peuples opprimés,
Ils dictaient par ſa voix leurs volontés funeſtes;
Des tréſors de la France ils diſſipaient les reſtes;
Et le peuple accablé, pouſſant de vains ſoupirs,
Gémiſſait de leur luxe, & payait leurs plaiſirs.

„ TANDIS que ſous le joug de ſes maîtres avides
Valois preſſait l'Etat du fardeau des ſubſides,
On vit paraître Guiſe, (3) & le peuple inconſtant
Tourna bientôt ſes yeux vers cet aſtre éclatant:
Sa valeur, ſes exploits, la gloire de ſon père,
Sa grâce, ſa beauté, cet heureux don de plaire,
Qui mieux que la vertu fait regner ſur les cœurs,
Attiraient tous les vœux par des charmes vainqueurs.

„ NUL ne fut mieux que lui le grand art de ſéduire;
Nul ſur ſes paſſions n'eut jamais plus d'empire,
Et ne fut mieux cacher, ſous des dehors trompeurs,
Des plus vaſtes deſſeins les ſombres profondeurs.
Altier, impérieux, mais ſouple & populaire,
Des peuples en public il plaignait la miſère,

Déteſtait des impôts le fardeau rigoureux ;
Le pauvre allait le voir & revenait heureux :
Il ſavait prévenir la timide indigence ;
Ses bienfaits dans Paris annonçaient ſa préſence :
Il ſe fefait aimer des grands qu'il haïſſait ;
Terrible & ſans retour alors qu'il offenſait ;
Téméraire en ſes vœux, ſage en ſes artifices ;
Brillant par ſes vertus, & même par ſes vices ;
Connaiſſant le péril, & ne redoutant rien ;
Heureux guerrier, grand prince, & mauvais citoyen.

,, QUAND il eut quelque temps eſſayé ſa puiſſance,
Et du peuple aveuglé cru fixer l'inconſtance,
Il ne ſe cacha plus, & vint ouvertement
Du trône de ſon roi briſer le fondement.
Il forma dans Paris cette Ligue funeſte,
Qui bientôt de la France infeſta tout le reſte ;
Monſtre affreux, qu'ont nourri les peuples & les grands,
Engraiſſé de carnage, & fertile en tyrans.

,, LA France dans ſon ſein vit alors deux monarques :
L'un n'en poſſédait plus que les frivoles marques ;
L'autre inſpirant par-tout l'eſpérance ou l'effroi,
A peine avait beſoin du vain titre de roi.

,, VALOIS ſe réveilla du ſein de ſon ivreſſe.
Ce bruit, cet appareil, ce danger qui le preſſe,
Ouvrirent un moment ſes yeux appeſantis :
Mais du jour importun ſes regards éblouis
Ne diſtinguèrent point au fort de la tempête
Les foudres menaçans qui grondaient ſur ſa tête ;
Et bientôt fatigué d'un moment de réveil,
Las, & ſe rejetant dans les bras du ſommeil,

Entre ſes favoris, & parmi les délices,
Tranquille il s'endormit au bord des précipices.
Je lui reſtais encore, & tout près de périr,
Il n'avait plus que moi qui pût le ſecourir :
Héritier après lui du trône de la France,
Mon bras ſans balancer s'armait pour ſa défenſe :
J'offrais à ſa faibleſſe un néceſſaire appui ;
Je courais le ſauver, ou me perdre avec lui.

,, MAIS Guiſe trop habile, & trop ſavant à nuire,
L'un par l'autre en ſecret ſongeait à nous détruire.
Que dis-je ? il obligea Valois à ſe priver
De l'unique ſoutien qui le pouvait ſauver.
De la religion le prétexte ordinaire
Fut un voile honorable à cet affreux myſtère.
Par ſa feinte vertu tout le peuple échauffé
Ranima ſon courroux encor mal étouffé.
Il leur repréſentait le culte de leurs pères,
Les derniers attentats des ſectes étrangères,
Me peignait ennemi de l'Egliſe & de DIEU :
,, Il porte, diſait-il, ſes erreurs en tout lieu ;
,, Il fuit d'Eliſabeth les dangereux exemples ;
,, Sur vos temples détruits il va fonder ſes temples ;
,, Vous verrez dans Paris ſes prêches criminels. ,, (4)

,, TOUT le peuple à ces mots trembla pour ſes autels,
Juſqu'au palais du roi l'alarme en eſt portée.
La Ligue, qui feignait d'en être épouvantée,
Vient de la part de Rome annoncer à ſon roi
Que Rome lui défend de s'unir avec moi.
Hélas ! le roi trop faible obéit ſans murmure :
Et lorſque je volais pour venger ſon injure,

J'apprends

J'apprends que mon beau-frère, à la ligue foumis,
S'uniffait pour me perdre avec fes ennemis,
De foldats malgré lui couvrait déjà la terre,
Et par timidité me déclarait la guerre.
Je plaignis fa faibleffe, & fans rien ménager,
Je courus le combattre au lieu de le venger.
De la Ligue, en cent lieux, les villes alarmées
Contre moi dans la France enfantaient des armées :
Joyeufe avec ardeur venait fondre fur moi,
Miniftre impétueux des faibleffes du roi.
Guife, dont la prudence égalait le courage,
Difperfait mes amis, leur fermait le paffage.
D'armes & d'ennemis preffé de toutes parts,
Je les défiai tous, & tentai les hafards.

   ,, Je cherchai dans Coutras ce fuperbe Joyeufe. (5)
Vous favez fa défaite & fa fin malheureufe :
Je dois vous épargner des récits fuperflus. ,, (a)

   ,, Non, je ne reçois point vos modeftes refus ;
Non, ne me privez point, dit l'augufte princeffe,
D'un récit qui m'éclaire autant qu'il m'intéreffe ;
N'oubliez point ce jour, ce grand jour de Coutras,
Vos travaux, vos vertus, Joyeufe, & fon trépas :
L'auteur de tant d'exploits doit feul me les apprendre,
Et peut-être je fuis digne de les entendre. ,,
Elle dit : le héros, à ce difcours flatteur,
Sentit couvrir fon front d'une noble rougeur ;
Et réduit à regret à parler de fa gloire,
Il pourfuivit ainfi cette fatale hiftoire.

   ,, De tous les favoris qu'idolâtrait Valois,
Qui flattaient fa molleffe, & lui donnaient des lois,

La Henriade.   F

Joyeufe, né d'un fang chez les Français infigne,
D'une faveur fi haute était le moins indigne : (6)
Il avait des vertus ; & fi de fes beaux jours
La Parque en ce combat n'eût abrégé le cours,
Sans doute aux grands exploits fon ame accoutumée
Aurait de Guife un jour atteint la renommée.
Mais nourri jufqu'alors au milieu de la cour,
Dans le fein des plaifirs, dans les bras de l'amour,
Il n'eut à m'oppofer qu'un excès de courage,
Dans un jeune héros dangereux avantage.

,, LES courtifans en foule attachés à fon fort,
Du fein des voluptés s'avançaient à la mort.
Des chiffres amoureux, gages de leurs tendreffes,
Traçaient fur leurs habits les noms de leurs maîtreffes ;
Leurs armes éclataient du feu des diamans,
De leurs bras énervés frivoles ornemens.
Ardens, tumultueux, privés d'expérience,
Ils portaient au combat leur fuperbe imprudence :
Orgueilleux de leur pompe, & fiers d'un camp nombreux,
Sans ordre ils s'avançaient d'un pas impétueux.

,, D'UN éclat différent mon camp frappait leur vue.
Mon armée en filence à leurs yeux étendue
N'offrait de tous côtés que farouches foldats,
Endurcis aux travaux, vieillis dans les combats,
Accoutumés au fang, & couverts de bleffures ;
Leur fer & leurs moufquets compofaient leurs parures.
Comme eux vêtu fans pompe, armé de fer comme eux,
Je conduifais aux coups leurs efcadrons poudreux ;
Comme eux, de mille morts affrontant la tempête,
Je n'étais diftingué qu'en marchant à leur tête.

Je vis nos ennemis vaincus & renverfés,
Sous nos coups expirans, devant nous difperfés ;
A regret dans leur fein j'enfonçais cette épée,
Qui du fang efpagnol eût été mieux trempée.

  „ IL le faut avouer, parmi ces courtifans
Que moiffonna le fer en la fleur de leurs ans,
Aucun ne fut percé que de coups honorables :
Tous fermes dans leurs pofte, & tous inébranlables,
Ils voyaient devant eux avancer le trépas,
Sans détourner les yeux, fans reculer d'un pas.
Des courtifans français tel eft le caractère :
La paix n'amollit point leur valeur ordinaire ;
De l'ombre du repos ils volent aux hafards ;
Vils flatteurs à la cour, héros aux champs de Mars.

  „ POUR moi dans les horreurs d'une mêlée affreufe,
J'ordonnais, mais en vain, qu'on épargnât Joyeufe ;
Je l'aperçus bientôt porté par des foldats,
Pâle & déjà couvert des ombres du trépas.
Telle une tendre fleur qu'un matin voit éclore
Des baifers du Zéphyre, & des pleurs de l'Aurore,
Brille un moment aux yeux, & tombe avant le temps
Sous le tranchant du fer ou fous l'effort des vents.

  „ MAIS pourquoi rappeler cette trifte victoire ?
Que ne puis-je plutôt ravir à la mémoire
Les cruels monumens de ces affreux fuccès ! (b)
Mon bras n'eft encor teint que du fang des Français ;
Ma grandeur, à ce prix, n'a point pour moi de charmes,
Et mes lauriers fanglans font baignés de mes larmes.

„ CE malheureux combat ne fit qu'approfondir
L'abyme dont Valois voulait en vain fortir.
Il fut plus méprifé quand on vit fa difgrace ;
Paris fut moins foumis , la Ligue eut plus d'audace ;
Et la gloire de Guife , aigriffant fes douleurs ,
Ainfi que fes affronts , redoubla fes malheurs.
Guife (7) dans Vimori , d'une main plus heureufe ,
Vengea fur les Germains la perte de Joyeufe ,
Accabla dans Auneau mes alliés furpris ,
Et couvert de lauriers fe montra dans Paris.
Ce vainqueur y parut comme un Dieu tutélaire.
Valois vit triompher fon fuperbe adverfaire ,
Qui , toujours infultant à ce prince abattu ,
Semblait l'avoir fervi moins que l'avoir vaincu.

„ LA honte irrite enfin le plus faible courage :
L'infenfible Valois reffentit cet outrage ;
Il voulut , d'un fujet réprimant la fierté ,
Effayer dans Paris fa faible autorité :
Il n'en était plus temps : la tendreffe & la crainte
Pour lui dans tous les cœurs était alors éteinte :
Son peuple audacieux , prompt à fe mutiner ,
Le prit pour un tyran dès qu'il voulut régner.
On s'affemble , on confpire , on répand les alarmes ;
Tout bourgeois eft foldat , tout Paris eft en armes :
Mille remparts naiffans , qu'un inftant a formés ,
Menacent de Valois les gardes enfermés.

„ GUISE (8) tranquille & fier au milieu de l'orage ,
Précipitait du peuple ou retenait la rage ,
De la fédition gouvernait les refforts ,
Et fefait à fon gré mouvoir ce vafte corps.

Tout le peuple au palais courait avec furie :
Si Guife eût dit un mot, Valois était fans vie ;
Mais lorfque d'un coup d'œil il pouvait l'accabler,
Il parut fatisfait de l'avoir fait trembler ;
Et des mutins lui-même arrêtant la pourfuite,
Lui laiffa par pitié le pouvoir de la fuite.

  » ENFIN Guife attenta, quel que fût fon projet,
Trop peu pour un tyran, mais trop pour un fujet.
Quiconque a pu forcer fon monarque à le craindre,
A tout à redouter, s'il ne veut tout enfreindre.
Guife, en fes grands deffeins dès ce jour affermi,
Vit qu'il n'était plus temps d'offenfer à demi ;
Et qu'élevé fi haut, mais fur un précipice,
S'il ne montait au trône, il marchait au fupplice.
Enfin, maître abfolu d'un peuple révolté,
Le cœur plein d'efpérance & de témérité,
Appuyé des Romains, fecouru des Ibères,
Adoré des Français, fecondé de fes frères,
Ce fujet (9) orgueilleux crut ramener ces temps
Où de nos premiers rois les lâches defcendans,
Déchus prefqu'en naiffant de leur pouvoir fuprème,
Sous un froc odieux cachaient leur diadème,
Et dans l'ombre d'un clôitre en fecret gémiffans,
Abandonnaient l'empire aux mains de leurs tyrans.

  » VALOIS, qui cependant différait fa vengeance,
Tenait alors dans Blois les états de la France.
Peut-être on vous a dit quels furent ces états :
On propofa des lois qu'on n'exécuta pas ;
De mille députés l'éloquence ftérile
Y fit de nos abus un détail inutile ;

Car de tant de confeils l'effet le plus commun
Eft de voir tous nos maux fans en foulager un.

,, Au milieu des états , Guife avec arrogance
De fon prince offenfé vint braver la préfence ,
S'affit auprès du trône ; & fûr de fes projets ,
Crut dans ces députés voir autant de fujets.
Déjà leur troupe indigne , à fon tyran vendue ,
Allait mettre en fes mains la puiffance abfolue ;
Lorfque las de le craindre , & las de l'épargner ,
Valois voulut enfin fe venger & régner.
Son rival chaque jour foigneux de lui déplaire ,
Dédaigneux ennemi , méprifait fa colère ;
Ne foupçonnant pas même , en ce prince irrité ,
Pour un affaffinat affez de fermeté.
Son deftin l'aveuglait , fon heure était venue :
Le roi le fit lui-même immoler à fa vue ;
De cent coups de poignard indignement percé , (1 0)
Son orgueil en mourant ne fut point abaiffé ;
Et ce front , que Valois craignait encor peut-être ,
Tout pâle & tout fanglant femblait braver fon maître.
C'eft ainfi que mourut ce fujet tout puiffant ,
De vices , de vertus affemblage éclatant.
Le roi , dont il ravit l'autorité fuprême ,
Le fouffrit lâchement , & s'en vengea de même.

,, Bientot ce bruit affreux fe répand dans Paris.
Le peuple épouvanté remplit l'air de fes cris.
Les vieillards défolés , les femmes éperdues ,
Vont du malheureux Guife embraffer les ftatues.
Tout Paris croit avoir , en ce preffant danger ,
L'Eglife à foutenir , & fon père à venger.

De Guife au milieu d'eux le redoutable frère,
Mayenne à la vengeance anime leur colère ;
Et plus par intérêt que par reffentiment,
Il allume en cent lieux ce grand embrafement.

,,MAYENNE (11) dès long-temps nourri dans les alarmes,
Sous le fuperbe Guife avait porté les armes ; (c)
Il fuccède à fa gloire ainfi qu'à fes deffeins ;
Le fceptre de la Ligue a paffé dans fes mains.
Cette grandeur fans borne, à fes défirs fi chère,
Le confole aifément de la perte d'un frère ; (12)
Il fervait à regret, & Mayenne aujourd'hui
Aime mieux le venger que de marcher fous lui.
Mayenne a, je l'avoue, un courage héroïque ;
Il fait, par une heureufe & fage politique,
Réunir fous fes lois mille efprits différens,
Ennemis de leur maître, efclaves des tyrans.
Il connaît leurs talens, il fait en faire ufage. (d)
Souvent du malheur même il tire un avantage.
Guife avec plus d'éclat éblouiffait les yeux,
Fut plus grand, plus héros, mais non plus dangereux.
Voilà quel eft Mayenne, & quelle eft fa puiffance.
Autant la Ligue altière efpère en fa prudence,
Autant le jeune Aumale, (13) au cœur préfomptueux,
Répand dans les efprits fon courage orgueilleux.
D'Aumale eft du parti le bouclier terrible ;
Il a jufqu'aujourd'hui le titre d'invincible.
Mayenne, qui le guide au milieu des combats,
Eft l'ame de la Ligue, & l'autre en eft le bras.

,, CEPENDANT des Flamands l'oppreffeur politique, (e)
Ce voifin dangereux, ce tyran catholique,

F 4

Ce roi dont l'artifice eſt le plus grand ſoutien,
Ce roi votre ennemi, mais plus encor le mien,
Philippe, (14) de Mayenne embraſſant la querelle,
Soutient de nos rivaux la cauſe criminelle :
Et Rome, (15) qui devait étouffer tant de maux,
Rome de la diſcorde allume les flambeaux :
Celui qui des chrétiens ſe dit encor le père,
Met aux mains de ſes fils un glaive ſanguinaire.

　　„ D e s deux bouts de l'Europe, à mes regards ſurpris,
Tous les malheurs enſemble accourent dans Paris.
Enfin roi ſans ſujets, pourſuivi ſans défenſe,
Valois s'eſt vu forcé d'implorer ma puiſſance.
Il m'a cru généreux, & ne s'eſt point trompé :
Des malheurs de l'Etat mon cœur s'eſt occupé ;
Un danger ſi preſſant a fléchi ma colère ;
Je n'ai plus dans Valois regardé qu'un beau-frère :
Mon devoir l'ordonnait, j'en ai ſubi la loi,
Et roi, j'ai défendu l'autorité d'un roi.
Je ſuis venu vers lui ſans traité, ſans otage : (16)
Votre fort, ai-je dit, eſt dans votre courage ;
Venez mourir ou vaincre aux remparts de Paris.
Alors un noble orgueil a rempli ſes eſprits :
Je ne me flatte point d'avoir pu dans ſon ame
Verſer par mon exemple une ſi belle flamme ;
Sa diſgrace a ſans doute éveillé ſa vertu :
Il gémit du repos qui l'avait abattu.
Valois avait beſoin d'un deſtin ſi contraire ;
Et ſouvent l'infortune aux rois eſt néceſſaire. „

　　T e l s étaient de Henri les ſincères diſcours.
Des Anglais cependant il preſſe le ſecours :

Déjà du haut des murs de la ville rebelle,
La voix de la victoire en son camp le rappelle ;
Mille jeunes anglais vont bientôt sur ses pas
Fendre le sein des mers, & chercher les combats.

ESSEX (17) est à leur tête, Essex dont la vaillance
A des fiers Castillans confondu la prudence ;
Et qui ne croyait pas qu'un indigne destin
Dût flétrir les lauriers qu'avait cueillis sa main.

HENRI ne l'attend point ; ce chef que rien n'arrête,
Impatient de vaincre, à son départ s'apprête :
" Allez, lui dit la reine, allez, digne Héros,
Mes guerriers sur vos pas traverseront les flots ;
Non, ce n'est point Valois, c'est vous qu'ils veulent suivre ;
A vos soins généreux mon amitié les livre.
Au milieu des combats vous les verrez courir,
Plus pour vous imiter que pour vous secourir.
Formés par votre exemple au grand art de la guerre,
Ils apprendront sous vous à servir l'Angleterre.
Puisse bientôt la Ligue expirer sous vos coups !
L'Espagne sert Mayenne, & Rome est contre vous ;
Allez vaincre l'Espagne, & songez qu'un grand-homme
Ne doit point redouter les vains foudres de Rome.
Allez des nations venger la liberté ;
De Sixte & de Philippe abaissez la fierté.

" PHILIPPE de son père héritier tyrannique,
Moins grand, moins courageux, & non moins politique,
Divisant ses voisins pour leur donner des fers,
Du fond de son palais croit dompter l'univers.

,, Sixte, (18) au trône élevé du fein de la pouffière,
Avec moins de puiffance a l'ame encor plus fière.
Le pâtre de Montalte eft le rival des rois ;
Dans Paris, comme à Rome, il veut donner des lois ;
Sous le pompeux éclat d'un triple diadème,
Il penfe affervir tout, jufqu'à Philippe même.
Violent, mais adroit, diffimulé, trompeur,
Ennemi des puiffans, des faibles oppreffeur,
Dans Londres, dans ma cour, il a formé des brigues ;
Et l'univers, qu'il trompe, eft plein de fes intrigues.

,, Voila les ennemis que vous devez braver.
Contre moi l'un & l'autre ofèrent s'élever.
L'un combattant en vain l'Anglais & les orages,
Fit voir à l'Océan (19) fa fuite & fes naufrages ;
Du fang de fes guerriers ce bord eft encor teint ;
L'autre fe tait dans Rome, & m'eftime & me craint.

,, Suivez donc, à leurs yeux, votre noble entreprife.
Si Mayenne eft dompté, Rome fera foumife :
Vous feul pouvez régler fa haine ou fes faveurs ;
Inflexible aux vaincus, complaifante aux vainqueurs,
Prête à vous condamner, facile à vous abfoudre,
C'eft à vous d'allumer ou d'éteindre fa foudre. ,,

Fin du troifième Chant.

Il se présente aux seize, & demande des fers,

Du front dont il auroit condamné ces pervers. *Henriade. Ch. 4.*

J. M. Moreau le jeune. Inv.   1782   J. L. Delignon. Sculp.

CHANT IV.

ARGUMENT.

D'Aumale était près de se rendre maître du camp de Henri III, lorsque le héros, revenant d'Angleterre, combat les ligueurs, & fait changer la fortune.

La Discorde console Mayenne, & vole à Rome pour y chercher du secours. Description de Rome où régnait alors Sixte-Quint. La Discorde y trouve la Politique ; elle revient avec elle à Paris, soulève la Sorbonne, anime les Seize contre le parlement, & arme les moines. On livre à la main du bourreau des magistrats qui tenaient pour le parti des rois. Troubles & confusion horrible dans Paris.

Tandis que poursuivant leurs entretiens secrets,
Et pesant à loisir de si grands intérêts,
Ils épuisaient tous deux la science profonde
De combattre, de vaincre, & de régir le monde,
La Seine avec effroi voit sur ses bords sanglans
Les drapeaux de la Ligue abandonnés aux vents.

Valois, loin de Henri, rempli d'inquiétude,
Du destin des combats craignait l'incertitude.
A ses destins flottans il fallait un appui ;
Il attendait Bourbon, sûr de vaincre avec lui.
Par ces retardemens les ligueurs s'enhardirent ;
Des portes de Paris leurs légions sortirent :
Le superbe d'Aumale, & Nemours, & Brissac,
Le farouche Saint-Paul, la Châtre, Canillac,

D'un coupable parti défenseurs intrépides,
Epouvantaient Valois de leurs succès rapides :
Et ce roi, trop souvent sujet au repentir,
Regrettait le héros qu'il avait fait partir. (a)

PARMI ces combattans, ennemis de leur maître,
Un frère (1) de Joyeuse osa long-temps paraître.
Ce fut lui que Paris vit passer tour-à-tour
Du siècle au fond d'un cloître, & du cloître à la cour;
Vicieux, pénitent, courtisan, solitaire,
Il prit, quitta, reprit la cuirasse, & la haire.
Du pied des saints autels, arrosés de ses pleurs,
Il courut de la Ligue animer les fureurs,
Et plongea dans le sein de la France éplorée
La main qu'à l'Eternel il avait consacrée.

MAIS de tant de guerriers, celui dont la valeur
Inspira plus d'effroi, répandit plus d'horreur,
Dont le cœur fut plus fier, & la main plus fatale,
Ce fut vous, jeune Prince, impétueux d'Aumale,
Vous né du sang lorrain, si fécond en héros,
Vous ennemi des rois, des lois, & du repos.
La fleur de la jeunesse en tout temps l'accompagne.
Avec eux sans relâche il fond dans la campagne :
Tantôt dans le silence, & tantôt à grand bruit,
A la clarté des cieux, dans l'ombre de la nuit,
Chez l'ennemi surpris, portant par-tout la guerre,
Du sang des assiégeans son bras couvrait la terre.
Tels du front du Caucase, ou du sommet d'Athos,
D'où l'œil découvre au loin l'air, la terre, & les flots,
Les aigles, les vautours, aux ailes étendues,
D'un vol précipité fendant les vastes nues,

Vont dans les champs de l'air enlever les oifeaux ;
Dans les bois, fur les prés, déchirent les troupeaux,
Et dans les flancs affreux de leurs roches fanglantes
Remportent à grands cris ces dépouilles vivantes.

DEJA plein d'efpérance, & de gloire enivré,
Aux tentes de Valois il avait pénétré.
La nuit & la furprife augmentaient les alarmes :
Tout pliait, tout tremblait, tout cédait à fes armes.
Cet orageux torrent, prompt à fe déborder,
Dans fon choc ténébreux allait tout inonder.
L'étoile du matin commençait à paraître ;
Mornay, qui précédait le retour de fon maître,
Voyait déjà les tours du fuperbe Paris.
D'un bruit mêlé d'horreur il eft foudain furpris ;
Il court, il aperçoit dans un défordre extrême
Les foldats de Valois & ceux de Bourbon même :
,, Jufte Ciel, eft-ce ainfi que vous nous attendiez ?
,, Henri va vous défendre, il vient, & vous fuyez !
,, Vous fuyez, compagnons ! ,, Au fon de fa parole,
Comme on vit autrefois au pied du Capitole
Le fondateur de Rome, opprimé des Sabins,
Au nom de Jupiter arrêter fes Romains,
Au feul nom de Henri les Français fe rallient ;
La honte les enflamme, ils marchent, ils s'écrient :
Qu'il vienne ce héros, nous vaincrons fous fes yeux.

HENRI dans le moment paraît au milieu d'eux,
Brillant comme l'éclair au fort de la tempête.
Il vole aux premiers rangs, il s'avance à leur tête ;
Il combat, on le fuit, il change les deftins ;
La foudre eft dans fes yeux, la mort eft dans fes mains :

Tous les chefs ranimés autour de lui s'empreſſent ;
La victoire revient, les ligueurs diſparaiſſent,
Comme aux rayons du jour qui s'avance & qui luit,
S'eſt diſſipé l'éclat des aſtres de la nuit.
C'eſt en vain que d'Aumale arrête ſur ces rives
Des ſiens épouvantés les troupes fugitives ;
Sa voix pour un moment les rappelle aux combats :
La voix du grand Henri précipite leurs pas ;
De ſon front menaçant la terreur les renverſe ;
Leur chef les réunit, la crainte les diſperſe.
D'Aumale eſt avec eux dans leur fuite entraîné ;
Tel que du haut d'un mont de frimas couronné,
Au milieu des glaçons, & des neiges fondues,
Tombe & roule un rocher qui menaçait les nues.

MAIS que dis-je ? il s'arrête, il montre aux aſſiégeans,
Il montre encor ce front redouté ſi long-temps.
Des ſiens qui l'entraînaient, fougueux il ſe dégage :
Honteux de vivre encore il revole au carnage ;
Il arrête un moment ſon vainqueur étonné ;
Mais d'ennemis bientôt il eſt environné.
La mort allait punir ſon audace fatale.

LA Diſcorde le vit & trembla pour d'Aumale :
La barbare qu'elle eſt a beſoin de ſes jours :
Elle s'élève en l'air, & vole à ſon ſecours.
Elle approche, elle oppoſe au nombre qui l'accable
Son bouclier de fer, immenſe, impénétrable,
Qui commande au trépas, qu'accompagne l'horreur,
Et dont la vue inſpire ou la rage ou la peur.
O fille de l'enfer, Diſcorde inexorable,
Pour la première fois tu parus ſecourable.

Tu fauvas un héros, tu prolongeas fon fort,
De cette même main, miniftre de la mort,
De cette main barbare, accoutumée aux crimes,
Qui jamais jufque-là n'épargna fes victimes.
Elle entraîne d'Aumale aux portes de Paris,
Sanglant, couvert de coups qu'il n'avait point fentis.
Elle applique à fes maux une main falutaire;
Elle étanche ce fang répandu pour lui plaire:
Mais tandis qu'à fon corps elle rend la vigueur,
De fes mortels poifons elle infecte fon cœur.
Tel fouvent un tyran, dans fa pitié cruelle,
Sufpend d'un malheureux la fentence mortelle;
A fes crimes fecrets il fait fervir fon bras,
Et quand ils font commis, il le rend au trépas.

HENRI fait profiter de ce grand avantage,
Dont le fort des combats honora fon courage.
Des momens dans la guerre il connaît tout le prix;
Il preffe au même inftant fes ennemis furpris:
Il veut que les affauts fuccèdent aux batailles;
Il fait tracer leur perte autour de leurs murailles.
Valois, plein d'efpérance, & fort d'un tel appui,
Donne aux foldats l'exemple, & le reçoit de lui;
Il foutient les travaux, il brave les alarmes.
La peine a fes plaifirs, le péril a fes charmes.

TOUS les chefs font unis, tout fuccède à leurs vœux;
Et bientôt la Terreur qui marche devant eux,
Des affiégés tremblans diffipant les cohortes,
A leurs yeux éperdus allait brifer leurs portes.
Que peut faire Mayenne en ce péril preffant?
Mayenne a pour foldats un peuple gémiffant:

Ici la fille en pleurs lui redemande un père ;
Là le frère effrayé pleure au tombeau d'un frère :
Chacun plaint le préfent, & craint pour l'avenir ;
Ce grand corps alarmé ne peut fe réunir.
On s'affemble, on confulte, on veut fuir ou fe rendre ;
Tous font irréfolus, nul ne veut fe défendre : (b)
Tant le faible vulgaire, avec légèreté,
Fait fuccéder la peur à la témérité !

MAYENNE en frémiffant voit leur troupe éperdue :
Cent deffeins partagaient fon ame iréfolue ;
Quand foudain la Difcorde aborde ce héros,
Fait fiffler fes ferpens, & lui parle en ces mots :

» DIGNE héritier d'un nom redoutable à la France,
Toi qu'unit avec moi le foin de ta vengeance,
Toi nourri fous mes yeux, & formé fous mes lois,
Entends ta protectrice, & reconnais ma voix.
Ne crains rien de ce peuple imbécille & volage,
Dont un faible malheur a glacé le courage ;
Leurs efprits font à moi, leurs cœurs font dans mes mains ;
Tu les verras bientôt, fecondant nos deffeins,
De mon fiel abreuvés, à mes fureurs en proie,
Combattre avec audace, & mourir avec joie. »

LA Difcorde auffitôt, plus prompte qu'un éclair,
Fend d'un vol affuré les campagnes de l'air.
Par-tout chez les Français le trouble & les alarmes
Préfentent à fes yeux des objets pleins de charmes :
Son haleine en cent lieux répand l'aridité ;
Le fruit meurt en naiffant dans fon germe infecté ;

Les épis renverfés fur la terre languiffent ;
Le ciel s'en obfcurcit, les aftres en pâliffent ;
Et la foudre en éclats, qui gronde fous fes pieds,
Semble annoncer la mort aux peuples effrayés.

Un tourbillon la porte à ces rives fécondes
Que l'Eridan rapide arrofe de fes ondes.

Rome enfin fe découvre à fes regards cruels ;
Rome jadis fon temple, & l'effroi des mortels ;
Rome dont le deftin dans la paix, dans la guerre,
Eft d'être en tous les temps maîtreffe de la terre.
Par le fort des combats on la vit autrefois
Sur leurs trônes fanglans enchaîner tous les rois :
L'univers fléchiffait fous fon aigle terrible :
Elle exerce en nos jours un pouvoir plus paifible :
On la voit fous fon joug affervir fes vainqueurs,
Gouverner les efprits, & commander aux cœurs :
Ses avis font fes lois, fes décrets font fes armes.

Près de ce Capitole où régnaient tant d'alarmes,
Sur les pompeux débris de Bellone & de Mars,
Un pontife eft affis au trône des Céfars ;
Des prêtres fortunés foulent d'un pied tranquille
Les tombeaux des Catons & la cendre d'Emile.
Le trône eft fur l'autel, & l'abfolu pouvoir
Met dans les mêmes mains le fceptre & l'encenfoir.

La, Dieu même a fondé fon Eglife naiffante, (c)
Tantôt perfécutée, & tantôt triomphante ;
Là, fon premier apôtre avec la vérité
Conduifit la candeur & la fimplicité.

La Henriade. G

Ses fucceffeurs heureux quelque temps l'imitèrent,
D'autant plus refpeétés que plus ils s'abaifsèrent.
Leur front d'un vain éclat n'était point revêtu ;
La pauvreté foutint leur auftère vertu ;
Et jaloux des feuls biens qu'un vrai chrétien défire,
Du fond de leur chaumière ils volaient au martyre.
Le temps, qui corrompt tout, changea bientôt leurs mœurs :
Le Ciel pour nous punir leur donna des grandeurs.

ROME, depuis ce temps puiffante & profanée,
Aux confeils des méchans fe vit abandonnée ;
La trahifon, le meurtre, & l'empoifonnement
De fon pouvoir nouveau fut l'affreux fondement.
Les fucceffeurs du Chrift au fond du fanétuaire
Placèrent fans rougir l'incefte & l'adultère ;
Et Rome, qu'opprimait leur empire odieux,
Sous fes tyrans facrés regretta fes faux Dieux.
On écouta depuis de plus fages maximes ;
On fut ou s'épargner ou mieux voiler les crimes ; (d)
(2) De l'Eglife & du peuple on régla mieux les droits.
Rome devint l'arbitre & non l'effroi des rois :
Sous l'orgueil impofant du triple diadème,
La modefte vertu reparut elle-même.
Mais l'art de ménager le refte des humains
Eft furtout aujourd'hui la vertu des Romains.

SIXTE alors était roi de l'Eglife & de Rome. (3)
Si pour être honoré du titre de grand-homme,
Il fuffit d'être faux, auftère, & redouté,
Au rang des plus grands rois Sixte fera compté.
Il devait fa grandeur à quinze ans d'artifices :
Il fut cacher quinze ans fes vertus & fes vices.

Il fembla fuir le rang qu'il brûlait d'obtenir,
Et s'en fit croire indigne afin d'y parvenir.

Sous le puiffant abri de fon bras defpotique,
Au fond du Vatican régnait la Politique,
Fille de l'Intérêt & de l'Ambition,
Dont naquirent la Fraude & la Séduction.
Ce monftre ingénieux, en détours fi fertile,
Accablé de foucis, paraît fimple & tranquille ;
Ses yeux creux & perçans, ennemis du repos,
Jamais du doux fommeil n'ont fenti les pavots ;
Par fes déguifemens, à toute heure elle abufe
Les regards éblouis de l'Europe confufe :
Le Menfonge fubtil qui conduit fes difcours, (e)
De la Vérité même empruntant le fecours,
Du fceau du Dieu vivant empreint fes impoftures,
Et fait fervir le Ciel à venger fes injures.

A peine la Difcorde avait frappé fes yeux,
Elle court dans fes bras d'un air myftérieux ;
Avec un ris malin la flatte, la careffe ;
Puis prenant tout-à-coup un ton plein de trifteffe :
" Je ne fuis plus, dit-elle, en ces temps bienheureux,
Où les peuples féduits me préfentaient leurs vœux ;
Où la crédule Europe, à mon pouvoir foumife,
Confondait dans mes lois les lois de fon Eglife.
Je parlais, & foudain les rois humiliés
Du trône en frémiffant defcendaient à mes pieds ;
Sur la terre à mon gré ma voix foufflait les guerres ;
Du haut du Vatican je lançais les tonnerres ;
Je tenais dans mes mains la vie & le trépas ;
Je donnais, j'enlevais, je rendais les Etats.

G 2

Cet heureux temps n'eſt plus. Le ſénat (4) de la France
Eteint preſque en mes mains les foudres que je lance ;
Plein d'amour pour l'Egliſe, & pour moi plein d'horreur,
Il ôte aux nations le bandeau de l'erreur : (5)
C'eſt lui qui le premier, démaſquant mon viſage,
Vengea la vérité dont j'empruntais l'image.
Que ne puis-je, ô Diſcorde, ardente à te ſervir,
Le ſéduire lui-même, ou du moins le punir !
Allons, que tes flambeaux rallument mon tonnerre ;
Commençons par la France à ravager la terre ;
Que le prince & l'Etat retombent dans nos fers. ,,
Elle dit, & ſoudain s'élance dans les airs.

LOIN du faſte de Rome & des pompes mondaines, (ƒ)
Des temples conſacrés aux vanités humaines,
Dont l'appareil ſuperbe impoſe à l'univers,
L'humble Religion ſe cache en des déſerts.
Elle y vit avec D I E U dans une paix profonde ;
Cependant que ſon nom, profané dans le monde,
Eſt le prétexte ſaint des fureurs des tyrans,
Le bandeau du vulgaire, & le mépris des grands.
Souffrir eſt ſon deſtin, bénir eſt ſon partage :
Elle prie en ſecret pour l'ingrat qui l'outrage ;
Sans ornement, ſans art, belle de ſes attraits,
Sa modeſte beauté ſe dérobe à jamais
Aux hypocrites yeux de la foule importune,
Qui court à ſes autels adorer la Fortune.

SON ame pour Henri brûlait d'un ſaint amour ;
Cette fille des cieux ſait qu'elle doit un jour,
Vengeant de ſes autels le culte légitime,
Adopter pour ſon fils ce héros magnanime :

Elle l'en croyait digne, & ſes ardens ſoupirs
Hâtaient cet heureux temps, trop lent pour ſes déſirs.
Soudain la Politique & la Diſcorde impie (*g*)
Surprennent en ſecret leur auguſte ennemie.
Elle lève à ſon Dieu ſes yeux mouillés de pleurs :
Son Dieu pour l'éprouver la livre à leurs fureurs.
Ces monſtres, dont toujours elle a ſouffert l'injure,
De ſes voiles ſacrés couvrent leur tête impure,
Prennent ſes vêtemens reſpeétés des humains,
Et courent dans Paris accomplir leurs deſſeins.

D'UN air inſinuant l'adroite Politique
Se gliſſe au vaſte ſein de la ſorbonne antique ;
C'eſt là que s'aſſemblaient ces ſages révérés,
Des vérités du ciel interprètes ſacrés,
Qui des peuples chrétiens arbitres & modèles,
A leur culte attachés, à leur prince fidèles,
Conſervaient juſqu'alors une mâle vigueur,
Toujours impénétrable aux flèches de l'erreur.
Qu'il eſt peu de vertu qui réſiſte ſans ceſſe !
Du monſtre déguiſé la voix enchantereſſe
Ebranle leurs eſprits par ſes diſcours flatteurs.
Aux plus ambitieux elle offre des grandeurs ;
Par l'éclat d'une mitre elle éblouit leur vue :
De l'avare en ſecret la voix lui fut vendue :
Par un éloge adroit le ſavant enchanté,
Pour prix d'un vain encens trahit la vérité :
Menacé par ſa voix le faible s'intimide.

ON s'aſſemble en tumulte, en tumulte on décide.
Parmi les cris confus, la diſpute & le bruit,
De ces lieux en pleurant la Vérité s'enfuit. (*h*)

G 3

Alors au nom de tous un des vieillards s'écrie :
,, L'Eglife fait les rois, les abfout, les châtie ;
,, En nous eft cette Eglife, en nous feuls eft fa loi ;
,, Nous réprouvons Valois, il n'eft plus notre roi.
,, Sermens (6) jadis facrés, nous brifons votre chaîne. ,,
A peine a-t-il parlé, la Difcorde inhumaine
Trace en lettres de fang ce décret odieux.
Chacun jure par elle, & figne fous fes yeux. (7)

S o u d a i n elle s'envole, & d'églife en églife
Annonce aux factieux cette grande entreprife ;
Sous l'habit d'Auguftin, fous le froc de François,
Dans les cloîtres facrés fait entendre fa voix ;
Elle appelle à grands cris tous ces fpectres auftères,
De leur joug rigoureux efclaves volontaires.

,, D e la Religion reconnaiffez les traits,
Dit-elle, & du Très-Haut vengez les intérêts.
C'eft moi qui viens à vous, c'eft moi qui vous appelle.
Ce fer qui dans mes mains à vos yeux étincelle,
Ce glaive redoutable à nos fiers ennemis,
Par la main de D i e u même en la mienne eft remis.
Il eft temps de fortir de l'ombre de vos temples :
Allez d'un zèle faint répandre les exemples ;
Apprenez aux Français, incertains de leur foi,
Que c'eft fervir leur D i e u que d'immoler leur roi.
Songez que de Lévi la famille facrée, (8)
Du miniftère faint par D i e u même honorée,
Mérita cet honneur, en portant à l'autel
Des mains teintes du fang des enfans d'Ifraël.
Que dis-je ? où font ces temps, où font ces jours profpères,
Où j'ai vu les Français maffacrés par leurs frères ?

C'était vous, Prêtres faints, qui conduifiez leurs bras ;
Coligny par vous feuls a reçu le trépas.
J'ai nagé dans le fang ; que le fang coule encore.
Montrez-vous, infpirez ce peuple qui m'adore. ,,

LE monftre au même inftant donne à tous le fignal ;
Tous font empoifonnés de fon venin fatal ;
Il conduit dans Paris leur marche folemnelle ;
L'étendard (9) de la croix flottait au milieu d'elle.
Ils chantent, & leurs cris dévots & furieux
Semblent à leur révolte affocier les cieux.
On les entend mêler, dans leurs vœux fanatiques,
Les imprécations aux prières publiques.
Prêtres audacieux, imbécilles foldats,
Du fabre & de l'épée ils ont chargé leurs bras ;
Une lourde cuiraffe a couvert leur cilice.
Dans les murs de Paris cette infame milice
Suit, au milieu des flots d'un peuple impétueux,
Le Dieu, ce Dieu de paix, qu'on porte devant eux.

MAYENNE, qui de loin voit leur folle entreprife,
La méprife en fecret, & tout haut l'autorife ;
Il fait combien le peuple avec foumiffion
Confond le fanatifme & la religion ;
Il connaît ce grand art, aux princes néceffaire,
De nourrir la faibleffe & l'erreur du vulgaire.
A ce pieux fcandale enfin il applaudit ;
Le fage s'en indigne, & le foldat en rit :
Mais le peuple excité, jufques aux cieux envoie
Des cris d'emportement, d'efpérance, & de joie ;
Et comme à fon audace a fuccédé la peur,
La crainte en un moment fait place à la fureur.

G 4

Ainsi l'ange des mers, sur le sein d'Amphitrite,
Calme à son gré les flots, à son gré les irrite.

La Discorde (10) a choisi seize séditieux,
Signalés par le crime entre les factieux.
Ministres insolens de leur reine nouvelle,
Sur son char tout sanglant ils montent avec elle;
L'orgueil, la trahison, la fureur, le trépas,
Dans des ruisseaux de sang marchent devant leurs pas.
Nés dans l'obscurité, nourris dans la bassesse,
Leur haine pour leur roi leur tient lieu de noblesse;
Et jusque sous le dais par le peuple portés,
Mayenne en frémissant les voit à ses côtés:
Des jeux de la Discorde ordinaires caprices,
Qui souvent rend égaux ceux qu'elle rend complices. (11)
Ainsi lorsque les vents, fougueux tyrans des eaux,
De la Seine ou du Rhône ont soulevé les flots,
Le limon croupissant dans leurs grottes profondes,
S'élève en bouillonnant sur la face des ondes;
Ainsi dans les fureurs de ces embrasemens
Qui changent les cités en de funestes champs,
Le fer, l'airain, le plomb, que les feux amollissent,
Se mêlent dans la flamme à l'or qu'ils obscurcissent.

Dans ces jours de tumulte & de sédition,
Thémis résistait seule à la contagion;
La soif de s'agrandir, la crainte, l'espérance,
Rien n'avait dans ses mains fait pencher sa balance;
Son temple était sans tache, & la simple Equité
Auprès d'elle en fuyant cherchait sa sûreté.
Il était dans ce temple un sénat vénérable,
Propice à l'innocence, au crime redoutable,

Qui, des lois de son prince & l'organe & l'appui,
Marchait d'un pas égal entre son peuple & lui :
Dans l'équité des rois sa juste confiance
Souvent porte à leurs pieds les plaintes de la France :
Le seul bien de l'Etat fait son ambition ;
Il hait la tyrannie & la rebellion ;
Toujours plein de respect, toujours plein de courage,
De la soumission distingue l'esclavage ;
Et pour nos libertés toujours prompt à s'armer,
Connaît Rome, l'honore, & la fait réprimer.

DES tyrans de la Ligue une affreuse cohorte
Du temple de Thémis environne la porte :
Busy les conduisait ; ce vil gladiateur, (i)
Monté par son audace à ce coupable honneur,
Entre, & parle en ces mots à l'auguste assemblée,
Par qui des citoyens la fortune est réglée :

„ MERCENAIRES appuis d'un dédale de lois,
Plébéiens, qui pensez être tuteurs des rois,
Lâches, qui dans le trouble & parmi les cabales
Mettez l'honneur honteux de vos grandeurs vénales ;
Timides dans la guerre, & tyrans dans la paix,
Obéissez au peuple, écoutez ses décrets.
Il fut des citoyens avant qu'il fût des maîtres.
Nous rentrons dans les droits qu'ont perdu nos ancêtres.
Ce peuple fut long-temps par vous-même abusé ;
Il s'est lassé du sceptre, & le sceptre est brisé.
Effacez ces grands noms qui vous gênaient sans doute,
Ces mots de *plein pouvoir*, qu'on hait & qu'on redoute.
Jugez au nom du peuple, & tenez au sénat
Non la place du roi, mais celle de l'Etat.

Imitez la forbonne, ou craignez ma vengeance. ,,

L E fénat répondit par un noble filence.
Tels dans les murs de Rome abattus & brûlans,
Ces fénateurs courbés fous le fardeau des ans
Attendaient fièrement, fur leur fiége immobiles,
Les Gaulois & la mort avec des yeux tranquilles.
Buffy plein de fureur, & non pas fans effroi,
Obéiffez, dit-il, Tyrans, ou fuivez-moi......
Alors Harlay fe lève, Harlay, ce noble guide,
Ce chef d'un parlement, jufte autant qu'intrépide ;
Il fe préfente aux Seize, il demande des fers,
Du front dont il aurait condamné ces pervers. (12)
On voit auprès de lui les chefs de la juftice,
Brûlans de partager l'honneur de fon fupplice,
Victimes de la foi qu'on doit aux fouverains,
Tendre aux fers des tyrans leurs généreufes mains. (13)

M U S E, redites-moi ces noms chers à la France,
Confacrez ces héros qu'opprima la licence,
Le vertueux de Thou, (14) Molé, Scaron, Bayeul,
Potier, cet homme jufte, & vous, jeune Longueil,
Vous en qui, pour hâter vos belles deftinées,
L'efprit & la vertu devançaient les années ;
Tout le fénat enfin, par les Seize enchaîné,
A travers un vil peuple, en triomphe eft mené
Dans cet affreux (15) château, palais de la vengeance,
Qui renferme fouvent le crime & l'innocence.
Ainfi ces factieux ont changé tout l'Etat ;
La forbonne eft tombée, il n'eft plus de fénat.
Mais pourquoi ce concours & ces cris lamentables ?
Pourquoi ces inftrumens de la mort des coupables ?

Qui font ces magiſtrats que la main d'un bourreau,
Par l'ordre des tyrans, précipite au tombeau ?
Les vertus dans Paris ont le deſtin des crimes.
Briſſon, (16) Larcher, Tardif, honorables victimes,
Vous n'êtes point flétris par ce honteux trépas :
Manes trop généreux, vous n'en rougiſſez pas ;
Vos noms toujours fameux vivront dans la mémoire ;
Et qui meurt pour ſon roi meurt toujours avec gloire.

CEPENDANT la Diſcorde, au milieu des mutins,
S'applaudit du ſuccès de ſes affreux deſſeins ;
D'un air fier & content, ſa cruauté tranquille
Contemple les effets de la guerre civile ;
Dans ces murs tout ſanglans, des peuples malheureux
Unis contre leur prince & diviſés entre eux,
Jouets infortunés des fureurs inteſtines,
De leur triſte patrie avançant les ruines,
Le tumulte au dedans, le péril au dehors,
Et par-tout le débris, le carnage, & les morts.

Fin du quatrième Chant.

CHANT V.

ARGUMENT.

Les affiégés font vivement preffés. La Difcorde excite Jacques Clément à fortir de Paris pour affaffiner le roi. Elle appelle du fond des enfers le démon du fanatifme, qui conduit ce parricide. Sacrifice des Ligueurs aux efprits infernaux. Henri III eft affaffiné. Sentimens de Henri IV. Il eft reconnu roi par l'armée.

CEPENDANT s'avançaient ces machines mortelles,
Qui portaient dans leur fein la perte des rebelles ;
Et le fer & le feu, volant de toutes parts,
De cent bouches d'airain foudroyaient leurs remparts.

LES Seize & leur courroux, Mayenne & fa prudence,
D'un peuple mutiné la farouche infolence,
Des docteurs de la loi les fcandaleux difcours,
Contre le grand Henri n'étaient qu'un vain fecours ;
La victoire à grands pas s'approchait fur fes traces.
Sixte, Philippe, Rome, éclataient en menaces ;
Mais Rome n'était plus terrible à l'univers ;
Ses foudres impuiffans fe perdaient dans les airs ;
Et du vieux Caftillan la lenteur ordinaire
Privait les affiégés d'un fecours néceffaire.
Ses foldats dans la France, errans de tous côtés,
Sans fecourir Paris, défolaient nos cités.
Le perfide attendait que la Ligue épuifée
Pût offrir à fon bras une conquête aifée ;

Au milieu de ces feux, Henri brillant de gloire,

Apparait à leurs yeux sur un char de victoire; *Henriade ch.5*

J. M. Moreau le J.^e inv.   1782   Pitrs Sculp

Et l'appui dangereux de fa fauffe amitié
Leur préparait un maître au lieu d'un allié ;
Lorfque d'un furieux la main déterminée
Semble pour quelque temps changer la deftinée.

Vous, des murs de Paris tranquilles habitans,
Que le ciel a fait naître en de plus heureux temps,
Pardonnez, fi ma main retrace à la mémoire
De vos aïeux féduits la criminelle hiftoire.
L'horreur de leurs forfaits ne s'étend point fur vous ;
Votre amour pour vos rois les a réparés tous.

L'Eglise a de tout temps produit des folitaires,
Qui, raffemblés entre eux fous des règles févères,
Et diftingués en tout du refte des mortels,
Se confacraient à Dieu par des vœux folemnels.
Les uns font demeurés dans une paix profonde,
Toujours inacceffible aux vains attraits du monde ;
Jaloux de ce repos qu'on ne peut leur ravir,
Ils ont fui les humains qu'ils auraient pu fervir.
Les autres à l'Etat rendus plus néceffaires
Ont éclairé l'Eglife, ont monté dans les chaires ;
Mais fouvent enivrés de ces talens flatteurs,
Répandus dans le fiècle, ils en ont pris les mœurs.
Leur fourde ambition n'ignore point les brigues ;
Souvent plus d'un pays s'eft plaint de leurs intrigues :
Ainfi chez les humains, par un abus fatal,
Le bien le plus parfait eft la fource du mal.

Ceux qui de Dominique ont embraffé la vie,
Ont vu long-temps leur fecte en Efpagne établie ;

Et de l'obfcurité des plus humbles emplois
Ont paffé tout-à-coup dans les palais des rois.
Avec non moins de zèle, & bien moins de puiffance,
Cet ordre refpecté fleuriffait dans la France ;
Protégé par les rois, paifible, heureux enfin,
Si le traître Clément n'eût été dans fon fein.

CLEMENT (1) dans la retraite avait dès fon jeune âge
Porté les noirs accès d'une vertu fauvage.
Efprit faible & crédule en fa dévotion,
Il fuivait le torrent de la rebellion.
Sur ce jeune infenfé la Difcorde fatale
Répandit le venin de fa bouche infernale.
Proflerné chaque jour aux pieds des faints autels,
Il fatiguait les cieux de fes vœux criminels.
On dit que tout fouillé de cendre & de pouffière,
Un jour il prononça cette horrible prière :

,, DIEU qui venges l'Eglife & punis les tyrans,
Te verra-t-on fans ceffe accabler tes enfans,
Et d'un roi qui t'outrage armant les mains impures,
Favorifer le meurtre & bénir les parjures ?
Grand DIEU ! par tes fléaux c'eft trop nous éprouver ;
Contre tes ennemis daigne enfin t'élever ;
Détourne loin de nous la mort & la mifère ;
Délivre-nous d'un roi donné dans ta colère.
Viens, des cieux enflammés abaiffe la hauteur ;
Fais marcher devant toi l'ange exterminateur ;
Viens, defcends, arme-toi ; que ta foudre enflammée
Frappe, écrafe à nos yeux leur facrilége armée ;
Que les chefs, les foldats, les deux rois expirans,
Tombent comme la feuille éparfe au gré des vents ;

Et que fauvés par toi, nos Ligueurs catholiques
Sur leurs corps tout fanglans t'adreffent leurs cantiques. ,,

LA Difcorde attentive, en traverfant les airs,
Entend ces cris affreux & les porte aux enfers. (a)
Elle amène à l'inflant, de ces royaumes fombres,
Le plus cruel tyran de l'empire des ombres.
Il vient, le Fanatifme eft fon horrible nom :
Enfant dénaturé de la Religion,
Armé pour la défendre, il cherche à la détruire ;
Et reçu dans fon fein, l'embraffe & le déchire.

C'EST lui qui dans Raba, fur les bords de l'Arnon, (2)
Guidait les defcendans du malheureux Ammon,
Quand à Moloc leur dieu des mères gémiffantes
Offraient de leurs enfans les entrailles fumantes.
Il diƌa de Jephté le ferment inhumain ;
Dans le cœur de fa fille il conduifit fa main.
C'eft lui qui, de Calchas ouvrant la bouche impie,
Demanda par fa voix la mort d'Iphigénie.
France, dans tes forêts il habita long-temps :
A l'affreux Teutatès (3) il offrit ton encens.
Tu n'as point oublié ces facrés homicides,
Qu'à tes indignes dieux préfentaient tes druides.
Du haut du Capitole il criait aux païens :
Frappez, exterminez, déchirez les chrétiens :
Mais lorfqu'au fils de DIEU Rome enfin fut foumife,
Du Capitole en cendre il paffa dans l'Eglife ;
Et dans les cœurs chrétiens infpirant fes fureurs,
De martyrs qu'ils étaient, les fit perfécuteurs.
Dans Londre il a formé la feƌe (4) turbulente
Qui fur un roi trop faible a mis fa main fanglante.

Dans Madrid, dans Lisbonne, il allume ces feux, (*b*)
Ces bûchers folemnels, où des Juifs malheureux
Sont tous les ans en pompe envoyés par des prêtres,
Pour n'avoir point quitté la foi de leurs ancêtres.

TOUJOURS il revêtait dans fes déguifemens
Des miniftres des cieux les facrés ornemens :
Mais il prit cette fois dans la nuit éternelle,
Pour des crimes nouveaux, une forme nouvelle :
L'audace, & l'artifice en firent les apprêts.
Il emprunte de Guife & la taille & les traits,
De ce fuperbe Guife, en qui l'on vit paraître
Le tyran de l'Etat, & le roi de fon maître ;
Et qui, toujours puiffant même après fon trépas,
Traînait encor la France à l'horreur des combats.
D'un cafque redoutable il a chargé fa tête ;
Un glaive eft dans fa main au meurtre toujours prête ;
Son flanc même eft percé des coups dont autrefois
Ce héros factieux fut maffacré dans Blois ;
Et la voix de fon fang, qui coule en abondance,
Semble accufer Valois, & demander vengeance.

CE fut dans ce terrible & lugubre appareil,
Qu'au milieu des pavots que verfe le Sommeil,
Il vint trouver Clément au fond de fa retraite.
La Superftition, la Cabale inquiète,
Le faux Zèle enflammé d'un courroux éclatant,
Veillaient tous à fa porte, & l'ouvrent à l'inftant.
Il entre ; & d'une voix majeftueufe & fière :
,, DIEU reçoit, lui dit-il, tes vœux & ta prière ;
Mais n'aura-t-il de toi, pour culte & pour encens,
Qu'une plainte éternelle & des vœux impuiffans ?

Au

Au Dieu que fert la ligue il faut d'autres offrandes ;
Il exige de toi les dons que tu demandes.

» Si Judith autréfois, pour fauver fon pays,
N'eût offert à fon Dieu que des pleurs & des cris ;
Si craignant pour les fiens elle eût craint pour fa vie,
Judith eût vu tomber les murs de Béthulie.
Voilà les faints exploits que tu dois imiter,
Voilà l'offrande enfin que tu dois préfenter.
Mais tu rougis déjà de l'avoir différée......
Cours, vole, & que ta main dans le fang confacrée,
Délivrant les Français de leur indigne roi,
Venge Paris, & Rome, & l'univers, & moi.
Par un affaffinat Valois trancha ma vie,
Il faut d'un même coup punir fa perfidie ;
Mais du nom d'affaffin ne prends aucun effroi :
Ce qui fut crime en lui fera vertu dans toi.
Tout devient légitime à qui venge l'Eglife :
Le meurtre eft jufte alors, & le ciel l'autorife.
Que dis-je ? il le commande ; il t'inftruit par ma voix,
Qu'il a choifi ton bras pour la mort de Valois :
Heureux fi tu pouvais, confommant fa vengeance,
Joindre le Navarrois au tyran de la France,
Et fi de ces deux rois tes citoyens fauvés
Te pouvaient !... mais les temps ne font pas arrivés.
Bourbon doit vivre encor ; le Dieu qu'il perfécute
Réferve à d'autres mains la gloire de fa chute.
Toi, de ce Dieu jaloux remplis les grands deffeins,
Et reçois ce préfent qu'il te fait par mes mains. »

Le fantôme à ces mots fait briller une épée,
Qu'aux infernales eaux la Haine avait trempée ;

La Henriade.   H

Dans la main de Clément il met ce don fatal ;
Il fuit, & se replonge au séjour infernal.

TROP aisément trompé, le jeune solitaire
Des intérêts des cieux se crut dépositaire.
Il baise avec respect ce funeste présent,
Il implore à genoux le bras du Tout-puissant ;
Et plein du monstre affreux dont la fureur le guide,
D'un air sanctifié s'apprête au parricide.

COMBIEN le cœur de l'homme est soumis à l'erreur !
Clément goûtait alors un paisible bonheur :
Il était animé de cette confiance
Qui dans le cœur des saints affermit l'innocence :
Sa tranquille fureur marche les yeux baissés ;
Ses (5) sacriléges vœux au ciel sont adressés ;
Son front de la vertu porte l'empreinte austère ;
Et son fer parricide est caché sous sa haire.
Il marche ; ses amis, instruits de son dessein,
Et de fleurs sous ses pas parfumant son chemin,
Remplis d'un saint respect, aux portes le conduisent,
Bénissent son dessein, l'encouragent, l'instruisent,
Placent déjà son nom parmi les noms sacrés,
Dans les fastes de Rome à jamais révérés,
Le nomment à grands cris le vengeur de la France,
Et l'encens à la main l'invoquent par avance.
C'est avec moins d'ardeur, avec moins de transport,
Que les premiers chrétiens, avides de la mort,
Intrépides soutiens de la foi de leurs pères,
Au martyre autrefois accompagnaient leurs frères,
Enviaient les douceurs de leur heureux trépas,
Et baisaient en pleurant les traces de leurs pas.

Le fanatique aveugle, & le chrétien fincère (c)
Ont porté trop fouvent le même caractère :
Ils ont même courage, ils ont mêmes défirs :
Le crime a fes héros, l'erreur a fes martyrs :
Du vrai zèle & du faux vains juges que nous fommes !
Souvent des fcélérats reffemblent aux grands-hommes.

MAYENNE, dont les yeux favent tout éclairer,
Voit le coup qu'on prépare, & feint de l'ignorer.
De ce crime odieux fon prudent artifice
Songe à cueillir le fruit fans en ètre complice :
Il laiffe avec adreffe au plus féditieux
Le foin d'encourager ce jeune furieux.

TANDIS que des Ligueurs une troupe homicide
Aux portes de Paris conduifait le perfide,
Des Seize en même temps le facrilége effort
Sur cet événement interrogeait le fort.
Jadis de Médicis (6) l'audace curieufe
Chercha de fes fecrets la fcience odieufe,
Approfondit long-temps cet art furnaturel,
Si fouvent chimérique, & toujours criminel.
Tout fuivit fon exemple, & le peuple imbécille,
Des vices de la cour imitateur fervile,
Epris du merveilleux, amant des nouveautés,
S'abandonnait en foule à ces impiétés.

DANS l'ombre de la nuit, fous une voûte obfcure,
Le filence a conduit leur affemblée impure.
A la pâle lueur d'un magique flambeau,
S'élève un vil autel dreffé fur un tombeau :

H 2

C'eſt là que des deux rois on plaça les images, (d)
Objets de leur terreur, objets de leurs outrages.
Leurs ſacriléges mains ont mêlé ſur l'autel
A des noms infernaux le nom de l'Eternel.
Sur ces murs ténébreux des lances ſont rangées,
Dans des vaſes de ſang leurs pointes ſont plongées ;
Appareil menaçant de leur myſtère affreux.
Le prêtre de ce temple eſt un de ces Hébreux
Qui, proſcrits ſur la terre, & citoyens du monde,
Portent de mers en mers leur miſère profonde,
Et d'un antique amas de ſuperſtitions
Ont rempli dès long-temps toutes les nations.
D'abord autour de lui les Ligueurs en furie
Commencent à grands cris ce ſacrifice impie.
Leurs parricides bras ſe lavent dans le ſang ;
De Valois ſur l'autel ils vont percer le flanc ;
Avec plus de terreur, & plus encor de rage,
De Henri ſous leurs pieds ils renverſent l'image ;
Et penſent (7) que la mort, fidelle à leur courroux,
Va tranſmettre à ces rois l'atteinte de leurs coups.

* L'HEBREU (8) joint cependant la prière au blaſphème :
Il invoque l'abyme, & les cieux, & DIEU même,
Tous ces impurs eſprits qui troublent l'univers,
Et le feu de la foudre, & celui des enfers.

TEL fut dans Gelboa le ſecret ſacrifice
Qu'à ſes dieux infernaux offrit la Pythoniſſe,
Alors qu'elle évoqua devant un roi cruel
Le ſimulacre affreux du prêtre Samuel :
Ainſi contre Juda, du haut de Samarie,
Des prophètes menteurs tonnait la bouche impie ;

Ou tel chez les Romains l'inflexible Ateïus (9)
Maudit au nom des Dieux les armes de Craffus.
Aux magiques accens que fa bouche prononce,
Les Seize ofent du ciel attendre la réponfe;
A dévoiler leur fort ils penfent le forcer :
Le ciel pour les punir voulut les exaucer.
Il interrompt pour eux les lois de la nature;
De ces antres muets fort un trifte murmure;
Les éclairs redoublés dans la profonde nuit
Pouffent un jour affreux, qui renaît & qui fuit.
Au milieu de ces feux, Henri brillant de gloire
Apparaît à leurs yeux fur un char de victoire;
Des lauriers couronnaient fon front noble & ferein,
Et le fceptre des rois éclatait dans fa main.
L'air s'embrafe à l'inftant par les traits du tonnerre;
L'autel couvert de feux tombe, & fuit fous la terre;
Et les Seize éperdus, l'Hébreu faifi d'horreur,
Vont cacher dans la nuit leur crime & leur terreur.

CES tonnerres, ces feux, ce bruit épouvantable,
Annonçaient à Valois fa perte inévitable.
DIEU du haut de fon trône avait compté fes jours;
Il avait loin de lui retiré fon fecours;
La mort impatiente attendait fa victime;
Et pour perdre Valois DIEU permettait un crime.

CLEMENT au camp royal a marché fans effroi.
Il arrive, il demande à parler à fon roi;
Il dit que dans ces lieux amené par DIEU même,
Il y vient rétablir les droits du diadème,
Et révéler au roi des fecrets importans.
On l'interroge, on doute, on l'obferve long-temps;

On craint fous cet habit un funefte myftère :
Il fubit fans alarme un examen févère ;
Il fatisfait à tout avec fimplicité ;
Chacun dans fes difcours croit voir la vérité.

LA garde aux yeux du roi le fait enfin paraître.
L'afpect du fouverain n'étonna point ce traître.
D'un air humble & tranquille il fléchit les genoux :
Il obferve à loifir la place de fes coups ;
Et le Menfonge adroit, qui conduifait fa langue,
Lui dicta cependant fa perfide harangue.

,, SOUFFREZ, dit-il, grand Roi, que ma timide voix
S'adreffe au DIEU puiffant qui fait régner les rois ;
Permettez, avant tout, que mon cœur le béniffe
Des biens que va fur vous répandre fa juftice.
Le vertueux Potier, (10) le prudent Villeroi,
Parmi vos ennemis vous ont gardé leur foi ;
Harlai, (11) le grand Harlai, dont l'intrépide zèle
Fut toujours formidable à ce peuple infidelle,
Du fond de fa prifon réunit tous les cœurs,
Raffemble vos fujets, & confond les Ligueurs.
DIEU qui, bravant toujours les puiffans & les fages,
Par la main la plus faible accomplit fes ouvrages,
Devant le grand Harlai lui-même m'a conduit.
Rempli de fa lumière, & par fa bouche inftruit,
J'ai volé vers mon prince, & vous rends cette lettre
Qu'à mes fidelles mains Harlai vient de remettre. ,,

VALOIS reçoit la lettre avec empreffement.
Il béniffait les cieux d'un fi prompt changement :

,, Quand pourrai-je, dit-il, au gré de ma juſtice
Récompenſer ton zèle, & payer ton ſervice ? ,,
En lui diſant ces mots il lui tendait les bras :
Le monſtre au même inſtant tire ſon coutelas,
L'en frappe, & dans le flanc l'enfonce avec furie.
Le ſang coule, on s'étonne, on s'avance, on s'écrie :
Mille bras ſont levés pour punir l'aſſaſſin.
Lui ſans baiſſer les yeux les voit avec dédain ;
Fier de ſon parricide, & quitte envers la France,
Il attend à genoux la mort pour récompenſe :
De la France & de Rome il croit être l'appui ;
Il penſe voir les cieux qui s'entr'ouvrent pour lui ;
Et demandant à DIEU la palme du martyre,
Il bénit, en tombant, les coups dont il expire.

AVEUGLEMENT terrible ! affreuſe illuſion !
Digne à la fois d'horreur & de compaſſion,
Et de la mort du roi moins coupable peut-être
Que ces lâches docteurs, ennemis de leur maître,
Dont la voix répandant un funeſte poiſon,
D'un faible ſolitaire égara la raiſon !

DEJA Valois touchait à ſon heure dernière,
Ses yeux ne voyaient plus qu'un reſte de lumière ;
Ses courtiſans en pleurs, autour de lui rangés,
Par leurs deſſeins divers en ſecret partagés,
D'une commune voix formant les mêmes plaintes,
Exprimaient des douleurs, ou ſincères ou feintes.
Quelques-uns, que flattait l'éſpoir du changement,
Du danger de leur roi s'affligeaient faiblement ;
Les autres, qu'occupait leur crainte intéreſſée,
Pleuraient au lieu du roi leur fortune paſſée.

H 4

PARMI ce bruit confus de plaintes, de clameurs,
Henri, vous répandiez de véritables pleurs.
Il fut votre ennemi ; mais les cœurs nés fenfibles
Sont aifément émus dans ces momens horribles.

HENRI ne fe fouvint que de fon amitié :
En vain fon intérêt combattait fa pitié ;
Ce héros vertueux fe cachait à lui-même
Que la mort de fon roi lui donne un diadème.

VALOIS tourna fur lui, par un dernier effort,
Ses yeux appefantis qu'allait fermer la mort ;
Et touchant de fa main fes mains victorieufes :
,, Retenez, lui dit-il, vos larmes généreufes ;
L'univers indigné doit plaindre votre roi :
Vous, Bourbon, combattez, régnez, & vengez-moi ;
Je meurs, & je vous laiffe, au milieu des orages,
Affis fur un écueil couvert de mes naufrages.
Mon trône vous attend, mon trône vous eft dû ;
Jouiffez de ce bien par vos mains défendu :
Mais fongez que la foudre en tout temps l'environne ;
Craignez en y montant ce DIEU qui vous le donne.
Puiffiez-vous, détrompé d'un dogme criminel,
Rétablir de vos mains fon culte & fon autel !
Adieu, régnez heureux ; qu'un plus puiffant génie
Du fer des affaffins défende votre vie.
Vous connaiffez la Ligue, & vous voyez fes coups,
Ils ont paffé par moi pour aller jufqu'à vous ;
Peut-être un jour viendra qu'une main plus barbare....
Jufte Ciel ! épargnez une vertu fi rare.
Permettez ! ....,, A ces mots l'impitoyable mort
Vient (12) fondre fur fa tête, & termine fon fort.

Au bruit de fon trépas Paris fe livre en proie
Aux tranfports odieux de fa coupable joie ;
De cent cris de victoire ils rempliffent les airs :
Les travaux font ceffés, les temples font ouverts ;
De couronnes de fleurs ils ont paré leurs têtes ;
Ils confacrent ce jour à d'éternelles fêtes. (*e*)
Bourbon n'eft à leurs yeux qu'un héros fans appui,
Qui n'a plus que fa gloire, & fa valeur pour lui.
Pourra-t-il réfifter à la Ligue affermie,
A l'Eglife en courroux, à l'Efpagne ennemie,
Aux traits du Vatican fi craints, fi dangereux,
A l'or du nouveau monde, encor plus puiffant qu'eux ?

Deja quelques guerriers, funeftes politiques,
Plus mauvais citoyens que zélés catholiques,
D'un fcrupule affecté colorant leur deffein,
Séparent leurs drapeaux des drapeaux de Calvin ;
Mais le refte, enflammé d'une ardeur plus fidelle,
Pour la caufe des rois redouble encor fon zèle.
Ces amis éprouvés, ces généreux foldats,
Que long-temps la victoire a conduits fur fes pas,
De la France incertaine ont reconnu le maître ;
Tout leur camp réuni le croit digne de l'être.
Ces braves chevaliers, les Givris, les d'Aumonts,
Les grands Montmorencis, les Sancis, les Crillons,
Lui jurent de le fuivre aux deux bouts de la terre :
Moins faits pour difputer que formés pour la guerre,
Fidelles à leur Dieu, fidelles à leurs lois,
C'eft l'honneur qui leur parle, ils marchent à fa voix.

,, Mes amis, dit Bourbon, c'eft vous dont le courage
Des héros de mon fang me rendra l'héritage ;

Les pairs & l'huile fainte , & le facre des rois ,
Font les pompes du trône , & ne font pas mes droits.
C'eft fur un bouclier qu'on vit vos premiers maîtres
Recevoir les fermens de vos braves ancêtres.
Le champ de la victoire eft le temple où vos mains
Doivent aux nations donner leurs fouverains. ,,
C'eft ainfi qu'il s'explique ; & bientôt il s'apprête
A mériter fon trône en marchant à leur tête.

Fin du cinquième Chant.

Il monte: il a déja de ses mains triomphantes,

Arboré de ses Lys les enseignes flottantes. *Henriade Ch.8*

J. M. Moreau le j.ᵉ inv.　　1582　　J. G. Guttenberg Sculp.

CHANT VI. (1)

ARGUMENT.

Après la mort de Henri III les états de la Ligue s'assemblent dans Paris pour choisir un roi. Tandis qu'ils sont occupés de leurs délibérations, Henri IV livre un assaut à la ville: l'assemblée des états se sépare: ceux qui la composaient vont combattre sur les remparts: description de ce combat. Apparition de St Louis à Henri IV.

C'EST un usage antique & sacré parmi nous,
Quand la mort sur le trône étend ses rudes coups,
Et que du sang des rois si chers à la patrie,
Dans ses derniers canaux la source s'est tarie,
Le peuple au même instant rentre en ses premiers droits ;
Il peut choisir un maître, il peut changer ses lois :
Les états assemblés, organes de la France,
Nomment un souverain, limitent sa puissance :
Ainsi de nos aïeux les augustes décrets
Au rang de Charlemagne ont placé les Capets.

LA ligue audacieuse, inquiète, aveuglée,
Ose de ces états ordonner l'assemblée,
Et croit avoir acquis, par un assassinat,
Le droit d'élire un maître, & de changer l'Etat.
Ils pensaient, à l'abri d'un trône imaginaire,
Mieux repousser Bourbon, mieux tromper le vulgaire.
Ils croyaient qu'un monarque unirait leurs desseins ;
Que sous ce nom sacré leurs droits seraient plus saints ;

Qu'injuftement élu, c'était beaucoup de l'être ;
Et qu'enfin, quel qu'il foit, le Français veut un maître.

BIENTOT à ce confeil accourent à grand bruit
Tous ces chefs obftinés qu'un fol orgueil conduit,
Les Lorrains, les Nemours, des prêtres en furie,
L'ambaffadeur de Rome, & celui d'Ibérie.
Ils marchent vers le louvre, où par un nouveau choix
Ils allaient infulter aux manes de nos rois.
Le luxe, toujours né des mifères publiques,
Prépare avec éclat ces états tyranniques.
Là ne parurent point ces princes, ces feigneurs,
De nos antiques pairs auguftes fucceffeurs,
Qui près des rois affis, nés juges de la France,
Du pouvoir qu'ils n'ont plus ont encor l'apparence.
Là de nos parlemens les fages députés
Ne défendirent point nos faibles libertés ;
On n'y vit point des lis l'appareil ordinaire ;
Le louvre eft étonné de fa pompe étrangère.
Là le légat de Rome eft d'un fiége honoré ;
Près de lui pour Mayenne un dais eft préparé.
Sous ce dais on lifait ces mots épouvantables :
,, Rois qui jugez la terre, & dont les mains coupables
,, Ofent tout entreprendre & ne rien épargner,
,, Que la mort de Valois vous apprenne à régner. ,,

ON s'affemble, & déjà les partis, les cabales,
Font retentir ces lieux de leurs voix infernales.
Le bandeau de l'erreur aveugle tous les yeux.
L'un, des faveurs de Rome efclave ambitieux,
S'adreffe au légat feul, & devant lui déclare
Qu'il eft temps que les lis rampent fous la tiare ;

Qu'on érige à Paris ce fanglant tribunal,
Ce monument (2) affreux du pouvoir monacal,
Que l'Efpagne a reçu, mais qu'elle-même abhorre,
Qui venge les autels, & qui les déshonore,
Qui tout couvert de fang, de flammes entouré,
Egorge les mortels avec un fer facré ;
Comme fi nous vivions dans ces temps déplorables,
Où la terre adorait des dieux impitoyables,
Que des prêtres menteurs, encor plus inhumains,
Se vantaient d'apaifer par le fang des humains.
Celui-ci corrompu par l'or de l'Ibérie,
A l'Efpagnol qu'il hait veut vendre fa patrie.

MAIS un parti puiffant, d'une commune voix,
Plaçait déjà Mayenne au trône de nos rois.
Ce rang manquait encore à fa vafte puiffance ;
Et de fes vœux hardis l'orgueilleufe efpérance
Dévorait en fecret, dans le fond de fon cœur,
De ce grand nom de roi le dangereux honneur.

SOUDAIN Potier (3) fe lève, & demande audience ;
La rigide vertu fefait fon éloquence.
Dans ce temps malheureux, par le crime infecté,
Potier fut toujours jufte, & pourtant refpecté.
Souvent on l'avait vu, par fa mâle conftance,
De leurs emportemens réprimer la licence,
Et confervant fur eux fa vieille autorité,
Leur montrer la juftice avec impunité.
Il élève fa voix, on murmure, on s'empreffe, (a)
On l'entoure, on l'écoute, & le tumulte ceffe :
Ainfi dans un vaiffeau qu'ont agité les flots,
Quand l'air n'eft plus frappé des cris des matelots,

On n'entend que le bruit de la proue écumante,
Qui fend d'un cours heureux la mer obéiſſante.
Tel paraiſſait Potier diĉtant ſes juſtes lois,
Et la confuſion ſe taiſait à ſa voix.

» Vous deſtinez, dit-il, Mayenne au rang ſuprême :
Je conçois votre erreur, je l'excuſe moi-même.
Mayenne a des vertus qu'on ne peut trop chérir ;
Et je le choiſirais ſi je pouvais choiſir.
Mais nous avons ños lois ; & ce héros inſigne,
S'il prétend à l'empire, en eſt dès-lors indigne. »

Comme il diſait ces mots, Mayenne entre ſoudain,
Avec tout l'appareil qui ſuit un ſouverain.
Potier le voit entrer, ſans changer de viſage :
» Oui, Prince, pourſuit-il d'un ton plein de courage,
Je vous eſtime aſſez pour oſer contre vous
Vous adreſſer ma voix pour la France & pour nous.
En vain nous prétendons le droit d'élire un maître ;
La France a des Bourbons, & Dieu vous a fait naître,
Près de l'auguſte rang qu'ils doivent occuper,
Pour ſoutenir leur trône, & non pour l'uſurper.
Guiſe du ſein des morts n'a plus rien à prétendre ;
Le ſang d'un ſouverain doit ſuffire à ſa cendre ;
S'il mourut par un crime, un crime l'a vengé.
Changez avec l'Etat que le ciel a changé :
Périſſe avec Valois votre juſte colère ;
Bourbon n'a point verſé le ſang de votre frère.
Le ciel, ce juſte ciel qui vous chérit tous deux,
Pour vous rendre ennemis vous fit trop vertueux.
Mais j'entends le murmure, & la clameur publique ;
J'entends ces noms affreux de relaps, d'hérétique :

Je vois d'un zèle faux nos prêtres emportés,
Qui le fer à la main...... Malheureux, arrêtez :
Quelle loi, quel exemple, ou plutôt quelle rage
Peut à l'oint du Seigneur arracher votre hommage ?
Le fils de faint Louis, parjure à fes fermens,
Vient-il de nos autels brifer les fondemens ?
Aux pieds de ces autels il demande à s'inftruire ;
Il aime, il fuit les lois dont vous bravez l'empire.
Il fait dans toute fecte honorer les vertus,
Refpecter votre culte, & même vos abus.
Il laiffe au DIEU vivant, qui voit ce que nous fommes,
Le foin que vous prenez de condamner les hommes.
Comme un roi, comme un père il vient vous gouverner ;
Et plus chrétien que vous, il vient vous pardonner.
Tout eft libre avec lui ; lui feul ne peut-il l'être ?
Quel droit vous a rendus juges de votre maître ?
Infidelles pafteurs, indignes citoyens !
Que vous reffemblez mal à ces premiers chrétiens,
Qui, bravant tous ces dieux de métal ou de plâtre,
Marchaient fans murmurer fous un maître idolâtre,
Expiraient fans fe plaindre, & fur les échafauds,
Sanglans, percés de coups, béniffaient leurs bourreaux !
Eux feuls étaient chrétiens, je n'en connais point d'autres.
Ils mouraient pour leurs rois, vous maffacrez les vôtres :
Et DIEU, que vous peignez implacable & jaloux,
S'il aime à fe venger, barbares, c'eft de vous. »

A ce hardi difcours aucun n'ofait répondre ;
Par des traits trop puiffans ils fe fentaient confondre ;
Ils repouffaient en vain, de leur cœur irrité,
Cet effroi qu'aux méchans donne la vérité.

Le dépit & la crainte agitaient leurs penfées ;
Quand foudain mille voix , jufqu'au ciel élancées ,
Font par-tout retentir , avec un bruit confus :
Aux armes , Citoyens , ou nous fommes perdus.

LES nuages épais que formait la pouffière ,
Du foleil dans les champs dérobaient la lumière.
Des tambours , des clairons , le fon rempli d'horreur ,
De la mort qui les fuit était l'avant-coureur.
Tels des antres du Nord échappés fur la terre ,
Précédés par les vents , & fuivis du tonnerre ,
D'un tourbillon de poudre obfcurciffant les airs ,
Les orages fougueux parcourent l'univers.

C'ETAIT du grand Henri la redoutable armée ,
Qui , laffe du repos , & de fang affamée ,
Fefait entendre au loin fes formidables cris ,
Rempliffait la campagne , & marchait vers Paris.

BOURBON n'employait point ces momens falutaires
A rendre au dernier roi les honneurs ordinaires ,
A parer fon tombeau de ces titres brillans
Que reçoivent les morts de l'orgueil des vivans ;
Ses mains ne chargeaient point les rives défolées
De l'appareil pompeux de ces vains maufolées ,
Par qui , malgré l'injure , & des temps , & du fort ,
La vanité des grands triomphe de la mort.
Il voulait à Valois , dans la demeure fombre ,
Envoyer des tributs plus dignes de fon ombre ,
Punir fes affaffins , vaincre fes ennemis ,
Et rendre heureux fon peuple après l'avoir foumis.

Au

Au bruit inopiné des affauts qu'il prépare,
Des états confternés le confeil fe fépare :
Mayenne au même inftant court au haut des remparts ;
Le foldat raffemblé vole à fes étendards :
Il infulte à grands cris le héros qui s'avance.
Tout eft prêt pour l'attaque, & tout pour la défenfe.

PARIS n'était point tel en ces temps orageux,
Qu'il paraît en nos jours aux Français trop heureux.
Cent forts qu'avaient bâtis la fureur & la crainte,
Dans un moins vafte efpace enfermaient fon enceinte.
Ces faubourgs, aujourd'hui fi pompeux & fi grands,
Que la main de la paix tient ouverts en tout temps,
D'une immenfe cité fuperbes avenues,
Où nos palais dorés fe perdent dans les nues ;
Etaient de longs hameaux de rempart entourés,
Par un foffé profond de Paris féparés.
Du côté du Levant bientôt Bourbon s'avance.
Le voilà qui s'approche, & la mort le devance.
Le fer avec le feu vole de toutes parts,
Des mains des affiégeans, & du haut des remparts.
Ces remparts menaçans, leurs tours & leurs ouvrages,
S'écroulent fous les traits de ces brûlans orages :
On voit les bataillons rompus & renverfés,
Et loin d'eux dans les champs leurs membres difperfés.
Ce que le fer atteint, tombe réduit en poudre ;
Et chacun des partis combat avec la foudre.

JADIS avec moins d'art, au milieu des combats,
Les malheureux mortels avançaient leur trépas.
Avec moins d'appareil ils volaient au carnage,
Et le fer dans leurs mains fuffifait à leur rage.

La Henriade.   I

De leurs cruels enfans l'effort induſtrieux
A dérobé le feu qui brûle dans les cieux.
On entendait gronder ces (4) bombes effroyables,
Des troubles de la Flandre enfans abominables.
Dans ces globes d'airain le ſalpêtre enflammé (b)
Vole avec la priſon qui le tient renfermé :
Il la briſe, & la mort en ſort avec furie.

A V E C plus d'art encore, & plus de barbarie,
Dans des antres profonds on a ſu renfermer
Des foudres ſouterrains, tout prêts à s'allumer.
Sous un chemin trompeur, où volant au carnage,
Le ſoldat valeureux ſe fie à ſon courage,
On voit en un inſtant des abymes ouverts,
De noirs torrens de ſoufre épandus dans les airs,
Des bataillons entiers par ce nouveau tonnerre
Emportés, déchirés, engloutis ſous la terre.
Ce ſônt-là les dangers où Bourbon va s'offrir,
C'eſt par-là qu'à ſon trône il brûle de courir.
Ses guerriers avec lui dédaignent ces tempêtes ;
L'enfer eſt ſous leurs pas, la foudre eſt ſur leurs têtes :
Mais la gloire à leurs yeux vole à côté du roi ;
Ils ne regardent qu'elle, & marchent ſans effroi.

M O R N A Y, parmi les flots de ce torrent rapide,
S'avance d'un pas grave, & non moins intrépide ;
Incapable à la fois de crainte & de fureur,
Sourd au bruit des canons, calme au ſein de l'horreur,
D'un œil fermé & ſtoïque, il regarde la guerre (c)
Comme un fléau du ciel, affreux, mais néceſſaire.
Il marche en philoſophe où l'honneur le conduit,
Condamne les combats, plaint ſon maître, & le ſuit,

Ils defcendent enfin dans ce chemin terrible,
Qu'un glacis teint de fang rendait inacceffible.
C'eft là que le danger ranime leurs efforts ;
Ils comblent les foffés de fafcines, de morts ;
Sur ces morts entaffés ils marchent, ils s'avancent ;
D'un cours précipité fur la brèche ils s'élancent.

ARMÉ d'un fer fanglant, couvert d'un bouclier,
Henri vole à leur tête, & monte le premier.
Il monte : il a déjà, de fes mains triomphantes,
Arboré de fes lis les enfeignes flottantes.
Les ligueurs devant lui demeurent pleins d'effroi ;
Ils femblaient refpecter leur vainqueur & leur roi.
Ils cédaient : mais Mayenne à l'inftant les ranime ;
Il leur montre l'exemple, il les rappelle au crime ;
Leurs bataillons ferrés preffent de toutes parts
Ce roi dont ils n'ofaient foutenir les regards.
Sur le mur avec eux la Difcorde cruelle
Se baigne dans le fang que l'on verfe pour elle.
Le foldat à fon gré fur ce funefte mur,
Combattant de plus près, porte un trépas plus fûr.

ALORS on n'entend plus ces foudres de la guerre,
Dont les bouches de bronze épouvantaient la terre :
Un farouche filence, enfant de la fureur,
A ces bruyans éclats fuccède avec horreur.
D'un bras déterminé, d'un œil brûlant de rage,
Parmi fes ennemis chacun s'ouvre un paffage.
On faifit, on reprend, par un contraire effort,
Ce rempart teint de fang, théâtre de la mort.
Dans fes fatales mains la victoire incertaine
Tient encor près des lis l'étendard de Lorraine.

Les afliégeans furpris font par-tout renverfés,
Cent fois victorieux, & cent fois terraffés ;
Pareils à l'Océan pouffé par les orages,
Qui couvre à chaque inftant, & qui fuit fes rivages.
Jamais le roi, jamais fon illuftre rival,
N'avaient été fi grands qu'en cet affaut fatal.
Chacun d'eux, au milieu du fang & du carnage,
Maître de fon efprit, maître de fon courage,
Difpofe, ordonne, agit, voit tout en même temps,
Et conduit d'un coup d'œil ces affreux mouvemens.

CEPENDANT des Anglais la formidable élite,
Par le vaillant Effex à cet affaut conduite,
Marchait fous nos drapeaux pour la première fois,
Et femblait s'étonner de fervir fous nos rois.
Ils viennent foutenir l'honneur de leur patrie,
Orgueilleux de combattre, & de donner leur vie,
Sur ces mêmes remparts, & dans ces mêmes lieux,
Où la Seine autrefois vit régner leurs aïeux.
Effex monte à la brèche où combattait d'Aumale ;
Tous deux jeunes, brillans, pleins d'une ardeur égale,
Tels qu'aux remparts de Troie on peint les demi-dieux.
Leurs amis tout fanglans font en foule autour d'eux.
Français, Anglais, Lorrains, que la fureur affemble,
Avançaient, combattaient, frappaient, mouraient enfemble.

ANGE qui conduifiez leur fureur & leur bras,
Ange exterminateur, ame de ces combats,
De quel héros enfin prites-vous la querelle ?
Pour qui pencha des cieux la balance éternelle ?
Long-temps Bourbon, Mayenne, Effex, & fon rival,
Affiégeans, affiégés, font un carnage égal.

Le parti le plus jufte eut enfin l'avantage :
Enfin Bourbon l'emporte, il fe fait un paffage ;
Les ligueurs fatigués ne lui réfiftent plus ;
Ils quittent les remparts, ils tombent éperdus.

COMME on voit un torrent, du haut des Pyrénées,
Menacer des vallons les nymphes confternées ;
Les digues qu'on oppofe à fes flots orageux
Soutiennent quelque temps fon choc impétueux ;
Mais bientôt renverfant fa barrière impuïffante,
Il porte au loin le bruit, la mort & l'épouvante ;
Déracine en paffant ces chênes orgueilleux,
Qui bravaient les hivers, & qui touchaient les cieux ;
Détache les rochers du penchant des montagnes,
Et pourfuit les troupeaux fuyant dans les campagnes :
Tel Bourbon defcendait à pas précipités
Du haut des murs fumans qu'il avait emportés ;
Tel d'un bras foudroyant fondant fur les rebelles,
Il moiffonne en courant leurs troupes criminelles.
Les Seize avec effroi fuyaient ce bras vengeur,
Egarés, confondus, difperfés par la peur.

MAYENNE ordonne enfin que l'on ouvre les portes :
Il rentre dans Paris fuivi de fes cohortes.
Les vainqueurs furieux, les flambeaux à la main,
Dans les faubourgs fanglans fe répandent foudain.
Du foldat effréné la valeur tourne en rage ;
Il livre tout au fer, aux flammes, au pillage.
Henri ne les voit point ; fon vol impétueux
Pourfuivait l'ennemi fuyant devant fes yeux.
Sa victoire l'enflamme, & fa valeur l'emporte ;
Il franchit les faubourgs, il s'avance à la porte :

Compagnons, apportez & le fer & les feux,
Venez, volez, montez fur ces murs orgueilleux.

COMME il parlait ainfi, du profond d'une nue
Un fantôme éclatant fe préfente à fa vue.
Son corps majeftueux, maître des élémens,
Defcendait vers Bourbon fur les ailes des vents.
De la Divinité les vives étincelles
Etalaient fur fon front des beautés immortelles ;
Ses yeux femblaient remplis de tendreffe & d'horreur :
,, Arrête, cria-t-il, trop malheureux vainqueur !
Tu vas abandonner aux flammes, au pillage,
De cent rois tes aïeux l'immortel héritage,
Ravager ton pays, mes temples, tes tréfors,
Egorger tes fujets, & régner fur des morts.
Arrête...... ,, A ces accens plus forts que le tonnerre,
Le foldat s'épouvante, il embraffe la terre,
Il quitte le pillage : Henri plein de l'ardeur
Que le combat encore enflammait dans fon cœur,
Semblable à l'Océan qui s'apaife & qui gronde :
,, O fatal habitant de l'invifible monde ! (d)
Que viens-tu m'annoncer dans ce féjour d'horreur ? ,,

ALORS il entendit ces mots pleins de douceur :
,, Je fuis cet heureux roi que la France révère,
Le père des Bourbons, ton protecteur, ton père ;
Ce Louis qui jadis combattit comme toi ;
Ce Louis dont ton cœur a négligé la foi ;
Ce Louis qui te plaint, qui t'admire, & qui t'aime.
DIEU fur ton trône un jour te conduira lui-même :
Dans Paris, ô mon fils, tu rentreras vainqueur,
Pour prix de ta clémence, & non de ta valeur.

C'eſt Dieu qui t'en inſtruit, & c'eſt Dieu qui m'envoie. ,,
Le héros à ces mots verſe des pleurs de joie.
La paix a dans ſon cœur étouffé ſon courroux :
Il s'écrie, il ſoupire, il adore à genoux.
D'une divine horreur ſon ame eſt pénétrée :
Trois fois il tend les bras à cette ombre ſacrée ;
Trois fois ſon père échappe à ſes embraſſemens,
Tel qu'un léger nuage écarté par les vents.

Du faîte cependant de ce mur formidable,
Tous les ligueurs armés, tout un peuple innombrable,
Etrangers & Français, chefs, citoyens, ſoldats,
Font pleuvoir ſur le roi le fer & le trépas.
La vertu du Très-Haut brille autour de ſa tête,
Et des traits qu'on lui lance écarte la tempête.
Il vit alors, il vit de quel affreux danger
Le père des Bourbons venait le dégager.
Il contemplait Paris d'un œil triſte & tranquille :
Français, s'écria-t-il, & toi, fatale ville,
Citoyens malheureux, peuple faible & ſans foi,
Juſqu'à quand voulez-vous combattre votre roi ?

Alors, ainſi que l'aſtre auteur de la lumière,
Après avoir rempli ſa brûlante carrière,
Au bord de l'horizon brille d'un feu plus doux,
Et plus grand à nos yeux paraît fuir loin de nous ;
Loin des murs de Paris le héros ſe retire,
Le cœur plein du ſaint roi, plein du Dieu qui l'inſpire.
Il marche vers Vincenne, où Louis autrefois,
Au pied d'un chêne aſſis, dicta ſes juſtes lois.
Que vous êtes changé, ſéjour jadis aimable !
Vincenne, tu n'es plus qu'un donjon déteſtable,

Qu'une prifon d'Etat, qu'un lieu de défefpoir,
Où tombent fi fouvent, du faîte du pouvoir,
Ces miniftres, ces grands, qui tonnent fur nos têtes,
Qui vivent à la cour au milieu des tempêtes,
Oppreffeurs, opprimés, fiers, humbles, tour-à-tour,
Tantôt l'horreur du peuple, & tantôt leur amour.
Bientôt de l'Occident, où fe forment les ombres,
La nuit vint fur Paris porter fes voiles fombres,
Et cacher aux mortels, en ce fanglant féjour,
Ces morts & ces combats qu'avait vus l'œil du jour.

Fin du fixiéme Chant.

Louis guidoit ses pas: ciel! qu'est-ce que je voi?

L'Assassin de Valois! ce monstre devant moi; *Henriade Ch.7.*

CHANT VII.

ARGUMENT.

Saint Louis transporte Henri IV en esprit au ciel & aux enfers, & lui fait voir, dans le palais des destins, sa postérité, & les grands-hommes que la France doit produire.

Du Dieu qui nous créa la clémence infinie, (a)
Pour adoucir les maux de cette courte vie,
A placé parmi nous deux êtres bienfefans,
De la terre à jamais aimables habitans ;
Soutiens dans les travaux, tréfors dans l'indigence,
L'un eft le doux Sommeil, & l'autre eft l'Efpérance :
L'un, quand l'homme accablé fent de fon faible corps
Les organes vaincus, fans force & fans refforts,
Vient par un calme heureux fecourir la nature,
Et lui porter l'oubli des peines qu'elle endure ;
L'autre anime nos cœurs, enflamme nos défirs,
Et même en nous trompant donne de vrais plaifirs :
Mais aux mortels chéris à qui le ciel l'envoie,
Elle n'infpire point une infidelle joie ;
Elle apporte de Dieu la promeffe & l'appui ;
Elle eft inébranlable & pure comme lui.

Louis près de Henri tous les deux les appelle :
Approchez vers mon fils, venez, couple fidelle.
Le Sommeil l'entendit de fes antres fecrets :
Il marche mollement vers ces ombrages frais.

Les vents à fon afpect s'arrêtent en filence ;
Les fonges fortunés, enfans de l'Efpérance,
Voltigent vers le prince, & couvrent ce héros
D'olive & de lauriers mêlés à leurs pavots.

L o u i s en ce moment prenant fon diadème,
Sur le front du vainqueur il le pofa lui-même :
,, Règne, dit-il, triomphe, & fois en tout mon fils ;
Tout l'efpoir de ma race en toi feul eft remis :
Mais le trône, ô Bourbon, ne doit point te fuffire ;
Des préfens de Louis le moindre eft fon empire.
C'eft peu d'être un héros, un conquérant, un roi ;
Si le ciel ne t'éclaire, il n'a rien fait pour toi.
Tous ces honneurs mondains ne font qu'un bien ftérile,
Des humaines vertus récompenfe fragile ;
Un dangereux éclat qui paffe & qui s'enfuit,
Que le trouble accompagne, & que la mort détruit.
Je vais te découvrir un plus durable empire,
Pour te récompenfer bien moins que pour t'inftruire.
Viens, obéis, fuis-moi par de nouveaux chemins :
Vole au fein de D i e u même, & remplis tes deftins. ,,

L'u n & l'autre à ces mots, dans un char de lumière,
Des cieux en un moment traverfent la carrière.
Tels on voit dans la nuit la foudre & les éclairs
Courir d'un pôle à l'autre & divifer les airs ;
Et telle s'éleva cette nue embrafée,
Qui dérobant aux yeux le maître d'Elifée,
Dans un célefte char de flamme environné,
L'emporta loin des bords de ce globe étonné.

D a n s le centre éclatant de ces orbes immenfes,
Qui n'ont pu nous cacher leur marche & leurs diftances,

Luit cet aftre du jour, par DIEU même allumé,
Qui tourne autour de foi fur fon axe enflammé.
De lui partent fans fin des torrens de lumière :
Il donne en fe montrant la vie à la matière ;
Et difpenfe les jours, les faifons, & les ans,
A des mondes divers, autour de lui flottans.
Ces aftres, affervis à la loi qui les preffe,
S'attirent dans leur courfe (1) & s'évitent fans ceffe,
Et fervant l'un à l'autre & de règle & d'appui,
Se prêtent les clartés qu'ils reçoivent de lui.
Au-delà de leurs cours, & loin dans cet efpace,
Où la matière nage, & que DIEU feul embraffe,
Sont des foleils fans nombre & des mondes fans fin.
Dans cet abyme immenfe il leur ouvre un chemin.

PAR-DELA tous ces cieux le DIEU des cieux réfide.
C'eft-là que le héros fuit fon célefte guide ;
C'eft-là que font formés tous ces efprits divers,
Qui rempliffent les corps & peuplent l'univers :
Là font après la mort nos ames replongées,
De leur prifon groffière à jamais dégagées.

UN juge incorruptible y raffemble à fes pieds
Ces immortels efprits que fon fouffle a créés.
C'eft cet Etre infini qu'on fert & qu'on ignore :
Sous des noms différens le monde entier l'adore :
Du haut de l'empyrée il entend nos clameurs ;
Il regarde en pitié ce long amas d'erreurs,
Ces portraits infenfés que l'humaine ignorance
Fait avec piété de fa fageffe immenfe.

LA Mort auprès de lui, fille affreufe du Temps,
De ce trifte univers conduit les habitans.

Elle amène à la fois les Bonzes, les Brachmanes,
Du grand Confucius les difciples profanes,
Des antiques Perfans les fecrets fuccefleurs,
De Zoroaftre (2) encore aveugles fectateurs ;
Les pâles habitans de ces froides contrées,
Qu'affiégent de glaçons les mers hyperborées ;
Ceux qui de l'Amérique habitent les forêts,
De l'erreur invincible innombrables fujets.
Le dervis étonné, d'une vue inquiète,
A la droite de DIEU cherche en vain fon prophète.
Le Bonze, avec des yeux fombres & pénitens,
Y vient vanter en vain fes vœux & fes tourmens. (b)

ECLAIRÉS à l'inftant, ces morts dans le filence
Attendent en tremblant l'éternelle fentence.
DIEU qui voit à la fois, entend, & connaît tout,
D'un coup d'œil les punit, d'un coup d'œil les abfout.
Henri n'approcha point vers le trône invifible
D'où part à chaque inftant ce jugement terrible,
Où DIEU prononce à tous fes arrêts éternels,
Qu'ofent prévoir en vain tant d'orgueilleux mortels.

QUELLE eft, difait Henri, s'interrogeant lui-même,
Quelle eft de DIEU fur eux la juftice fuprême ?
Ce DIEU les punit-il d'avoir fermé leurs yeux
Aux clartés que lui-même il plaça fi loin d'eux ?
Pourrait-il les juger tel qu'un injufte maître,
Sur la loi des chrétiens qu'ils n'avaient pu connaître ?
Non, DIEU nous a créés, DIEU nous veut fauver tous :
Par-tout il nous inftruit, par-tout il parle à nous ;
Il grave en tous les cœurs la loi de la nature,
Seule à jamais la même, & feule toujours pure.

Sur cette loi, fans doute, il juge les païens ;
Et fi leur cœur fut jufte, ils ont été chrétiens.

TANDIS que du héros la raifon confondue
Portait fur ce myftère une indifcrète vue,
Aux pieds du trône même une voix s'entendit ;
Le ciel s'en ébranla, l'univers en frémit ;
Ses accens reffemblaient à ceux de ce tonnerre,
Quand du mont Sinaï DIEU parlait à la terre.
Le chœur des immortels fe tut pour l'écouter ;
Et chaque aftre en fon cours alla le répéter.
A ta faible raifon garde-toi de te rendre ;
DIEU t'a fait pour l'aimer, & non pour le comprendre.
Invifible à tes yeux, qu'il règne dans ton cœur ;
Il confond l'injuftice, il pardonne à l'erreur ;
Mais il punit auffi toute erreur volontaire :
Mortel, ouvre les yeux quand fon foleil t'éclaire.

HENRI dans ce moment, d'un vol précipité,
Eft par un tourbillon dans l'efpace emporté,
Vers un féjour informe, aride, affreux, fauvage,
De l'antique chaos abominable image,
Impénétrable aux traits de ces foleils brillans,
Chefs-d'œuvre du Très-Haut, comme lui bienfefans.
Sur cette terre horrible, & des anges haïe,
DIEU n'a point répandu le germe de la vie.
La Mort, l'affreufe Mort & la Confufion
Y femblent établir leur domination.
„Quelles clameurs, ô DIEU ! quels cris épouvantables !
Quels torrens de fumée ! & quels feux effroyables !
Quels monftres, dit Bourbon, volent dans ces climats !
Quels gouffres enflammés s'entr'ouvrent fous mes pas !„

,,O mon fils, vous voyez les portes de l'abyme
Creufé par la Juftice, habité par le Crime.
Suivez-moi, les chemins en font toujours ouverts. ,,
Ils marchent auffitôt aux portes des enfers. (3)

LA gît la fombre Envie, à l'œil timide & louche, (c)
Verfant fur des lauriers les poifons de fa bouche :
Le jour bleffe fes yeux, dans l'ombre étincelans :
Trifte amante des morts, elle hait les vivans :
Elle aperçoit Henri, fe détourne & foupire.
Auprès d'elle eft l'Orgueil, qui fe plaît & s'admire ;
La Faibleffe au teint pâle, aux regards abattus,
Tyran qui cède au crime & détruit les vertus ;
L'Ambition fanglante, inquiète, égarée,
De trônes, de tombeaux, d'efclaves entourée ;
La tendre Hypocrifie, aux yeux pleins de douceur,
(Le ciel eft dans fes yeux, l'enfer eft dans fon cœur ;)
Le faux Zèle étalant fes barbares maximes ;
Et l'Intérêt enfin, père de tous les crimes.

DES mortels corrompus ces tyrans effrénés
A l'afpect de Henri paraiffent confternés ;
Ils ne l'ont jamais vu, jamais leur troupe impie
N'approcha de fon ame, à la vertu nourrie :
Quel mortel, difaient-ils, par ce jufte conduit,
Vient nous perfécuter dans l'éternelle nuit ?

LE héros, au milieu de ces efprits immondes,
S'avançait à pas lents fous ces voûtes profondes.
Louis guidait fes pas : ,, Ciel ! qu'eft-ce que je voi ?
L'affaffin de Valois ! ce monftre devant moi !
Mon père ! il tient encor ce couteau parricide,
Dont le confeil des Seize arma fa main perfide :

Tandis que dans Paris tous ces prêtres cruels
Ofent de fon portrait fouiller les faints autels,
Que la Ligue l'invoque & que Rome le loue, (4)
Ici dans les tourmens l'enfer les défavoue. ,,

,, Mon fils, reprit Louis, de plus févères lois
Pourfuivent en ces lieux les princes & les rois.
Regardez ces tyrans, adorés dans leur vie :
Plus ils étaient puiffans, plus Dieu les humilie.
Il punit les forfaits que leurs mains ont commis,
Ceux qu'ils n'ont point vengés & ceux qu'ils ont permis.
La mort leur a ravi leurs grandeurs paffagères,
Ce fafte, ces plaifirs, ces flatteurs mercenaires,
De qui la complaifance, avec dextérité,
A leurs yeux éblouis cachait la vérité.
La vérité terrible ici fait leurs fupplices :
Elle eft devant leurs yeux, elle éclaire leurs vices.
Voyez comme à fa voix tremblent ces conquérans,
Héros aux yeux du peuple, aux yeux de Dieu tyrans ;
Fléaux du monde entier, que leur fureur embrafe,
La foudre qu'ils portaient à leur tour les écrafe.
Auprès d'eux font couchés tous ces rois fainéans,
Sur un trône avili fantômes impuiffans. ,,

Henri voit près des rois leurs infolens miniftres :
Il remarque furtout ces confeillers finiftres,
Qui des mœurs & des lois avares corrupteurs,
De Thémis & de Mars ont vendu les honneurs,
Qui mirent les premiers à d'indignes enchères
L'ineftimable prix des vertus de nos pères.
Etes-vous en ces lieux, faibles & tendres cœurs, (d)
Qui, livrés aux plaifirs & couchés fur les fleurs,

Sans fiel & fans fierté couliez dans la pareffe
Vos inutiles jours, filés par la molleffe ?
Avec les fcélérats feriez-vous confondus,
Vous, mortels bienfefans, vous, amis des vertus,
Qui, par un feul moment de doute ou de faibleffe,
Avez féché le fruit de trente ans de fageffe ?
Le généreux Henri ne put cacher fes pleurs.
,, Ah! s'il eft vrai, dit-il, qu'en ce féjour d'horreurs
La race des humains foit en foule engloutie, (5)
Si les jours paffagers d'une fi trifte vie
D'un éternel tourment font fuivis fans retour ;
Ne vaudrait-il pas mieux ne voir jamais le jour ?
Heureux s'ils expiraient dans le fein de leur mère,
Où fi ce DIEU du moins, ce grand DIEU fi févère,
A l'homme, hélas trop libre, avait daigné ravir
Le pouvoir malheureux de lui défobéir ! ,,

,, NE crois point, dit Louis, que ces triftes victimes
Souffrent des châtimens qui furpaffent leurs crimes,
Ni que ce jufte DIEU, créateur des humains,
Se plaife à déchirer l'ouvrage de fes mains :
Non, s'il eft infini, c'eft dans fes récompenfes ;
Prodigue de fes dons, il borne fes vengeances.
Sur la terre on le peint l'exemple des tyrans :
Mais ici c'eft un père, il punit fes enfans ;
Il adoucit les traits de fa main vengereffe ;
Il ne fait point punir des momens de faibleffe,
Des plaifirs paffagers, pleins de trouble & d'ennui,
Par des tourmens affreux, éternels comme lui. ,, (6)

Il dit, & dans l'inftant l'un & l'autre s'avance
Vers les lieux fortunés qu'habite l'innocence.

Ce

Ce n'eſt plus des enfers l'affreuſe obſcurité,
C'eſt du jour le plus pur l'immortelle clarté.
Henri voit ces beaux lieux, & ſoudain à leur vue
Sent couler dans ſon ame une joie inconnue ;
Les ſoins, les paſſions n'y troublent point les cœurs ;
La volupté tranquille y répand ſes douceurs.

Amour, en ces climats tout reſſent ton empire :
Ce n'eſt point cet amour que la molleſſe inſpire ;
C'eſt ce flambeau divin, ce feu ſaint & ſacré,
Ce pur enfant des cieux ſur la terre ignoré.
De lui ſeul à jamais tous les cœurs ſe rempliſſent ;
Ils déſirent ſans ceſſe, & ſans ceſſe ils jouiſſent ;
Et goûtent dans les feux d'une éternelle ardeur
Des plaiſirs ſans regrets, du repos ſans langueur.
Là règnent les bons rois qu'ont produits tous les âges ;
Là ſont les vrais héros, là vivent les vrais ſages ;
Là ſur un trône d'or Charlemagne & Clovis
Veillent du haut des cieux ſur l'empire des lis.

Les plus grands ennemis, les plus fiers adverſaires,
Réunis dans ces lieux, n'y ſont plus que des frères.
Le ſage Louis (7) douze, au milieu de ces rois,
S'élève comme un cèdre, & leur donne des lois.
Ce roi qu'à nos aïeux donna le ciel propice,
Sur ſon trône avec lui fit aſſeoir la Juſtice ;
Il pardonna ſouvent, il régna ſur les cœurs,
Et des yeux de ſon peuple il eſſuya les pleurs.
D'Amboiſe (8) eſt à ſes pieds, ce miniſtre fidelle
Qui ſeul aima la France & fut ſeul aimé d'elle ;
Tendre ami de ſon maître, & qui dans ce haut rang
Ne ſouilla point ſes mains de rapine & de ſang.

La Henriade.   K

O jours ! ô mœurs ! ô temps d'éternelle mémoire !
Le peuple était heureux, le roi couvert de gloire :
De fes aimables lois chacun goûtait les fruits.
Revenez, heureux temps, fous un autre Louis.

PLUS loin font ces guerriers, prodigues de leur vie,
Qu'enflamma leur devoir, & non pas leur furie ;
La Trimouille, (9) Cliffon, Montmorency, de Foix ; (10)
Guefclin, (11) le deftructeur & le vengeur des rois ;
Le vertueux Bayard ; (12) & vous, brave Amazone, (13)
La honte des Anglais & le foutien du trône. (e)

,, CES héros, dit Louis, que tu vois dans les cieux,
Comme toi de la terre ont ébloui les yeux ;
La vertu, comme à toi, mon fils, leur était chère :
Mais enfans de l'Eglife ils ont chéri leur mère ;
Leur cœur fimple & docile aimait la vérité ;
Leur culte était le mien ; pourquoi l'as-tu quitté ? ,,
Comme il difait ces mots d'une voix gémiffante,
Le palais des deftins devant lui fe préfente :
Il fait marcher fon fils vers ces facrés remparts,
Et cent portes d'airain s'ouvrent à fes regards.

LE Temps, d'une aile prompte & d'un vol infenfible,
Fuit & revient fans ceffe à ce palais terrible ;
Et de là fur la terre il verfe à pleines mains
Et les biens & les maux deftinés aux humains.
Sur un autel de fer un livre inexplicable
Contient de l'avenir l'hiftoire irrévocable.
La main de l'Eternel y marqua nos défirs,
Et nos chagrins cruels & nos faibles plaifirs.
On voit la Liberté, cette efclave fi fière,
Par d'invifibles nœuds en ces lieux prifonnière ;

Sous un joug inconnu, que rien ne peut brifer,
Dieu fait l'affujettir fans la tyrannifer ;
A fes fuprêmes lois d'autant mieux attachée,
Que fa chaîne à fes yeux pour jamais eft cachée ;
Qu'en obéiffant même elle agit par fon choix,
Et fouvent aux deftins penfe donner des lois.

,, Mon cher fils, dit Louis, c'eft de là que la grâce
Fait fentir aux humains fa faveur efficace :
C'eft de ces lieux facrés qu'un jour fon trait vainqueur
Doit partir, doit brûler, doit embrafer ton cœur.
Tu ne peux différer, ni hâter, ni connaître
Ces momens précieux dont Dieu feul eft le maître.
Mais qu'ils font encor loin ces temps, ces heureux temps
Où Dieu doit te compter au rang de fes enfans !
Que tu dois éprouver de faibleffes honteufes !
Et que tu marcheras dans des routes trompeufes !
Retranches, ô mon Dieu, des jours de ce grand roi
Ces jours infortunés qui l'éloignent de toi. ,,

Mais dans ces vaftes lieux quelle foule s'empreffe !
Elle entre à tout moment & s'écoule fans ceffe.
,, Vous voyez, dit Louis, dans ce facré féjour
Les portraits des humains qui doivent naître un jour :
Des fiècles à venir ces vivantes images
Raffemblent tous les lieux, devancent tous les âges.
Tous les jours des humains, comptés avant les temps,
Aux yeux de l'Eternel à jamais font préfens.
Le Deftin marque ici l'inftant de leur naiffance,
L'abaiffément des uns, des autres la puiffance,
Les divers changemens attachés à leur fort,
Leurs vices, leurs vertus, leur fortune, & leur mort.

,, APPROCHONS-NOUS, le ciel te permet de connaître
Les rois & les héros qui de toi doivent naître.
Le premier qui paraît c'eſt ton auguſte fils ;
Il ſoutiendra long-temps la gloire de nos lis,
Triomphateur heureux du Belge & de l'Ibère ;
Mais il n'égalera ni ſon fils ni ſon père. ,,

HENRI dans ce moment voit ſur des fleurs de lis
Deux mortels orgueilleux, auprès du trône aſſis.
Ils tiennent ſous leurs pieds tout un peuple à la chaîne ;
Tous deux ſont revêtus de la pourpre romaine ;
Tous deux ſont entourés de gardes, de ſoldats ;
Il les prend pour des rois.... ,, Vous ne vous trompez pas,
Ils le ſont, dit Louis, ſans en avoir le titre ;
Du prince & de l'Etat l'un & l'autre eſt l'arbitre.

,, RICHELIEU, Mazarin, miniſtres immortels,
Juſqu'au trône élevés de l'ombre des autels,
Enfans de la Fortune & de la Politique,
Marcheront à grands pas au pouvoir deſpotique.
Richelieu, grand, ſublime, implacable ennemi ;
Mazarin, ſouple, adroit, & dangereux ami :
L'un (14) fuyant avec art, & cédant à l'orage ;
L'autre aux flots irrités oppoſant ſon courage ;
Des princes de mon ſang ennemis déclarés ;
Tous deux haïs du peuple, & tous deux admirés ;
Enfin, par leurs efforts ou par leur induſtrie,
Utiles à leurs rois, cruels à la patrie.
O toi, moins puiſſant qu'eux, moins vaſte en tes deſſeins, (15)
Toi dans le ſecond rang le premier des humains,
Colbert, c'eſt ſur tes pas que l'heureuſe Abondance,
Fille de tes travaux, vient enrichir la France ;

Bienfaiteur de ce peuple ardent à t'outrager, (16)
En le rendant heureux tu fauras t'en venger ;
Semblable à ce héros, confident de DIEU même,
Qui nourrit les Hébreux pour prix de leur blafphême.

» CIEL ! quel pompeux amas d'efclaves à genoux
Eft aux pieds de ce roi, (17) qui les fait trembler tous !
Quels honneurs ! quels refpects ! jamais roi dans la France
N'accoutuma fon peuple à tant d'obéiffance.
Je le vois comme vous par la gloire animé,
Mieux obéi, plus craint, peut-être moins aimé.
Je le vois éprouvant des fortunes diverfes,
Trop fier dans fes fuccès, mais ferme en fes traverfes ;
De vingt peuples ligués bravant feul tout l'effort,
Admirable en fa vie, & plus grand dans fa mort.

» SIECLE heureux de Louis, fiècle que la nature
De fes plus beaux préfens doit combler fans mefure,
C'eft toi qui dans la France amènes les beaux arts ;
Sur toi tout l'avenir va porter fes regards ;
Les Mufes à jamais y fixent leur empire ;
La toile eft animée, & le marbre refpire.
Quels fages (18) raffemblés dans ces auguftes lieux,
Mefurent l'univers & lifent dans les cieux ;
Et dans la nuit obfcure apportant la lumière,
Sondent les profondeurs de la nature entière ?
L'Erreur préfomptueufe à leur afpect s'enfuit,
Et vers la Vérité le Doute les conduit.
Et toi, fille du ciel, toi, puiffante Harmonie,
Art charmant qui polis la Grèce & l'Italie,
J'entends de tous côtés ton langage enchanteur,
Et tes fons fouverains de l'oreille & du cœur.

K 3

Français, vous favez vaincre & chanter vos conquêtes :
Il n'eft point de lauriers qui ne couvrent vos têtes ;
Un peuple de héros va naître en ces climats ;
Je vois tous les Bourbons voler dans les combats.
A travers mille feux je vois Condé (19) paraître,
Tour-à-tour la terreur & l'appui de fon maître ;
Turenne de Condé le généreux rival,
Moins brillant, mais plus fage, & du moins fon égal.
Catinat (20) réunit, par un rare affemblage,
Les talens du guerrier, & les vertus du fage.
Vauban (21) fur un rempart, un compas à la main, (f)
Rit du bruit impuiffant de cent foudres d'airain.
Malheureux à la cour, invincible à la guerre,
Luxembourg (22) fait trembler l'Empire & l'Angleterre.

» REGARDEZ dans Denain l'audacieux Villars, (23)
Difputant le tonnerre à l'aigle des Céfars ;
Arbitre de la paix, que la victoire amène,
Digne appui de fon roi, digne rival d'Eugène.
Quel eft ce jeune prince (24) en qui la majefté
Sur fon vifage aimable éclate fans fierté ?
D'un œil d'indifférence il regarde le trône.
Ciel ! quelle nuit foudaine à mes yeux l'environne !
La mort autour de lui vole fans s'arrêter ;
Il tombe aux pieds du trône, étant près d'y monter.

» O mon fils ! des Français vous voyez le plus jufte ;
Les cieux le formeront de votre fang augufte.
Grand DIEU ! ne faites-vous que montrer aux humains
Cette fleur paffagère, ouvrage de vos mains ?
Hélas ! que n'eût point fait cette ame vertueufe ?
La France fous fon règne eût été trop heureufe ;

Il eût entretenu l'abondance & la paix ;
Mon fils, il eût compté fes jours par fes bienfaits ;
Il eût aimé fon peuple. O jours remplis d'alarmes !
O combien les Français vont répandre de larmes,
Quand fous la même tombe ils verront reunis
Et l'époux & la femme, & la mère & le fils !

„ Un faible rejeton (25) fort entre les ruines
De cet arbre fécond, coupé dans les racines.
Les enfans de Louis, defcendus au tombeau,
Ont laiffé dans la France un monarque au berceau,
De l'Etat ébranlé douce & frêle efpérance.
O toi, prudent Fleuri, veille fur fon enfance ; (g)
Conduis fes premiers pas ; cultive fous tes yeux
Du plus pur de mon fang le dépôt précieux.
Tout fouverain qu'il eft, inftruis-le à fe connaître :
Qu'il fache qu'il eft homme, en voyant qu'il eft maître ;
Qu'aimé de fes fujets ils foient chers à fes yeux :
Apprends-lui qu'il n'eft roi, qu'il n'eft né que pour eux.
France, reprends fous lui ta majefté première ;
Perce la trifte nuit qui couvrait ta lumière ;
Que les Arts, qui déjà voulaient t'abandonner,
De leurs utiles mains viennent te couronner.
L'Océan fe demande, en fes grottes profondes,
Où font tes pavillons qui flottaient fur fes ondes ?
Du Nil & de l'Euxin, de l'Inde & de fes ports,
Le commerce t'appelle & t'ouvre fes tréfors.
Maintiens l'ordre & la paix fans chercher la victoire ;
Sois l'arbitre des rois, c'eft affez pour ta gloire ;
Il t'en a trop coûté d'en être la terreur.

„ Près de ce jeune roi s'avance avec fplendeur

K 4

Un héros, (26) que de loin pourfuit la calomnie,
Facile, & non pas faible, ardent, plein de génie,
Trop ami des plaifirs, & trop des nouveautés,
Remuant l'univers du fein des voluptés.
Par des refforts nouveaux fa politique habile
Tient l'Europe en fufpens, divifée & tranquille.
Les arts font éclairés par fes yeux vigilans.
Né pour tous les emplois, il a tous les talens,
Ceux d'un chef, d'un foldat, d'un citoyen, d'un maître: (h)
Il n'eft pas roi, mon fils, mais il enfeigne à l'être. „

ALORS dans un orage, au milieu des éclairs,
L'étendard de la France apparut dans les airs ;
Devant lui d'Efpagnols une troupe guerrière
De l'aigle des Germains brifait la tête altière.
„ O mon père ! quel eft ce fpectacle nouveau ? „
„ Tout change, dit Louis, & tout a fon tombeau.
Adorons du Très-Haut la fageffe cachée.
Du puiffant Charles-Quint la race eft retranchée.
L'Efpagne à nos genoux vient demander des rois :
C'eft un de nos neveux qui leur donne des lois.
Philippe..... „ A cet objet Henri demeure en proie
A la douce furprife, aux tranfports de fa joie.
„ Modérez, dit Louis, ce premier mouvement ;
Craignez encor, craignez ce grand événement.
Oui, du fein de Paris Madrid reçoit un maître :
Cet honneur à tous deux eft dangereux peut-être.

„ O Rois nés de mon fang ! ô Philippe ! ô mes fils !
France, Efpagne, à jamais puiffiez-vous être unis !
Jufqu'à quand voulez-vous, malheureux politiques, (27)
Allumer les flambeaux des difcordes publiques ? „

IL dit. En ce moment le héros ne vit plus
Qu'un affemblage vain de mille objets confus :
Du temple du deftin les portes fe fermèrent,
Et les voûtes des cieux devant lui s'éclipfèrent.

L'AURORE cependant, au vifage vermeil,
Ouvrait dans l'Orient le palais du foleil :
La nuit en d'autres lieux portait fes voiles fombres :
Les fonges voltigeans fuyaient avec les ombres.
Le prince en s'éveillant fent au fond de fon cœur
Une force nouvelle, une divine ardeur :
Ses regards infpiraient le refpect & la crainte ;
DIEU rempliffait fon front de fa majefté fainte.
Ainfi quand le vengeur des peuples d'Ifraël
Eut fur le mont Sina confulté l'Eternel,
Les Hébreux, à fes pieds couchés dans la pouffière,
Ne purent de fes yeux foutenir la lumière.

Fin du feptiéme Chant.

CHANT VIII.

ARGUMENT.

Le comte d'Egmont vient de la part du roi d'Espagne au
secours de Mayenne & des Ligueurs. Bataille d'Ivry,
dans laquelle Mayenne est défait, & d'Egmont tué. Valeur
& clémence de Henri le grand.

D E S états dans Paris la confuse assemblée (*a*)
Avait perdu l'orgueil dont elle était enflée.
Au seul nom de Henri les Ligueurs pleins d'effroi,
Semblaient tous oublier qu'ils voulaient faire un roi.
Rien ne pouvait fixer leur fureur incertaine ;
Et n'osant dégrader ni couronner Mayenne,
Ils avaient confirmé, par leurs décrets honteux,
Le pouvoir & le rang qu'il ne tenait pas d'eux.

C E (1) lieutenant sans chef, ce roi sans diadème,
Toujours dans son parti garde un pouvoir suprême.
Un peuple obéissant, dont il se dit l'appui,
Lui promet de combattre & de mourir pour lui.
Plein d'un nouvel espoir, au conseil il appelle
Tous ces chefs orgueilleux, vengeurs de sa querelle ;
Les Lorrains, (2) les Nemours, la Châtre, Canillac,
Et l'inconstant Joyeuse, (3) & Saint-Paul, & Brissac :
Ils viennent ; la fierté, la vengeance, la rage,
Le désespoir, l'orgueil, sont peints sur leur visage.

D'Ailly voit son visage: ô désespoir! ô cris!

Il le voit, il l'embrasse, hélas! c'étoit son fils. *Henriade ch. 8.*

J. M. Moreau le j.^{ne}.   1782.   J. B. Simonet Sculp.

Quelques-uns en tremblant femblaient porter leurs pas,
Affaiblis par leur fang verfé dans les combats ;
Mais ces mêmes combats, leur fang & leurs bleffures,
Les excitaient encore à venger leurs injures.
Tous auprès de Mayenne ils viennent fe ranger ;
Tous le fer dans les mains jurent de le venger.
Telle au haut de l'Olympe, aux champs de Theffalie,
Des enfans de la Terre on peint la troupe impie,
Entaffant des rochers, & menaçant les cieux,
Ivre du fol efpoir de détrôner les Dieux.

La Difcorde à l'inftant entr'ouvrant une nue,
Sur un char lumineux fe préfente à leur vue :
Courage, leur dit-elle, on vient vous fecourir ;
C'eft maintenant, Français, qu'il faut vaincre ou mourir.
D'Aumale le premier fe lève à ces paroles ;
Il court, il voit de loin les lances efpagnoles :
,, Le voilà, cria-t-il, le voilà ce fecours,
Demandé fi long-temps, & différé toujours :
Amis, enfin l'Autriche a fecouru la France. ,,
Il dit : Mayenne alors vers les portes s'avance.
Le fecours paraiffait vers ces lieux révérés,
Qu'aux tombes de nos rois la mort a confacrés.

Ce formidable amas d'armes étincelantes,
Cet or, ce fer brillant, ces lances éclatantes,
Ces cafques, ces harnois, ce pompeux appareil,
Défiaient dans les champs les rayons du foleil.
Tout le peuple au devant court en foule avec joie ;
Ils béniffent le chef que Madrid leur envoie :
C'était le jeune Egmont, (4) ce guerrier obftiné,
Ce fils ambitieux d'un père infortuné ;

Dans les murs de Bruxelle il a reçu la vie :
Son père, qu'aveugla l'amour de la patrie,
Mourut fur l'échafaud, pour foutenir les droits
Des malheureux Flamands, opprimés par leurs rois :
Le fils, courtifan lâche & guerrier téméraire,
Baifa long-temps la main qui fit périr fon père,
Servit par politique aux maux de fon pays,
Perfécuta Bruxelle, & fecourut Paris.

PHILIPPE l'envoyait fur les bords de la Seine,
Comme un dieu tutélaire au fecours de Mayenne ;
Et Mayenne avec lui crut aux tentes du roi
Reporter à fon tour le carnage & l'effroi.
Le téméraire orgueil accompagnait leur trace.
Qu'avec plaifir, grand Roi, tu voyais cette audace !
Et que tes vœux hâtaient le moment d'un combat,
Où femblaient attachés les deftins de l'Etat ! (b)

PRÈS des bords de (5) l'Iton & des rives de l'Eure
Eft un champ fortuné, l'amour de la nature : (c)
La guerre avait long-temps refpecté les tréfors
Dont Flore & les Zéphyrs embelliffaient ces bords.
Au milieu des horreurs des difcordes civiles,
Les bergers de ces lieux coulaient des jours tranquilles ;
Protégés par le ciel & par leur pauvreté,
Ils femblaient des foldats braver l'avidité ;
Et fous leurs toits de chaume, à l'abri des alarmes,
N'entendaient point le bruit des tambours & des armes.
Les deux camps ennemis arrivent en ces lieux ;
La défolation par-tout marche avant eux.
De l'Eure & de l'Iton les ondes s'alarmèrent ;
Les bergers pleins d'effroi dans les bois fe cachèrent ;

Et leurs triftes moitiés, compagnes de leurs pas,
Emportent leurs enfans, gémiffans dans leurs bras.
Habitans malheureux de ces bords pleins de charmes,
Du moins à votre roi n'imputez point vos larmes;
S'il cherche les combats, c'eft pour donner la paix:
Peuples, fa main fur vous répandra fes bienfaits:
Il veut finir vos maux, il vous plaint, il vous aime,
Et dans ce jour affreux il combat pour vous-même.
Les momens lui font chers, il court dans tous les rangs
Sur un courfier fougueux plus léger que les vents,
Qui fier de fon fardeau, du pied frappant la terre,
Appelle les dangers & refpire la guerre.

ON voyait près de lui briller tous ces guerriers,
Compagnons de fa gloire, & ceints de fes lauriers.
D'Aumont, (6) qui fous cinq rois avait porté les armes; (d)
Biron, (7) dont le feul nom répandait les alarmes;
Et fon fils, (8) jeune encore, ardent, impétueux,
Qui depuis..... mais alors il était vertueux; (9)
Sully, (10) Nangis, Crillon, ces ennemis du crime,
Que la Ligue détefte, & que la Ligue eftime;
Turenne, (11) qui depuis de la jeune Bouillon
Mérita dans Sedan la puiffance & le nom;
Puiffance malheureufe, & trop mal confervée,
Et par Armand (e) détruite auffitôt qu'élevée. (12)

ESSEX avec éclat paraît au milieu d'eux,
Tel que dans nos jardins un palmier fourcilleux,
A nos ormes touffus mêlant fa tête altière,
Paraît s'enorgueillir de fa tige étrangère.
Son cafque étincelait des feux les plus brillans
Qu'étalaient à l'envi l'or & les diamans,

Dons chers & précieux, dont fa fière maîtreffe
Honora fon courage ou plutôt fa tendreffe.
Ambitieux Effex, vous étiez à la fois
L'amour de votre reine & le foutien des rois.
Plus loin font la Trimouille, (13) & Clermont & Feuquières;
Le malheureux de Nefle, & l'heureux Lefdiguières ; (14)
D'Ailly, pour qui ce jour fut un jour trop fatal.
Tous ces héros en foule attendaient le fignal,
Et rangés près du roi lifaient fur fon vifage
D'un triomphe certain l'efpoir & le préfage.

MAYENNE en ce moment, inquiet, abattu,
Dans fon cœur étonné cherche en vain fa vertu :
Soit que de fon parti connaiffant l'injuftice,
Il ne crût point le ciel à fes armes propice ;
Soit que l'ame en effet ait des preffentimens,
Avant-coureurs certains des grands événemens :
Ce héros cependant, maître de fa faibleffe,
Déguifait fes chagrins fous fa fauffe alégreffe :
Il s'excite, il s'empreffe, il infpire aux foldats
Cet efpoir généreux que lui-même il n'a pas.

D'EGMONT auprès de lui, plein de la confiance
Que dans un jeune cœur fait naître l'imprudence,
Impatient déjà d'exercer fa valeur,
De l'incertain Mayenne accufait la lenteur.
Tel qu'échappé du fein d'un riant pâturage,
Au bruit de la trompette animant fon courage,
Dans les champs de la Thrace un courfier orgueilleux,
Indocile, inquiet, plein d'un feu belliqueux,
Levant les crins mouvans de fa tête fuperbe,
Impatient du frein, vole & bondit fur l'herbe ;

Tel paraiſſait Egmont ; une noble fureur
Eclate dans ſes yeux & brûle dans ſon cœur :
Il s'entretient déjà de ſa prochaine gloire ;
Il croit que ſon deſtin commande à la victoire :
Hélas, il ne fait point que ſon fatal orgueil
Dans les plaines d'Ivry lui prépare un cercueil.

Vers les ligueurs enfin le grand Henri s'avance,
Et s'adreſſant aux ſiens, qu'enflammait ſa préſence :
,, Vous êtes nés Français, & je ſuis votre roi, (15)
Voilà nos ennemis, marchez, & ſuivez-moi ;
Ne perdez point de vue, au fort de la tempête,
Ce panache éclatant qui flotte ſur ma tête ;
Vous le verrez toujours au chemin de l'honneur. ,,
A ces mots, que ce roi prononçait en vainqueur,
Il voit d'un feu nouveau ſes troupes enflammées,
Et marche en invoquant le grand Dieu des armées.

Sur les pas des deux chefs alors en même temps
On voit des deux partis voler les combattans.
Ainſi lorſque des monts ſéparés par Alcide,
Les aquilons fougueux fondent d'un vol rapide ;
Soudain les flots émus de deux profondes mers
D'un choc impétueux s'élancent dans les airs ;
La terre au loin gémit, le jour fuit, le ciel gronde,
Et l'Africain tremblant craint la chute du monde.
Au mouſquet réuni le ſanglant coutelas
Déjà de tous côtés porte un double trépas.
Cette arme (16) que jadis, pour dépeupler la terre,
Dans Baïonne inventa le démon de la guerre,
Raſſemble en même temps, digne fruit de l'enfer,
Ce qu'ont de plus terrible & la flamme & le fer.

On fe mêle, on combat ; l'adreffe, le courage,
Le tumulte, les cris, la peur, l'aveugle rage,
La honte de céder, l'ardente foif du fang,
Le défefpoir, la mort, paffent de rang en rang.
L'un pourfuit un parent dans le parti contraire ;
Là, le frère en fuyant meurt de la main d'un frère :
La nature en frémit, & ce rivage affreux
S'abreuvait à regret de leur fang malheureux.

DANS d'épaiffes forêts de lances hériffées,
De bataillons fanglans, de troupes renverfées,
Henri pouffe, s'avance, & fe fait un chemin.
Le grand Mornay (17) le fuit, toujours calme & ferein ;
Il veille autour de lui, tel qu'un puiffant génie ; (f)
Tel qu'on feignait jadis aux champs de la Phrygie,
De la terre & des cieux les moteurs éternels
Mêlés dans les combats fous l'habit des mortels ;
Ou tel que du vrai DIEU les miniftres terribles,
Ces puiffances des cieux, ces êtres impaffibles ;
Environnés des vents, des foudres, des éclairs,
D'un front inaltérable ébranlent l'univers.
Il reçoit de Henri tous ces ordres rapides,
De l'ame d'un héros mouvemens intrépides,
Qui changent le combat, qui fixent le deftin ;
Aux chefs des légions il les porte foudain ;
L'officier les reçoit ; fa troupe impatiente
Règle au fon de fa voix fa rage obéiffante.

ON s'écarte, on s'unit, on marche en divers corps ;
Un efprit feul préfide à ces vaftes refforts.
Mornay revole au prince, il le fuit, il l'efcorte ;
Il pare en lui parlant plus d'un coup qu'on lui porte :

Mais

Mais il ne permet pas à fes ftoïques mains
De fe fouiller du fang des malheureux humains.
De fon roi feulement fon ame eft occupée :
Pour fa défenfe feule il a tiré l'épée ;
Et fon rare courage, ennemi des combats,
Sait affronter la mort, & ne la donne pas.

DE Turenne déjà la valeur indomptée
Repouffait de Nemours la troupe épouvantée.
D'Ailly portait par-tout la crainte & le trépas,
D'Ailly tout orgueilleux de trente ans de combats,
Et qui dans les horreurs de la guerre cruelle
Reprend malgré fon âge une force nouvelle.
Un feul guerrier s'oppofe à fes coups menaçans :
C'eft un jeune héros à la fleur de fes ans, (g)
Qui, dans cette journée illuftre & meurtrière,
Commençait des combats la fatale carrière ;
D'un tendre hymen à peine il goûtait les appas ;
Favori des amours, il fortait de leurs bras ;
Honteux de n'être encor fameux que par fes charmes,
Avide de la gloire, il volait aux alarmes.
Ce jour fa jeune époufe, en accufant le ciel,
En déteftant la Ligue & ce combat mortel,
Arma fon tendre amant, & d'une main tremblante
Attacha triftement fa cuiraffe pefante,
Et couvrit en pleurant, d'un cafque précieux,
Ce front fi plein de grâce & fi cher à fes yeux.

IL marche vers d'Ailly dans fa fureur guerrière,
Parmi des tourbillons de flamme, de pouffière,
A travers les bleffés, les morts, & les mourans ;
De leurs courfiers fougueux tous deux preffent les flancs,

La Henriade.   L

Tous deux fur l'herbe unie, & de fang colorée,
S'élancent loin des rangs d'une courfe affurée.
Sanglans, couverts de fer, & la lance à la main,
D'un choc épouvantable ils fe frappent foudain.
La terre en retentit, leurs lances font rompues :
Comme en un ciel brûlant deux effroyables nues,
Qui, portant le tonnerre & la mort dans leurs flancs,
Se heurtent dans les airs & volent fur les vents ;
De leur mélange affreux les éclairs rejailliffent ;
La foudre en eft formée, & les mortels frémiffent.
Mais loin de leurs courfiers, par un fubit effort,
Ces guerriers malheureux cherchent une autre mort.
Déjà brille en leurs mains le fatal cimeterre.
La Difcorde accourut ; le démon de la guerre,
La mort pâle & fanglante, étaient à fes côtés :
Malheureux, fufpendez vos coups précipités !
Mais un deftin funefte enflamme leur courage ;
Dans le cœur l'un de l'autre ils cherchent un paffage,
Dans ce cœur ennemi qu'ils ne connaiffent pas.
Le fer qui les couvrait brille & vole en éclats ;
Sous les coups redoublés leur cuiraffe étincelle ;
Leur fang qui rejaillit rougit leur main cruelle ;
Leur bouclier, leur cafque, arrêtant leur effort,
Pare encor quelques coups & repouffe la mort.
Chacun d'eux étonné de tant de réfiftance,
Refpectait fon rival, admirait fa vaillance.
Enfin le vieux d'Ailly, par un coup malheureux,
Fait tomber à fes pieds ce guerrier généreux.
Ses yeux font pour jamais fermés à la lumière ;
Son cafque auprès de lui roule fur la pouffière.
D'Ailly voit fon vifage ; ô défefpoir ! ô cris !
Il le voit, il l'embraffe, hélas ! c'était fon fils.

Le père infortuné, les yeux baignés de larmes,
Tournait contre fon fein fes parricides armes ;
On l'arrête, on s'oppofe à fa jufte fureur ;
Il s'arrache en tremblant de ce lieu plein d'horreur ;
Il détefte à jamais fa coupable victoire ;
Il renonce à la cour, aux humains, à la gloire ;
Et fe fuyant lui-même, au milieu des déferts,
Il va cacher fa peine au bout de l'univers.

LA, foit que le foleil rendît le jour au monde,
Soit qu'il finît fa courfe au vafte fein de l'onde,
Sa voix fefait redire aux échos attendris
Le nom, le trifte nom de fon malheureux fils.
Du héros expirant la jeune & tendre amante,
Par la terreur conduite, incertaine, tremblante,
Vient d'un pied chancelant fur ces funeftes bords :
Elle cherche, elle voit dans la foule des morts,
Elle voit fon époux, elle tombe éperdue ;
Le voile de la mort fe répand fur fa vue :
Eft-ce toi, cher amant ?... Ces mots interrompus,
Ces cris demi-formés ne font point entendus ;
Elle r'ouvre les yeux, fa bouche preffe encore
Par fes derniers baifers la bouche qu'elle adore ;
Elle tient dans fes bras ce corps pâle & fanglant,
Le regarde, foupire, & meurt en l'embraffant.

PERE, époux malheureux, famille déplorable,
Des fureurs de ces temps exemple lamentable,
Puiffe de ce combat le fouvenir affreux
Exciter la pitié de nos derniers neveux,
Arracher à leurs yeux des larmes falutaires ;
Et qu'ils n'imitent point les crimes de leurs pères !

Mais qui fait fuir ainfi ces ligueurs difperfés ?
Quel héros ou quel dieu les a tous renverfés ?
C'eft le jeune Biron ; c'eft lui dont le courage
Parmi leurs bataillons s'était fait un paffage.
D'Aumale les voit fuir, & bouillant de courroux,
,, Arrêtez, revenez..... lâches, où courez-vous ?
Vous, fuir ! vous, compagnons de Mayenne & de Guife !
Vous qui devez venger Paris, Rome, & l'Eglife !
Suivez-moi, rappelez votre antique vertu ;
Combattez fous d'Aumale, & vous avez vaincu. ,,

Aussitot fecouru de Beauveau, de Foffeufe,
Du farouche Saint-Paul, & même de Joyeufe,
Il raffemble avec eux ces bataillons épars,
Qu'il anime en marchant du feu de fes regards.
La fortune avec lui revient d'un pas rapide :
Biron foutient en vain, d'un courage intrépide,
Le cours précipité de ce fougueux torrent ;
Il voit à fes côtés Parabère expirant ;
Dans la foule des morts il voit tomber Feuquière ;
Nefle, Clermont, d'Angenne, ont mordu la pouffière ;
Percé de coups lui-même il eft près de périr.....
C'était ainfi, Biron, que tu devais mourir.
Un trépas fi fameux, une chute fi belle,
Rendait de ta vertu la mémoire immortelle. (h)

Le généreux Bourbon fut bientôt le danger
Où Biron trop ardent venait de s'engager.
Il l'aimait, non en roi, non en maître févère,
Qui fouffre qu'on afpire à l'honneur de lui plaire,
Et de qui le cœur dur & l'inflexible orgueil
Croit le fang d'un fujet trop payé d'un coup d'œil.

Henri de l'amitié fentit les nobles flammes :
Amitié, don du ciel, plaifir des grandes ames,
Amitié que les rois, ces illuftres ingrats,
Sont affez malheureux pour ne connaître pas !
Il court le fecourir ; ce beau feu qui le guide
Rend fon bras plus puiffant & fon vol plus rapide.

BIRON, (18) qu'environnaient les ombres de la mort,
A l'afpect de fon roi fait un dernier effort ;
Il rappelle à fa voix les reftes de fa vie ;
Sous les coups de Bourbon tout s'écarte, tout plie ;
Ton roi, jeune Biron, t'arrache à ces foldats,
Dont les coups redoublés achevaient ton trépas :
Tu vis ; fonge du moins à lui refter fidelle.

UN bruit affreux s'entend : la Difcorde cruelle,
Aux vertus du héros oppofant fes fureurs,
D'une rage nouvelle embrafe les Ligueurs.
Elle vole à leur tête, & fa bouche fatale
Fait retentir au loin fa trompette infernale.
Par ces fons trop connus d'Aumale eft excité ;
Auffi prompt que le trait dans les airs emporté,
Il cherchait le héros, fur lui feul il s'élance ;
Des Ligueurs en tumulte une foule s'avance.
Tels qu'au fond des forêts précipitant leurs pas,
Ces animaux hardis, nourris pour les combats,
Fiers efclaves de l'homme, & nés pour le carnage,
Preffent un fanglier, en raniment la rage,
Ignorant le danger, aveugles, furieux,
Le cor excite au loin leur inftinct belliqueux ;
Les antres, les rochers, les monts en retentiffent :
Ainfi contre Bourbon mille ennemis s'uniffent :

Il eſt ſeul contre tous, abandonné du ſort,
Accablé par le nombre, entouré de la mort.
Louis du haut des cieux, dans ce danger terrible,
Donne au héros qu'il aime une force invincible;
Il eſt comme un rocher, qui, menaçant les airs,
Rompt la courſe des vents & repouſſe les mers.
Qui pourrait exprimer le ſang & le carnage
Dont l'Eure en ce moment vit couvrir ſon rivage?

O vous, Mânes ſanglans du plus vaillant des rois,
Eclairez mon eſprit & parlez par ma voix!
Il voit voler vers lui ſa nobleſſe fidelle;
Elle meurt pour ſon roi, ſon roi combat pour elle.
L'effroi le devançait, la mort ſuivait ſes coups,
Quand le fougueux Egmont s'offrit à ſon courroux. (i)

LONG-TEMPS cet étranger, trompé par ſon courage,
Avait cherché le roi dans l'horreur du carnage:
Dût ſa témérité le conduire au cercueil,
L'honneur de le combattre irritait ſon orgueil.
,, Viens, Bourbon, criait-il, viens augmenter ta gloire;
Combattons, c'eſt à nous de fixer la victoire. ,,
Comme il diſait ces mots, un lumineux éclair,
Meſſager des deſtins, fend les plaines de l'air;
L'arbitre des combats fait gronder ſon tonnerre;
Le ſoldat ſous ſes pieds ſentit trembler la terre.
D'Egmont croit que les cieux lui doivent leur appui,
Qu'ils défendent ſa cauſe & combattent pour lui,
Que la nature entière, attentive à ſa gloire,
Par la voix du tonnerre annonçait ſa victoire.
D'Egmont joint le héros, il l'atteint vers le flanc;
Il triomphait déjà d'avoir verſé ſon ſang.

Le roi qu'il a bleſſé voit ſon péril ſans trouble ; (19)
Ainſi que le danger ſon audace redouble :
Son grand cœur s'applaudit d'avoir au champ d'honneur
Trouvé des ennemis dignes de ſa valeur.
Loin de le retarder, ſa bleſſure l'irrite ;
Sur ce fier ennemi Bourbon ſe précipite :
D'Egmont d'un coup plus ſûr eſt renverſé ſoudain ;
Le fer étincelant ſe plongea dans ſon ſein.
Sous leurs pieds teints de ſang les chevaux le foulèrent ;
Des ombres du trépas ſes yeux s'enveloppèrent ;
Et ſon ame en courroux s'envola chez les morts,
Où l'aſpeċt de ſon père excita ſes remords. (k)

ESPAGNOLS tant vantés, troupe jadis ſi fière,
Sa mort anéantit votre vertu guerrière ;
Pour la première fois vous connûtes la peur.
L'étonnement, l'eſprit de trouble & de terreur
S'empare en ce moment de leur troupe alarmée :
Il paſſe en tous les rangs, il s'étend ſur l'armée ;
Les chefs ſont effrayés, les ſoldats éperdus ;
L'un ne peut commander, l'autre n'obéit plus.
Ils jettent leurs drapeaux, ils courent, ſe renverſent,
Pouſſent des cris affreux, ſe heurtent, ſe diſperſent.

LES uns ſans réſiſtance à leur vainqueur offerts,
Fléchiſſent les genoux & demandent des fers ;
D'autres d'un pas rapide évitant ſa pourſuite,
Juſqu'aux rives de l'Eure emportés dans leur fuite,
Dans les profondes eaux vont ſe précipiter,
Et courent au trépas qu'ils veulent éviter :
Les flots couverts de morts interrompent leur courſe,
Et le fleuve ſanglant remonte vers ſa ſource.

L 4

MAYENNE en ce tumulte incapable d'effroi,
Affligé, mais tranquille & maître encor de foi,
Voit d'un œil affuré fa fortune cruelle,
Et tombant fous fes coups fonge à triompher d'elle.
D'Aumale auprès de lui, la fureur dans les yeux,
Accufait les Flamands, la fortune, & les cieux.
,, Tout eft perdu, dit-il, mourons, brave Mayenne.,,
,, Quittez, lui dit fon chef, une fureur fi vaine;
Vivez pour un parti dont vous êtes l'honneur,
Vivez pour réparer fa perte & fon malheur :
Que vous & Bois-Dauphin, dans ce moment funefte
De nos foldats épars affemblent ce qui refte.
Suivez-moi, l'un & l'autre, aux remparts de Paris;
De la Ligue en marchant ramaffez les débris;
De Coligny vaincu furpaffons le courage. ,,
D'Aumale en l'écoutant pleure & frémit de rage.
Cet ordre qu'il détefte, il va l'exécuter;
Semblable au fier lion qu'un maure a fu dompter,
Qui, docile à fon maître, à tout autre terrible,
A la main qu'il connaît foumet fa tête horrible,
Le fuit d'un air affreux, le flatte en rugiffant,
Et paraît menacer même en obéiffant.

MAYENNE cependant, par une fuite prompte,
Dans les murs de Paris courait cacher fa honte.

HENRI victorieux voyait de tous côtés
Les ligueurs fans défenfe implorant fes bontés. (l)
Des cieux en ce moment les voûtes s'entr'ouvrirent:
Les manes des Bourbons dans les airs defcendirent:
Louis au milieu d'eux, du haut du firmament,
Vint contempler Henri dans ce fameux moment;

Vint voir comme il faurait ufer de la victoire,
Et s'il acheverait de mériter fa gloire.

SES foldats près de lui, d'un œil plein de courroux,
Regardaient ces vaincus échappés à leurs coups.
Les captifs en tremblant, conduits en fa préfence,
Attendaient leur arrêt dans un profond filence.
Le mortel défefpoir, la honte, la terreur,
Dans leurs yeux égarés avaient peint leur malheur.
Bourbon tourna fur eux des regards pleins de grace,
Où régnaient à la fois la douceur & l'audace.
,, Soyez libres, dit-il ; vous pouvez déformais
Refter mes ennemis ou vivre mes fujets.
Entre Mayenne & moi reconnaiffez un maître ;
Voyez qui de nous deux a mérité de l'être :
Efclaves de la Ligue, ou compagnons d'un roi,
Allez gémir fous elle, ou triomphez fous moi :
Choififfez. ,, A ces mots d'un roi couvert de gloire,
Sur un champ de bataille, au fein de la victoire,
On voit en un moment ces captifs éperdus,
Contens de leur défaite, heureux d'être vaincus.
Leurs yeux font éclairés, leurs cœurs n'ont plus de haine ;
Sa valeur les vainquit, fa vertu les enchaîne ;
Et s'honorant déjà du nom de fes foldats,
Pour expier leur crime ils marchent fur fes pas.

LE généreux vainqueur a ceffé le carnage ;
Maître de fes guerriers, il fléchit leur courage.
Ce n'eft plus ce lion qui, tout couvert de fang,
Portait avec l'effroi la mort de rang en rang ;
C'eft un Dieu bienfefant, qui laiffant fon tonnerre, (m)
Enchaîne la tempête & confole la terre.

Sur ce front menaçant, terrible, enfanglanté,
La paix a mis les traits de la férénité.
Ceux à qui la lumière était prefque ravie,
Par fes ordres humains font rendus à la vie;
Et fur tous leurs dangers, & fur tous leurs befoins,
Tel qu'un père attentif, il étendait fes foins.

Du vrai comme du faux la prompte meffagère,
Qui s'accroit dans fa courfe, & d'une aile légère,
Plus prompte que le temps, vole au-delà des mers,
Paffe d'un pole à l'autre & remplit l'univers;
Ce monftre compofé d'yeux, de bouches, d'oreilles,
Qui célébre des rois la honte ou les merveilles,
Qui raffemble fous lui la curiofité,
L'efpoir, l'effroi, le doute, & la crédulité;
De fa brillante voix, trompette de la gloire,
Du héros de la France annonçait la victoire.
Du Tage à l'Eridan le bruit en fut porté;
Le Vatican fuperbe en fut épouvanté :
Le Nord à cette voix treffaillit d'alégreffe;
Madrid frémit d'effroi, de honte, & de trifteffe.

O malheureux Paris, infidelles Ligueurs !
O Citoyens trompés ! & vous, Prêtres trompeurs !
De quels cris douloureux vos temples retentirent !
De cendre en ce moment vos têtes fe couvrirent.
Hélas ! Mayenne encor vient flatter vos efprits;
Vaincu, mais plein d'efpoir, & maître de Paris,
Sa politique habile, au fond de fa retraite,
Aux ligueurs incertains déguifait fa défaite.
Contre un coup fi funefte il veut les raffurer;
En cachant fa difgrace, il croit la réparer :

Par cent bruits menfongers il ranimait leur zèle :
Mais malgré tant de foins, la vérité cruelle,
Démentant à fes yeux fes difcours impofteurs,
Volait de bouche en bouche & glaçait tous les cœurs.

LA Difcorde en frémit, & redoublant fa rage :
,, Non, je ne verrai point détruire mon ouvrage,
Dit-elle, & n'aurai point, dans ces murs malheureux,
Verfé tant de poifons, allumé tant de feux,
De tant de flots de fang cimenté ma puiffance,
Pour laiffer à Bourbon l'empire de la France.
Tout terrible qu'il eft, j'ai l'art de l'affaiblir ;
Si je n'ai pu le vaincre, on le peut amollir.
N'oppofons plus d'efforts à fa valeur fuprême :
Henri n'aura jamais de vainqueur que lui-même.
C'eft fon cœur qu'il doit craindre, & je veux aujourd'hui
L'attaquer, le combattre, & le vaincre par lui. ,,
Elle dit ; & foudain, des rives de la Seine,
Sur un char teint de fang, attelé par la Haine,
Dans un nuage épais qui fait pâlir le jour,
Elle part, elle vole, & va trouver l'Amour.

Fin du huitiéme Chant.

CHANT IX.

ARGUMENT.

Description du temple de l'Amour : la Discorde implore son pouvoir pour amollir le courage de Henri IV. Ce héros est retenu quelque temps auprès de Mme d'Estrées, si célèbre sous le nom de la belle Gabrielle. Mornay l'arrache à son amour, & le roi retourne à son armée.

Sur les bords fortunés de l'antique Idalie,
Lieux où finit l'Europe & commence l'Asie,
S'élève un vieux palais (1) respecté par les temps :
La nature en posa les premiers fondemens ;
Et l'art, ornant depuis sa simple architecture,
Par ses travaux hardis surpassa la nature.
Là, tous les champs voisins, peuplés de myrtes verds,
N'ont jamais ressenti l'outrage des hivers.
Par-tout on voit mûrir, par-tout on voit éclore
Et les fruits de Pomone & les présens de Flore ;
Et la terre n'attend, pour donner ses moissons,
Ni les vœux des humains, ni l'ordre des saisons. (a)
L'homme y semble goûter, dans une paix profonde,
Tout ce que la nature, aux premiers jours du monde,
De sa main bienfesante accordait aux humains,
Un éternel repos, des jours purs & sereins,
Les douceurs, les plaisirs que promet l'abondance,
Les biens du premier âge, hors la seule innocence.
On entend pour tout bruit des concerts enchanteurs,
Dont la molle harmonie inspire les langueurs ;

D'Eſtrée à ſon amant prodiguoit ſes apas ;

Il languiſſoit près d'elle, il brûloit dans ſes bras. *Henriade Ch. 9.*

J. M. Moreau le J.ᵉ inv.   1782.   A. J. Duclos Sculp.

Les voix de mille amans, les chants de leurs maîtreſſes,
Qui célébrent leur honte & vantent leurs faibleſſes.
Chaque jour on les voit, le front paré de fleurs,
De leur aimable maître implorer les faveurs,
Et dans l'art dangereux de plaire & de ſéduire,
Dans ſon temple à l'envi s'empreſſer de s'inſtruire.
La flatteuſe Eſpérance, au front toujours ſerein,
A l'autel de l'Amour les conduit par la main.
Près du temple ſacré les Grâces demi-nues
Accordent à leurs voix leurs danſes ingénues.
La molle Volupté, fur un lit de gazons,
Satisfaite & tranquille, écoute leurs chanſons.
On voit à ſes côtés le Myſtère en ſilence,
Le Sourire enchanteur, les Soins, la Complaiſance,
Les Plaiſirs amoureux & les tendres Déſirs,
Plus doux, plus ſéduiſans encor que les Plaiſirs.

DE ce temple fameux telle eſt l'aimable entrée ;
Mais lorſqu'en avançant fous la voûte ſacrée,
On porte au ſanctuaire un pas audacieux,
Quel ſpectacle funeſte épouvante les yeux !

CE n'eſt plus des Plaiſirs la troupe aimable & tendre,
Leurs concerts amoureux ne s'y font plus entendre ;
Les Plaintes, les Dégoûts, l'Imprudence, la Peur,
Font de ce beau ſéjour un ſéjour plein d'horreur.
La ſombre Jalouſie, au teint pâle & livide,
Suit d'un pied chancelant le Soupçon qui la guide :
La Haine & le Courroux, répandant leur venin,
Marchent devant ſes pas un poignard à la main.
La Malice les voit, & d'un ſouris perfide
Applaudit en paſſant à leur troupe homicide.

Le Repentir les fuit, déteftant leurs fureurs,
Et baiffe en foupirant fes yeux mouillés de pleurs.

C'est-là, c'eft au milieu de cette cour affreufe,
Des plaifirs des humains compagne malheureufe,
Que l'Amour a choifi fon féjour éternel.
Ce dangereux enfant, fi tendre & fi cruel,
Porte en fa faible main les deftins de la terre, (b)
Donne, avec un fouris, ou la paix ou la guerre,
Et répandant par-tout fes trompeufes douceurs,
Anime l'univers, & vit dans tous les cœurs.
Sur un trône éclatant, contemplant fes conquêtes,
Il foulait à fes pieds les plus fuperbes têtes;
Fier de fes cruautés plus que de fes bienfaits,
Il femblait s'applaudir des maux qu'il avait faits.

La Difcorde foudain, conduite par la Rage,
Ecarte les Plaifirs, s'ouvre un libre paffage;
Secouant dans fes mains fes flambeaux allumés,
Le front couvert de fang, & les yeux enflammés:
,, Mon frère, lui dit-elle, où font tes traits terribles?
Pour qui réferves-tu tes flèches invincibles?
Ah! fi de la Difcorde allumant le tifon,
Jamais à tes fureurs tu mêlas mon poifon;
Si tant de fois pour toi j'ai troublé la nature;
Viens, vole fur mes pas, viens venger mon injure.
Un roi victorieux écrafe mes ferpens;
Ses mains joignent l'olive aux lauriers triomphans.
La Clémence avec lui marchant d'un pas tranquille,
Au fein tumultueux de la guerre civile,
Va fous fes étendards, flottans de tous côtés,
Réunir tous les cœurs par moi feule écartés.

Encore une victoire, & mon trône est en poudre.
Aux remparts de Paris Henri porte la foudre.
Ce héros va combattre, & vaincre, & pardonner ;
De cent chaînes d'airain son bras va m'enchaîner.
C'est à toi d'arrêter ce torrent dans sa course.
Va de tant de hauts faits empoisonner la source.
Que sous ton joug, Amour, il gémisse, abattu :
Va dompter son courage au sein de la vertu.
C'est toi, tu t'en souviens, toi dont la main fatale
Fit tomber sans effort Hercule aux pieds d'Omphale.
Ne vit-on pas Antoine amolli dans tes fers,
Abandonnant pour toi les soins de l'univers,
Fuyant devant Auguste & te suivant sur l'onde,
Préférer Cléopâtre à l'empire du monde ?
Henri te reste à vaincre après tant de guerriers :
Dans ses superbes mains va flétrir ses lauriers ;
Va du myrte amoureux ceindre sa tête altière ;
Endors entre tes bras son audace guerrière.
A mon trône ébranlé cours servir de soutien :
Viens, ma cause est la tienne, & ton règne est le mien. »

AINSI parlait ce monstre, & la voûte tremblante
Répétait les accens de sa voix effrayante.
L'Amour qui l'écoutait, couché parmi des fleurs,
D'un souris fier & doux répond à ses fureurs.
Il s'arme cependant de ses flèches dorées ;
Il fend des vastes cieux les voûtes azurées ;
Et précédé des Jeux, des Grâces, des Plaisirs,
Il vole aux champs français sur l'aile des Zéphyrs.

DANS sa course d'abord il découvre avec joie
Le faible Simoïs, & les champs où fut Troie. (c)

Il rit en contemplant dans ces lieux renommés
La cendre des palais par fes mains confumés.
Il aperçoit de loin ces murs bâtis fur l'onde,
Ces remparts orgueilleux, ce prodige du monde,
Venife, dont Neptune admire le deftin,
Et qui commande aux flots renfermés dans fon fein.

IL defcend, il s'arrête aux champs de la Sicile,
Où lui-même infpira Théocrite & Virgile,
Où l'on dit qu'autrefois, par des chemins nouveaux,
De l'amoureux Alphée il conduifit les eaux.
Bientôt quittant les bords de l'aimable Aréthufe, (d)
Dans les champs de Provence il vole vers Vauclufe, (2)
Afile encor plus doux, lieux où dans fes beaux jours
Pétrarque foupira fes vers & fes amours.
Il voit les murs d'Anet bâtis aux bords de l'Eure:
Lui-même en ordonna la fuperbe ftructure:
Par fes adroites mains avec art enlacés,
Les chiffres de Diane (3) y font encor tracés.
Sur fa tombe en paffant les Plaifirs & les Grâces
Répandirent les fleurs qui naiffaient fur leurs traces.

AUX campagnes d'Ivry l'Amour arrive enfin.
Le roi près d'en partir pour un plus grand deffein,
Mêlant à fes plaifirs l'image de la guerre,
Laiffait pour un moment repofer fon tonnerre.
Mille jeunes guerriers à travers les guérets,
Pourfuivaient avec lui les hôtes des forêts.
L'Amour fent à fa vue une joie inhumaine;
Il aiguife fes traits, il prépare fa chaîne;
Il agite les airs que lui-même a calmés;
Il parle, on voit foudain les élémens armés.

D'un

D'un bout du monde à l'autre appelant les orages,
Sa voix commande aux vents d'affembler les nuages,
De verfer ces torrens fufpendus dans les airs,
Et d'apporter la nuit, la foudre, & les éclairs.
Déjà les Aquilons, à fes ordres fidelles,
Dans les cieux obfcurcis ont déployé leurs ailes ;
La plus affreufe nuit fuccède au plus beau jour :
La Nature en gémit & reconnaît l'Amour.

DANS les fillons fangeux de la campagne humide,
Le roi marche incertain, fans efcorte & fans guide :
L'Amour en ce moment allumant fon flambeau,
Fait briller devant lui ce prodige nouveau.
Abandonné des fiens, le roi, dans ces bois fombres,
Suit cet aftre ennemi, brillant parmi les ombres :
Comme on voit quelquefois les voyageurs troublés
Suivre ces feux ardens de la terre exhalés,
Ces feux dont la vapeur maligne & paffagère
Conduit au précipice à l'inftant qu'elle éclaire.

DEPUIS peu la Fortune, en ces triftes climats,
D'une illuftre mortelle avait conduit les pas.
Dans le fond d'un château, tranquille & folitaire,
Loin du bruit des combats elle attendait fon père,
Qui, fidelle à fes rois, vieilli dans les hafards,
Avait du grand Henri fuivi les étendards.
D'Eftrée (4) était fon nom ; la main de la nature
De fes aimables dons la combla fans mefure :
Telle ne brillait point aux bords de l'Eurotas (e)
La coupable beauté qui trahit Ménélas ;
Moins touchante & moins belle, à Tarfe on vit paraître
Celle qui des Romains avait dompté le maître, (5)

La Henriade. M

Lorſque les habitans des rives du Cidnus,
L'encenſoir à la main, la prirent pour Vénus.

ELLE entrait dans cet âge, hélas ! trop redoutable,
Qui rend des paſſions le joug inévitable :
Son cœur né pour aimer, mais fier & généreux,
D'aucun amant encor n'avait reçu les vœux :
Semblable en ſon printemps à la roſe nouvelle,
Qui renferme en naiſſant ſa beauté naturelle,
Cache aux vents amoureux les tréſors de ſon ſein,
Et s'ouvre aux doux rayons d'un jour pur & ſerein.

L'AMOUR, qui cependant s'apprête à la ſurprendre,
Sous un nom ſuppoſé vient près d'elle ſe rendre :
Il paraît ſans flambeau, ſans flèches, ſans carquois ;
Il prend d'un ſimple enfant la figure & la voix.
» On a vu, lui dit-il, ſur la rive prochaine,
S'avancer vers ces lieux le vainqueur de Mayenne. »
Il gliſſait dans ſon cœur, en lui diſant ces mots,
Un déſir inconnu de plaire à ce héros.
Son teint fut animé d'une grâce nouvelle.
L'Amour s'applaudiſſait en la voyant ſi belle ;
Que n'eſpérait-il point, aidé de tant d'appas !
Au devant du monarque il conduiſit ſes pas. (f)
L'art ſimple dont lui-même a formé ſa parure,
Paraît aux yeux ſéduits l'effet de la nature :
L'or de ſes blonds cheveux, qui flotte au gré des vénts,
Tantôt couvre ſa gorge & ſes tréſors naiſſans,
Tantôt expoſe aux yeux leur charme inexprimable.
Sa modeſtie encor la rendait plus aimable :
Non pas cette farouche & triſte auſtérité,
Qui fait fuir les Amours, & même la beauté ;

Mais cette pudeur douce, innocente, enfantine,
Qui colore le front d'une rougeur divine,
Infpire le refpect, enflamme les défirs,
Et de qui la peut vaincre augmente les plaifirs.

Il fait plus ; à l'Amour tout miracle eft poffible ;
Il enchante ces lieux par un charme invincible.
Des myrtes enlacés, que d'un prodigue fein
La terre obéiffante a fait naître foudain,
Dans les lieux d'alentour étendent leur feuillage :
A peine a-t-on paffé fous leur fatal ombrage ;
Par des liens fecrets on fe fent arrêter,
On s'y plaît, on s'y trouble, on ne peut les quitter.
On voit fuir fous cette ombre une onde enchantereffe ;
Les amans fortunés, pleins d'une douce ivreffe,
Y boivent à longs traits l'oubli de leur devoir.
L'Amour dans tous ces lieux fait fentir fon pouvoir :
Tout y paraît changé ; tous les cœurs y foupirent;
Tous font empoifonnés du charme qu'ils refpirent :
Tout y parle d'amour : les oifeaux dans les champs
Redoublent leurs baifers, leurs careffes, leurs chants.

Le moiffonneur ardent, qui court avant l'aurore
Couper les blonds épis que l'été fait éclore,
S'arrête, s'inquiète, & pouffe des foupirs ;
Son cœur eft étonné de fes nouveaux défirs ;
Il demeure enchanté dans ces belles retraites,
Et laiffe en foupirant fes moiffons imparfaites.
Près de lui, la bergère oubliant fes troupeaux,
De fa tremblante main fent tomber fes fufeaux.
Contre un pouvoir fi grand, qu'eût pu faire d'Eftrée ?
Par un charme indomptable elle était attirée ;

M 2

Elle avait à combattre, en ce funeſte jour,
Sa jeuneſſe, ſon cœur, un héros, & l'Amour.

QUELQUE temps de Henri la valeur immortelle,
Vers ſes drapeaux vainqueurs en ſecret le rappelle :
Une inviſible main le retient malgré lui.
Dans ſa vertu première il cherche un vain appui :
Sa vertu l'abandonne, & ſon ame enivrée
N'aime, ne voit, n'entend, ne connaît que d'Eſtrée. (g)

LOIN de lui cependant tous ſes chefs étonnés
Se demandent leur prince, & reſtent conſternés.
Ils tremblaient pour ſes jours : aucun d'eux n'eût pu croire
Qu'on eût dans ce moment dû craindre pour ſa gloire :
On le cherchait en vain ; ſes ſoldats abattus,
Ne marchant plus ſous lui, ſemblaient déjà vaincus.

MAIS le Génie heureux qui préſide à la France,
Ne ſouffrit pas long-temps ſa dangereuſe abſence ;
Il deſcendit des cieux à la voix de Louis,
Et vint d'un vol rapide au ſecours de ſon fils.
Quand il fut deſcendu vers ce triſte hémiſphère,
Pour y trouver un ſage, il regarda la terre ;
Il ne le chercha point dans ces lieux révérés,
A l'étude, au ſilence, au jeûne conſacrés ;
Il alla dans Ivry : là, parmi la licence,
Où du ſoldat vainqueur s'emporte l'inſolence,
L'ange heureux des Français fixa ſon vol divin
Au milieu des drapeaux des enfans de Calvin.
Il s'adreſſe à Mornai ; c'était pour nous inſtruire
Que ſouvent la raiſon ſuffit à nous conduire,

Ainfi qu'elle guida chez des peuples païens,
Marc-Aurèle ou Platon, la honte des chrétiens.

NON moins prudent ami que philofophe auftère,
Mornai fut l'art difcret de reprendre & de plaire :
Son exemple inftruifait bien mieux que fes difcours :
Les folides vertus furent fes feuls amours :
Avide de travaux, infenfible aux délices,
Il marchait d'un pas ferme au bord des précipices.
Jamais l'air de la cour, & fon fouffle infecté,
N'altéra de fon cœur l'auftère pureté.
Belle Aréthufe, ainfi ton onde fortunée
Roule, au fein furieux d'Amphitrite étonnée,
Un criftal toujours pur & des flots toujours clairs,
Que jamais ne corrompt l'amertume des mers.

LE généreux Mornai, conduit par la Sageffe,
Part, & vole en ces lieux où la douce Molleffe
Retenait dans fes bras le vainqueur des humains,
Et de la France en lui maîtrifait les deftins.
L'Amour à chaque inftant redoublant fa victoire,
Le rendait plus heureux pour mieux flétrir fa gloire ;
Les plaifirs, qui fouvent ont des termes fi courts,
Partageaient fes momens, & rempliffaient fes jours.

L'AMOUR, au milieu d'eux, découvre avec colère
A côté de Mornai la Sageffe févère ;
Il veut fur ce guerrier lancer un trait vengeur,
Il croit charmer fes fens, il croit bleffer fon cœur :
Mais Mornai méprifait fa colère & fes charmes ;
Tous fes traits impuiffans s'émouffaient fur fes armes.

M 3

Il attend qu'en fecret le roi s'offre à fes yeux,
Et d'un œil irrité contemple ces beaux lieux.

Au fond de ces jardins , au bord d'une onde claire,
Sous. un myrte amoureux, afile du myftère,
D'Eftrée à fon amant prodiguait fes appas ;
Il languiffait près d'elle , il brûlait dans fes bras.
De leurs doux entretiens rien n'altérait les charmes ;
Leurs yeux étaient remplis de ces heureufes larmes,
De ces larmes qui font les plaifirs des amans :
Ils fentaient cette ivreffe & ces faififfemens ,
Ces tranfports , ces fureurs , qu'un tendre amour infpire,
Que lui feul fait goûter, que lui feul peut décrire.
Les folâtres Plaifirs , dans le fein du repos,
Les Amours enfantins défarmaient ce héros :
L'un tenait fa cuiraffe encor de fang trempée ;
L'autre avait détaché fa redoutable épée,
Et riait en tenant dans fes débiles mains
Ce fer, l'appui du trône , & l'effroi des humains.

La Difcorde de loin infulte à fa faibleffe ;
Elle exprime en grondant fa barbare alégreffe ;
Sa fière activité ménage ces inftans :
Elle court de la Ligue irriter les ferpens :
Et tandis que Bourbon fe repofe & fommeille,
De tous fes ennemis la rage fe réveille.

Enfin dans ces jardins, où fa vertu languit,
Il voit Mornai paraître : il le voit & rougit.
L'un de l'autre en fecret ils craignaient la préfence.
Le fage en l'abordant garde un morne filence ;

Mais ce filence même, & fes regards baiffés,
Se font entendre au prince, & s'expliquent affez.
Sur ce vifage auftère, où régnait la trifteffe,
Henri lut aifément fa honte & fa faibleffe.
Rarement de fa faute on aime le témoin :
Tout autre eût de Mornai mal reconnu le foin. (h)
,, Cher ami, dit le roi, ne crains point ma colère :
Qui m'apprend mon devoir eft trop fûr de me plaire.
Viens, le cœur de ton prince eft digne encor de toi ;
Je t'ai vu, c'en eft fait, & tu me rends à moi :
Je reprends ma vertu que l'Amour m'a ravie :
De ce honteux repos fuyons l'ignominie ;
Fuyons ce lieu funefte, où mon cœur mutiné
Aime encor les liens dont il fut enchaîné :
Me vaincre eft déformais ma plus belle victoire.
Partons : bravons l'Amour dans les bras de la Gloire ;
Et bientôt vers Paris, répandant la terreur,
Dans le fang efpagnol effaçons mon erreur. ,,

A ces mots généreux Mornai connut fon maître.
,, C'eft vous, s'écria-t-il, que je revois paraître ;
Vous, de la France entière augufte défenfeur ;
Vous, vainqueur de vous-même & roi de votre cœur :
L'Amour à votre gloire ajoute un nouveau luftre :
Qui l'ignore eft heureux, qui le dompte eft illuftre. ,,

Il dit : le roi s'apprête à partir de ces lieux.
Quelle douleur, ô Ciel ! attendrit fes adieux !
Plein de l'aimable objet qu'il fuit & qu'il adore,
En condamnant fes pleurs il en verfait encore.
Entraîné par Mornai, par l'Amour attiré,
Il s'éloigne, il revient, il part défefpéré.

Il part : en ce moment d'Eſtrée évanouie
Reſte ſans mouvement, ſans couleur, & ſans vie :
D'une ſoudaine nuit ſes beaux yeux ſont couverts.
L'Amour qui l'aperçut jette un cri dans les airs ;
Il s'épouvante, il craint qu'une nuit éternelle
N'enlève à ſon empire une nymphe ſi belle,
N'efface pour jamais les charmes de ces yeux
Qui devaient dans la France allumer tant de feux.
Il la prend dans ſes bras ; & bientôt cette amante
Rouvre à ſa douce voix ſa paupière mourante,
Lui nomme ſon amant, le redemande en vain ;
Le cherche encor des yeux, & les ferme ſoudain.
L'Amour, baigné des pleurs qu'il répand auprès d'elle
Au jour qu'elle fuyait tendrement la rappelle :
D'un eſpoir ſéduiſant il lui rend la douceur,
Et ſoulage les maux dont lui ſeul eſt l'auteur.

MORNAI, toujours ſévère & toujours inflexible,
Entraînait cependant ſon maître trop ſenſible.
La Force & la Vertu leur montrent le chemin ;
La Gloire les conduit les lauriers à la main ;
Et l'Amour indigné, que le devoir ſurmonte,
Va cacher loin d'Anet ſa colère & ſa honte.

Fin du neuvième Chant.

Les remparts ébranlés s'entr'ouvrent à sa voix.

Il entre au nom du Dieu qui fait régner les Rois. *Henriade Ch.II.*

CHANT X.

ARGUMENT.

Retour du roi à son armée : il recommence le siége. Combat singulier du vicomte de Turenne & du chevalier d'Aumale. Famine horrible qui désole la ville. Le roi nourrit lui-même les habitans qu'il assiége. Le ciel récompense enfin ses vertus. La Vérité vient l'éclairer. Paris lui ouvre ses portes, & la guerre est finie.

CES momens dangereux, perdus dans la mollesse, (a)
Avaient fait aux vaincus oublier leur faiblesse.
A de nouveaux exploits Mayenne est préparé.
D'un espoir renaissant le peuple est enivré.
Leur espoir les trompait : Bourbon, que rien n'arrête,
Accourt impatient d'achever sa conquête.
Paris épouvanté revit ses étendards :
Le héros reparut aux pieds de ses remparts ;
De ces mêmes remparts où fume encor sa foudre,
Et qu'à réduire en cendre il ne put se résoudre,
Quand l'ange de la France, apaisant son courroux,
Retint son bras vainqueur, & suspendit ses coups.
Déjà le camp du roi jette des cris de joie ;
D'un œil d'impatience il dévorait sa proie.
Les Ligueurs cependant, d'un juste effroi troublés,
Près du prudent Mayenne étaient tous rassemblés.
Là d'Aumale, ennemi de tout conseil timide,
Leur tenait fièrement ce langage intrépide :

,, Nous n'avons point encore appris à nous cacher ;
L'ennemi vient à nous, c'eſt-là qu'il faut marcher ;
C'eſt-là qu'il faut porter une fureur heureuſe.
Je connais des Français la fougue impétueuſe ;
L'ombre de leurs remparts affaiblit leur vertu :
Le Français qu'on attaque eſt à demi vaincu.
Souvent le déſeſpoir a gagné des batailles :
J'attends tout de nous ſeuls, & rien de nos murailles :
Héros qui m'écoutez, volez aux champs de Mars ;
Peuples qui nous ſuivez, vos chefs ſont vos remparts. ,,

IL ſe tut à ces mots ; les Ligueurs en ſilence
Semblaient de ſon audace accuſer l'imprudence.
Il en rougit de honte ; & dans leurs yeux confus
Il lut en frémiſſant leur crainte & leur refus.
,, Hé bien, pourſuivit-il, ſi vous n'oſez me ſuivre,
Français, à cet affront je ne veux point ſurvivre.
Vous craignez les dangers ; ſeul je m'y vais offrir,
Et vous apprendre à vaincre, ou du moins à mourir. ,,

DE Paris à l'inſtant il fait ouvrir la porte ;
Du peuple qui l'entoure il éloigne l'eſcorte ;
Il s'avance : un héraut, miniſtre des combats,
Juſqu'aux tentes du roi marche devant ſes pas,
Et crie à haute voix : ,, Quiconque aime la gloire,
Qu'il diſpute en ces lieux l'honneur de la victoire :
D'Aumale vous attend ; ennemis, paraiſſez. ,,

TOUS les chefs, à ces mots, d'un beau zèle pouſſés,
Voulaient contre d'Aumâle eſſayer leur courage :
Tous briguaient près du roi cet illuſtre avantage ;

Tous avaient mérité ce prix de la valeur ;
Mais le vaillant Turenne emporta cet honneur.
Le roi mit dans fes mains la gloire de la France.
,, Va, dit-il, d'un fuperbe abaiſſer l'infolence ;
Combats pour ton pays, pour ton prince, & pour toi,
Et reçois en partant les armes de ton roi. ,,
Le héros à ces mots lui donne fon épée.
,, Votre attente, ô grand Roi, ne fera point trompée,
(Lui répondit Turenne, embraſſant fes genoux :)
J'en attefte ce fer, & j'en jure par vous. ,,

ÎL dit ; le roi l'embraſſe ; & Turenne s'élance
Vers l'endroit où d'Aumale, avec impatience,
Attendait qu'à fes yeux un combattant parût.
Le peuple de Paris aux remparts accourut ;
Les foldats de Henri près de lui fe rangèrent :
Sur les deux combattans tous les yeux s'attachèrent ;
Chacun dans l'un des deux voyant fon défenfeur,
Du gefte & de la voix excitait fa valeur.

CEPENDANT fur Paris s'élevait un nuage
Qui femblait apporter le tonnerre & l'orage ;
Ses flancs noirs & brûlans, tout-à-coup entr'ouverts,
Vomiſſent dans ces lieux les monftres des enfers,
Le Fanatifme affreux, la Difcorde farouche,
La fombre Politique, au cœur faux, ă l'œil louche,
Le démon des combats refpirant les fureurs,
Dieux enivrés de fang, Dieux dignes des Ligueurs :
Aux remparts de la ville ils fondent, ils s'arrêtent ;
En faveur de d'Aumale au combat ils s'apprêtent.
Voilà qu'au même inftant, du haut des cieux ouverts,
Un ange eft defcendu fur le trône des airs,

Couronné de rayons, nageant dans la lumière,
Sur des ailes de feu parcourant fa carrière,
Et laiffant loin de lui l'Occident éclairé
Des fillons lumineux dont il eft entouré.
Il tenait d'une main cette olive facrée,
Préfage confolant d'une paix défirée ;
Dans l'autre étincelait ce fer d'un DIEU vengeur,
Ce glaive dont s'arma l'ange exterminateur,
Quand jadis l'Eternel à la Mort dévorante
Livra les premiers-nés d'une race infolente.

A l'afpeft de ce glaive, interdits, défarmés,
Les monftres infernaux femblent inanimés ;
La terreur les enchaîne ; un pouvoir invincible
Fait tomber tous les traits de leur troupe inflexible.
Ainfi de fon autel, teint du fang des humains,
Tomba ce fier Dagon, ce Dieu des Philiftins,
Lorfque du DIEU des Dieux, en fon temple apportée,
A fes yeux éblouis l'Arche fut préfentée.

PARIS, le roi, l'armée, & l'enfer, & les cieux,
Sur ce combat illuftre avaient fixé les yeux.
Bientôt les deux guerriers entrent dans la carrière.
Henri du champ d'honneur leur ouvre la barrière.
Leur bras n'eft point chargé du poids d'un bouclier ;
Ils ne fe cachent point fous ces buftes d'acier,
Des anciens chevaliers ornement honorable,
Eclatant à la vue, aux coups impénétrable ;
Ils négligent tous deux cet appareil, qui rend
Et le combat plus long & le danger moins grand.
Leur arme eft une épée ; & fans autre défenfe,
Expofé tout entier, l'un & l'autre s'avance.

,, O Dieu ! cria Turenne, arbitre de mon roi,
Defcends, juge fa caufe, & combats avec moi ;
Le courage n'eft rien fans ta main protectrice ;
J'attends peu de moi-même & tout de ta juftice. ,,

D'Aumale répondit : ,, J'attends tout de mon bras ;
C'eft de nous que dépend le deftin des combats :
En vain l'homme timide implore un Dieu fuprême ;
Tranquille au haut du ciel il me laiffe à moi-même :
Le parti le plus jufte eft celui du vainqueur ;
Et le Dieu de la guerre eft la feule valeur. ,,
Il dit ; & d'un regard enflammé d'arrogance,
Il voit de fon rival la modefte affurance.

Mais la trompette fonne : ils s'élancent tous deux ;
Ils commencent enfin ce combat dangereux.
Tout ce qu'ont pu jamais la valeur & l'adreffe,
L'ardeur, la fermeté, la force, la foupleffe,
Parut des deux côtés en ce choc éclatant.
Cent coups étaient portés, & parés à l'inftant.
Tantôt avec fureur l'un d'eux fe précipite,
L'autre d'un pas léger fe détourne & l'évite ;
Tantôt plus rapprochés ils femblent fe faifir.
Leur péril renaiffant donne un affreux plaifir ;
On fe plaît à les voir s'obferver & fe craindre,
Avancer, s'arrêter, fe mefurer, s'atteindre ;
Le fer étincelant, avec art détourné,
Par de feints mouvemens trompe l'œil étonné.
Telle on voit du foleil la lumière éclatante
Brifer fes traits de feu dans l'onde tranfparente,
Et fe rompant encor par des chemins divers,
De ce criftal mouvant repaffer dans les airs.

Le fpectateur furpris, & ne pouvant le croire,
Voyait à tout moment leur chute & leur victoire.
D'Aumale eft plus ardent, plus fort, plus furieux;
Turenne eft plus adroit & moins impétueux:
Maître de tous fes fens, animé fans colère,
Il fatigue à loifir fon terrible adverfaire.
D'Aumale en vains efforts épuife fa vigueur:
Bientôt fon bras laffé ne fert plus fa valeur.
Turenne, qui l'obferve, aperçoit fa faibleffe;
Il fe ranime alors; il le pouffe, il le preffe.
Enfin d'un coup mortel il lui perce le flanc.

D'Aumale eft renverfé dans les flots de fon fang;
Il tombe; & de l'enfer tous les monftres frémirent;
Ces lugubres accens dans les airs s'entendirent:
,, De la Ligue à jamais le trône eft renverfé;
,, Tu l'emportes, Bourbon, notre règne eft paffé. ,,
Tout le peuple y répond par un cri lamentable.
D'Aumale fans vigueur, étendu fur le fable,
Menace encor Turenne, & le menace en vain;
Sa redoutable épée échappe de fa main.
Il veut parler, fa voix expire dans fa bouche.
L'horreur d'être vaincu rend fon air plus farouche.
Il fe lève, il retombe, il ouvre un œil mourant;
Il regarde Paris, & meurt en foupirant.
Tu le vis expirer, infortuné Mayenne;
Tu le vis, tu frémis, & ta chute prochaine
Dans ce moment affreux s'offrit à tes efprits.

Cependant des foldats, dans les murs de Paris,(1)
Rapportaient à pas lents le malheureux d'Aumale.
Ce fpectacle fanglant, cette pompe fatale,

Entre au milieu d'un peuple interdit, égaré :
Chacun voit en tremblant ce corps défiguré,
Ce front fouillé de fang, cette bouche entr'ouverte,
Cette tête penchée, & de poudre couverte,
Ces yeux où le trépas étale fes horreurs.
On n'entend point de cris, on ne voit point de pleurs :
La honte, la pitié, l'abattement, la crainte,
Etouffent leurs fanglots & retiennent leur plainte ;
Tout fe tait & tout tremble. Un bruit rempli d'horreur
Bientôt de ce filence augmente la terreur.

Les cris des affiégeans jufqu'au ciel s'élevèrent ;
Les chefs & les foldats près du roi s'affemblèrent :
Ils demandent l'affaut ; mais l'augufte Louis, (b)
Protecteur des Français, protecteur de fon fils,
Modérait de Henri le courage terrible.
Ainfi des élémens le moteur invifible
Contient les aquilons fufpendus dans les airs,
Et pofe la barrière où fe brifent les mers :
Il fonde les cités, les difperfe en ruines ;
Et les cœurs des mortels font dans fes mains divines.

Henri, de qui le ciel a réprimé l'ardeur,
Des guerriers qu'il gouverne enchaîne la fureur.
Il fentit qu'il aimait fon ingrate patrie ;
Il voulut la fauver de fa propre furie.
Haï de fes fujets, prompt à les épargner,
Eux feuls voulaient fe perdre, il les voulut gagner.
Heureux fi fa bonté, prévenant leur audace,
Forçait ces malheureux à lui demander grace !
Pouvant les emporter, il les fait invertir ;
Il laiffe à leurs fureurs le temps du repentir.

Il (2) crut que fans affauts, fans combats, fans alarmes,
La difette & la faim, plus fortes que fes armes,
Lui livreraient fans peine un peuple inanimé,
Nourri dans l'abondance, au luxe accoutumé ;
Qui vaincu par fes maux, fouple dans l'indigence,
Viendrait à fes genoux implorer fa clémence :
Mais le faux zèle, hélas ! qui ne faurait céder, (c)
Enfeigne à tout fouffrir, comme à tout hafarder.

LES mutins qu'épargnait cette main vengereffe
Prenaient d'un roi clément la vertu pour faibleffe ;
Et fiers de fes bontés, oubliant fa valeur,
Ils défiaient leur maître, ils bravaient leur vainqueur ;
Ils ofaient infulter à fa vengeance oifive.

MAIS lorfqu'enfin les eaux de la Seine captive
Ceffèrent d'apporter dans ce vafte féjour
L'ordinaire tribut des moiffons d'alentour ;
Quand on vit dans Paris la Faim pâle & cruelle,
Montrant déjà la Mort qui marchait après elle ;
Alors on entendit des hurlemens affreux ;
Ce fuperbe Paris fut plein de malheureux,
De qui la main tremblante & la voix affaiblie
Demandaient vainement le foutien de leur vie.
Bientôt le riche même, après de vains efforts,
Eprouva la famine au milieu des tréfors.
Ce n'était plus ces jeux, ces feftins, & ces fêtes,
Où de myrte & de rofe ils couronnaient leurs têtes ;
Où parmi des plaifirs, toujours trop peu goûtés,
Les vins les plus parfaits, les mets les plus vantés,
Sous des lambris dorés qu'habite la Molleffe,
De leur goût dédaigneux irritaient la pareffe.

On

On vit avec effroi tous ces voluptueux,
Pâles, défigurés, & la mort dans les yeux,
Périssant de misère au sein de l'opulence,
Détester de leurs biens l'inutile abondance.
Le vieillard, dont la faim va terminer les jours,
Voit son fils au berceau qui périt sans secours.

Ici meurt dans la rage une famille entière.
Plus loin des malheureux, couchés sur la poussière,
Se disputaient encore, à leurs derniers momens,
Les restes odieux des plus vils alimens.
Ces spectres affamés, outrageant la nature,
Vont au sein des tombeaux chercher leur nourriture.
Des Morts épouvantés les ossemens poudreux,
Ainsi qu'un pur froment sont préparés par eux.
Que n'osent point tenter les extrêmes misères !
On les vit se nourrir des cendres de leurs pères.
Ce détestable mets (3) avança leur trépas,
Et ce repas pour eux fut le dernier repas.

Ces prêtres, cependant, ces docteurs fanatiques,
Qui, loin de partager les misères publiques,
Bornant à leurs besoins tous leurs soins paternels,
Vivaient dans l'abondance à l'ombre des autels, (4)
Du Dieu qu'ils offensaient attestant la souffrance,
Allaient par-tout du peuple animer la constance.
Aux uns, à qui la mort allait fermer les yeux,
Leurs libérales mains ouvraient déjà les cieux ;
Aux autres ils montraient, d'un coup d'œil prophétique,
Le tonnerre allumé sur un prince hérétique,
Paris bientôt sauvé par des secours nombreux,
Et la manne du ciel prête à tomber pour eux.

La Henriade.   N

Hélas ! ces vains appâts, ces promesses stériles,
Charmaient ces malheureux, à tromper trop faciles :
Par les prêtres séduits, par les Seize effrayés,
Soumis, presque contens, ils mouraient à leurs pieds ;
Trop heureux, en effet, d'abandonner la vie.

D'UN ramas d'étrangers la ville était remplie ;
Tigres que nos aïeux nourrissaient dans leur sein,
Plus cruels que la Mort, & la Guerre & la Faim.
Les uns étaient venus des campagnes belgiques,
Les autres des rochers & des monts helvétiques ;
Barbares, (5) dont la guerre est l'unique métier,
Et qui vendent leur sang à qui veut le payer.
De ces nouveaux tyrans les avides cohortes
Assiégent les maisons, en enfoncent les portes ;
Aux hôtes effrayés présentent mille morts ;
Non pour leur arracher d'inutiles trésors ;
Non pour aller ravir, d'une main adultère,
Une fille éplorée à sa tremblante mère ;
De la cruelle faim le besoin consumant
Fait expirer en eux tout autre sentiment ;
Et d'un peu d'aliment la découverte heureuse
Etait l'unique but de leur recherche affreuse.
Il n'est point de tourment, de supplice, & d'horreur,
Que pour en découvrir n'inventât leur fureur.

UNE femme, (grand DIEU, faut-il à la mémoire (6)
Conserver le récit de cette horrible histoire !)
Une femme avait vu, par ces cœurs inhumains,
Un reste d'aliment arraché de ses mains.
Des biens que lui ravit la Fortune cruelle,
Un enfant lui restait ; prêt à périr comme elle :

Furieufe, elle approche, avec un coutelas,
De ce fils innocent qui lui tendait les bras ;
Son enfance, fa voix, fa mifère, & fes charmes,
A fa mère en fureur arrachent mille larmes ;
Elle tourne fur lui fon vifage effrayé,
Plein d'amour, de regret, de rage, de pitié ;
Trois fois le fer échappé à fa main défaillante.
La rage enfin l'emporte ; & d'une voix tremblante,
Déteftant fon hymen & fa fécondité :
,, Cher & malheureux fils que mes flancs ont porté,
Dit-elle, c'eft en vain que tu reçus la vie ;
Les tyrans ou la faim l'auraient bientôt ravie :
Et pourquoi vivrais-tu ? pour aller dans Paris,
Errant & malheureux pleurer fur fes débris ?
Meurs avant de fentir mes maux & ta mifère ;
Rends-moi le jour, le fang que t'a donné ta mère ;
Que mon fein malheureux te ferve de tombeau,
Et que Paris du moins voie un crime nouveau. ,,

E N achevant ces mots, furieufe, égarée,
Dans les flancs de fon fils fa main défefpérée
Enfonce en frémiffant le parricide acier,
Porte le corps fanglant auprès de fon foyer,
Et d'un bras que pouffait fa faim impitoyable,
Prépare avidement ce repas effroyable.

A T T I R É S par la faim, les farouches foldats,
Dans ces coupables lieux reviennent fur leurs pas.
Leur tranfport eft femblable à la cruelle joie
Des ours & des lions qui fondent fur leur proie ;
A l'envi l'un de l'autre ils courent en fureur,
Ils enfoncent la porte. O furprife ! ô terreur !

N 2

Près d'un corps tout fanglant, à leurs yeux fe préfente
Une femme égarée, & de fang dégouttante.
„ Oui, c'eft mon propre fils; oui, monftres inhumains,
C'eft vous qui dans fon fang avez trempé mes mains:
Que la mère & le fils vous fervent de pâture:
Craignez-vous plus que moi d'outrager la nature ?
Quelle horreur à mes yeux femble vous glacer tous !
Tigres, de tels feftins font préparés pour vous. „

CE difcours infenfé, que fa rage prononce,
Eft fuivi d'un poignard qu'en fon cœur elle enfonce.
De crainte, à ce fpectacle, & d'horreur agités,
Ces monftres confondus courent épouvantés:
Ils n'ofent regarder cette maifon funefte ;
Ils penfent voir fur eux tomber le feu célefte ;
Et le peuple, effrayé de l'horreur de fon fort,
Levait les mains au ciel & demandait la mort.

JUSQU'AUX tentes du roi mille bruits en coururent;
Son cœur en fut touché, fes entrailles s'émurent;
Sur ce peuple infidelle il répandit des pleurs:
„ O DIEU ! s'écria-t-il, DIEU, qui lis dans les cœurs,
Qui vois ce que je puis, qui connais ce que j'ofe,
Des Ligueurs & de moi tu fépares la caufe.
Je puis lever vers toi mes innocentes mains:
Tu le fais, je tendais les bras à ces mutins ;
Tu ne m'imputes point leurs malheurs & leurs crimes.
Que Mayenne à fon gré s'immole ces victimes;
Qu'il impute, s'il veut, des défaftres fi grands
A la néceffité, l'excufe des tyrans;
De mes fujets féduits qu'il comble la mifère;
Il en eft l'ennemi, j'en dois être le père:

Je le fuis ; c'eft à moi de nourrir mes enfans,
Et d'arracher mon peuple à ces loups dévorans :
Dût-il de mes bienfaits s'armer contre moi-même,
Duffé-je en le fauvant perdre mon diadème ;
Qu'il vive, je le veux, il n'importe à quel prix ;
Sauvons-le malgré lui de fes vrais ennemis ;
Et fi trop de pitié me coûte mon empire,
Que du moins fur ma tombe un jour on puiffe lire :
,, Henri de fes fujets ennemi généreux,
,, Aima mieux les fauver que de régner fur eux. ,,

IL dit ; (7) & dans l'inftant il veut que fon armée
Approche fans éclat de la ville affamée ;
Qu'on porte aux citoyens des paroles de paix,
Et qu'au lieu de vengeance on parle de bienfaits.
A cet ordre divin fes troupes obéiffent.
Les murs en ce moment de peuple fe rempliffent.
On voit fur les remparts avancer à pas lents
Ces corps inanimés, livides, & tremblans ;
Tels qu'on feignait jadis que des royaumes fombres
Les Mages à leur gré fefaient fortir les ombres,
Quand leur voix, du Cocyte arrêtant les torrens,
Appelait les enfers & les Manes errans.

QUEL eft de ces mourans l'étonnement extrême !
Leur cruel ennemi vient les nourrir lui-même.
Tourmentés, déchirés par leurs fiers défenfeurs,
Ils trouvent la pitié dans leurs perfécuteurs.
Tous ces événemens leur femblaient incroyables.
Ils voyaient devant eux ces piques formidables,
Ces traits, ces inftrumens des cruautés du fort,
Ces lances qui toujours avaient porté la mort,

N 3

Secondant de Henri la généreufe envie,
Au bout d'un fer fanglant leur apporter la vie.
,, Sont-ce-là, difaient-ils, ces monftres fi cruels ?
Eft-ce-là ce tyran fi terrible aux mortels,
Cet ennemi de DIEU qu'on peint fi plein de rage ?
Hélas ! du DIEU vivant c'eft la brillante image ;
C'eft un roi bienfefant, le modèle des rois ;
Nous ne méritons pas de vivre fous fes lois.
Il triomphe, il pardonne, il chérit qui l'offenfe.
Puiffe tout notre fang cimenter fa puiffance !
Trop dignes du trépas dont il nous a fauvés,
Confacrons-lui ces jours qu'il nous a confervés. ,,

DE leurs cœurs attendris tel était le langage :
Mais qui peut s'affurer fur un peuple volage,
Dont la faible amitié s'exhale en vains difcours,
Qui quelquefois s'élève, & retombe toujours ?

CES prêtres, dont cent fois la fatale éloquence
Ralluma tous ces feux qui confumaient la France,
Vont fe montrer en pompe à ce peuple abattu.
,, Combattans fans courage, & chrétiens fans vertu,
A quel indigne appât vous laiffez-vous féduire ?
Ne connaiffez-vous plus les palmes du martyre ?
Soldats du DIEU vivant, voulez-vous aujourd'hui
Vivre pour l'outrager, pouvant mourir pour lui ?
Quand DIEU du haut des cieux nous montre la couronne,
Chrétiens, n'attendons pas qu'un tyran nous pardonne :
Dans fa coupable fecte il veut nous réunir :
De fes propres bienfaits fongeons à le punir.
Sauvons nos temples faints de fon culte hérétique. ,,
C'eft ainfi qu'ils parlaient ; & leur voix fanatique,

Maîtreſſe du vil peuple, & redoutable aux rois,
Des bienfaits de Henri fefait taire la voix ;
Et déjà quelques-uns, reprenant leur furie,
S'accufaient en fecret de lui devoir la vie. (d)

A travers ces clameurs & ces cris odieux,
La vertu de Henri pénétra dans les cieux.
Louis, qui du plus haut de la voûte divine
Veille fur les Bourbons, dont il eſt l'origine,
Connut qu'enfin les temps allaient être accomplis,
Et que le roi des rois adopterait fon fils.
Auffitôt de fon cœur il chaffa les alarmes ;
La Foi vint effuyer fes yeux mouillés de larmes ;
Et la douce Efpérance, & l'Amour paternel,
Conduifirent fes pas aux pieds de l'Eternel.

A u milieu des clartés d'un feu pur & durable,
D I E U mit avant les temps fon trône inébranlable.
Le ciel eſt fous fes pieds ; de mille aſtres divers
Le cours toujours réglé l'annonce à l'univers.
La Puiffance, l'Amour, avec l'Intelligence,
Unis & divifés, compofent fon effence.
Ses Saints, dans les douceurs d'une éternelle paix,
D'un torrent de plaifirs enivrés à jamais,
Pénétrés de fa gloire, & remplis de lui-même,
Adorent à l'envi fa majefté fuprême.
Devant lui font ces Dieux, ces brûlans Séraphins, (e)
A qui de l'univers il commet les deſtins.

I l parle ; & de la terre ils vont changer la face ;
Des puiffances du fiècle ils retranchent la race ;
Tandis que les humains, vils jouets de l'Erreur,
Des confeils éternels accufent la hauteur.

N 4

Ce font eux dont la main frappant Rome affervie,
Aux fiers enfans du Nord ont livré l'Italie,
L'Efpagne aux Africains, Soline aux Ottomans.
Tout empire eft tombé, tout peuple eut fes tyrans :
Mais cette impénétrable & jufte Providence
Ne laiffe pas toujours profpérer l'infolence ;
Quelquefois fa bonté, favorable aux humains,
Met le fceptre des rois dans d'innocentes mains.

LE père des Bourbons à fes yeux fe préfente,
Et lui parle en ces mots d'une voix gémiffante :
» Père de l'univers, fi tes yeux quelquefois
Honorent d'un regard les peuples & les rois,
Vois le peuple français à fon prince rebelle ;
S'il viole tes lois, c'eft pour t'être fidelle.
Aveuglé par fon zèle, il te défobéit,
Et penfe te venger alors qu'il te trahit.
Vois ce roi triomphant, ce foudre de la guerre,
L'exemple, la terreur, & l'amour de la terre ;
Avec tant de vertu, n'as-tu formé fon cœur
Que pour l'abandonner aux piéges de l'Erreur ?
Faut-il que de tes mains le plus parfait ouvrage
A fon DIEU qu'il adore offre un coupable hommage ?
Ah ! fi du grand Henri ton culte eft ignoré,
Par qui le roi des rois veut-il être adoré ?
Daigne éclairer ce cœur créé pour te connaître ;
Donne à l'Eglife un fils, donne à la France un maître.
Des Ligueurs obftinés confonds les vains projets ;
Rends les fujets au prince, & le prince aux fujets ;
Que tous les cœurs unis adorent ta juftice,
Et t'offrent dans Paris le même facrifice. »

L'Eternel à ſes vœux ſe laiſſa pénétrer,
Par un mot de ſa bouche il daigna l'aſſurer.
A ſa divine voix les aſtres s'ébranlèrent;
La Terre en treſſaillit, les Ligueurs en tremblèrent.
Le roi, qui dans le ciel avait mis ſon appui,
Sentit que le Très-Haut s'intéreſſait pour lui.

Soudain la Vérité, ſi long-temps attendue,
Toujours chère aux humains, mais ſouvent inconnue,
Dans les tentes du roi deſcend du haut des cieux:
D'abord un voile épais la cache à tous les yeux:
De moment en moment, les ombres qui la couvrent
Cèdent à la clarté des feux qui les entr'ouvrent:
Bientôt elle ſe montre à ſes yeux ſatisfaits,
Brillante d'un éclat qui n'éblouit jamais.

Henri, dont le grand cœur était formé pour elle,
Voit, connaît, aime enfin ſa lumière immortelle.
Il avoue avec foi que la religion (ƒ)
Eſt au-deſſus de l'homme & confond la raiſon.
Il reconnaît l'Egliſe, ici-bas combattue,
L'Egliſe toujours une, & par-tout étendue;
Libre, mais ſous un chef adorant en tout lieu,
Dans le bonheur des ſaints, la grandeur de ſon Dieu.
Le Christ, de nos péchés victime renaiſſante,
De ſes élus chéris nourriture vivante,
Deſcend ſur les autels à ſes yeux éperdus,
Et lui découvre un Dieu ſous un pain qui n'eſt plus.
Son cœur obéiſſant ſe ſoumet, s'abandonne
A ces myſtères ſaints, dont ſon eſprit s'étonne.

Louis dans ce moment qui comble ſes ſouhaits,
Louis tenant en main l'olive de la paix,

Defcend du haut des cieux vers le héros qu'il aime ;
Aux remparts de Paris il le conduit lui-même.
Les remparts ébranlés s'entr'ouvrent à fa voix ;
Il entre (8) au nom du DIEU qui fait régner les rois.
Les Ligueurs éperdus, & mettant bas leurs armes,
Sont aux pieds de Bourbon, les baignent de leurs larmes ;
Les prêtres font muets ; les Seize épouvantés
En vain cherchent pour fuir des antres écartés.
Tout le peuple, changé dans ce jour falutaire,
Reconnaît fon vrai roi, fon vainqueur, & fon père.

DÈS-LORS on admira ce règne fortuné,
Et commencé trop tard, & trop tôt terminé.
L'Autrichien trembla : juftement défarmée,
Rome adopta Bourbon, Rome s'en vit aimée.
La Difcorde rentra dans l'éternelle nuit.
A reconnaître un roi Mayenne fut réduit ;
Et foumettant enfin fon cœur & fes provinces,
Fut le meilleur fujet du plus jufte des princes.

Fin du dixième & dernier Chant.

NOTES
ET
VARIANTES
DE LA HENRIADE.

NOTES DES EDITEURS
DU CHANT PREMIER.

(1) *HENRI III*, roi de France , l'un des principaux perfonnages de ce poëme , y eft toujours nommé *Valois* , nom de la branche royale dont il était.

(2) *Henri III* (*Valois*) étant duc d'Anjou , avait commandé les armées de *Charles IX* fon frère contre les proteftans , & avait gagné à dix-huit ans les batailles de Jarnac & de Moncontour.

(3) Le duc d'*Anjou* fut élu roi de Pologne par les mouvemens que fe donna *Jean de Montluc* , évêque de Valence , ambaffadeur de France en Pologne ; & *Henri* n'alla qu'à regret recevoir cette couronne ; mais ayant appris en 1574 la mort de fon frère , il ne tarda point à revenir en France.

(4) C'était eux qu'on appelait les mignons de *Henri III*. *Saint-Luc* , *Livarot* , *Villequier* , *Duguaſt* , & *Maugiron* , eurent part auffi & à fa faveur & à fes débauches. Il eft certain qu'il eut pour *Quélus* une paffion capable des plus grands excès. Dans fa première jeuneffe on lui avait déjà reproché fes goûts ; il avait eu une amitié fort équivoque pour ce même duc de *Guiſe* qu'il fit depuis tuer à Blois. Le docteur *Boucher* , dans fon livre *De juſtâ Henrici tertii abdicatione* , oſe avancer que la haine de *Henri III* pour le cardinal de *Guiſe* n'avait d'autre fondement que les refus qu'il en avait effuyés dans fa jeuneffe ; mais ce conte reffemble à toutes les autres calomnies dont le livre de *Boucher* eft rempli.

Henri III mêlait avec fes mignons la religion à la débauche ; il fefait avec eux des retraites , des pélerinages , & fe donnait la difcipline. Il inftitua la *confrérie de la mort* , foit pour la mort d'un de fes mignons, foit pour celle de la princeffe de *Condé* fa maîtreffe : les capucins & les minimes étaient les directeurs des confrères, parmi lefquels il admit quelques bourgeois de Paris ; ces confrères étaient vêtus d'une robe d'étamine noire avec un capuchon. Dans une autre confrérie toute contraire , qui était celle des *pénitens blancs* , il n'admit que fes courtifans. Il était perfuadé , auffi-bien que certains théologiens de fon temps, que ces momeries expiaient les péchés d'habitude : on tient que les ftatuts de ces confrères , leurs habits, leurs règles, étaient des emblèmes de fes amours , & que le poëte *Defportes*, abbé de Tyron , l'un des plus fins courtifans de ce temps-là , les avait expliqués dans un livre qu'il jeta depuis au feu.

Henri III vivait d'ailleurs dans la molleffe & dans l'afféterie d'une femme coquette ; il couchait avec des gants d'une peau particulière pour conferver la beauté de fes mains, qu'il avait effectivement plus belles que toutes les femmes de fa cour ; il mettait fur fon vifage une pâte préparée & une efpèce de mafque par deffus : c'eft ainfi qu'en parle le livre des Hermaphrodites, qui circonftancie les moindres détails fur fon coucher, fur fon lever, & fur fes habillemens. Il avait une exactitude fcrupuleufe fur la propreté dans la parure : il était fi attaché à ces petiteffes qu'il chaffa un jour le duc d'*Efpernon* de fa préfence , parce qu'il s'était préfenté devant lui fans efcarpins blancs & avec un habit mal boutonné.

Quélus fut tué en duel le 27 avril 1578.

Louis de Maugiron , baron d'Ampus , était l'un des mignons pour qui *Henri III* eut le plus de faibleffe : c'était un jeune homme d'un grand courage & d'une grande efpérance. Il avait fait de fort belles actions au fiége d'Iffoire , où il avait eu le malheur de perdre un œil. Cette difgrace lui laiffait encore affez de charmes pour être infiniment du goût du roi ; on le comparait à la princeffe d'*Eboli* , qui , étant borgne comme lui , était dans le même temps maîtreffe de *Philippe II* , roi d'Efpagne. On dit que ce fut pour cette princeffe & pour *Maugiron* , qu'un italien fit ces quatre beaux vers renouvelés depuis :

> *Lumine Acon dextro , capta eft Leonida finiftro ,*
> *Et poterat formâ vincere uterque Deos ;*
> *Parve puer , lumen quod habes concede puellæ ,*
> *Sic tu cæcus Amor , fic erit illa Venus.*

Maugiron fut tué en fervant *Quélus* dans fa querelle.

Paul. Stuart de Cauffade de Saint-Maigrin , gentilhomme d'auprès de Bordeaux , fut aimé de *Henri III* autant que *Quélus* & *Maugiron* , & mourut d'une manière auffi tragique ; il fut affaffiné le 21 juillet de la même année, dans la rue Saint-Honoré, fur les onze heures du foir, en revenant du louvre. Il fut porté à ce même hôtel de Boiffy, où étaient morts fes deux amis ; il y mourut le lendemain de trente-quatre bleffures qu'il avait reçues la veille. Le duc de *Guife le balafré* fut foupçonné de cet affaffinat, parce que *Saint - Maigrin* s'était vanté d'avoir couché avec la ducheffe de *Guife*. Les mémoires du temps rapportent que le duc de *Mayenne* fut reconnu parmi les affaffins, à fa barbe large & à fa main faite en épaule de mouton. Le duc de *Guife* ne paffait pourtant point pour un homme trop févère fur la conduite de fa femme ; & il n'y a pas d'apparence que le duc de *Mayenne*, qui n'avait jamais fait aucune action de lâcheté, fe fût avili jufqu'à fe mêler dans une troupe de vingt affaffins pour tuer un feul homme.

Le roi baifa *Saint-Maigrin*, *Quélus*, & *Maugiron*, après leur mort , les fit rafer, & garda leurs blonds cheveux ; il ôta de fa main à *Quélus* des boucles d'oreilles qu'il lui avait attachées lui-même. M. de l'*Etoile* dit que ces trois mignons moururent fans aucune religion ; *Maugiron* en blafphémant, *Quélus* en difant à tout moment : Ah ! mon Roi , mon Roi ! *fans dire un feul mot de Jefus-Chrift ni de la Vierge*. Ils furent enterrés à Saint-Paul ; le roi leur fit élever dans cette églife trois tombeaux de marbre , fur lefquels étaient leurs figures à genoux ; leurs tombeaux furent chargés d'épitaphes en profe & en vers, en latin & en français : on y comparait *Maugiron* à *Horatius-Coclès* & à *Annibal* , parce qu'il était borgne comme eux. On ne rapporte point ici ces épitaphes, quoiqu'elles ne fe trouvent que dans les antiquités de Paris, imprimées fous le règne de *Henri III*. Il n'y a rien de remarquable ni de trop bon dans ces monumens ; ce qu'il y a de meilleur eft l'épitaphe de *Quélus*.

Non injuriam , fed mortem patienter tulit ;

Il ne put fouffrir un outrage,
Et fouffrit conftamment la mort.

(Voyez fur *Joyeufe* les notes du troifième chant.)

(5) *Henri IV*, le héros de ce poëme, y eft appelé indifféremment *Bourbon* ou *Henri*.

Il naquit à Pau en Béarn le 13 décembre 1553.

(6) *Saint-Louis* , neuvième du nom , roi de France , eft la tige de la branche des *Bourbons*.

(7) *Henri IV* , roi de Navarre , avait été folemnellement excommunié par le pape *Sixte V* dès l'an 1585, trois ans avant l'événement dont il eft ici queftion. Le pape dans fa bulle l'appelle *génération bâtarde & déteftable de la maifon de Bourbon* ; le prive , lui & toute la maifon de *Condé* , à jamais de tous leurs domaines & fiefs, & les déclare furtout incapables de fuccéder à la couronne.

Quoiqu'alors le roi de Navarre & le prince de *Condé* fuffent en armes à la tête des proteftans, le parlement , toujours attentif à conferver l'honneur & les libertés de l'Etat , fit contre cette bulle les remontrances les plus fortes ; & *Henri IV* fit afficher dans Rome , à la porte du vatican , que *Sixte-Quint* , foi-difant pape, en avait menti, & que c'était lui-même qui était hérétique,&c.

(8) C'était *Henri* , prince de Condé , fils de *Louis* , tué à Jarnac. *Henri de Condé* était l'espérance du parti proteftant. Il mourut à Saint - Jean d'Angely à l'âge de trente-cinq ans , en 1585. Sa femme , *Charlotte de la Trimouille* , fut accufée de fa mort. Elle était groffe de trois mois lorfque fon mari mourut , & accoucha fix mois après de *Henri de Condé* , fecond du nom , qu'une tradition populaire & ridicule fait naître treize mois après la mort de fon père.

Larrey a fuivi cette tradition dans fon *Hiftoire de Louis XIV* , hiftoire où le ftyle , la vérité , & le bon fens , font également négligés.

(9) *Dupleffis-Mornai* , le plus vertueux & le plus grand-homme du parti proteftant , naquit à Buy le 5 novembre 1549. Il favait le latin & le grec parfaitement , & l'hébreu autant qu'on le peut favoir ; ce qui était un prodige alors dans un gentilhomme. Il fervit fa religion & fon maître de fa plume & de fon épée. Ce fut lui que *Henri IV* , étant roi de Navarre , envoya à *Elifabeth* , reine d'Angleterre. Il n'eut jamais d'autres inftruc- tions de fon maître qu'un blanc-figné. Il réuffit dans prefque toutes fes négociations , parce qu'il était un vrai politique , & non un intrigant. Ses lettres paffent pour être écrites avec beaucoup de force & de fageffe.

Lorfque *Henri IV* eut changé de religion , *Dupleffis-Mornai* lui fit de fanglans reproches & fe retira de fa cour. On l'appelait *le pape des huguenots*. Tout ce qu'on dit de fon caractère dans le poëme eft conforme à l'hiftoire.

La raifon qui porta l'auteur à choifir le perfonnage de *Mornai* , c'eft ce caractère de philofophe qui n'appartient qu'à lui , & qu'on trouve développé au chant huitième.

> Et fon rare courage , ennemi des combats ,
> Sait affronter la mort & ne la donne pas.

Et au chant fixième :

> Il marche en philofophe où l'honneur le conduit ,
> Condamne les combats , plaint fon maître , & le fuit.

(10) *Jules-Céfar* étant en Epire dans la ville d'Apollonie , aujourd'hui Cérès , s'en déroba fecrètement , & s'embarqua fur la petite rivière de Bolina , qui s'appelait alors l'*Anius*. Il fe jeta feul pendant la nuit dans une barque à douze rames , pour aller lui-même chercher fes troupes qui étaient au royaume de Naples. Il effuya une furieufe tempête. (Voyez *Plutarque.*)

(11) C'eft à Weftminfter que s'affemble le parlement d'Angleterre , il faut le concours de la chambre des communes , de celle des pairs , & le confentement du roi pour faire des lois.

(12) La tour de Londres eft un vieux château bâti près de la Tamife par *Guillaume le conquérant* , duc de Normandie.

(13) Ceux qui n'approuvent point que l'auteur ait fuppofé ce voyage de *Henri IV* en Angleterre, peuvent dire qu'il ne paraît pas permis de mêler ainfi le menfonge à la vérité dans une hiftoire fi récente ; que les favans dans l'hiftoire de France en doivent être choqués , & les ignorans peuvent être induits en erreur ; que fi les fictions ont droit d'entrer dans un poëme épique, il faut que le lecteur les reconnaiffe aifément pour telles ; que quand on perfonnifie les paffions , que l'on peint la Politique & la Difcorde allant de Rome à Paris, l'Amour enchaînant *Henri IV* &c. , perfonne ne peut être trompé à ces peintures ; mais que lorfque l'on voit *Henri IV* paffer la mer pour demander du fecours à une princeffe de fa religion, on peut croire facilement que ce prince a fait effectivement ce voyage ; qu'en un mot un tel épifode doit être moins regardé comme une imagination de poëte, que comme un menfonge d'hiftorien.

Ceux qui font du fentiment contraire peuvent oppofer, que non-feulement il eft permis à un poëte d'altérer l'hiftoire dans les faits qui ne font pas des faits principaux , mais qu'il eft impoffible de ne le pas faire ; qu'il n'y a jamais eu d'événement dans le monde , tellement difpofé par le hafard, qu'on pût en faire un poëme épique fans y rien changer ; qu'il ne faut pas avoir plus de fcrupule dans le poëme que dans la tragédie , où l'on pouffe beaucoup plus loin la liberté de ces changemens ; car fi l'on était trop fervilement attaché à l'hiftoire , on tomberait dans le défaut de *Lucain*, qui a fait une gazette en vers au lieu d'un poëme épique. A la vérité , il ferait ridicule de tranfporter des événemens principaux & dépendans les uns des autres , de placer la bataille d'Ivry avant la bataille de Coutras , & la faint Barthelemi avant les barricades. Mais l'on peut bien faire paffer fecrétement *Henri IV* en Angleterre, fans que ce voyage, qu'on fuppofe ignoré des Parifiens mêmes, change en rien la fuite des événemens hiftoriques. Les mêmes lecteurs qui font choqués qu'on lui faffe faire un trajet de mer de quelques lieues , ne feraient point étonnés qu'on le fît aller en Guienne, qui eft quatre fois plus éloignée. Que fi *Virgile* a fait venir en Italie *Enée*, qui n'y alla jamais ; s'il l'a rendu amoureux de *Didon*, qui vivait trois cents ans après lui , on peut fans fcrupule faire rencontrer enfemble *Henri IV* & la reine *Elifabeth*, qui s'eftimaient l'un l'autre , & eurent toujours un grand défir de fe voir. *Virgile*, dira-t-on , parlait d'un temps très-éloigné : il eft vrai ; mais ces événemens , tout reculés qu'ils étaient dans l'antiquité , étaient fort connus. L'Iliade & l'hiftoire de Carthage étaient auffi familières aux Romains que nous le font les hiftoires les plus récentes : il eft auffi permis à un poëte français de tromper le lecteur de quelques lieues , qu'à *Virgile* de le tromper de trois cents ans. Enfin ce mélange de l'hiftoire & de la fable eft une règle établie & fuivie , non-feulement dans tous les poëmes , mais dans tous les romans. Ils font remplis d'aventures, qui à la vérité ne font pas rapportées dans l'hiftoire , mais qui ne font pas démenties par elle. Il fuffit , pour établir le voyage de *Henri* en Angleterre , de trouver un

temps où l'histoire ne donne point à ce prince d'autres occupations. Or il
est certain qu'après la mort des *Guises*, *Henri* a pu faire ce voyage, qui
n'est que de quinze jours au plus, & qui peut aisément être de huit.
D'ailleurs cet épisode est d'autant plus vraisemblable, que la reine *Elisa-*
beth envoya effectivement six mois après à *Henri le grand* quatre mille
anglais. De plus, il faut remarquer que *Henri IV*, le héros du poëme,
est le seul qui puisse conter dignement l'histoire de la cour de France, &
qu'il n'y a guère qu'*Elisabeth* qui puisse l'entendre. Enfin il s'agit de savoir
si les choses que se disent *Henri IV* & la reine *Elisabeth* sont assez bonnes
pour excuser cette fiction dans l'esprit de ceux qui la condamnent, & pour
autoriser ceux qui l'approuvent.

Fin des Notes du Chant premier.

VARIANTES

VARIANTES

DU CHANT PREMIER.

(a) LA première édition, donnée in-8° en 1723 commençait ainſi :

> JE chante les combats & ce roi généreux,
> Qui força les Français à devenir heureux,
> Qui diſſipa la Ligue & fit trembler l'Ibère,
> Qui fut de ſes ſujets le vainqueur & le père,
> Dans Paris ſubjugué fit adorer ſes lois,
> Et fut l'amour du monde & l'exemple des rois.
> Muſe, raconte-moi quelle haine obſtinée
> Arma contre Henri la France mutinée,
> Et comment nos aïeux, à leur perte courans,
> Au plus juſte des rois préféraient des tyrans.

Nous rapporterons, au ſujet de cette variante, une anecdote ſingulière.

M. de *Voltaire* feſait imprimer à Londres, en 1726, une édition de la Henriade. Il y avait alors à Londres un grec natif de Smyrne, nommé *Dadiky*, interprète du roi d'Angleterre ; il vit par haſard la première feuille du poëme où était ce vers :

> Qui força les Français à devenir heureux :

il alla trouver l'auteur, & lui dit : Monſieur, je ſuis du pays d'*Homère* ; il ne commençait point ſes poëmes par un trait d'eſprit, par une énigme. L'auteur le crut, & corrigea ce commencement de la manière qu'on voit aujourd'hui.

Au reſte, l'édition de 1723 fut faite par l'abbé *Desfontaines* ſur un manuſcrit informe dont il s'était

La Henriade.   O

emparé ; & le même *Desfontaines* en fit une autre à Evreux, qui eſt extrêmement rare , & dans laquelle il inſéra des vers de ſa façon.

(*b*) Edition de 1723.

    Troublant tout dans Paris, & du haut de ſes tours,
    De Rome & de l'Eſpagne appelant les ſecours ;
    De l'autre paraiſſaient les ſoutiens de la France,
    Diviſés par leur ſecte , unis par la vengeance :
    Henri de leurs deſſeins était l'ame & l'appui ;
    Leurs cœurs impatiens volaient tous après lui.
    On eût dit que l'armée, à ſon pouvoir ſoumiſe,
    Ne connaiſſait qu'un chef & n'avait qu'une égliſe.
        Vous le vouliez ainſi, grand Dieu, dont les deſſeins,
    Par de ſecrets reſſorts inconnus aux humains,
    Confondant des ligués la ſuperbe eſpérance,
    Deſtinaient aux Bourbons l'empire de la France :
    Déjà les deux partis &c.

Ce vers

    De Rome & de l'Eſpagne appelant les ſecours,

a été d'abord remplacé par celui-ci :

    De la ſuperbe Eſpagne appelant les ſecours.

Enfin dans l'édition de 1775 , M. de *Voltaire* a mis :

    Des ſoldats de l'Eſpagne appelant les ſecours.

(*c*) Editions de 1728, 1740, &c.

    Ils ſavent que les lois, les droits ſacrés du ſang,
    Que ſurtout la vertu vous appelle à mon rang.

(*d*) Edition de 1723.

    Les momens nous ſont chers, & le vent nous ſeconde ;
    Allez, qu'à mes deſſeins votre zèle réponde ;
    Partez, je vous attends pour ſignaler mes coups :
    Qui veut vaincre & régner ne combat point ſans vous.
    Il dit ; & le héros &c.

(e) Edition de 1723.

Déjà des Neuftriens il franchit la campagne ;
De tous fes favoris Sully feul l'accompagne ;
Sully, qui dans la guerre & dans la paix fameux,
Intrépide foldat, courtifan vertueux ,
Dans les plus grands emplois fignalant fa prudence,
Servit également & fon maître & la France.
Heureux fi, mieux inftruit de la divine loi,
Il eût fait pour fon Dieu ce qu'il fit pour fon roi !
A travers deux rochers &c.

L'amitié de M. de *Voltaire* pour M. le duc de *Sully*
l'avait engagé à donner *Sully* pour confident à *Henri IV*
dans fon poëme. Cependant le rôle que *Sully* pouvait
jouer dans la Henriade, qui fe termine à la reddition de
Paris, était trop inférieur à celui qu'il a joué depuis dans
l'hiftoire. M. de *Voltaire* ayant eu des raifons très-juftes &
très-graves de fe plaindre de M. le duc de *Sully*, a corrigé
ce défaut, a fubftitué le fage *Mornai* à *Sully* ; & ne pouvant le rendre intéreffant en le fefant agir, il lui a donné
ce caractère original & fublime qu'il n'eût pu fuppofer
à *Sully*, ou à quelqu'autre ami de *Henri IV*, fans trop
s'écarter de l'hiftoire.

(f) On lève l'ancre, on part, on fuit loin de la terre ;
On aborde bientôt les champs de l'Angleterre :
Henri court au rivage, & d'un œil curieux
Contemple ces climats, alors aimés des cieux :
Sous de ruftiques toits les laboureurs tranquilles
Amaffent les tréfors des campagnes fertiles,
Sans craindre qu'à leurs yeux des foldats inhumains
Ravagent ces beaux champs cultivés par leurs mains.
La Paix au milieu d'eux, comblant leur efpérance,
Amène les Plaifirs, enfans de l'Abondance.
,, Peuple heureux, dit Bourbon, quand pourront les Français
Voir d'un règne auffi doux fleurir les juftes lois ?
Quel exemple pour vous, monarques de la terre !
Une femme a fermé les portes de la guerre ;

> Et renvoyant chez vous la Difcorde & l'Horreur,
> D'un peuple qui l'adore elle fait le bonheur. „
> En achevant ces mots il découvre un bocage,
> Dont un léger zéphyr agitait le feuillage :
> Flore étalait au loin fes plus vives couleurs ;
> Une onde tranfparente y fuit entre les fleurs ;
> *Une grotte eſt auprès &c.*

(*g*) Il y avait dans les éditions qui ont précédé celle de 1775 :

> Lui feul eſt toujours ſtable : en vain notre malice
> De fa fainte cité veut faper l'édifice ;
> Lui-même en affermit les facrés fondemens,
> Ces fondemens vainqueurs de l'enfer & du temps.
> C'eſt à vous, grand Bourbon, qu'il fe fera connaître.

Cette tirade parut à l'auteur plus faite pour la chaire que pour la poëſie, & peu digne de cette philofophie tolérante qu'il a toujours annoncée. Il faut d'ailleurs remarquer que dans la Henriade, poëme qui fe termine par la converſion de *Henri IV*, le poëte s'eſt toujours exprimé en catholique.

(*h*) Edition de 1723.

> Il embraſſe en pleurant ce vieillard vertueux ;
> Il s'éloigne à regret de ces paiſibles lieux :
> Il avance, il arrive à la cité fameuſe
> Qu'arrofe de fes eaux la Tamiſe orgueilleüfe.
>
> Là des rois d'Albion eſt l'antique féjour ;
> Eliſabeth alors y raſſemblait fa cour.
> L'univers la refpecte, & le ciel l'a formée
> Pour rendre un calme heureux à cette île alarmée ;
> Pour faire aimer fon joug à ce peuple indompté,
> Qui ne peut ni fervir ni vivre en liberté.
>
> Le héros en fecret eſt conduit chez la reine ;
> Il la voit, il lui dit le fujet qui l'amène ;
> Et jufqu'à la prière humiliant fon cœur,
> Dans fes foumiſſions découvre fa grandeur.
> *Quoi ! vous fervez Valois &c.*

Le beau tableau de l'Angleterre a été ajouté dans les éditions fuivantes d'après ce que M. de *Voltaire* avait vu lui-même dans cette île ; & ce tableau reffemble plus à l'Angleterre fous *George I* qu'à l'Angleterre fous *Elifabeth*.

Dans un poëme, on n'eft obligé de fe conformer rigoureufement à la vérité hiftorique, ni pour l'ordre & les détails des faits, ni même pour le caractère des perfonnages. Il fuffit de ne point s'écarter de l'hiftoire dans les grands événemens, & de ne pas choquer l'opinion publique fur les caractères principaux. M. de *Voltaire* a donc pu, fans fe contredire, ne donner ici que des louanges à *Elifabeth*, & rendre juftice dans fon hiftoire à la perfidie, à la cruauté, à l'hypocrifie, de cette princeffe.

(*i*) Edition de 1723.

> Mais n'employant jamais que la rufe & la feinte,
> Il fut mon ennemi par faibleffe & par crainte :
> Je l'ai vaincu, Madame, & je vais le venger ;
> Le bras qui l'a puni faura le protéger.

Dans l'édition de 1740 il y avait :

> Reine, je parle ici fans détour & fans feinte :
> Vous m'avez commandé de bannir la contrainte ;
> Et mon cœur qui jamais n'a fu fe déguifer,
> Prêt à fervir Valois, ne faurait l'excufer.

Fin des Variantes du Chant premier.

N O T E S

DU CHANT SECOND.

(1) IL n'y a que ce feul chant dans lequel l'auteur n'ait jamais rien changé ; feulement il a corrigé deux vers dans les dernières éditions.

Au lieu de

Ce mot m'eft échappé , je parle avec franchife ,

il a mis :

Ce mot m'eft échappé , pardonnez ma franchife.

Au lieu de

Marqua par cent combats fon empire nouveau ,

il a mis :

Signala par le fang fon empire nouveau.

(2) Quelques lecteurs peu attentifs pourront s'effaroucher de la hardieffe de ces expreffions. Il eft jufte de ménager fur cela leur fcrupule , & de leur faire confidérer que les mêmes paroles , qui feraient une impiété dans la bouche d'un catholique , font très-féantes dans celle d'un roi de Navarre ; il était alors calvinifte. Beaucoup de nos hiftoriens même nous le peignent flottant entre les deux religions ; & certainement , s'il ne jugeait de l'une & de l'autre que par la conduite des deux partis , il devait fe défier des deux cultes , qui n'étaient foutenus alors que par des crimes. On le donne ici pour un homme d'honneur , tel qu'il était , cherchant de bonne foi à s'éclairer , ami de la vérité , ennemi de la perfécution , & déteftant le crime par-tout où il fe trouve.

(3) *François* duc de Guife , appelé communément alors le grand duc de *Guife* , était père du *balafré*. Ce fut lui qui , avec le cardinal fon frère , jeta les fondemens de la ligue. Il avait de très-grandes qualités , qu'il faut bien fe donner de garde de confondre avec de la vertu.

Le préfident de *Thou* , ce grand hiftorien , rapporte que *François de Guife* voulut faire affaffiner *Antoine de Navarre* , père de *Henri IV* , dans la chambre de *François II*. Il avait engagé ce jeune roi à permettre ce meurtre. *Antoine de Navarre* avait le cœur hardi , quoique l'efprit faible. Il fut informé du complot , & ne laiffa pas d'entrer dans la chambre où on devait l'affaffiner. S'ils me tuent , dit-il à *Reinfy* , gentilhomme à lui , prenez ma chemife toute fanglante, portez-la à mon fils & à ma femme, ils liront dans mon fang ce qu'ils doivent faire pour me venger. *François II* n'ofa pas, dit M. de *Thou*, fe fouiller de ce crime ; & le duc de *Guife*, en fortant de la chambre, s'écria : *Le pauvre roi que nous avons !*

(4) M. de *Caftelnau*, envoyé de France auprès de la reine *Elifabeth*, parle ainfi d'elle :

,, Cette princeffe avait toutes les plus grandes qualités qui font requifes
,, pour régner heureufement. On pourrait dire de fon règne ce qui advint
,, au temps d'*Augufte* lorfque le temple de *Janus* fut fermé &c. ,,

(5) *Catherine de Médicis* fe brouilla avec fon fils *Charles IX* fur la fin de la vie de ce prince, & enfuite avec *Henri III.* Elle avait été fi ouvertement mécontente du gouvernement de *François II* qu'on l'avait foupçonnée, quoiqu'injuftement, d'avoir hâté la mort de ce roi.

(6) Dans les mémoires de la Ligue on trouve une lettre de *Catherine de Médicis* au prince de *Condé*, par laquelle elle le remercie d'avoir pris les armes contre la cour.

(7) Elle fut accufée d'avoir eu des intrigues avec le vidame de Chartres, mort à la baftille, & avec un gentilhomme breton nommé *Mofcoüet*.

(8) Quand elle crut la bataille de Dreux perdue, & les proteftans vainqueurs : Hé bien, dit-elle, nous prierons D I E U en français.

(9) Elle était affez faible pour croire à la magie, témoin les talifmans qu'on trouva après fa mort.

(10) La bataille de Dreux fut la première bataille rangée qui fe donna entre le parti catholique & le parti proteftant. Ce fut en 1562.

(11) *Anne de Montmorenci*, homme opiniâtre & inflexible, le plus malheureux général de fon temps, fait prifonnier à Pavie & à Dreux, battu à Saint-Quentin par *Philippe II*, fut enfin bleffé à mort à la bataille de Saint-Denis, par un anglais nommé *Stuart*, le même qui l'avait pris à la bataille de Dreux.

(12) C'eft ce même *François de Guife* cité ci-deffus, fameux par la défenfe de Metz contre *Charles-Quint.* Il affiégeait les proteftans dans Orléans en 1563, lorfque *Poltrot de Meré*, gentilhomme angoumois, le tua par derrière d'un coup de piftolet chargé de trois balles empoifonnées. Il mourut à l'âge de quarante-quatre ans, comblé de gloire & regretté des catholiques.

(13) *Antoine de Bourbon*, roi de Navarre, père du plus intrépide & du plus ferme de tous les hommes, fut le plus faible & le moins décidé ; il était huguenot & fa femme catholique. Ils changèrent tous deux de religion prefque en même temps.

Jeanne d'Albret fut depuis huguenote opiniâtre ; mais *Antoine* chancela oujours dans fa catholicité, jufque-là même qu'on douta dans quelle religion il mourut. Il porta les armes contre les proteftans qu'il aimait; & fervit *Catherine de Médicis* qu'il déteftait, & le parti des *Guifes* qui l'opprimait.

Il fongea à la régence après la mort de *François II*. La reine-mère l'envoya chercher : *Je fais*, lui dit-elle, *que vous prétendez au gouvernement; je veux que vous me le cédiez tout-à-l'heure par un écrit de votre main, & que vous vous engagiez à me remettre la régence fi les états vous la déferent.* Antoine de Bourbon donna l'écrit que la reine lui demandait, & figna ainfi fon déshonneur. C'eft à cette occafion que l'on fit ces vers, que j'ai lus dans les manufcrits de M. le premier préfident de *Mefmes* :

> Marc-Antoine, qui pouvait être
> Le plus grand feigneur, & le maître
> De fon pays, s'oublia tant,
> Qu'il fe contenta d'être Antoine
> Servant lâchement une reine.
> Le navarrois en fait autant.

Après la fameufe conjuration d'Amboife, un nombre infini de gentilshommes vinrent offrir leurs fervices & leurs vies à *Antoine de Navarre*; il fe mit à leur tête ; mais il les congédia bientôt, en leur promettant de demander grâce pour eux. Songez feulement à l'obtenir pour vous, lui répondit un vieux capitaine, la nôtre eft au bout de nos épées.

Il mourut à quarante-quatre ans, au même âge que le duc de *Guife*, d'un coup d'arquebufe, reçu dans l'épaule gauche au fiège de Rouen où il commandait. Sa mort arriva le 17 novembre 1562, le trente-cinquième jour de fa bleffure. L'incertitude qu'il avait eue pendant fa vie le troubla dans fes derniers momens ; & quoiqu'il eût reçu les facremens felon l'ufage de l'Eglife romaine, on douta s'il ne mourut point proteftant. Il avait reçu le coup mortel dans la tranchée dans le temps qu'il piffait. Auffi lui fit-on cette épitaphe :

> Ami Français, le prince ici giffant
> Vécut fans gloire, & mourut en piffant.

Il y en a une dans M. *le Laboureur*, qui reffemble à celle-là & finit par le même hémiftiche. M. *Jurieu* affure que lorfque *Louis*, prince de Condé, était en prifon à Orléans, le roi de Navarre fon frère allait folliciter le cardinal de Lorraine, & que celui-ci recevait affis & couvert le roi de Navarre, qui lui parlait debout & nue tête : je ne fais où M. *Jurieu* a pu déterrer ce fait. [*Tiré de l'édition de* 1723.]

(14) *Louis de Condé*, frère d'*Antoine* roi de Navarre, le feptième & dernier des enfans de *Charles de Bourbon*, duc de Vendôme, fut un de ces hommes extraordinaires nés pour le malheur & pour la gloire de leur patrie.

Il fut long-temps le chef des réformés, & mourut, comme l'on sait, à Jarnac. Il avait un bras en écharpe le jour de la bataille. Comme il marchait aux ennemis, le cheval du comte de *la Rochefoucauld*, son beau-frère, lui donna un coup de pied qui lui cassa la jambe. Ce prince, sans daigner se plaindre, s'adressa aux gentilshommes qui l'accompagnaient: Apprenez, leur dit-il, que les chevaux fougueux nuisent plus qu'ils ne servent dans une armée. Un instant après il leur dit, avec un bras en écharpe & une jambe cassée : Le prince de *Condé* ne craint point de donner la bataille puisque vous le suivez ; & chargea dans le moment.

Brantôme dit qu'après que le prince se fut rendu prisonnier à *Dargence*, dans cette bataille, un très-honnête & très-brave gentilhomme, nommé *Montesquiou*, qui ayant demandé qui c'était ; comme on lui dit que c'était M. le prince de *Condé : Tuez, tuez, mordieu*, dit-il, & lui tira un coup de pistolet dans la tête. *Montesquiou* était capitaine des gardes du duc d'*Anjou*, depuis *Henri III*. Le comte de *Soissons*, fils cadet du prince de *Condé*, chercha par-tout *Montesquiou* & ses parens pour les sacrifier à sa vengeance.

Henri IV était à la journée de Jarnac, quoiqu'il n'eût pas quatorze ans, & remarqua les fautes qui firent perdre la bataille.

Le prince de *Condé* était bossu & petit, & cependant plein d'agrémens, spirituel, galant, aimé des femmes. On fit sur lui ce vaudeville :

> Ce petit homme tant joli,
> Qui toujours cause & toujours rit,
> Et toujours baise sa mignonne ;
> DIEU gard de mal ce petit homme.

La maréchale de *Saint-André* se ruina pour lui, & lui donna entr'autres présens la terre de Vallery, qui depuis est devenue la sépulture des princes de la maison de *Condé*.

Jamais général ne fut plus aimé de ses soldats ; on en vit à Pont-à-Mousson un exemple étonnant. Il manquait d'argent pour ses troupes, & surtout pour les reîtres qui étaient venus à son secours & qui menaçaient de l'abandonner. Il osa proposer à son armée, qu'il ne payait point, de payer elle-même l'armée auxiliaire ; & ce qui ne pouvait jamais arriver que dans une guerre de religion & sous un général tel que lui, toute son armée se cotisa, jusqu'au moindre goujat.

Il fut condamné sous *François II*, à Orléans, à perdre la tête, mais on ignore si l'arrêt fut signé. La France fut étonnée de voir un pair, prince du sang, qui ne pouvait être jugé que par la cour des pairs, les chambres assemblées, obligé de répondre devant des commissaires ; mais ce qui parut le plus étrange, fut que ces commissaires mêmes fussent tirés du corps du parlement. C'était *Christophe de Thou*, depuis premier préfident & père de l'historien ; *Barthélemi Faye*, *Jacques Viole*, conseillers ; *Bourdin*, procureur général ; & *du Tillet*, greffier ; qui tous, en acceptant cette commission, dérogeaient à leurs priviléges, & s'ôtaient par-là la liberté de réclamer leurs droits, fi jamais on leur eût voulu donner à eux-mêmes, dans l'occasion, d'autres juges que leurs juges naturels. On prétend que Mme *Renée de France*, fille de *Louis XII* & duchesse de Ferrare, qui arriva en France dans ce même temps, ne contribua pas peu à empêcher l'exécution de l'arrêt.

Il ne faut pas omettre un artifice de cour dont on se servit pour perdre ce prince, qui se nommait *Louis*. Ses ennemis firent frapper une médaille qui le représentait : il y avait pour légende, *Louis XIII, roi de France*. On fit tomber cette médaille entre les mains du connétable de *Montmorenci*, qui la montra tout en colère au roi, persuadé que le prince de *Condé* l'avait fait frapper. Il est parlé de cette médaille dans *Brantôme* & dans *Vigneul de Marville*.

(15) *Gaspard de Coligni*, amiral de France &c., après la mort du prince de *Condé*, fut déclaré chef du parti des réformés en France. *Catherine de Médicis* & *Charles IX* surent l'attirer à la cour pour le mariage de *Henri IV* & de *Marguerite de Valois*, sœur de *Charles IX* & de *Henri III*. Il fut massacré le jour de la Saint-Barthelemi ; c'était principalement à ce grand-homme qu'on en voulait.

Quelques personnes ont reproché à l'auteur de la Henriade d'avoir fait son héros, dans ce second chant, d'un huguenot révolté contre son roi, & accusé, par la voix publique, de l'assassinat de *François de Guise*. Cette critique louable est fondée sur l'obéissance au souverain, qui doit faire le principal caractère d'un héros français : mais il faut considérer que c'est ici *Henri IV* qui parle. Il avait fait ses premières campagnes sous l'amiral, qui lui avait tenu lieu de père ; il avait été accoutumé à le respecter, & ne devait ni ne pouvait le soupçonner d'aucune action indigne d'un grand-homme, surtout après la justification publique de *Coligni*, qui ne pouvait point paraître douteuse au roi de Navarre.

A l'égard de la révolte, ce n'était pas à ce prince à regarder comme un crime dans l'amiral son union avec la maison de *Bourbon* contre des lorrains & une italienne. Quant à la religion, ils étaient tous deux protestans ; & les huguenots, dont *Henri IV* était le chef, regardaient l'amiral comme un martyr.

(16) On a prétendu que le projet du massacre des huguenots était formé depuis huit années ; que le duc d'*Albe* en avait donné le conseil à *Catherine de Médicis*, dans les conférences qu'il eut avec elle à Bordeaux.

D'autres croient que le projet ne fut formé que dans le temps de la dernière paix avec les huguenots. M. de *Voltaire* était de cette opinion, autrement il n'aurait pas dit :

Dans l'ombre du secret depuis peu Médicis
A la fourbe, au parjure, avait formé son fils.

Quelques écrivains ont même avancé que *Charles IX* ne favait rien encore du projet lorfque l'amiral fut bleffé ; qu'il était de bonne foi lorfqu'il jura de punir les affaffins de l'amiral ; qu'alors la reine lui avoua qu'elle était un des complices, le fit confentir en un inftant à commettre le même crime dont il venait de jurer qu'il tirerait vengeance, & à faire égorger cent mille de fes fujets à qui il venait de pardonner.

D'autres enfin ont cru que le projet de la reine était de faire tuer l'amiral par les affaffins aux gages du duc de *Guife* ; de faire enfuite attaquer, par les gardes, le duc & fes fatellites ; qu'alors *Charles IX*, délivré à la fois des deux chefs de parti qu'il pouvait craindre, aurait, aux yeux de toute l'Europe, l'honneur d'avoir puni le crime du duc de *Guife*. L'habileté du *balafré* fit manquer ce projet.

Nous ne difcuterons pas ici toutes ces opinions, dont les trois premières font appuyées fur des probabilités affez fortes. Ce qu'il y a de fûr, c'eft qu'on mit dans l'exécution du projet autant d'irréfolution que d'atrocité ; que les chefs n'étaient d'accord entr'eux fur rien ; que le duc de *Guife* voulait enve-lopper dans le maffacre toutes les grandes familles fidelles au roi ; qu'il mul-tiplia les victimes ; que lorfque *Charles IX* vint au parlement accufer avec tant de lâcheté l'amiral d'une prétendue confpiration, il était prêt, & peut-être avait déjà envoyé des contre-ordres dans les provinces ; que les ordres n'émanaient point tous de lui ; qu'enfin le fanatifme populaire, la barbarie de *Charles IX*, du duc d'*Anjou*, & de fa mère, ne furent en cette occafion que les inftrumens de projets dont eux-mêmes devaient être la victime.

(17) *Marguerite de Valois*, fœur de *Charles IX*, fut mariée à *Henri IV* en 1572, peu de jours avant les maffacres.

(18) Le pape refufait à *Marguerite de Valois* la permiffion d'époufer *Henri IV*. Si *Monf. du pape fait trop la bête*, dit Charles IX avec fes juremens ordinaires, *je prendrai moi-même Margot par la main, & la mènerai époufer en plein prêche*. Enfin le pape fe rendit, & *Marguerite* fut mariée à la porte de Notre-Dame de Paris, par le cardinal de *Bourbon*, oncle de *Henri IV*. *Charles IX* parlait-il de bonne foi ? ou la colère apparente contre le pape était-elle le fruit de la diffimulation ? Ce pape, qui depuis approuva la Saint-Barthelemi, était-il inftruit du complot lorfqu'il accorda la difpenfe ?

(19) *Jeanne d'Albret*, attirée à Paris avec les autres huguenots, mourut après cinq jours d'une fièvre maligne : le temps de fa mort, les maffacres qui la fuivirent, la crainte que fon courage aurait pu donner à la cour ; enfin fa maladie, qui commença après avoir acheté des gants & des colets par-fumés, chez un parfumeur nommé *René*, venu de Florence avec la reine, & qui paffait pour un empoifonneur public ; tout cela fit croire qu'elle était morte de poifon. On dit même que ce *René* fe vanta de fon crime, & ofa dire qu'il en préparait autant à deux grands feigneurs qui ne s'en doutaient pas. *Mézerai*, dans fa grande hiftoire, femble favorifer cette opinion, en difant que les chirurgiens qui ouvrirent le corps de la reine ne touchèrent point a la tête, où l'on foupçonnait que le poifon avait laiffé des traces trop vifibles. On n'a point voulu mettre ces foupçons dans la bouche de *Henri IV*, parce qu'il eft jufte de fe défier de ces idées qui n'attribuent jamais la mort des grands à des caufes naturelles. Le peuple, fans rien approfondir, regarde toujours comme coupables de la mort d'un prince ceux à qui cette mort eft utile. On pouffa la licence de ces foupçons jufqu'à accufer *Catherine de Médicis* de la mort de fes propres enfans ; cependant il n'y a jamais eu de preuves, ni que ces princes, ni que *Jeanne d'Albret* dont il eft ici queftion, foient morts empoifonnés.

Il n'eft pas vrai (comme le prétend *Mézerai*) qu'on n'ouvrit point le cerveau de la réine de Navarre ; elle avait recommandé expreffément qu'on vifitât avec exactitude cette partie après fa mort. Elle avait été tourmentée toute fa vie de grandes douleurs de tête accompagnées de démangeaifons, & avait ordonné qu'on cherchât foigneufement la caufe de ce mal, afin qu'on pût le guérir dans fes enfans s'ils en étaient atteints. La *Chronologie novennaire* rapporte formellement que *Caillard* fon médecin, & *Defnœuds* fon chirurgien, difféquèrent fon cerveau, qu'ils trouvèrent très-fain ; qu'ils aperçurent feulement de petites bubes d'eau, logées entre le crâne & la pellicule qui enveloppe le cerveau, ce qu'ils jugèrent être la caufe des maux de tête dont la reine s'était plaint ; ils atteftèrent d'ailleurs qu'elle était morte d'un abcès formé dans la poitrine. Il eft à remarquer que ceux qui l'ouvrirent étaient huguenots, & qu'apparemment ils auraient parlé de poifon s'ils y avaient trouvé quelque vraifemblance. On peut me répondre qu'ils furent gagnés par la cour : mais *Defnœuds*, chirurgien de *Jeanne d'Albret*, huguenot paffionné, écrivit depuis des libelles contre la cour ; ce qu'il n'eût pas fait s'il fe fût vendu à elle ; & dans fes libelles il ne dit point que *Jeanne d'Albret* ait été empoifonnée. De plus, il n'eft pas croyable qu'une femme auffi habile que *Catherine de Médicis* eût chargé d'une pareille commiffion un miférable parfumeur, qui avait, dit-on, l'infolence de s'en vanter.

Jeanne d'Albret était née en 1530, de *Henri d'Albret*, roi de Navarre, & de *Marguerite de Valois*, fœur de *François I*. A l'âge de douze ans *Jeanne* fut mariée à *Guillaume* duc de Clèves ; elle n'habita pas avec fon mari. Le mariage fut déclaré nul deux ans après par le pape *Paul III*, & elle époufa *Antoine de Bourbon*. Ce fecond mariage, contracté du vivant du premier mari, donna lieu depuis aux prédicateurs de la ligue de dire publiquement, dans leurs fermons contre *Henri IV*, qu'il était bâtard : mais ce qu'il y eut de plus étrange fut que les *Guifes*, & entr'autres ce *François de Guife*, qu'on dit avoir été fi bon chrétien, abufèrent de la faibleffe d'*Antoine de Bourbon*, au point de lui perfuader de répudier fa femme, dont il avait des enfans, pour époufer leur nièce, & fe donner entièrement à eux. Peu s'en fallut que le roi de Navarre ne donnât dans ce piège. *Jeanne d'Albret* mourut à quarante-deux ans, le 9 juin 1572.

M. *Bayle*, dans ses *Réponses aux questions d'un provincial*, dit qu'on avait vu de son temps en Hollande le fils d'un ministre, nommé *Goyon*, qui passait pour petit-fils de cette reine. On prétendait qu'après la mort d'*Antoine de Navarre*, elle s'était mariée à un gentilhomme nommé *Goyon*, dont elle avait eu ce ministre.

(20) Ce fut la nuit du 23 au 24 août, fête de Saint-Barthelemi, en 1572, que s'exécuta cette sanglante tragédie.

L'amiral était logé dans la rue Bétizi, dans une maison qui est à présent une auberge, appelée l'*Hôtel Saint-Pierre*, où l'on voit encore sa chambre.

(21) Le comte de *Téligni* avait épousé il y avait dix mois la fille de l'amiral. Il avait un visage si agréable & si doux, que les premiers qui étaient venus pour le tuer s'étaient laissés attendrir à sa vue; mais d'autres plus barbares le massacrèrent.

(22) *Besme* était un allemand, domestique de la maison de *Guise*. Ce misérable étant depuis pris par les protestans, les Rochellois voulurent l'acheter pour le faire écarteler dans leur place publique. Ils proposèrent ensuite de l'échanger contre le brave *Montbrun*, chef des protestans de Dauphiné, à qui le parlement de Grenoble fesait alors le procès. *Montbrun* fut exécuté, & *Besme* tué par un nommé *Bretanville*.

(23) Il est impossible de savoir s'il est vrai que *Catherine de Médicis* ait envoyé la tête de l'amiral à Rome, comme l'assurent les protestans. Mais il est sûr qu'on porta sa tête à la reine, avec un coffre plein de papiers, parmi lesquels était l'histoire du temps, écrite de la main de *Coligni*. On y trouva aussi plusieurs mémoires sur les affaires publiques. Un de ces mémoires avait pour objet d'engager *Charles* à faire la guerre aux Anglais : *Charles IX* fit lire ce mémoire à l'ambassadeur d'Angleterre, qui se plaignait à lui de la trahison faite aux protestans, & qui n'en méprisa que plus la politique de la cour de France. Un autre mémoire montrait les dangers auxquels il exposerait la tranquillité de l'Etat, s'il donnait un apanage à son frère le duc d'*Alençon*; on le montra à ce jeune prince qui regrettait l'amiral. Je ne fais pas, répondit-il après l'avoir lu, si ce mémoire est d'un de mes amis, mais il est sûrement d'un sujet fidelle.

La populace traîna le corps de l'amiral par les rues, & le pendit par les pieds avec une chaîne de fer au gibet de Montfaucon. Le roi eut la cruauté d'aller lui-même avec sa cour à Montfaucon jouir de cet horrible spectacle : quelqu'un lui ayant dit que le corps de l'amiral sentait mauvais, il répondit comme *Vitellius* : *Le corps d'un ennemi mort sent toujours bon.*

Il alla au parlement accuser l'amiral d'une conspiration, & le parlement rendit un arrêt contre le mort, par lequel il ordonna que son corps, après avoir été traîné sur une claie, serait pendu en Grève; ses enfans déclarés roturiers & incapables de posséder aucune charge ; sa maison de Châtillon-sur-Loin rasée ; les arbres coupés &c ; & que tous les ans on ferait une procession, le jour de la Saint-Barthelemi, pour remercier DIEU de la découverte de la conspiration à laquelle l'amiral n'avait pas songé. Malgré cet arrêt, la fille de l'amiral, veuve de *Teligni*, épousa peu de temps après le prince d'*Orange*.

Le parlement avait mis, quelques années auparavant, sa tête à cinquante mille écus ; il est assez singulier que ce soit précisément le même prix qu'il mit depuis à celle du cardinal *Mazarin*. Le génie des Français est de tourner en plaisanterie les événemens les plus affreux : on débita un petit écrit intitulé : *Passio Domini nostri Gaspardi Coligni, secundum Bartholomeum*.

Mézerai rapporte, dans sa grande histoire, un fait dont il est très-permis de douter ; il dit que quelques années auparavant, le gardien du couvent des cordeliers de Saintes, nommé *Michel Crellet*, condamné par l'amiral à être pendu, lui prédit qu'il mourrait assassiné, qu'il serait jeté par les fenêtres, & ensuite pendu lui-même.

De nos jours un financier ayant acheté une terre qui avait appartenu aux *Coligni*, y trouva dans le parc, à quelques pieds sous terre, un coffre de fer rempli de papiers, qu'il fit jeter au feu comme ne produisant aucun revenu.

(24) C'était *Henri* duc de Guise, surnommé le *balafré*, fameux depuis par les barricades, & qui fut tué à Blois : il était fils du duc *François*, assassiné par *Poltrot*.

(25) *Fréderic de Gonzague*, de la maison de *Mantoue*, duc de Nevers, l'un des auteurs de la Saint-Barthelemi.

(26) *Albert de Gondi*, maréchal de Retz, favori de *Catherine de Médicis*. C'était lui qui avait appris à *Charles IX* à jurer & à *renier Dieu*, comme on disait dans ces temps-là.

(27) *Gaspard de Tavanne*, élevé page de *François I*. Il courait dans les rues la nuit de la Saint-Barthelemi, criant : *Saignez, saignez ; la saignée est aussi bonne au mois d'août qu'au mois de mai*. Son fils, qui a écrit des mémoires, rapporte que son père, étant au lit de la mort, fit une confession générale de sa vie, & que le confesseur lui ayant dit d'un air étonné : *Quoi ! vous ne me parlez point de la Saint-Barthelemi ? Je la regarde*, répondit le maréchal, *comme une action méritoire qui doit effacer mes autres péchés.*

(28) *Antoine de Clermont-Renel*, se sauvant en chemise, fut massacré par le fils du baron des *Adrets* & par son propre cousin, *Bussy d'Amboise*.

Le marquis de *Pardaillan* fut tué à côté de lui.

(29) *Guerchy* se défendit long-temps dans la rue, & tua quelques meurtriers avant d'être accablé par le nombre ; mais le marquis de *Lavardin* n'eut pas le temps de tirer l'épée.

(30) *Marfillac*, comte de la Rochefoucauld, était favori de *Charles IX*, & avait paffé une partie de la nuit avec le roi. Ce prince avait eu quelque envie de le fauver, & lui avait même dit de coucher dans le louvre ; mais enfin il le laiffa aller, en difant : *Je vois bien que* DIEU *veut qu'il périffe*.

Soubife portait ce nom, parce qu'il avait époufé l'héritière de la maifon de *Soubife*. Il s'appelait *Dupont-Quellenec*. Il fe défendit très-long-temps, & tomba percé de coups fous les fenêtres de la reine. Comme fa femme lui avait intenté un procès pour caufe d'impuiffance, les dames de la cour allèrent voir fon corps nu & tout fanglant, par une curiofité barbare, digne de cette cour abominable.

(31) Voici ce que *Brantôme* ne fait pas difficulté d'avouer lui-même dans fes mémoires. *Quand il fut jour, le roi mit la tête à la fenêtre de fa chambre, & voyant aucuns dans le faubourg Saint-Germain qui fe remuaient & fe fauvaient, il prit une grande arquebufe dé chaffe qu'il avait, & en tirait tout plein de coups á eux, mais en vain, car l'arquebufe ne tirait fi loin ; inceffamment criait : Tuez, tuez.*

Plufieurs perfonnes ont entendu conter à M. le maréchal de *Teffé*, que dans fon enfance il avait vu un vieux gentilhomme âgé de plus de cent ans, qui avait été fort jeune dans les gardes de *Charles IX*. Il interrogea ce vieillard fur la Saint-Barthelemi, & lui demanda s'il était vrai que le roi eût tiré fur les huguenots. *C'était moi, Monfieur*, répondit le vieillard, *qui chargeais fon arquebufe.*

Henri IV dit publiquement, plus d'une fois, qu'après la Saint-Barthelemi une nuée de corbeaux était venue fe percher fur le louvre, & que pendant fept nuits le roi, lui & toute la cour entendirent des gémiffemens & des cris épouvantables à la même heure. Il racontait un prodige encore plus étrange. Il difait que quelques jours avant les maffacres, jouant aux dés avec le duc d'*Alençon* & le duc de *Guife*, il vit des gouttes de fang fur la table ; que par deux fois il les fit effuyer, que deux fois elles reparurent, & qu'il quitta le jeu faifi d'effroi.

(32) On trouve dans les mémoires de *Villeroi* un difcours de *Henri III* à un de fes confidens fur la Saint-Barthelemi, où ce prince difculpe *Charles IX* & accufe fa mère & lui-même. *Charles IX*, fuivant ce récit, fut entraîné par les follicitations de fa mère & de fon frère, qui lui avouèrent que l'affaffinat de *Coligni* s'était commis par leur ordre, & qu'il fallait ou les immoler à l'amiral, ou ordonner le maffacre des proteftans pour lequel ils avaient d'avance pris des mefures. M. de *Voltaire* ne pouvait admettre ce récit fans rendre *Valois* trop odieux ; d'ailleurs cette pièce n'eft rien moins qu'authentique.

(33) De *Caumont*, qui échappa à la Saint-Barthelemi, eft le fameux maréchal de *la Force*, qui depuis fe fit une fi grande réputation, & qui vécut jufqu'à l'âge de 84 ans. Il a laiffé des mémoires qui n'ont point été imprimés, & qui doivent être encore dans la maifon de *la Force.*

Mézerai, dans fa grande hiftoire, dit que le jeune *Caumont*, fon père, &
fon frère, couchaient dans un même lit ; que fon père & fon frère furent
maffacrés, & qu'il échappa comme par miracle &c. C'eft fur la foi de cet
hiftorien que j'ai mis en vers cette avénture.

Les circonftances dont *Mézerai* appuie fon récit ne me permettaient pas de
douter de la vérité du fait, tel qu'il le rapporte : mais depuis, M. le duc de
la Force m'a fait voir les mémoires manufcrits de ce même maréchal de
la Force, écrits de fa propre main. Le maréchal y conte fon aventure d'une
autre façon ; cela fait voir comme il faut fe fier aux hiftoriens.

*Voici l'extrait des particularités curieufes que le maréchal
de la Force raçonte de la Saint-Barthelemi.*

Deux jours avant la Saint-Barthelemi, le roi avait ordonné au parlement de
relâcher un officier qui était prifonnier à la conciergerie ; le parlement n'en
ayant rien fait, le roi avait envoyé quelques-uns de fes gardes enfoncer les
portes de la prifon, & tirer de force le prifonnier ; le lendemain le parlement
vint faire fes remontrances au roi : tous ces meffieurs avaient mis leurs bras
en écharpe, pour faire voir à *Charles IX* qu'il avait eftropié la juftice. Tout
cela avait fait beaucoup de bruit ; & au commencement du maffacre, on per-
fuada d'abord aux huguenots que le tumulte qu'ils entendaient venait d'une
fédition excitée dans le peuple à l'occafion de l'affaire du parlement.

Cependant un maquignon, qui avait vu le duc de *Guife* entrer avec des
fatellites chez l'amiral de *Coligni*, & qui, fe gliffant dans la foule, avait été
témoin de l'affaffinat de ce feigneur, courut auffitôt en donner avis au fieur
de *Caumont de la Force*, à qui il avait vendu dix chevaux huit jours
auparavant.

La Force & fes deux fils logeaient au faubourg Saint-Germain, auffi-bien que
plufieurs calviniftes. Il n'y avait point encore de pont qui joignît ce faubourg
à la ville. On s'était faifi de tous les bateaux par ordre de la cour, pour faire
paffer les affaffins dans le faubourg. Ce maquignon fe jette à la nage, paffe à
l'autre bord, & avertit M. de *la Force* de fon danger. *La Force* était déjà forti
de fa maifon ; il avait encore eu le temps de fe fauver : mais voyant que fes
enfans ne venaient pas, il retourna les chercher. A peine eft-il rentré chez
lui que les affaffins arrivent : un nommé *Martin* à leur tête entre dans fa
chambre, le défarme lui & fes deux enfans, & lui dit, avec des fermens
affreux, qu'il faut mourir. *La Force* lui propofa une rançon de deux mille
écus ; le capitaine l'accepte : *la Force* lui jure de la payer dans deux jours ;
& auffitôt les affaffins, après avoir tout pillé dans la maifon, difent à *la Force*
& à fes enfans de mettre leurs mouchoirs en croix fur leurs chapeaux, & leur
font retrouffer leur manche droite fur l'épaule : c'était la marque des meurtriers. En cet état ils leur font paffer la rivière & les amènent dans la ville.
Le maréchal de *la Force* affure qu'il vit la rivière couverte de morts : fon père,
fon frère, & lui, abordèrent devant le louvre ; là ils virent égorger plufieurs

de

de leurs amis, & entr'autres le brave de *Piles*, père de celui qui tua en duel le fils de *Malherbe*. De là le capitaine *Martin* mena fes prifonniers dans fa maifon, rue des Petits-champs; fit jurer à *la Force*, que ni lui ni fes enfans ne fortiraient point de là avant d'avoir payé les deux mille écus, les laiffa en garde à deux foldats fuiffes, & alla chercher quelques autres calviniftes à maffacrer dans la ville.

L'un des deux fuiffes, touché de compaffion, offrit aux prifonniers de les faire fauver. *La Force* n'en voulut jamais rien faire; il répondit qu'il avait donné fa parole, & qu'il aimait mieux mourir que d'y manquer. Une tante qu'il avait lui trouva les deux mille écus; & l'on allait les délivrer au capitaine *Martin*, lorfque le comte de *Coconas* (celui-là même à qui depuis on coupa le cou) vint dire à *la Force* que le duc d'*Anjou* demandait à lui parler. Auffitôt il fit defcendre le père & les enfans nue tête & fans manteau. *La Force* vit bien qu'on le menait à la mort; il fuivit *Coconas*, en le priant d'épargner fes deux enfans innocens. Le plus jeune, âgé de treize ans, qui s'appelait *Jacques Nompar*, & qui a écrit ceci, éleva la voix, & reprocha à ces meurtriers leurs crimes, en leur difant qu'ils en feraient punis de D I E U. Cependant les deux enfans font menés avec leur père au bout de la rue des Petits-champs; on donne d'abord plufieurs coups de poignard à l'aîné, qui s'écrie: *Ah! mon père, ah! mon Dieu, je fuis mort.* Dans le même moment le père tombe percé de coups fur le corps de fon fils. Le plus jeune, couvert de leur fang, mais qui par un miracle étonnant n'avait reçu aucun coup, eut la prudence de s'écrier auffi: *Je fuis mort.* Il fe laiffa tomber entre fon père & fon frère, dont il reçut les derniers foupirs. Les meurtriers les croyant tous morts, s'en allèrent en difant: *Les voilà bien tous trois.* Quelques malheureux vinrent enfuite dépouiller les corps; il reftait un bas de toile au jeune de *la Force*: un marqueur du jeu de paume, du *Verdelet*, voulut avoir ce bas de toile; en le tirant, il s'amufa à confidérer le corps de ce jeune enfant: *Hélas*, dit-il, *c'eft bien dommage; celui-ci n'eft qu'un enfant, que peut-il avoir fait?* Ces paroles de compaffion obligèrent le petit de *la Force* à lever doucement la tête, & à lui dire tout bas: *Je ne fuis pas encore mort;* ce pauvre homme lui répondit: *Ne bougez, mon enfant, ayez patience.* Sur le foir il le vint chercher, il lui dit: *Levez-vous, ils n'y font plus;* & lui mit fur les épaules un méchant manteau. Comme il le conduifait, quelqu'un des bourreaux lui demanda: *Qui eft ce jeune garçon? C'eft mon neveu,* lui dit-il, *qui s'eft enivré; vous voyez comme il s'eft accommodé; je m'en vais bien lui donner le fouet.* Enfin le pauvre marqueur le mena chez lui, & lui demanda trente écus pour fa récompenfe. De là le jeune de *la Force* fe fit conduire déguifé en gueux jufqu'à l'arfenal, chez le maréchal de *Biron* fon parent, grand-maître de l'artillerie; on le cacha quelque temps dans la chambre des filles; enfin, fur le bruit que la cour le fefait chercher pour s'en défaire, on le fit fauver en habit de page fous le nom de *Beaupuy*.

La Henriade.   P

(34) Plusieurs gentilshommes, attachés à *Henri IV*, furent assassinés dans son appartement : on les y poursuivit jusque dans la chambre de la reine sa femme, sœur de *Charles IX*, qui leur sauva la vie en se jetant entr'eux & les meurtriers. *Henri IV* & le prince de *Condé*, son cousin, furent arrêtés ; on les menaça de la mort, & on les força d'abjurer le calvinisme. Les prêtres s'appuyèrent depuis de cette abjuration pour le traiter de relaps. Des historiens ont rapporté que *Charles IX* & sa mère allèrent à l'hôtel de ville, pour être témoins de l'exécution de *Briquemant* & de *Cavagne*, condamnés à mort, comme complices de la prétendue conspiration qu'on avait la bassesse d'imputer à l'amiral de *Coligny* ; & que l'on obligea *Henri IV* & le prince de *Condé* de suivre & d'accompagner le roi.

(35) On envoya d'abord des courriers aux commandans des provinces, & aux chefs des principales villes pour ordonner le massacre. Quelque temps après on envoya un contre-ordre : & le massacre s'exécuta, malgré ce contre-ordre, dans quelques villes, à Lyon entr'autres, où le parti des *Guises* dominait ; mais, dans un grand nombre, les chefs catholiques s'opposèrent à l'exécution de ces ordres : le comte de *Tende*, en Provence ; *Gordes* de la maison de *Simiane*, en Dauphiné ; *Saint-Hérem*, en Auvergne ; *Charni* de la maison de *Chabot*, en Bourgogne ; *la Guiche*, à Mâcon ; le brave d'*Ortez*, à Bayonne ; *Villars*, consul de Nîmes ; les évèques d'Angers, de Lisieux &c. &c. Beaucoup de protestans furent sauvés par leurs parens, par leurs amis, quelques-uns même par des prêtres ; de ce nombre fut un *Tronchin*, qui resta plusieurs jours caché à Troyes dans un tonneau, & s'étant retiré à Genève, y a été la tige de la famille de ce nom.

Fin des Notes du Chant second.

NOTES ET VARIANTES

DU CHANT TROISIEME.

(1) IL fut toujours malade depuis la Saint-Barthelemi, & mourut environ deux ans après, le 30 mai 1574, tout baigné dans son sang, qui lui sortait par les pores.

Henri IV fut témoin de la mort de *Charles IX*. Ce prince, dont il avait reçu tant d'outrages, le fit appeler peu d'heures avant de mourir : il lui recommanda sa femme & sa fille comme à l'héritier naturel de la couronne, & à un prince dont il connaissait la grandeur d'ame & la bonne foi. Il l'avertit ensuite de se défier de.... (mais il prononça ce nom & quelques paroles qui suivirent, de manière à n'être pas entendues de ceux qui étaient dans la chambre.) *Monsieur, il ne faut pas dire cela*, dit la reine-mère qui était présente. *Pourquoi ne pas le dire ?* répondit Charles IX ; *cela est vrai.* Il est vraisemblable que c'est de *Henri III* qu'il parlait. Il connaissait tous ses vices, & l'avait pris en horreur depuis qu'il l'avait vu retarder son départ pour la Pologne, dans l'espérance de sa mort prochaine.

(2) La réputation qu'il avait acquise à Jarnac & à Moncontour, soutenue de l'argent de la France, l'avait fait élire roi de Pologne en 1573. Il succéda à *Sigismond II*, dernier prince de la race des *Jagellons*.

(3) *Henri de Guise le balafré*, né en 1550, de *François de Guise* & d'*Anne d'Est*. Il exécuta le grand projet de la ligue, formé par le cardinal de *Lorraine* son oncle, du temps du concile de Trente, & entamé par *François* son père.

(4) On reprit l'auteur d'avoir mis le mot de *prêche* dans un poëme épique. Il répondit que tout peut y entrer, & que l'épithète de *criminels* relève l'expression de *prêche*.

(*a*) Il y avait dans les anciennes éditions :

> L'arbitre des combats, à mes armes propice,
> De ma cause en ce jour protégea la justice :
> Je combattis Joyeuse, il fut vaincu ; mon bras
> Lui fit mordre la poudre aux plaines de Coutras ;
> Et ma brave noblesse, à vaincre accoutumée,
> Dissipa devant moi cette innombrable armée.

P 2

(5) *Anne* duc de Joyeufe donna la bataille de Coutras contre *Henri IV*, alors roi de Navarre, le 20 octobre 1587. On comparait fon armée à celle de *Darius*, & l'armée de *Henri IV* à celle d'*Alexandre*. *Joyeufe* fut tué dans la bataille par deux capitaines d'infanterie, nommés *Bordeaux* & *Defcentiers*.

(6) Il avait époufé la fœur de la femme de *Henri III*. Dans fon ambaffade à Rome, il fut traité comme frère du roi. Il avait un cœur digné de fa grande fortune. Un jour, ayant fait attendre trop long-temps les deux fecrétaires d'Etat dans l'antichambre du roi, il leur en fit fes excufes, en abandonnant un don de cent mille écus que le roi venait de lui faire.

(*b*) Dans les premières éditions :

.Des fuccès trop heureux déplorés tant de fois,
Mon bras n'eft encor teint que du fang des François.

Mais l'auteur a fenti qu'on ne devait pas faire rimer *fois* avec *François* qu'on prononce *Français*.

(7) Dans le même temps que l'armée du roi était battue à Coutras, le duc de *Guife* fefait des actions d'un très-habile général, contre une armée nombreufe de reîtres venus au fecours de *Henri IV*; & après les avoir harcelés & fatigués long-temps, il les défit au village d'Auueau.

(8) Le duc de *Guife*, à cette journée des barricades, fe contenta de renvoyer à *Henri III* fes gardes, après les avoir défarmés.

(9) Le cardinal de *Guife*, l'un des frères du duc de *Guife*, avait dit plus d'une fois qu'il ne mourrait jamais content qu'il n'eût tenu la tête du roi entre fes jambes, pour lui faire une couronne de moine. Mme de *Montpenfier*, fœur des *Guifes*, voulait qu'on fe fervît de fes cifeaux pour ce faint ufage. Tout le monde connaît la devife de *Henri III*; c'étaient trois couronnes, avec ces mots : *Manet ultima cælo*; auxquels les ligueurs fubftituèrent ceux-ci : *Manet ultima clauftro*. On connaît auffi ces deux vers latins qu'on afficha aux portes du louvre :

Qui dedit ante duas, unam abftulit, altera nutat;
Tertia tonforis eft facienda manu.

En voici une traduction que l'auteur a lue dans les manufcrits de feu M. le préfident de *Mefmes* :

Valois qui les dames n'aime,
Deux couronnes poffeda :
Bientôt fa prudence extrême
Des deux l'une lui ôta.
L'autre va tombant de même,
Grâce à fes heureux travaux :
Une paire de cifeaux
Lui baillera la troifième.

(10) Le duc de *Guise* fut tué le vendredi 23ᵉ décembre de l'an 1588, à 8 heures du matin. Les hiftoriens difent qu'il lui prit une faibleffe dans l'antichambre du roi, parce qu'il avait paffé la nuit avec une femme de la cour ; c'était Mᵐᵉ de *Noirmoutier*, felon la tradition. Tous ceux qui ont écrit la relation de cette mort difent que ce prince, dès qu'il fut entré dans la chambre du confeil, commença à foupçonner fon malheur par les mouvemens qu'il aperçut. D'*Aubigné* rapporte qu'il rencontra d'abord dans cette chambre d'*Efpinac*, archevêque de Lyon, fon confident. Celui-ci, qui en même temps fe douta de quelque chofe, lui dit en préfence de *Larchant*, capitaine des gardes, à propos d'un habit neuf que le duc portait : *Cet habit eft bien léger au temps qui court , vous en auriez dû prendre un plus fourré.* Ces paroles, prononcées avec un air de crainte, confirmèrent celle du duc. Il entra cependant par une petite allée dans la chambre du roi, qui conduifait à un cabinet dont le roi avait fait condamner la porte. Le duc, ignorant que la porte fût murée, lève, pour entrer, la tapifferie qui la couvrait ; dans le moment plufieurs de ces gafcons, qu'on nommait les *Quarante-cinq*, le percent avec des poignards que le roi leur avait diftribués lui-même.

Les affaffins étaient *la Baftide*, *Monfivry*, *Saint-Malin*, *Saint-Gaudin*, *Saint-Capautel*, *Halfrenas*, *Herbelade*, avec *Lognac* leur capitaine. *Monfivry* fut celui qui donna le premier coup ; il fut fuivi de *Lognac*, de *la Baftide*, de *Saint-Malin* &c. qui fe jetèrent en même temps fur le duc.

On montre encore dans le château de Blois une pierre de la muraille contre laquelle il s'appuya en tombant, & qui fut la première teinte de fon fang. Quelques lorrains en paffant par Blois ont baifé cette pierre, & la raclant avec un couteau, en ont emporté précieufement la pouffière.

On ne parle point dans le poëme de la mort du cardinal de *Guise*, qui fut auffi tué à Blois : il eft aifé d'en voir la raifon ; c'eft que le detail de l'hiftoire ne convient point à l'unité du poëme, parce que l'intérêt diminue à mefure qu'il fe partage.

(11) Le duc de *Mayenne*, frère puîné du *balafré*, tué à Blois, avait été long-temps jaloux de la réputation de fon aîné. Il avait toutes les grandes qualités de fon frère, à l'activité près.

(c) On trouve dans l'édition de 1723 ces quatre vers, que l'auteur a retranchés, parce qu'ils rendaient le duc de *Mayenne* trop petit :

> Mais Paris occupé d'un nom fi glorieux,
> Sur un chef moins connu n'arrêtait point fes yeux ;
> Et ce guerrier fi craint, que tout un peuple adore,
> Si Guife était vivant, ne ferait rien encore.
> *Il fuccède &c.*

(12) On lit dans la grande hiftoire de *Mézerai*, que le duc de *Mayenne* fut foupçonné d'avoir écrit une lettre au roi, où il l'avertiffait de fe défier de fon frère. Ce feul foupçon fuffit pour autorifer le caractère qu'on donne ici au duc de Mayenne, caractère naturel à un ambitieux, & furtout à un chef de parti.

(*d*) Dans l'édition de 1723 on lifait :

Mais fouvent il fe trompe à force de prudence ;
Il eft irréfolu par trop de prévoyance :
Moins agiffant qu'habile, & fouvent la lenteur
Dérobe à fon parti les fruits de fa valeur.

(13) Le chevalier d'*Aumale*, frère du duc d'*Aumale*, de la maifon de Lorraine, jeune homme impétueux, qui avait des qualités brillantes, qui était toujours à la tête des forties pendant le fiége de Paris, & infpirait aux habitans fa valeur & fa confiance.

(*e*) Dans l'édition de 1723 il y avait :

Voilà quel eft Mayenne & quelle eft fa puiffance.
Cependant l'ennemi du pouvoir de la France,
L'ennemi de l'Europe, & le vôtre & le mien,
Ce roi dont l'artifice eft le plus grand foutien,
Philippe avec ardeur embraffant fa querelle,
Soutient des révoltés la caufe criminelle ;
Et Rome qui devait &c.

(14) *Philippe II*, roi d'Efpagne, fils de *Charles-Quint*. On l'appelait le démon du midi, DAEMONIUM MERIDIANUM, parce qu'il troublait toute l'Europe, au midi de laquelle l'Efpagne eft fituée. Il envoya de puiffans fecours à la ligue, dans le deffein de faire tomber la couronne de France à l'infante *Claire Eugénie*, ou à quelque prince de fa famille.

(15) La cour de Rome, gagnée par les *Guifes*, & foumife alors à l'Efpagne, fit ce qu'elle put pour ruiner la France. *Grégoire XIII* fecourut la ligue d'hommes & d'argent, & *Sixte-Quint* commença fon pontificat par les excès les plus grands, & heureufement les plus inutiles, contre la maifon royale, comme on peut voir aux remarques fur le premier chant.

(16) *Henri IV*, alors roi de Navarre, eut la générofité d'aller à Tours voir *Henri III*, fuivi d'un page feulement, malgré les défiances & les prières de fes vieux officiers, qui craignaient pour lui une feconde Saint-Barthelemi.

(17) *Robert d'Evreux*, comte d'Effex, fameux par la prife de Cadix fur les Efpagnols, par la tendreffe d'*Elifabeth* pour lui, & par fa mort tragique arrivée en 1601. Il avait pris Cadix fur les Efpagnols, & les avait battus

plus d'une fois fur mer. La reine *Elifabeth* l'envoya effectivement en France en 1590 au fecours de *Henri IV*, à la tête de cinq mille hommes.

(18) *Sixte-Quint*, né aux Grottes, dans la marche d'Ancone, d'un pauvre vigneron nommé *Peretti*; homme dont la turbulence égala la diffimulation. Etant cordelier, il affomma de coups le neveu de fon provincial, & fe brouilla avec tout l'ordre. Inquifiteur à Venife, il y mit le trouble, & fut obligé de s'enfuir. Etant cardinal, il compofa en latin la bulle d'excommunication lancée par le pape *Pie V* contre la reine *Elifabeth*; cependant il eftimait cette reine, & l'appelait UN GRAN CERVELLO DI PRINCIPESSA.

(19) Cet événement était tout récent; car *Henri IV* eft fuppofé voir fecrètement *Elifabeth* en 1589; & c'était l'année précédente que la grande flotte de *Philippe II*, deftinée pour la conquête de l'Angleterre, fut battue par l'amiral *Dracke*, & difperfée par la tempête.

On a fait, dans un journal de Trévoux, une critique fpécieufe de cet endroit. Ce n'eft pas, dit-on, à la reine *Elifabeth* de croire que Rome eft complaifante pour les puiffances, puifque Rome avait ofé excommunier fon père.

Mais le critique ne fongeait pas que le pape n'avait excommunié le roi d'Angleterre *Henri VIII*, que parce qu'il craignait davantage l'empereur *Charles-Quint*. Ce n'eft pas la feule faute qui foit dans cet extrait de Trévoux, dont l'auteur, défavoué & condamné par la plupart de fes confrères, a mis dans fes cenfures peut-être plus d'injures que de raifons.

Fin des Notes & Variantes du Chant troifième.

NOTES

DU CHANT QUATRIEME.

(1) *HENRI*, comte de Bouchage, frère puîné du duc de *Joyeuse*, tué à Coutras.

Un jour qu'il paſſait à Paris à quatre heures du matin, près du couvent des capucins, après avoir paſſé la nuit en débauche, il s'imagina que les anges chantaient les matines dans le couvent. Frappé de cette idée, il ſe fit capucin ſous le nom de frère *Ange*. Depuis il quitta ſon froc, & prit les armes contre *Henri IV*. Le duc de *Mayenne* le fit gouverneur du Languedoc, duc & pair & maréchal de France. Enfin il fit ſon accommodement avec le roi ; mais un jour ce prince étant avec lui ſur un balcon, au-deſſous duquel beaucoup de peuple était aſſemblé : *Mon couſin*, lui dit Henri IV, *ces gens-ci me paraiſſent fort aiſes de voir enſemble un apoſtat & un renégat*. Cette parole du roi fit rentrer *Joyeuse* dans ſon couvent, où il mourut.

(2) Voyez l'hiſtoire des papes.

(3) *Sixte-Quint*, étant cardinal de Montalte, contrefit ſi bien l'imbécille près de quinze années, qu'on l'appelait communément l'*âne d'Ançone*. On ſait avec quel artifice il obtint la papauté, & avec quelle hauteur il régna.

(4) En 1570 le parlement donna un fameux arrêt contre la bulle IN COENA DOMINI.

On connaît ſes remontrances célèbres ſous *Louis XI*, au ſujet de la pragmatique-ſanction ; celles qu'il fit à *Henri III* contre la bulle ſcandaleuſe de *Sixte-Quint*, qui appelait la maiſon régnante *génération bâtarde* &c., & ſa fermeté conſtante à ſoutenir nos libertés contre les prétentions de la cour de Rome.

(5) On a ſouvent appliqué ce vers à l'auteur de la Henriade ; & M. *Wirchter* l'avait mis pour légende à la médaille qu'il a frappée. Cette médaille eſt fort rare, parce qu'à Genève l'on exigea de M. *Wirchter* de ſupprimer la légende.

(6) Le 17 de janvier de l'an 1589, la faculté de théologie de Paris donna ce fameux décret, par lequel il fut déclaré que les ſujets étaient déliés de leur ſerment de fidélité, & pouvaient légitimement faire la guerre au roi.

Le Fèvre, doyen, & quelques-uns des plus fages refufèrent de figner. Depuis, dès que la forbonne fut libre, elle révoqua ce décret, que la tyrannie de la ligue avait arraché de quelques-uns de fon corps. Tous les ordres religieux, qui, comme la forbonne, s'étaient déclarés contre la maifon royale, fe rétractèrent depuis comme elle. Mais fi la maifon de Lorraine avait eu le deffus, fe ferait-on rétracté?

(7) Nous avons cru devoir imprimer ici le décret de la forbonne, qui ne fe trouve que dans les livres qu'on ne lit plus.

DECRET DE LA FACULTÉ DE PARIS CONTRE HENRI III.

Refponfum facultatis theologicæ Parifienfis.

Anno Domini millefimo quingentefimo octogefimo nono, die feptimâ menfis januarii, facratiffima theologiæ facultas Parifienfis congregata fuit apud collegium forbonæ, poft publicam fupplicationem omnium ordinum dictæ facultatis, & miffam de fancto Spiritu ibidem celebratam poftulantibus clariffimis DD. Præfecto, fidelibus, confulibus, & catholicis civibus, oblato publico inftrumento & tabellis per eorundem actuarium obfignatis & publico urbis figillo munitis, deliberatura fuper duobus fequentibus articulis qui deprompti funt ex libello fupplice prædictorum civium, cujus tenor eft hujufmodi.

Réponfe de la faculté de théologie de Paris.

L'an du Seigneur 1589, 7 janvier, à la réquifition des gouverneurs, officiers de la ville, & des habitans catholiques, qui ont préfenté un acte public, figné par leur greffier & fcellé du fceau public de la ville, la très-facrée faculté de théologie de Paris, après une proceffion folemnelle de tous les ordres de ladite faculté & la célébration de la meffe du Saint-Efprit, s'eft affemblée pour délibérer fur les deux articles fuivans, qui font extraits de la requête des fufdits habitans, dont voici la teneur:

A monfeigneur le duc d'Aumale, gouverneur, & à meffieurs les prévôt des marchands & échevins de la ville de Paris.

Vous remontrent humblement les bons bourgeois, manans, & habitans, de la ville de Paris, que plufieurs defdits habitans & autres de ce royaume font en peine & fcrupule de confcience pour prendre réfolution fur les préparatifs qui fe font pour la confervation de la religion catholique, apoftolique, & romaine, de cette ville de Paris & de tout l'état de ce royaume, à l'encontre

des deffeins cruellement exécutés à Blois , & infraction de la foi publique ,
au préjudice de ladite religion , & de l'édit d'union & de la naturelle liberté
de la convocation des états : fur quoi lefdits fupplians défireraient avoir une
fainte & véritable réfolution. Ce confidéré , il vous plaife promouvoir que
meffieurs de la faculté de théologie foient affemblés pour délibérer fur ces
points, circonftances, & dépendances; & s'il eft permis de s'affembler, s'unir,
& contribuer, contre le roi ; & fi nous fommes encore liés du ferment que
nous lui avons juré ; pour fur ce donner leur avis & réfolution.

Soit la préfente requête renvoyée par devers meffieurs de la faculté de
théologie, lefquels feront fuppliés s'affembler & donner fur ce leur réfolution.
Fait le feptième janvier mil cinq cent quatre-vingt-neuf ; figné *Everard*,
& fcellé du fceau public de la ville.

Articuli de quibus deliberatum eſt à prædicta facultate.

*An populus regni Galliæ fit liberatus & folutus à facramento fidelitatis &
obedientiæ Henrico tertio præſtito ?*

*An tutâ confcientiâ poſſit idem populus armari , uniri , & pecunias colligere
& contribuere ad defenfionem & confervationem religionis catholicæ, apoſtolicæ,
& romanæ, in hoc regno , adverfus nefaria confilia & conatus prædicti regis &
quorumlibet adhærentium , & contra fidei publicæ violationem ad eo Blefis factam
in præjudicium prædictæ religionis catholicæ , & edicti fanctæ unionis & naturalis
libertatis convocationis trium ordinum hujus regni ?*

*Super quibus articulis, auditâ omnium & fingulorum magiſtrorum, qui ad
feptuaginta convenerant , maturâ , accuratâ , & liberâ , deliberatione ; & auditis
multis & variis rationibus, quæ magnâ ex parte tam ex fcripturis facris , tam
canonicis fanctionibus & decretis pontificum in medium differtiffimis verbis productæ
funt ; conclufum eſt à domino decano ejufdem facultatis, nemine refragante, &
hoc per modum confilii ad liberandas confcientias prædicti populi.*

*Primùm , quod populus hujus regni folutus eſt & liberatus à facramento fideli-
tatis & obedientiæ præfacto Henrico regi præſtito.*

*Deinde quod idem populus licitè & tutâ confcientiâ poteſt armari , uniri , &
pecunias colligere, & contribuere , ad defenfionem & confervationem religionis catholicæ apoſtolicæ , & romanæ , adverfus nefaria confilia & conatus prædicti regis ,
& quorumlibet illi adhærentium , ex quo fidem publicam violavit in præjudicium
prædictæ religionis catholicæ , & edictæ fanctæ unionis , & naturalis libertatis
convocationis trium ordinum hujus regni.*

*Quam conclufionem infuper vifum eſt eidem parifienfi facultati tranfmittendam
eſſe ad fanctiſſimum D. noſtrum papam, ut eam fanctæ fedis apoſtolicæ authoritate
probare & confirmare , & eâdem operâ Ecclefiæ gallicanæ , graviſſimè laboranti ,
opem & auxilium præſtare dignetur.*

Articles fur lefquels il a été délibéré par la fufdite faculté.

Si le peuple du royaume de France eft délié du ferment de fidélité prêté à *Henri III* ?

Si le même peuple peut en fureté de confcience s'armer, s'unir, lever de l'argent, & contribuer, pour la défenfe & confervation de la religion catholique, apoftolique, & romaine, dans ce royaume, contre les horribles projets & attentats du fufdit roi & de fes adhérens, & contre l'infraction de la foi publique par lui commife à Blois, au préjudice de la fufdite religion catholique, de l'édit de la fainte union, & de la liberté naturelle de la convocation des états ?

Après avoir ouï fur ces articles la délibération mûre, exacte, & libre, de tous les docteurs affemblés au nombre de foixante & dix, & avoir entendu plufieurs raifons différentes, tirées en grande partie tant des faintes écritures que des faints canons & des décrets des pontifes ; il a été conclu par M. le doyen de la même faculté, fans réclamation, & ce, par forme de confeil, pour lever les fcrupules dudit peuple ;

D'abord, que le peuple de ce royaume eft délié du ferment de fidélité prêté au roi *Henri*.

Enfuite, que le même peuple peut en fureté de confcience s'armer, s'unir, lever de l'argent, & contribuer, pour la défenfe & confervation de la religion catholique, apoftolique, & romaine, contre les horribles projets & attentats du fufdit roi & de fes adhérens, depuis qu'il a violé la foi publique, au préjudice de la fufdite religion catholique, de l'édit de la fainte union, & de la liberté naturelle de la convocation des états. De plus, la même faculté de Paris a jugé à propos d'envoyer cette conclufion au pape, pour qu'il daigne l'approuver & confirmer par l'autorité du Saint-Siège apoftolique, & par ce moyen fecourir l'Eglife gallicane qui eft dans le plus preffant danger.

(8) Ces vers font une imitation de ceux d'Athalie.

> Ne defcendez-vous pas de ces fameux lévites,
> Qui, lorfqu'au Dieu du Nil le volage Ifraël
> Rendit dans le défert un culte criminel,
> De leurs plus chers parens faintement homicides,
> Confacrèrent leurs mains dans le fang des perfides ;
> Et par ce noble exploit vous acquirent l'honneur
> D'être feuls employés aux autels du Seigneur ?

Mais dans Athalie c'eft un prophète infpiré de D I E U qui parle, & ici c'eft le démon de la difcorde.

Platon, qui voulait chaffer tous les poëtes de fa république, eût fait peut-être une exception en faveur de l'auteur de la Henriade ; mais celui d'Athalie n'eût pas été confervé.

(9) Dès que *Henri III* & le roi de Navarre parurent en armes devant Paris, la plupart des moines endoffèrent la cuiraffe & firent la garde avec les bourgeois. Cependant cet endroit du poëme défigne la proceffion de la ligue, où douze cents moines armés firent la revue dans Paris, ayant *Guillaume Rofe*, évêque de Senlis, à leur tête. On a placé ici ce fait, quoiqu'il ne foit arrivé qu'après la mort de *Henri III*.

(10) Ce n'eft point à dire qu'il n'y eût que feize particuliers féditieux, comme l'a marque l'abbé *le Gendre* dans fa petite hiftoire de France ; mais on les nomma les Seize, à caufe des feize quartiers de Paris qu'ils gouvernaient par leurs intelligences & leurs émiffaires. Ils avaient mis d'abord à leur tête feize des plus factieux de leur corps. Les principaux étaient *Buffy-le-Clerc*, gouverneur de la baftille, ci-devant maître en fait d'armes ; *la Bruyère*, lieutenant particulier ; le commiffaire *Louchard ; Emmonot* & *Morin*, procureurs ; *Oudinet, Paffart*, & furtout *Senaut*, commis au greffe du parlement, homme de beaucoup d'efprit, qui le premier développa cette queftion obfcure & dangereufe, du pouvoir qu'une nation peut avoir fur fon roi. Je dirai en paffant que *Senaut* était père du P. *Senaut*, cet homme éloquent, qui eft mort général des prêtres de l'oratoire en France.

(11) Les Seize furent long-temps indépendans du duc de *Mayenne*. L'un d'eux, nommé *Normand*, dit un jour dans la chambre du duc : *Ceux qui l'ont fait pourraient bien le défaire.*

(12) *Achorée* dit dans *Corneille*, en parlant de *Pompée :*

Il s'avance au trépas
Avec le même front qu'il donne des Etats.

(13) Le 16 janvier 1589, *Buffy-le-Clerc*, l'un des Seize, qui de tireur d'armes était devenu gouverneur de la baftille & le chef de cette faction, entra dans la grand'chambre du parlement, fuivi de cinquante fatellites : il préfenta au parlement une requête, ou plutôt un ordre, pour forcer cette compagnie à ne plus reconnaître la maifon royale.

Sur le refus de la compagnie, il mena lui-même à la baftille tous ceux qui étaient oppofés à fon parti ; il les y fit jeûner au pain & à l'eau, pour les obliger à fe racheter plutôt de fes mains ; voilà pourquoi on l'appelait le grand-pénitencier du parlement.

(14) *Auguſtin de Thou*, ſecond du nom, oncle du célébre hiſtorien ; il eut la charge de préſident du fameux *Pibrac* en 1585.

Molé ne peut être qu'*Edouard Molé*, conſeiller au parlement, mort en 1634.

Scarron était le biſaïeul du fameux *Scarron*, ſi connu par ſes poëſies & par l'enjouement de ſon eſprit.

Bayeul était oncle du ſurintendant des finances.

Nicolas Potier de Novion de Blancménil, préſident à mortier, ſe nommait *Blancmenil* à cauſe de la terre de ce nom, qui depuis tomba dans la maiſon de *Lamoignon*, par le mariage de ſa petite-fille avec le préſident de *Lamoignon*.

Nicolas Potier ne fut pas, à la vérité, conduit à la baſtille avec les autres membres du parlement, car il n'était pas venu ce jour-là à la grand'chambre ; mais il fut depuis empriſonné au louvre, dans le temps de la mort de *Briſſon*. On voulut lui faire le même traitement qu'à ce préſident. On l'accuſait d'avoir une correſpondance ſecrète avec *Henri IV*. Les Seize lui firent ſon procès dans les formes, afin de mettre de leur côté les apparences de la juſtice, & de ne plus effaroucher le peuple par des exécutions précipitées, que l'on regardait comme des aſſaſſinats.

Enfin, comme *Blancménil* allait être condamné à être pendu, le duc de *Mayenne* revint à Paris. Ce prince avait toujours eu pour *Blancménil* une vénération qu'on ne pouvait refuſer à ſa vertu ; il alla lui-même le tirer de priſon ; le priſonnier ſe jeta à ſes pieds & lui dit : Monſeigneur, je vous ai obligation de la vie ; mais j'oſe vous demander un plus grand bienfait ; c'eſt de me permettre de me retirer auprès de *Henri IV* mon légitime roi : je vous reconnaîtrai toute ma vie pour mon bienfaiteur ; mais je ne puis vous ſervir comme mon maître. Le duc de *Mayenne*, touché de ce diſcours, le releva, l'embraſſa, & le renvoya à *Henri IV*. Le récit de cette aventure, avec l'interrogatoire de *Blancménil*, ſont encore dans les papiers de M. le préſident de *Novion* d'aujourd'hui.

Buſſy-le-Clerc avait été d'abord maître en fait d'armes & enſuite procureur; quand le haſard & le malheur des temps l'eût mis en quelque crédit, il prit le ſurnom de *Buſſy*, comme s'il eût été auſſi redoutable que le fameux *Buſſy d'Amboiſe*. Il ſe feſait auſſi nommer *Buſſy Grande-Puiſſance*.

(15) La baſtille.

(16) En 1591, un vendredi 15 novembre, *Barnabé Briſſon*, homme très-ſavant, & qui feſait les fonctions de premier préſident en l'abſence d'*Achille de Harlai*, *Claude Larcher*, conſeiller aux enquêtes, & *Jean Tardif*, conſeiller au châtelet, furent pendus à une poutre dans le petit châtelet.

par l'ordre des Seize. Il eſt à remarquer que *Hamilton*, curé de Saint-Côme, furieux ligueur, était venu prendre lui-même *Tardif* dans ſa maiſon, ayant avec lui des prêtres qui ſervaient d'archers. [Voyez ſur ces événemens l'ouvrage intitulé : *Hiſtoire du parlement ;* l'auteur y parle comme hiſtorien, ici il parle comme poëte.]

Fin des Notes du Chant quatrième.

VARIANTES

DU CHANT QUATRIEME.

(a) IL y avait dans la première édition :

> Soudain, pareil au feu dont l'éclat fend la nue,
> Hénri vole à Paris d'une courfe imprévue,
> La fureur dans les yeux & la mort dans les mains ;
> Il arrive, il combat, il change les deftins ;
> Il met d'Aumale en fuite, il fait tomber Joyeufe.
> Boufflers, où courez-vous, trop jeune audacieux ?
> Ne cherchez point la mort qui s'avance à vos yeux ;
> Refpectez de Henri la valeur invincible.
> Mais il tombe déjà fous cette main terrible ;
> Ses beaux yeux font noyés dans l'ombre du trépas,
> Et fon fang qui le couvre efface fes appas :
> Telle une tendre fleur qu'un matin voit éclore,
> Des baifers du Zéphyre & des pleurs de l'Aurore,
> Tombe aux premiers efforts de l'orage & des vents,
> Dont le fouffle ennemi vient ravager nos champs.
> C'eft en vain que Mayenne arrête fur ces rives
> De fes foldats tremblans les troupes fugitives ;
> C'eft en vain que fa voix les rappelle aux combats :
> La voix du grand Henri précipite leurs pas ;
> De fon front menaçant la Terreur les renverfe ;
> La Fureur les a joints, la Crainte les difperfe :
> Et Mayenne avec eux, dans leur fuite emporté,
> Suit bientôt dans Paris ce peuple épouvanté.

(b) *Nul ne veut fe défendre &c.*

Après ce vers, l'édition de 1723 met les quatre fuivans :

> Où font ces grands guerriers, ces fiers foutiens des lois,
> Ces ligueurs redoutés qui font trembler les rois ?

Paris n'a dans fon fein que de lâches complices,
Qu'a déjà fait pâlir la crainte des fupplices,
Tant le faible vulgaire &c.

(*c*) Au lieu de ces vers, il y avait dans l'édition de
1723 :

C'eft de là que le Dieu qui pour nous voulut naître,
S'explique aux nations par la voix du grand-prêtre :
Là fon premier difciple, avec la Vérité,
Conduifit la Candeur & la Simplicité ;
Mais Rome avait perdu fa trace apoftolique.
Alors au vatican régnait la Politique &c.

(*d*) Il y avait dans les éditions de Londres :

Sous des dehors plus doux la cour cacha fes crimes :
La décence y régna, le conclave eut fes lois ;
La vertu la plus pure y régna quelquefois :
Des Urfins dans nos jours a mérité des temples :
Mais d'un tel fouverain la terre a peu d'exemples,
Et l'Eglife a compté, depuis plus de mille ans,
Peu de pafteurs fans tache & beaucoup de tyrans.

Mais comme la piété de ce pape *des Urfins* fut accompagnée de peu de prudence, l'auteur a retranché avec
raifon cet éloge, dans un poëme qui ne refpire que la
vérité.

(*e*) Dans l'édition de 1740 & dans les précédentes
on lifait :

Toujours l'autorité lui prête un prompt fecours.
Le Menfonge fubtil règne en tous fes difcours ;
Et pour mieux déguifer fon artifice extrême,
Elle emprunte la voix de la Vérité même.

(*f*) Dans les premières éditions on lifait :

Ces monftres à l'inftant pénètrent un afile
Où la Religion folitaire, tranquille,

Sans

Sans pompe, fans éclat, belle de fa beauté,
Paffait dans la prière & dans l'humilité
Des jours qu'elle dérobe à la foule importune,
Qui court à fes autels encenfer la Fortune.

Les dernières éditions font bien fupérieures.

(*g*) Les premières éditions portent :

Soudain la Politique & la Difcorde impie
Surprennent en fecret leur augufte ennemie ;
Sur fon modefte front, fur fes charmes divins,
Ils portent fans frémir leurs facriléges mains,
Prennent fes vêtemens ; & fiers de cette injure,
De fes voiles facrés ornent leur tête impure :
C'en eft fait, & déjà leurs malignes fureurs
Dans Paris éperdu vont changer tous les cœurs.
D'un air infinuant l'adroite Politique
Pénètre au vafte fein de la forbonne antique :
Elle y voit à grands flots accourir ces docteurs,
De la Vérité fainte éclairés défenfeurs.

Et dans une édition de Londres, au lieu du dernier
vers,

De leurs faux argumens obftinés défenfeurs.

(*h*) Il y avait dans les premières éditions :

On brife les liens de cette obéiffance
Qu'aux enfans des Capets avait juré la France.
La Difcorde auffitôt, de fa cruelle main,
Trace en lettres de fang ce décret inhumain &c.

(*i*) Il y avait dans l'édition de Londres :

On voyait à leur tête un vil gladiateur,
Monté par fon audace à ce coupable honneur;
Il s'avance au milieu de l'augufte affemblée,
Par qui des citoyens la fortune eft réglée :
Magiftrats, leur dit-il, qui tenez au fénat,
Non la place du roi, mais celle de l'Etat,
Le peuple, affez long-temps opprimé par vous-mêmes,
Vous inftruit par ma voix de fes ordres fuprêmes.

La Henriade.   Q

Las du joug des Capets qui l'ont tyrannifé,
Il leur ôte un pouvoir dont ils ont abufé :
Je vous défends ici d'ofer les reconnaître ;
Songez que déformais le peuple eft votre maître :
Obéiffez.... Ces mots, prononcés fièrement,
Portent dans les efprits un jufte étonnement.
Le fénat indigné d'une telle infolence,
Ne pouvant la punir, garde un noble filence.

Fin des Variantes du Chant quatrième.

NOTES

DU CHANT CINQUIEME.

(1) *Jacques Clément*, de l'ordre des dominicains, natif de Sorbonne, village près de Sens, était âgé de vingt-quatre ans & demi, & venait de recevoir l'ordre de prêtrife lorſqu'il commit ce parricide.

La fiction qui règne dans ce cinquième Chant, & qui peut-être pourra paraître trop hardie à quelques lecteurs, n'eſt point nouvelle. La malice des ligueurs, & le fanatiſme des moines de ce temps, firent paſſer pour certain, dans l'eſprit du peuple, ce qui n'eſt ici qu'une invention du poëte.

(2) Pays des Ammonites, qui jetaient leurs enfans dans les flammes au fon des tambours & des trompettes, en l'honneur de la Divinité, qu'ils adoraient fous le nom de *Moloch*.

(3) *Teutatès* était un des dieux des Gaulois. Il n'eſt pas fûr que ce fût le même que *Mercure ;* mais il eſt conſtant qu'on lui facrifiait des hommes.

(4) Les enthouſiaſtes, qui étaient appelés *indépendans*, furent ceux qui eurent le plus de part à la mort de *Charles I*, roi d'Angleterre.

(5) L'on imprima & l'on débita publiquement une relation du martyre de frère *Jacques Clément*, dans laquelle on affurait qu'un ange lui avait apparu, & lui avait ordonné de tuer le tyran, en lui montrant une épée nue. Il eſt reſté depuis un foupçon dans le public, que quelques confrères de *Jacques Clément*, abuſant de la faibleſſe de ce miférable, lui avaient eux-mêmes parlé pendant la nuit, & avaient aiſément troublé fa tête, échauffée par le jeûne & par la fuperſtition. Quoi qu'il en foit, *Clément* fe prépara au parricide, comme un bon chrétien ferait au martyre, par les mortifications & par la prière. On ne put douter qu'il n'y eût de la bonne foi dans fon crime ; c'eſt pourquoi on a pris le parti de le repréſenter plutôt comme un eſprit faible, féduit par fa fimplicité, que comme un fcélérat déterminé par fon mauvais penchant.

Jacques Clément fortit de Paris le dernier juillet 1589, & fut mené à Saint-Cloud par *la Guèle*, procureur-général. Celui-ci, qui foupçonnait un mauvais coup de la part de ce moine, l'envoya épier pendant la nuit dans l'endroit où il était retiré. On le trouva dans un profond fommeil ; fon bréviaire était auprès de lui, ouvert & tout gras, au chapitre du meurtre

Q 2

d'*Holopherne* par *Judith*. On a eu foin, dans le poëme, de préfenter l'exemple de *Judith* à *Jacques Clément*, à l'imitation des prédicateurs de la ligue, qui fe fervaient de l'écriture fainte pour prêcher le parricide.

Nous citerons ici un paffage d'un livre fait par un jacobin, & imprimé à Troyes chez M. *Moreau*, peu de temps après la mort de *Henri III*.

,, De façon que D I E U exauçant la prière de ceftui ferviteur, nommé frère *Jacques Clément*, une nuit, comme il était en fon lit, lui envoie fon ange en vifion, lequel avec grande lumière fe préfente à ce religieux, & lui montre un glaive nu, lui dit ces mots : *Frère Jacques, je fuis meffager du Dieu tout-puiffant, qui te viens acertener que par toi le tyran de France doit être mis à mort. Penfe donc à toi, & te prépare, comme la couronne de martyre s'eft auffi préparée.*

Cela dit, la vifion fe difparut & le laiffa rêver à telles paroles véritables. Le matin venu, frère *Jacques* fe remet devant les yeux l'apparition précédente; & douteux de ce qu'il devait faire, s'adreffe à un fien ami, auffi religieux, homme fort fcientifique & bien verfé en la fainte écriture, auquel il déclare franchement fa vifion, lui demandant d'abondant fi c'était chofe défagréable à D I E U de tuer un roi qui n'a ni foi ni religion, & qui ne cherche que l'oppreffion de fes pauvres fujets, étant altéré du fang innocent, & regorgeant en vices autant qu'il eft poffible. A quoi l'honnête homme fit réponfe, que véritablement il nous était défendu de D I E U eftroitement d'être homicides : mais d'autant que le roi qu'il entendait était un homme diftrait & féparé de l'Eglife, qui bouffait de tyrannies exécrables, & qui fe déterminait d'être le fléau perpétuel & fans retour de la France; il eftimait que celui qui le mettrait à mort, comme fit jadis *Judith* un *Holopherne*, ferait chofe fainte & très-recommandable. ,,

(6) *Catherine de Médicis* avait mis la magie fi fort à la mode en France, qu'un prêtre nommé *Sechelles*, qui fut brûlé en Grève, fous *Henri III*, pour *forcellerie*, accufa douze cents perfonnes de ce prétendu crime. L'ignorance & la ftupidité étaient pouffées fi loin dans ces temps-là, qu'on n'entendait parler que d'exorcifmes & de condamnations au feu. On trouvait par-tout des hommes affez fots pour fe croire magiciens, & des juges fuperftitieux qui les puniffaient de bonne foi comme tels.

(7) Plufieurs prêtres ligueurs avaient fait faire de petites images de cire, qui repréfentaient *Henri III* & le roi de Navarre : ils les mettaient fur l'autel, les perçaient pendant la meffe quarante jours confécutifs, & le quarantième jour les perçaient au cœur.

(8) C'était pour l'ordinaire des Juifs que l'on fe fervait pour faire des opérations magiques. Cette ancienne fuperftition vient des fecrets de la cabale dont les Juifs fe difaient feuls dépofitaires. *Catherine de Médicis*, la maréchale d'*Ancre*, & beaucoup d'autres, employèrent des Juifs à ces prétendus fortilèges.

(9) *Ateius* , tribun du peuple , ne pouvant empêcher *Craſſus* de partir pour aller contre les Parthes , porta un braſier ardent à la porte de la ville par où *Craſſus* ſortait , y jeta certaines herbes , & maudit l'expédition de *Craſſus* en invoquant les divinités infernales.

(10) *Potier* , préſident du parlement , dont il eſt parlé ci-devant.
Villeroi , qui avait été ſecrétaire d'Etat ſous *Henri III*, & qui avait pris le parti de la ligue , pour avoir été inſulté en préſence du roi par le duc d'*Epernon*.

(11) *Achille de Harlai*, qui était alors gardé à la baſtille par *Buſſy-le-Clerc*. *Jacques Clement* préſenta au roi une lettre de la part de ce magiſtrat. On n'a point ſu ſi la lettre était contrefaite ou non ; c'eſt ce qui eſt étonnant dans un fait de cette importance ; & c'eſt ce qui me ferait croire que la lettre était véritable, & qu'on l'aurait ſurpriſe au P. P. de *Harlai* ; autrement on aurait fait ſonner bien haut cette fauſſeté contre la ligue.

(12) *Henri III* mourut de ſa bleſſure le 3 d'août à deux heures du matin, à Saint-Cloud ; mais non point dans la même maiſon où il avait pris avec ſon frère la réſolution de la Saint-Barthelemi , comme l'ont écrit pluſieurs hiſtoriens ; car cette maiſon n'était point encore bâtie du temps de la Saint-Barthelemi.

Fin des Notes du Chant cinquième.

V A R I A N T E S

D U C H A N T C I N Q U I E M E.

(*a*) APRÈS ce vers, on lit dans l'édition de 1723 les dix vers fuivans :

> Les enfers font émus de ces accens funèbres ;
> Un monftre en ce moment fort du fond des ténèbres,
> Monftre qui, de l'abyme & de fes noirs démons,
> Réunit dans fon fein la rage & les poifons ;
> Cet enfant de la nuit, fécond en artifices,
> Sait ternir les vertus, fait embellir les vices,
> Sait donner, par l'éclat de fes pinceaux trompeurs,
> Aux forfaits les plus grands les plus vives couleurs.
> C'eft lui qui, fous la cendre & couvert du cilice,
> Saintement aux mortels enfeigne l'injuftice.

(*b*) Il y avait dans la première édition de Londres :

> Dans Londre il infpira ce peuple de fectaires,
> Trembleurs, indépendans, puritains, unitaires.

(*c*) Il y avait dans le poëme de la ligue :

> Voilà comme à nos yeux, trop faibles que nous fommes,
> Souvent les fcélérats reffemblent aux grands-hommes.
> On ne diftingue point le vrai zèle & le faux ;
> Comme la vérité l'erreur a fes héros.
> Le fanatique impie & le chrétien fincère
> Sont marqués quelquefois du même caractère.

(*d*) L'édition de 1723 met ainfi ce vers & les fuivans :

> Là font les inftrumens de ces fombres myftères,
> Des métaux conftellés, d'inconnus caractères,
> Des vafes pleins de fang & de ferpens affreux :
> Le prêtre de ce temple eft un de ces Hébreux,

Qui, profcrits fur la terre & citoyens du monde,
Vont porter en tous lieux leur mifère profonde,
Et d'un antique amas de fuperftitions
Ont rempli de tout temps toutes les nations.
Aux magiques accens &c.

(*e*) Dans toutes les éditions, & même dans celle de
1751, le chant était terminé par les vers fuivans :

Infenfés qu'ils étaient ! ils ne découvraient pas
Les abymes profonds qu'ils creufaient fous leurs pas ;
Ils devaient bien plutôt, prévoyant leurs mifères,
Changer ce vain triomphe en des larmes amères.
Ce vainqueur, ce héros qu'ils ofaient défier,
Henri, du haut du trône allait les foudroyer.
Le fceptre dans fa main, rendu plus redoutable,
Annonce à ces mutins leur perte inévitable.
Devant lui tous les chefs ont fléchi les genoux ;
Pour leur roi légitime ils l'ont reconnu tous ;
Et certains déformais du deftin de la guerre,
Ils jurent de le fuivre aux deux bouts de la terre.

Fin des Variantes du Chant cinquième.

Q 4

NOTES

DU CHANT SIXIEME.

(1) LE fixième & le feptième chant font ceux où M. de *Voltaire* a fait le plus de changemens. (*) Celui qui était le fixième dans la première édition de 1723, eft le feptième dans l'édition de Londres in-4°, & dans les autres qui l'ont fuivie ; & le commencement de ce chant eft tiré du chant neuvième de l'édition de 1723. Comme on a plus d'égards dans un poëme épique à l'ordonnance du deffin qu'à la chronologie, on a placé immédiatement après la mort de *Henri III* les états de Paris, qui ne fe tinrent effectivement que quatre ans après.

Selon la vérité de l'hiftoire, *Henri le grand* affiégea Paris quelque temps après la bataille d'Ivry, en 1590 au mois d'avril. Le duc de Parme lui en fit lever le fiége au mois de feptembre. La ligue long-temps après, en 1593, affembla les états, pour élire un roi à la place du cardinal de *Bourbon*, qu'elle avait reconnu fous le nom de *Charles X*, & qui était mort depuis deux ans & demi : & la même année 1593, au mois de juillet, le roi fit fon abjuration dans Saint-Denis, & n'entra dans Paris qu'au mois de mars 1594.

De tous ces événemens, on a fupprimé l'arrivée du duc de Parme & le prétendu règne de *Charles* cardinal de Bourbon : il eft aifé de s'appercevoir que faire paraître le duc de Parme fur la fcène, eût été diminuer la gloire de *Henri IV* le héros du poëme, & agir précifément contre le but de l'ouvrage ; ce qui ferait une faute impardonnable.

A l'égard du cardinal de *Bourbon*, ce n'était pas la peine de bleffer l'unité, fi effentielle dans tout ouvrage épique, en faveur d'un roi en peinture tel que ce cardinal : il ferait auffi inutile dans le poëme, qu'il le fut dans le parti de la ligue. En un mot, on paffe fous filence le duc de Parme, parce qu'il était trop grand, & le cardinal de *Bourbon*, parce qu'il était trop petit. On a été obligé de placer les états de Paris avant le fiége, parce que fi on les eût mis dans leur ordre, on n'aurait pas eu les mêmes occafions de mettre dans leur jour les vertus du héros ; on n'aurait pas pu lui faire donner des vivres aux affiegés, ni le faire auffitôt récompenfer de fa générofité. D'ailleurs les

_____

(*) Quand on imprima la Henriade en 1723, fous le nom de *la Ligue*, cet ouvrage n'était pas encore achevé. Il fut imprimé même avec beaucoup de lacunes, fur une copie qui fut dérobée à l'auteur, & qui fut beaucoup altérée à l'impreffion.

états de Paris ne font point du nombre des événemens qu'on ne peut déranger de leur point chronologique ; la poëfie permet la tranfpofition de tous les faits qui ne font point écartés les uns des autres d'un grand nombre d'années, & qui n'ont entr'eux aucune liaifon néceffaire. Par exemple , je pouvais , fans qu'on n'eût rien à me reprocher, faire *Henri IV* amoureux de *Gabrielle d'Eftrées* du vivant de *Henri III*, parce que la vie & la mort de *Henri III* n'ont rien de commun avec l'amour de *Henri IV* pour *Gabrielle d'Eftrées*. Les états de la ligue font dans le même cas par rapport au fiége de Paris ; ce font deux événemens abfolument indépendans l'un de l'autre. Ces états n'eurent aucun effet, on n'y prit nulle réfolution, ils ne contribuèrent en rien aux affaires du parti ; le hafard aurait pu les affembler avant le fiége comme après , & ils font bien mieux placés avant le fiége dans le poëme ; de plus, il faut confidérer qu'un poëme épique n'eft pas une hiftoire : on ne faurait trop préfenter cette règle aux lecteurs qui n'en feraient pas inftruits.

> Loin ces rimeurs craintifs , dont l'efprit flegmatique
> Garde dans fes fureurs un ordre didactique ,
> Qui , chantant d'un héros les exploits éclatans ,
> Maigres hiftoriens , fuivront l'ordre des temps :
> Ils n'ofent un moment perdre un fujet de vue :
> Pour prendre Dole , il faut que Lille foit rendue ;
> Et que leur vers exact , ainfi que Mézerai ,
> Ait fait tomber déjà les remparts de Courtrai , &c.

(2) L'*inquifition*, que les ducs de *Guife* voulurent établir en France.

(3) *Potier de Blancménil* , préfident du parlement , dont il eft queftion dans les quatrième & cinquième chants.

(4) C'eft dans les guerres de Flandre , fous *Philippe II*, qu'un ingénieur italien fit ufage des bombes pour la première fois. Prefque tous nos arts font dûs aux Italiens.

(5) On fait combien d'illuftres prifonniers d'Etat les cardinaux de *Richelieu* & *Mazarin* firent enfermer à Vincennes. Lorfqu'on travaillait à la Henriade, le fecrétaire d'Etat *le Blanc* était prifonnier dans ce château, & il y fit enfuite enfermer fes ennemis.

Fin des Notes du Chant fixième.

V A R I A N T E S

D U C H A N T S I X I E M E.

(a). ON ne trouve pas ces vers dans les premières
éditions. Dans celle de 1 7 2 3 , au lieu de *Potier* l'auteur
avait mis d'*Aubray*, perfonnage bien moins connu. Voici
des vers qu'il adreffait à ceux des ligueurs qui voulaient
donner le trône à un étranger.

> Lorfque j'ai vu, dit-il, affemblés en ces lieux,
> Les foutiens de l'Eglife, & nos chefs les plus braves,
> J'ai cru voir des français, & non point des efclaves.
> Quoi ! fous un joug honteux, prompts à vous avilir,
> Ne difputez-vous donc que l'honneur de fervir ?
> Ah ! fi de fept cents ans les droits héréditaires
> N'ont pu placer Bourbon dans le rang de fes pères ;
> Si, tant de fois vaincus & toujours moins foumis,
> Nous comptons les Capets parmi nos ennemis ;
> Si le joug de Henri nous femble un joug trop rude,
> Pourquoi faut-il fi loin chercher la fervitude,
> Et rejeter nos rois, pour aller à genoux
> Attendre qu'un tyran daigne régner fur nous ?
> *Pour vous qui deftinez Mayenne au rang fuprême, &c.*

(b) On lifait dans l'édition de 1740 & dans les
précédentes :

> Le falpêtre enfoncé dans ces globes d'airain
> Part, s'échauffe, s'embrafe, & s'écarte foudain ;
> La mort en mille éclats en fort avec furie.

(c) Il y avait dans plusieurs éditions :

D'un œil ferme & stoïque, il ne voit dans la guerre
Qu'un châtiment affreux des crimes de la terre.

(d) Il y a dans l'édition de 1727 :

O fatal habitant de l'invisible monde !
Répond-il, quel dessein te transporte en ces lieux ?
Sors-tu du noir abyme, ou descends-tu des cieux ?
Faut-il que je t'encense, ou bien que je t'abhorre ?

Fin des Variantes du Chant sixième.

N O T E S

DU CHANT SEPTIEME.

(1) Que l'on admette ou non l'attraction de M. *Newton*, toujours demeure-t-il certain que les globes célestes, s'approchant & s'éloignant tour-à-tour, paraissent s'attirer & s'éviter.

(2) En Perse les Guèbres ont une religion à part, qu'ils prétendent être la religion fondée par *Zoroastre* ; & qui paraît moins folle que les autres superstitions humaines, puisqu'ils rendent un culte secret au soleil, comme à une image du Créateur.

(3) Les théologiens n'ont pas décidé comme un article de foi, que l'enfer fût au centre de la terre, ainsi qu'il l'était dans la théologie païenne. Quelques-uns l'ont placé dans le soleil ; on l'a mis ici dans un globe destiné uniquement à cet usage.

(4) Le parricide *Jacques Clément* fut loué à Rome dans la chaire, où l'on aurait dû prononcer l'oraison funèbre de *Henri III*. On mit son portrait à Paris sur les autels avec l'eucharistie. Le cardinal de *Retz* rapporte que le jour des barricades, sous la minorité de *Louis XIV*, il vit un bourgeois portant un hausse-col, sur lequel était gravé ce moine, avec ces mots : SAINT JACQUES CLÉMENT.

(5) On compte plus de 950 millions d'hommes sur la terre ; le nombre des catholiques va à 50 millions : si la vingtième partie est celle des élus, c'est beaucoup ; donc il y a actuellement sur terre 947 millions 500 mille hommes destinés aux peines éternelles de l'enfer. Et comme le genre-humain se répare environ tous les vingt ans, mettez, l'un portant l'autre, les temps les plus peuplés avec les moins peuplés, il se trouve qu'à ne compter que 6000 ans, depuis la création, il y a déjà 300 fois 947 millions de damnés. De plus, le peuple juif ayant été cent fois moins nombreux que le peuple catholique, cela augmente le nombre des damnés prodigieusement : ce calcul méritait bien les larmes de *Henri IV*.

(6) On peut entendre par cet endroit les fautes vénielles & le purgatoire. Les anciens eux-mêmes en admettaient un, & on le trouve expressément dans *Virgile*.

(7) *Louis XII* est le seul roi qui ait eu le surnom de père du peuple.

(8) Sur ces entrefaites mourut *George d'Amboife*, qui fut juftement aimé de la France & de fon maître, parce qu'il les aimait tous deux également. [*Mézerai, grande hiftoire.*]

(9) Parmi plufieurs grands-hommes de ce nom, on a eu ici en vue *Guy de la Trimouille*, furnommé *le vaillant*, qui portait l'oriflamme, & qui refufa l'épée de connétable fous *Charles VI.*

Cliffon (le connétable de ,) fous *Charles VI.*

Montmorency. Il faudrait un volume pour fpécifier les fervices rendus à l'Etat par cette maifon.

(10) *Gaflon de Foix*, duc de Nemours, neveu de *Louis XII*, fut tué de quatorze coups à la célébre bataille de Ravenne, qu'il avait gagnée. Dans quelques éditions on lifait *Dunois*.

(11) *Guefclin* (le connétable du *Guefclin.*) Il fauva la France fous *Charles V*, conquit la Caftille, mit *Henri de Tranftamare* fur le trône de *Pierre le cruel*, & fut connétable de France & de Caftille.

(12) *Bayard* (*Pierre du Terrail*, furnommé le chevalier fans peur & fans reproche.·) Il arma *François I* chevalier à la bataille de Marignan ; il fut tué en 1523, à la retraite de Rebec en Italie.

(13) *Jeanne d'Arc*, connue fous le nom de la Pucelle d'Orléans, fervante d'hôtellerie, née au village de Domremi-fur-Meufe, qui, fe trouvant une force de corps & une hardieffe au-deffus de fon fexe, fut employée par le comte de *Dunois* pour rétablir les affaires de *Charles VII*. Elle fut prife dans une fortie à Compiègne, en 1430, conduite à Rouen, jugée comme forcière par un tribunal eccléfiaftique, également ignorant & barbare, & brûlée par les Anglais, qui auraient dû honorer fon courage.

Voici ce qu'on a écrit de plus raifonnable fur la Pucelle d'Orléans ; c'eft *Monftrelet*, auteur contemporain, qui parle.

» Et l'an 1428 vint devers le roi *Charles* de France à Chinon où il fe
» tenait, une pucelle, jeune fille âgée de vingt ans, nommée *Jeanne*,
» laquelle était vêtue & habillée en guife d'homme, & était des parties entre
» Bourgogne & Lorraine d'une ville nommée Droimi, à préfent Domremi,
» affez près de Vaucouleur ; laquelle pucelle *Jeanne* fut grand efpace de temps
» chambrière en une hôtellerie, & était hardie de chevaucher chevaux, les
» mener boire, & faire telles autres apertifes & habiletés que jeunes filles
» n'ont point accoutumé de faire ; & fut mife à voye, & envoyée devers le
» roi, par un chevalier nommé meffire *Roger de Baudrencourt*, capitaine,
» de par le roi, de Vaucouleur, &c.

On fait comment on fe fervit de cette fille pour ranimer le courage des Français, qui avaient befoin d'un miracle ; il fuffit qu'on l'ait crue envoyée de DIEU, pour qu'un poëte foit en droit de la placer dans le ciel avec les héros. *Mézerai* dit tout bonnement que *faint Michel, le prince de la milice céleste*, apparut à cette fille, &c. Quoi qu'il en foit, fi les Français ont été trop crédules fur la Pucelle d'Orléans, les Anglais ont été trop cruels en la fefant brûler ; car ils n'avaient rien à lui reprocher, que fon courage & leurs défaites.

(14) Le cardinal *Mazarin* fut obligé de fortir du royaume en 1651, malgré la reine régente qu'il gouvernait ; mais le cardinal de *Richelieu* fe maintint toujours, malgré fes ennemis, & même malgré le roi qui était dégoûté de lui.

(15) Les opinions fur *Colbert* font fi oppofées entr'elles, fes admirateurs l'ont placé fi haut, fes détracteurs l'ont enfuite tant rabaiffé, qu'il n'exifte peut-être pas un feul livre où il foit mis à fa véritable place.

Pour juger un miniftre, il faut examiner fes lois & fes opérations, les rapprocher des circonftances, de l'hiftoire de fon temps, & furtout des lumières de fes contemporains. Si un homme d'Etat a montré de l'humanité & de la juftice ; fi, quoique gêné par les circonftances & par les événemens, il a eu le bonheur du peuple pour premier objet ; s'il a prouvé qu'il avait les mêmes lumières que les hommes éclairés de fon fiècle, on doit refpecter fa mémoire, & lui pardonner de n'avoir été ni fupérieur aux événemens, ni au-deffus de fes contemporains.

Colbert, fils d'un marchand, d'abord commis d'un négociant, puis clerc de notaire, devint intendant du cardinal *Mazarin*. *Fouquet* avait été furintendant dans les dernières années de la vie du cardinal ; fon adminiftration était également onéreufe & corrompue.

Des traitans inventaient de nouveaux offices, de nouveaux droits fur les confommations, réveillaient d'anciennes prétentions domaniales, inventaient des privilèges exclufifs, des lettres de maîtrife, fefaient revivre des arrérages d'impôts. *Fouquet* agréait ces projets, & en vendait le produit aux inventeurs moyennant une fomme payée comptant. Le gouvernement, alors très-faible, protégeait peu ces traitans ; mais comme ils ne donnaient qu'une petite partie de la valeur de ce qu'on leur accordait, ils gagnaient encore beaucoup. Des parts dans les profits, ou une fomme d'argent, décidaient de la préférence que le premier miniftre & le furintendant accordaient aux fefeurs de projets. Ces emplois fubalternes, & les détails de cette corruption, furent la première école de *Colbert*. Le cardinal le recommanda en mourant au roi, comme un homme qui lui ferait utile.

Le premier foin de *Colbert* fut de chercher à perdre *Fouquet*. Il lui était aifé de montrer à *Louis XIV* que ce miniftre n'était qu'un homme vain, uniquement occupé de foutenir fes profufions par des moyens ruineux, & ne fachant qu'emprunter. Mais ce n'était pas fa difgrace, c'était fa perte que fes ennemis voulaient, parce que *Fouquet*, difgracié, eût pu éclairer le roi fur la conduite paffée de *Colbert* & des autres miniftres.

Cependant *Fouquet* était procureur-général, & ne pouvait être jugé que par le parlement. Ce droit n'eſt, à la vérité, que le droit commun de tout citoyen ; mais il 'eſt bien moins facile de le violer contre un procureur-général. On perſuada à *Fouquet* de vendre ſa charge & d'en faire porter le prix au tréſor royal. La voix publique accuſa *Colbert* de cette perfidie. On peignit enſuite *Fouquet* à *Louis XIV* comme un homme dangereux, qui avait fait fortifier Belle-iſle, qui avait des tréſors, des troupes, & des partiſans. *Louis* le crut. L'indiſcrétion de *Fouquet*, qui avait voulu acheter mademoi-ſelle de *la Vallière* dans le temps même où elle réſiſtait au roi, lui rendait le ſurintendant odieux.

La perte de *Fouquet* fut donc réſolue ; & l'on employa, pour l'arrêter, une diſſimulation qu'on aurait à peine pardonnée à *Henri III*, s'il eût voulu faire arrêter le duc de *Guiſe* ; tant on avait trompé *Louis XIV* ſur la pré-tendue puiſſance du malheureux ſurintendant. Il fut jugé par des commiſ-ſaires ; *Séguier*, ſon ennemi déclaré, fut un de ſes juges, ainſi que *Puſſort*, allié de *Colbert*. Le *Tellier* le perſécutait avec violence. On diſait alors : *Le Tellier a plus d'envie que Fouquet ſoit pendu, mais Colbert a plus peur qu'il ne le ſoit pas.* La commiſſion ne prononça qu'un banniſſement perpétuel ; ceux des juges qui par leur fermeté empêchèrent les autres d'aller plus loin furent diſgraciés ; & on obtint du roi que *Fouquet*, qui aurait pu du fond de ſa retraite démaſquer ſes ennemis, ſerait mis dans une priſon perpétuelle. C'eſt ſous ces auſpices que *Colbert* parvint au miniſtère.

Ses premières opérations furent la remiſe des arrérages des tailles. Le tréſor ne ſacrifiait par cet arrangement que ce qu'il ne pouvait eſpérer de recouvrer. A la vérité, on joignit à cette remiſe une diminution de tailles ; mais elle fut bientôt remplacée, & au-delà, ſous une autre forme.

On retrancha le quatrième des rentes ; c'eſt-à-dire, qu'on fit banqueroute d'un quart de ce que le roi devait aux rentiers.

Depuis cette époque, on compta les années de l'adminiſtration de *Colbert* par des impôts & par des emprunts. Il eſt vrai que l'on prétend qu'il s'oppoſa aux emprunts ; que même le premier préſident ayant propoſé à *Louis XIV* un emprunt au lieu d'un impôt qu'il voulait établir, & le roi l'ayant accepté, *Colbert* dit au premier préſident : *Vous venez d'ouvrir une plaie que vos petits-fils ne verront pas refermer.* Si ce trait eſt vrai, *Colbert* avait bien vu ; mais il n'en eſt pas plus excuſable, à moins qu'on n'établiſſe comme un principe de morale, qu'il eſt permis à un miniſtre de faire le mal, lorſque ce mal lui eſt néceſſaire pour conſerver ſa place.

Quant aux impôts, la forme la plus onéreuſe au peuple fut conſtamment préférée. Le code des aides, celui des gabelles que *Colbert* publia, ſont un monument d'abſurdité & de tyrannie ; il eſt impoſſible de porter plus loin le mépris des hommes ; il eſt impoſſible que le miniſtre qui a écrit ce code eût conſervé quelques ſentimens d'humanité ou de juſtice : dans ſes réglemens ſur les manufactures, on érigea en loi ce qui n'était que l'avis des fabricans

habiles fur la manière de fabriquer, & on foumit à des peines corporelles &
infamantes les ouvriers qui ne fe conformeraient pas à ces opinions. Enfin
Colbert n'ayant plus d'expédiens, imagina de faire une opération fur les
petites monnaies, & de foumettre à des droits les denrées qui fervent à la
fubfiftance du petit peuple de Paris. Il mourut ; & fon enterrement fut
troublé par la populace que ces dernières opérations avaient révoltée, &
qui voulait déchirer fon corps.

Tel fut *Colbert* ; & nous n'avons rien dit qui ne foit prouvé, ou par
l'hiftoire, ou par la fuite même de fes lois : comment donc cet homme
eut-il une fi grande réputation ? comment M. de *Voltaire*, l'ami de
l'humanité, l'a-t-il appelé le *premier des humains* ? c'eft ce qui nous refte
à expliquer.

Colbert établit de la régularité dans la recette des impôts, & de l'ordre
dans les dépenfes. Cet ordre n'était pas de l'économie, les citoyens étaient
toujours vexés ; mais les vexations étaient moins arbitraires. Les grands,
les propriétaires riches étaient ménagés, le peuple fouffrait feul, & fes
cris, étouffés par une adminiftration vigilante & rigoureufe, n'étaient pas
entendus au milieu des fêtes de la cour.

La France, depuis les malheurs de *François I* jufqu'à la paix des Pyrénées,
avait été dans un état de trouble & de défaftre ; fes frontières menacées &
envahies, les guerres de religion, les guerres des grands contre *Richelieu* &
Mazarin, la puiffance des feigneurs dans les provinces ; toutes ces caufes
s'oppofaient également à l'induftrie du cultivateur & à celle de l'artifan.
Perfonne n'ofait & même ne pouvait faire d'avances, ni pour la culture, ni
pour des entreprifes de manufactures. Le commerce extérieur n'avait pu
s'établir ; le commerce intérieur était languiffant. On commença à refpirer
après la paix des Pyrénées ; les frontières étaient en fureté, la paix régnait
dans l'intérieur des provinces.

L'autorité du roi ne fouffrait plus de partage, & les vexations particulières
ceffèrent d'être à craindre. Plus la nation avait été épuifée, plus fes progrès
durent être rapides ; & il était naturel qu'on attribuât à *Colbert* ce qui était
l'ouvrage des circonftances.

Colbert parut avoir encouragé le commerce & les manufactures, parce qu'il
fit beaucoup de lois fur ces objets, & qu'on lifait dans le préambule qu'elles
avaient pour objet de favorifer le commerce & les manufactures.

La France n'avait jamais eu de marine ; elle en eut une fous *Colbert*,
non que ce miniftre eût des connaiffances dans la marine ; mais il dépenfa
beaucoup, & il eut le bonheur de trouver des officiers de mer habiles,
audacieux, & entreprenans.

Plufieurs français tentèrent des établiffemens dans les deux Indes ; &
tantôt en les encourageant, tantôt en profitant de leur ruine, *Colbert*
parvint à établir quelques colonies, qui, bien que faibles & mal adminiftrées,
paraiffaient aux yeux des Français, alors peu inftruits, avoir augmenté
leur puiffance & leurs richeffes.

Enfin

Enfin *Colbert*, en favorisant les beaux-arts, en protégeant les gens de lettres, se fit des partisans qui célébrèrent ses louanges. La persécution qu'il suscita contre *Saint-Evremond*, l'exclusion des grâces de la cour, par laquelle *la Fontaine* fut puni de son attachement pour *Fouquet*, la dureté de *Colbert* envers *Charles Perrault*, son injustice à l'égard de *Charles Patin*, annonçaient une âme étroite & dure, peu sensible aux arts, & seulement frappée de la vanité de les protéger : mais à peine ces petitesses furent-elles remarquées ; l'académie des sciences établie, de grands voyages utiles aux sciences, entrepris aux frais du roi, l'observatoire construit, subjuguèrent les esprits.

Colbert mourut, & ses successeurs le firent regretter. Ils n'eurent pas d'autres principes d'administration ; ils augmentèrent les impôts, & parurent moins occupés encore du bonheur du peuple. Les manufactures, le commerce, furent aussi mal administrés & moins encouragés. La marine tomba ; la première guerre qui suivit sa mort fut mêlée de revers, & la seconde fut malheureuse.

Enfin, plus *Louvois* était haï, plus *Colbert*, son rival, gagnait dans l'opinion ; sa conduite envers *Fouquet* fut presque oubliée ; on lui pardonna une fortune immense & le faste de sa maison de Sceaux, en les comparant à la fortune scandaleuse d'*Emeri*, aux prodigalités de *Fouquet*, & aux richesses des traitans de la guerre de la succession.

A la mort de *Louis XIV* la réputation de *Colbert* augmenta encore : les principes de l'administration des finances, du commerce, & des manufactures, étaient inconnus ; & lorsqu'on commença en France à s'occuper de ces objets, ce fut pour adopter sur ces matières l'opinion de *Colbert*.

On se plaignait de n'avoir plus de marine, & sous lui la marine avait été florissante.

On regrettait la magnificence de la cour de *Louis XIV*. On sentait les maux qu'avait causés la rigueur exercée contre les protestans, & l'on croyait que *Colbert* les avait protégés ; on était dégoûté de la guerre, & *Colbert* passait pour s'être opposé à la guerre.

Les dépenses excessives qu'il faisait pendant la paix, pour satisfaire le goût de *Louis XIV*, paraissaient des moyens de faire fleurir dans l'Etat les arts de luxe, d'animer les manufactures, de rendre les étrangers tributaires de notre industrie.

Ce n'était pas après les opérations de *Law*, & le haussement excessif des monnaies, qu'on pouvait reprocher à *Colbert* les retranchemens des rentes, & une faible augmentation dans la valeur du marc d'argent.

M. de *Voltaire* trouva donc la réputation de *Colbert* établie, & il suivit l'opinion de son siècle : on ne peut lui en faire un reproche. Ce qui dans un homme occupé d'études politiques serait une preuve d'ignorance, ou d'un penchant secret pour des principes oppresseurs, n'est qu'une erreur très-pardonnable dans un écrivain qui a cru pouvoir s'en rapporter à l'opinion des hommes les plus éclairés de l'époque où il écrivait ; & lorsque

La Henriade. R

c'eſt l'amour des arts, de la paix, & de la tolérance, qui a inſpiré cette erreur, il y aurait de l'injuſtice à ne point la pardonner. Depuis ce temps la ſcience de l'adminiſtration a fait des progrès, ou plutôt elle a été créée du moins en France, & *Colbert* a été traité avec d'autant plus de ſévérité que l'enthouſiaſme avait été plus vif.

On aurait tort ſans doute de lui reprocher d'avoir ignoré ce que perſonne ne ſavait de ſon temps. On doit louer ſon application au travail, ſon exactitude ; mais ni ſa conduite envers *Fouquet*, ni les moyens ruineux qu'il employa pour ſoutenir aux dépens du peuple le faſte de la cour, ni la dureté de ſes réglemens pour les manufactures, ni la barbarie du code des aides & des gabelles, ni ſes opérations ſur les monnaies, ni les retranchemens des rentes, ne peuvent être excuſés.

On peut le regarder comme un homme habile, mais non comme un homme de génie ; ce nom ne convient en politique qu'à ceux qui s'élèvent au-deſſus des opinions & des idées même des hommes éclairés de leur ſiècle. On peut moins encore le regarder comme un homme vertueux ; car ce nom n'eſt dû qu'au miniſtre qui n'a jamais ſacrifié ni la nation à la cour, ni la juſtice à ſes intérêts. (*Note des éditeurs.*)

(16) Le peuple, ce monſtre féroce & aveugle, déteſtait le grand *Colbert*, au point qu'il voulut déterrer ſon corps ; mais la voix des gens ſenſés, qui prévaut à la longue, a rendu ſa mémoire à jamais chère & reſpectable.

(17) *Louis XIV.*

(18) L'académie des ſciences, dont les mémoires ſont eſtimés dans toute l'Europe.

On liſait dans l'édition de 1723 :

> Ici de mille eſprits les efforts curieux
> Meſurent l'univers & liſent dans les cieux.
> Deſcartes, répandant ſa lumière féconde,
> Franchit d'un vol hardi les limites du monde.

Ces vers ſe retrouvent dans l'édition de Londres. Ce fut dans ce voyage en Angleterre que M. de *Voltaire* connut & adopta le ſyſtème de *Newton*, dans un temps où très-peu de mathématiciens l'avaient étudié, où les géomètres les plus illuſtres du continent l'attaquaient encore, où le ſage *Fontenelle* reprochait à ce ſyſtème de ramener les qualités occultes *que Deſcartes avait bannies de la phyſique.*

(19) *Louis de Bourbon*, appelé communément *le grand Condé*, & *Henri* vicomte de Turenne, ont été regardés comme les plus grands capitaines de leur temps ; tous deux ont remporté de grandes victoires & acquis de la gloire même dans leurs défaites. Le génie du prince de *Condé* ſemblait, à ce qu'on dit, plus propre pour un jour de bataille, & celui de M. de *Turenne* pour toute une campagne. Au moins eſt-il certain que M. de *Turenne* remporta des avantages fur le grand *Condé* à Gien, à Etampes, à Paris, à Arras, à la bataille des Dunes ; cependant on n'ofe point décider quel était le plus grand-homme.

(20) Le maréchal de *Catinat*, né en 1637. Il gagna les batailles de Staffarde & de la Marfaille, & obéit enfuite fans murmurer au maréchal de *Villeroi*, qui lui envoyait des ordres fans le confulter. Il quitta le commandement fans peine, ne fe plaignit jamais de perfonne, ne demanda rien au roi, mourut en philofophe dans une petite maifon de campagne à Saint-Gratien, n'ayant ni augmenté ni diminué fon bien, & n'ayant jamais démenti un moment fon caractère de modération.

(21) Le maréchal de *Vauban*, né en 1633, le plus grand ingénieur qui ait jamais été, a fait fortifier, felon fa nouvelle manière, trois cents places anciennes, & en a bâti trente-trois ; il a conduit cinquante-trois fiéges, & s'eft trouvé à cent quarante actions ; il a laiffé douze volumes manufcrits, pleins de projets pour le bien de l'Etat, dont aucun n'a encore été exécuté. Il était de l'académie des fciences, & lui a fait plus d'honneur que perfonne, en fefant fervir les mathématiques à l'avantage de fa patrie.

(22) *François-Henri de Montmorenci*, qui prit le nom de *Luxembourg*, maréchal de France, duc & pair, gagna la bataille de Caffel, fous les ordres de *Monfieur*, frère de *Louis XIV*, & remporta en chef les fameufes victoires de Mons, de Fleurus, de Steinkerque, de Nerwinde ; conquit des provinces au roi. Il fut mis à la baftille, & reçut mille dégoûts des miniftres.

Au lieu du fecond vers, on lifait dans quelques éditions :

Luxembourg de fon nom remplit toute la terre.

(23) On s'était propofé de ne parler dans ce poëme d'aucun homme vivant ; on ne s'eft écarté de cette règle qu'en faveur du maréchal duc de *Villars*.

Il a gagné la bataille de Fredelingue & celle du premier Hochftet. Il eft à remarquer qu'il occupa dans cette bataille le même terrain où fe pofta depuis le duc de *Marlborough*, lorfqu'il remporta contre d'autres généraux cette grande victoire du fecond Hochftet, fi fatale à la France. Depuis, le maréchal de *Villars* ayant repris le commandement des armées, donna la fameufe bataille de Blangis ou de Malplaquet, dans laquelle on tua vingt mille hommes aux ennemis, & qui ne fut perdue que quand le maréchal fut bleffé.

Enfin en 1712, lorfque les ennemis menaçaient de venir à Paris, & qu'on délibérait fi *Louis XIV* quitterait Verfailles, le maréchal de *Villars* battit le prince *Eugène* à Denain, s'empara du dépôt de l'armée ennemie à Marchiènes, fit lever le fiége de Landrecie, prit Douay, Quefnoy, Bouchain &c. à difcrétion, & fit enfuite la paix à Raftat au nom du roi, avec le même prince *Eugène*, plénipotentiaire de l'empereur.

R 2

On prétend que ce beau vers

     Difputant le tonnerre à l'aigle des Céfars,

fe trouve dans les œuvres de l'abbé *Cottin*.

(24) Feu M. le duc de *Bourgogne*.

(25) Ce poëme fut compofé dans l'enfance de *Louis XV*.

(26) Vrai portrait de *Philippe* duc d'Orléans, régent du royaume.

(27) Dans le temps que cela fut écrit, la branche de France & la branche d'Efpagne femblaient défunies.

Fin des Notes du Chant feptième.

VARIANTES

DU CHANT SEPTIEME.

(a) TOUT le commencement de ce chant eſt entièrement différent dans les premières éditions.

Les voiles de la nuit s'étendaient dans les airs ;
Un ſilence profond régnait dans l'univers.
Henri , prêt d'affronter de nouvelles alarmes ,
Endormi dans ſon camp , repoſait ſur ſes armes.
Un héros , deſcendu de la voûte des cieux ,
Miniſtre de DIEU même , apparut à ſes yeux :
C'était ce ſaint guerrier , qui , loin du bord celtique ,
Alla vaincre & mourir ſur les ſables d'Afrique ;
Le généreux Louis , le père des Bourbons ,
A qui DIEU prodigua ſes plus auguſtes dons.
Sur ſa tête éclatait un brillant diadème ;
Au front du nouveau prince il le poſa lui-même :
,, Recevez-le , dit-il , de la main de Louis.
Acceptez-moi pour père , & devenez mon fils.
La vertu , qui toujours vous guida ſur ma trace ,
Du temps qui nous ſépare a rapproché l'eſpace ;
Je reconnais mon ſang que DIEU vous a tranſmis ;
Tout l'eſpoir de ma race en vous ſeul eſt remis.
Mais ce ſceptre , mon fils , ne doit point vous ſuffire ;
Poſſédez ma ſageſſe ainſi que mon empire.
C'eſt peu qu'un vain éclat , qui paſſe & qui s'enfuit ,
Que le trouble accompagne & que la mort détruit ;
Tous ces honneurs mondains ne ſont qu'un bien ſtérile ,
Des humaines vertus récompenſe fragile.
D'un bien plus précieux oſez être jaloux :
Si DIEU ne vous éclaire il n'a rien fait pour vous.
Quand verrai-je , ô mon fils , votre vertu guerrière ,
Comme ſous ſon appui , marcher à ſa lumière ?

R 3

Mais qu'ils sont encor loin ces temps, ces heureux temps,
Où D I E U doit vous compter au rang de ses enfans !
Que vous éprouverez de faibleffes honteufes !
Et que vous marcherez dans des routes trompeufes !
Ofez fuivre mes pas par de nouveaux chemins ,
Et venez de la France apprendre les deftins. „
Henri crut, à ces mots, dans un char de lumière,
Des cieux en un moment pénétrer la carrière ;
Comme on voit dans la nuit la foudre & les éclairs
Courir d'un pôle à l'autre, & divifer les airs.
　　Parmi ces tourbillons, que d'une main féconde
Difpofa l'Eternel au premier jour du monde,
Eft un globe élevé dans le faîte des cieux,
Dont l'éclat fe dérobe à nos profanes yeux ;
C'eft là que le Très-Haut forme à fa reffemblance
Ces efprits immortels, enfans de fon effence,
Qui, foudain répandus dans les mondes divers,
Vont animer les corps, & peuplent l'univers.
Là font après la mort nos ames replongées,
De leur prifon groffière à jamais dégagées ;
Quand le Dieu qui les fit les rappelle en fon fein,
D'une courfe rapide elles volent foudain :
Comme on voit dans les bois les feuilles incertaines,
Avec un bruit confus tomber du haut des chênes,
Lorfque les aquilons, meffagers des hivers,
Ramènent la froidure & fifflent dans les airs ;
Ainfi la mort entraîne en ces lieux redoutables
Des mortels paffagers les troupes innombrables.

(b) Il y a dans l'édition de 1727, après ces vers :

Leurs tourmens & leurs vœux, leur foi, leur ignorance,
Comme fans châtiment reftent fans récompenfe ;
D I E U ne les punit point d'avoir fermé leurs yeux
Aux clartés que lui-même il plaça fi loin d'eux.
Il ne les juge point, tel qu'un injufte maître,
Sur les chrétiennes lois qu'ils n'ont point pu connaître,
Sur le zèle emporté de leurs faintes fureurs,
Mais fur la fimple loi qui parle à tous les cœurs.

La nature ici-bas, fa fille & notre mère,
Nous inftruit en fon nom, nous guide, nous éclaire ;
De l'inftinct des vertus elle aime à nous remplir,
Et dans nos premiers ans nous enfeigne à rougir ;
Mais pure en notre enfance, & par l'âge altérée,
Elle pleure fes fils dont elle eft ignorée :
Elle pleure ; & fes cris, que nous n'entendons pas,
S'élèvent contre nous dans la nuit du trépas.

Et dans l'édition de 1723, après ce vers,

Des mortels paffagers les troupes innombrables ;

on lifait :

Un juge incorruptible, avec d'égales lois,
Y ramaffe à fes pieds les peuples & les rois.
Tout frémit devant lui ; les morts dans le filence
Attendent en tremblant l'éternelle fentence ;
Lui qui dans un moment voit, entend, connaît tout,
D'un coup d'œil les punit, d'un coup d'œil les abfout :
De fes miniftres faints la troupe inexorable
Sépare inceffamment l'innocent du coupable ;
Donne aux uns des plaifirs, aux autres des tourmens,
Des vertus & du crime éternels monumens.
    Mais d'où partent, grand Dieu, ces cris épouvantables ?

(c) Au lieu de ce vers & des onze fuivans, voici ce qu'on lit dans l'édition de 1723 :

D'abord de tous côtés s'offrent fur leur paffage
Le défefpoir, la mort, la fureur, le carnage ;
Et ces vices affreux, fuivis par les douleurs,
Formés dans les enfers, ou plutôt dans nos cœurs ;
L'Orgueil au front d'airain, la lâche Perfidie,
Qui d'abord en rampant fe cache & s'humilie,
Puis tout-à-coup levant un homicide bras,
Fait fiffler fes ferpens, & porte le trépas ;
L'Avarice au teint pâle, & la Haine & l'Envie ;
Le Menfonge, & furtout fa fœur l'Hypocrifie,
Qui, les regards baiffés, l'encenfoir à la main,
Diftille en foupirant fa rage & fon venin.
Le faux zèle éclatant &c.

R 4

(*d*)   Etes-vous en ces lieux, faibles & tendres cœurs ?

Au lieu de ce vers & des sept qui le suivent, en voici huit autres que l'on lit dans l'édition de 1723 :

> Le sujet révolté, le lâche adulateur,
> Le juge corrompu, l'infame délateur ;
> Ceux même qui, nourris au sein de la mollesse,
> N'ont eu pour tous forfaits qu'un cœur plein de faiblesse ;
> Ceux qui, livrés sans crainte à des penchans flatteurs,
> N'ont connu, n'ont aimé que leurs douces erreurs ;
> Tous enfin, de la mort éternelles victimes,
> Souffrent des châtimens qui surpassent leurs crimes.
> *Le généreux Henri &c.*

Et dans celle de 1737, voici comme ces derniers vers sont tournés :

> Il est, il est aussi, dans ce lieu de douleurs,
> Des cœurs qui n'ont aimé que leurs douces erreurs ;
> Des foules de mortels noyés dans la mollesse,
> Qu'entraîna le plaisir, qu'endormit la paresse &c.

On voit par tous ces différens changemens avec quelle extrême attention & avec quelle sévérité l'auteur a revu son ouvrage ; c'est ainsi que doit en user quiconque travaille pour la postérité.

(*e*) Dans l'édition de 1723 on lit ces vers, que l'auteur a supprimés dans les autres éditions ; les voici donc :

> Antoine de Navarre, avec des yeux surpris,
> Voit Henri qui s'avance, & reconnaît son fils :
> Le héros attendri tombe aux pieds de son père ;
> Trois fois il tend les bras à cette ombre si chère,
> Trois fois son père échappe à ses embrassemens,
> Tel qu'un léger nuage écarté par les vents.
> Cependant il apprend à cette ombre charmée
> Sa grandeur, ses desseins, l'ordre de son armée,
> Et ses premiers travaux, & ses derniers exploits.
> Tous les héros en foule accouraient à sa voix.

Les Martels, les Pepins l'écoutaient en silence,
Et respectaient en lui la gloire de la France.
Enfin le saint guerrier, pourfuivant ses desseins,
,, Suivez mes pas, dit-il, au temple des destins :
Avançons ; il est temps de vous faire connaître
Les rois & les héros qui de vous doivent naître.
De ce temple déjà vous voyez les remparts,
Et ses portes d'airain &c.

(*f*) M. de *Voltaire* avait changé ainsi les deux vers sur M. de *Vauban* :

Ce héros dont la main raffermit nos remparts,
C'est Vauban, c'est l'ami des vertus & des arts.

Mais dans les dernières éditions, il les a rétablis tels qu'ils étaient dans la première ; ils rappellent ces vers d'Athalie :

Cependant Athalie, un poignard à la main,
Rit du faible rempart de nos portes d'airain.

(*g*) Au lieu de ce vers, & des dix-huit qui le suivent, voici ce que met l'édition de 1723 :

De l'empire français douce & frêle espérance :
,, O vous, qui gouvernez les jours de son enfance ;
Vous, Villeroi, Fleury, conservez sous nos yeux
Du plus pur de mon sang le dépôt précieux ;
Conduisez par la main son enfance docile :
Le sentier des vertus à cet âge est facile ;
Age heureux, où son cœur, exempt de passion,
N'a point du vice encor reçu l'impression ;
Où d'une cour trompeuse, ardente à nous séduire,
Le souffle empoisonné ne peut encor lui nuire !
Age heureux, où lui-même ignorant son pouvoir,
Vit tranquille & soumis aux règles du devoir !
Qu'au sortir de l'enfance il puisse se connaître ;
Qu'il songe qu'il est homme en voyant qu'il est maître ;
Qu'attentif aux besoins des peuples malheureux,
Il ne les charge point de fardeaux rigoureux ;

Qu'il aime à pardonner ; qu'il donne avec prudence
Aux services rendus leur juste récompense ;
Qu'il ne permette pas qu'un ministre insolent
Change son règne aimable en un joug accablant :
Que la simple vertu, de soutiens dépourvue,
Par ses sages bienfaits soit toujours prévenue ;
Que de l'amitié même il chérisse les lois,
Bien pur, présent du ciel, & peu connu des rois ;
Et que, digne en effet de la grandeur suprême,
Il imite, s'il peut, Henri quatre & moi-même.

(*h*) Il y a dans l'édition de 1727 :

Malheureux toutefois dans le cours de sa vie,
D'avoir reçu du ciel un trop vaste génie.

Et dans celle de 1723, imprimée l'année même de la mort du régent, il n'y avait que ces quatre vers :

Près de ce jeune roi, regardez ce héros,
Propre à tous les emplois, né pour tous les travaux ;
Il unit les talens d'un sujet & d'un maître ;
Il n'est pas roi, mon fils, mais il enseigne à l'être.

Fin des Variantes du Chant septième.

N O T E S

DU CHANT HUITIEME.

(1) IL fe fit déclarer, par la partie du parlement qui lui demeura attachée, lieutenant-général de l'Etat & royaume de France.

(2) *Les Lorrains.* Le chevalier d'*Aumale*, dont il eft fi fouvent parlé, & fon frère le duc, étaient de la maifon de *Lorraine.*

Charles-Emmanuel duc de *Nemours*, frère utérin du duc de *Mayenne.*

La Châtre était un des maréchaux de la ligue, que l'on appelait *des bâtards*, qui fe feraient un jour légitimer aux dépens de leur père. En effet *la Châtre* fit fa paix depuis, & *Henri* lui confirma la dignité de maréchal de France.

(3) *Joyeufe* eft le même dont il eft parlé au quatrième chant, note 1.

Saint-Paul, foldat de fortune, fait maréchal par le même duc de *Mayenne*, homme emporté & d'une violence extrême. Il fut tué par le duc de *Guife*, fils du *balafré*.

Briffac s'était jeté dans le parti de la ligue par indignation contre *Henri III*, qui avait dit qu'il n'était bon ni fur terre ni fur mer. Il négocia depuis fecrètement avec *Henri IV*, & lui ouvrit les portes de Paris, moyennant le bâton de maréchal de France.

(4) Le comte d'*Egmont*, fils de l'amiral d'*Egmont*, qui fut décapité à Bruxelles avec le prince de *Horn.*

Le fils étant refté dans le parti de *Philippe II*, roi d'Efpagne, fut envoyé au fecours du duc de *Mayenne*, à la tête de dix-huit cents lances. A fon entrée dans Paris, il reçut les complimens de la ville : celui qui le haranguait ayant mêlé dans fon difcours les louanges de l'amiral d'*Egmont* fon père : *Ne parlez pas de lui*, dit le comte, *il méritait la mort, c'était un rebelle.* Paroles d'autant plus condamnables que c'était à des rebelles qu'il parlait & dont il venait défendre la caufe.

(5) Ce fut dans une plaine , entre l'Iton & l'Eure , que fe donna la bataille d'Ivry , le 14 mars 1590.

(6) *Jean d'Aumont* , maréchal de France , qui fit des merveilles à la bataille d'Ivry , était fils de *Pierre d'Aumont* , gentilhomme de la chambre , & de *Françoife de Sully* , héritière de l'ancienne maifon de *Sully*. Il fervit fous les rois *Henri II* , *François II* , *Charles IX* , *Henri III* , & *Henri IV*.

(7) *Henri de Gontaud de Biron* , maréchal de France , grand-maître de l'artillerie , était un grand-homme de guerre ; il commandait à Ivry le corps de réferve , & contribua au gain de la bataille en fe préfentant à propos à l'ennemi. Il dit à *Henri le grand* après la victoire : *Sire , vous avez fait ce que devait faire Biron , & Biron ce que devait faire le roi*. Ce maréchal fut tué d'un coup de canon , en 1592 , au fiége d'Epernai.

(8) *Charles Gontaud de Biron* , maréchal , & duc & pair , fils du précédent ; confpira depuis contre *Henri IV* , & fut décapité dans la cour de la baftille en 1602. On voit encore à la muraille les crampons de fer qui fervirent à l'échafaud.

(9) Dans Britannicus , *Agrippine* , en parlant du foin qu'elle a eu de donner à *Néron* des inftituteurs vertueux , dit :

> J'appelai de l'exil , je tirai de l'armée
>
> Et ce même Sénèque , & ce même Burrhus ,
>
> Qui depuis.... Rome alors eftimait leurs vertus.

(10) *Rofny* , depuis duc de *Sully* , furintendant des finances , grand-maître de l'artillerie , fait maréchal de France après la mort de *Henri IV* , reçut fept bleffures à la bataille d'Ivry.

Il naquit à Rofni en 1559 , & mourut à Villebon en 1641. Ainfi il avait vu *Henri II* & *Louis XIV*. Il fut grand-voyer & grand-maître de l'artillerie , grand-maître des ports de France , furintendant des finances , duc & pair & maréchal de France. C'eft le feul homme à qui on ait jamais donné le bâton de maréchal comme une marque de difgrace. Il ne l'eut qu'en échange de la charge de grand-maître de l'artillerie , que la reine régente lui ôta en 1634. Il était très-brave homme de guerre , & encore meilleur miniftre , incapable de tromper le roi & d'être trompé par les financiers ; il fut inflexible pour les courtifans, dont l'avidité eft infatiable, & qui trouvaient en lui une rigueur conforme à l'humeur économe de *Henri IV*. Ils l'appelaient le *Négatif*, & l'on difait que le mot de *oui* n'était jamais dans fa bouche. Avec cette vertu févère il ne plut jamais qu'à fon maître, & le moment de la mort de *Henri IV* fut celui de fa difgrace. Le roi *Louis XIII* le fit revenir à la cour quelques années après pour lui demander fes avis. Il y vint, quoiqu'avec répugnance. Les jeunes courtifans qui gouvernaient *Louis XIII* voulurent, felon l'ufage, donner des ridicules à ce vieux miniftre, qui reparaiffait dans une jeune cour avec des habits & des airs de mode paffés depuis long-temps. Le duc de *Sully*, qui s'en aperçut, dit au roi : *Sire, quand le roi votre père, de glorieufe mémoire, me fefait l'honneur de me confulter, nous ne commençions à parler d'affaires qu'au préalable on n'eût fait paffer dans l'antichambre les baladins & les bouffons de la cour.*

Il compofa dans la folitude de *Sully* des mémoires, dans lefquels règne un air d'honnête homme, avec un ftyle naïf, mais trop diffus.

On y trouve quelques vers de fa façon, qui ne valent pas plus que fa profe. Voici ceux qu'il compofa en fe retirant de la cour, fous la régence de *Marie de Médicis*.

> Adieu maifons, châteaux, armes, canons du roi ;
> Adieu confeils, tréfors dépofés à ma foi ;
> Adieu munitions, adieu grands équipages ;
> Adieu tant de rachats, adieu tant de ménages ;
> Adieu faveurs, grandeurs, adieu le temps qui court ;
> Adieu les amitiés & les amis de cour &c.

Il ne voulut jamais changer de religion ; cependant il fut des premiers à confeiller à *Henri IV* d'aller à la meffe. Le cardinal du *Perron* l'exhortant un jour à quitter le calvinifme, il lui répondit : *Je me ferai catholique quand vous aurez fupprimé l'évangile ; car il eft fi contraire à l'Eglife romaine que je ne peux pas croire que l'un & l'autre aient été infpirés par le même efprit.*

Le pape lui écrivit un jour une lettre remplie de louanges fur la fageffe de fon miniftère ; le pape finiffait fa lettre comme un bon pafteur, par prier DIEU qu'il ramenât fa brebis égarée, & conjurait le duc de *Sully* de fe fervir de fes lumières pour entrer dans la bonne voie. Le duc lui répondit fur le même ton ; il l'affura qu'il priait DIEU tous les jours pour la converfion de fa fainteté. Cette lettre eft dans fes mémoires.

Ce font les écrivains qui font la réputation des miniftres. Pour les bien juger, il faudrait non-feulement connaître les principes de l'admi-niftration, mais encore avoir lu les lois, les réglemens que ces miniftres ont faits, & favoir quelle a été l'influence de ces lois, de ces réglemens, fur la nation entière, fur les différentes provinces. Prefque perfonne ne prend cette peine ; & on juge les miniftres fur la parole des hiftoriens ou des écrivains politiques.

Sully & *Colbert* en font un exemple frappant. Sous le règne de *Louis XIV*, les gens de lettres français étaient en général plongés dans une ignorance profonde fur tout ce qui regardait l'adminiftration d'un Etat ; & les hommes qui fe mêlaient d'affaires étaient hors d'état d'écrire deux phrafes qu'on pût lire. Le fyftème tourna vers ces objets les efprits des hommes de tous les ordres. On s'occupa beaucoup de commerce ; & comme *Colbert* avait fait un grand nombre de réglemens fur les manufactures ; comme il avait encouragé le commerce maritime, formé des compagnies, il devint dans tous les écrits le modèle des grands miniftres. Cependant les fciences politiques firent par-tout des progrès ; on cherchait à les appuyer fur des principes généraux & fixes, on en trouva quelques-uns. On obferva dans l'adminiftration de *Colbert* un grand nombre de défauts ; mais on avait befoin d'offrir un autre objet à l'admiration publique, & on choifit *Sully* : le choix était heureux. Miniftre, confident, ami, d'un roi dont la mémoire eft chérie & refpectée, il avait confervé la réputation d'un homme d'une vertu forte, d'une franchife auftère ; il avait été un févère économe du tréfor public : on oppofa donc *Sully* à *Colbert*. On alla plus loin ; on fuppofa que chacun de ces miniftres avait un fyftème d'adminiftration, que ces fyftèmes étaient oppofés ; que l'un voulait favorifer l'agriculture, tandis que l'autre la facrifiait à l'encouragement des manufactures. Mais il eft facile, en lifant les lois qu'ils ont faites, de voir que ni l'un ni l'autre n'eurent jamais un fyftème ; de leur temps il était même impoffible d'en avoir. *Sully* fut fupérieur à *Colbert*, parce qu'il s'oppofait avec courage aux dépenfes que *Henri* voulait faire par générofité ou par fai-bleffe ; au lieu que *Colbert* flatta le goût de *Louis XIV* pour les fêtes & la pompe de la cour ; que *Sully* mérita la confiance de *Henri IV* en facrifiant pour lui fes biens & fon fang ; & que *Colbert*, après avoir gagné la con-fiance de *Mazarin*, en l'aidant à augmenter fes tréfors, obtint celle de *Louis XIV*, en fe rendant le délateur de *Fouquet* & l'inftrument de fa perte ; que *Sully*, terrible aux courtifans, voulait ménager le peuple ; & que *Colbert* facrifia toujours le peuple à la cour.

Sully n'encouragea le commerce des blés que par des permiffions parti-culières d'exporter, plus fréquentes à la vérité que du temps de *Colbert* ; mais qu'il fefait auffi quelquefois acheter, conduite qu'un miniftre même très-corrompu, n'oferait avouer de nos jours.

Tous deux n'encouragèrent de même les manufactures que par des dons & des priviléges. Ils ne fongèrent ni l'un ni l'autre à rendre moins onéreufes les lois fifcales : fi elles furent moins dures fous *Sully*, il faut moins en faire honneur à fon caractère qu'aux circonftances, qui n'auraient point permis cet abus de l'autorité royale.

En un mot *Sully* fut un homme vertueux pour fon fiècle, parce qu'on n'eut à lui reprocher aucune action regardée dans fon fiècle comme vile ou criminelle ; mais on ne peut dire qu'il fut un grand miniftre, & encore moins le propofer pour modèle. Un général, qui de nos jours ferait la guerre comme du *Guefclin*, ferait vraifemblablement battu.

Sully eut des défauts & des faibleffes. Ami de *Henri IV*, il était trop jaloux de fa faveur ; fier avec les grands fes égaux, il eut avec fes inférieurs toutes les petiteffes de la vanité ; fa probité était incorruptible ; mais il aimait à s'enrichir, & ne négligea aucun des moyens regardés alors comme permis. Obligé de fe retirer après la mort de *Henri IV*, il eut la faibleffe de regretter fa place, & de fe conduire en quelques occafions comme s'il eût défiré d'avoir part au gouvernement incertain & orageux de *Louis XIII*. Il eft vrai que le mot célébre cité par M. de *Voltaire* eft une belle réparation de cette faibleffe, fi pourtant elle eft auffi réelle que l'ont prétendu fes ennemis.

Nangis, homme d'un grand mérite & d'une véritable vertu : il avait confeillé à *Henri III* de ne point faire affaffiner le duc de *Guife*, mais d'avoir le courage de le juger felon les lois.

Crillon était furnommé *le brave*. Il offrit à *Henri IV* de fe battre contre ce même duc de *Guife*. C'eft à ce *Crillon* que *Henri le grand* écrivit : *Pends-toi, brave Crillon, nous avons combattu à Arques, & tu n'y étais pas.....* *Adieu, brave Crillon, je vous aime à tort & à travers.*

(11) *Henri de la Tour d'Orliegues*, vicomte de *Turenne*, maréchal de France. *Henri le grand* le maria à *Charlotte de la Mark*, princeffe de Sedan, en 1591. La nuit de fes noces le maréchal alla prendre Stenay d'affaut.

(12) La fouveraineté de Sedan, acquife par *Henri de Turenne*, fut perdue par *Frédéric Maurice*, duc de Bouillon, fon fils ; qui ayant trempé dans la confpiration de *Cinq-Mars* contre *Louis XIII*, ou plutôt contre le cardinal de *Richelieu*, donna Sedan pour conferver fa vie : il eut, en échange de fa fouveraineté, de très-grandes terres plus confidérables en revenu, mais qui donnaient plus de richeffes & moins de puiffance.

(13) *Claude*, duc de *la Trimouille*, était à la bataille d'Ivry. Il avait un grand courage & une ambition démefurée, de grandes richeffes, & était le feigneur le plus confidérable parmi les calviniftes. Il mourut à trente-huit ans.

(14) Jamais homme ne mérita mieux le titre d'heureux : il commença par être simple soldat , & finit par être connétable sous *Louis XIII.*

Balsac de Clermont d'Entragues , oncle de la fameuse marquise de *Verneuil,* fut tué à la bataille d'Ivry ; *Feuquières* & de *Nesle ,* capitaines de cinquante hommes d'armes , y furent tués aussi.

(15) On a tâché de rendre en vers les propres paroles que dit *Henri IV* à la journée d'Ivry : *Ralliez-vous à mon panache blanc , vous le verrez toujours au chemin de l'honneur & de la gloire.*

(16) La baïonnette au bout du fusil ne fut en usage que long-temps après. Le nom de *baïonnette* vient de Baïonne , où l'on fit les premières baïonnettes.

(17) *Duplessis-Mornai* eut deux chevaux tués sous lui à cette bataille. Il avait effectivement dans l'action le sang-froid dont on le loue ici.

(18) Le duc de *Biron* fut blessé à Ivry ; mais ce fut au combat de Fontaine-Françaife que *Henri le grand* lui fauva la vie. On a transporté à la bataille d'Ivry cet événement , qui , n'étant point un fait principal , peut être aisément déplacé.

(19) Ce ne fut point à Ivry , ce fut au combat d'Aumale que *Henri IV* fut blessé : il eut la bonté depuis de mettre dans ses gardes le soldat qui l'avait blessé.

Le lecteur s'aperçoit bien sans doute que l'on n'a pu parler de tous les combats de *Henri le grand ,* dans un poëme où il faut observer l'unité d'action. Ce prince fut blessé à Aumale : il fauva la vie au maréchal de *Biron* à Fontaine-Françaife. Ce font-là des événemens qui méritent d'être mis en œuvre par le poëte ; mais il ne peut les placer dans les temps où ils font arrivés : il faut qu'il rassemble , autant qu'il peut , ces actions féparées ; qu'il les rapporte à la même époque ; en un mot , qu'il compose un tout de diverses parties ; sans cela , il est absolument impossible de faire un poëme épique fondé sur une histoire.

Henri IV ne fut donc point blessé à Ivry , mais il courut un grand risque de la vie ; il fut même enveloppé de trois cornettes Valonnes , & y aurait péri s'il n'eût été dégagé par le maréchal d'*Aumont* & par le duc de *la Trimouille.* Les fiens le crurent mort quelque temps , & jetèrent de grands cris de joie quand ils le virent revenir , l'épée à la main , tout couvert du fang des ennemis.

Je

Je remarquerai qu'après la blessure du roi à Aumale, *Duplessis-Mornai* lui écrivit : S I R E , *Vous avez assez fait l'Alexandre , il est temps que vous fassiez le César ; c'est à nous à mourir pour votre majesté , & ce vous est gloire , à vous , S I R E , de vivre pour nous , & j'ose vous dire que ce vous est devoir.*

Fin des Notes du Chant huitième.

VARIANTES

DU CHANT HUITIEME.

(*a*) Voici le commencement de ce chant dans l'édition de 1723 :

> Paris toujours injufte & toujours furieux ,
> De la mort de fon roi rendait grâces aux cieux.
> Le peuple , qui jamais n'a connu la prudence,
> S'enivrait follement de fa vaine efpérance ;
> Mais Philippe , au récit de la mort de Valois,
> Tremble dans fes États pour la première fois.
> Il voyait des Bourbons les forces réunies ;
> Du trône fous leurs pas les routes applanies ;
> Un chef infatigable & plein de fermeté,
> Inftruit par le travail & par l'adverfité ;
> Et qui pouvait bientôt, conduit par la vengeance,
> Reporter dans Madrid les malheurs de la France :
> Il crut qu'il était temps d'envoyer un fecours
> Demandé fi long-temps , & différé toujours.
> Des rives de l'Efcaut fur les bords de la Seine,
> Le malheureux Egmont vint fe joindre à Mayenne.

(*b*) Il manque ces quatre vers-ci qui font dans l'édition de 1723 :

> Henri , loin des remparts de la ville alarmée,
> Aux campagnes d'Ivry conduifit fon armée ;
> Attirant fur fes pas Mayenne & fes ligueurs,
> Que leur aveuglement pouffait à leurs malheurs.

L'auteur les a retranchés , afin que ces mots *loin des remparts* , ne nuififfent pas à l'unité de lieu (*c*) Après ce vers, on lit les suivans dans l'édition de 1723 :

> Là, souvent les bergers, conduisant leurs troupeaux,
> Du son de leur musette éveillaient les échos ;
> Là, les nymphes d'Anet, d'une course rapide,
> Suivaient le daim léger & le chevreuil timide ;
> Les tranquilles zéphyrs habitaient sur ces bords ;
> Cérès y répandait ses utiles trésors.
> C'est là que le destin guida les deux armées,
> D'une chaleur égale au combat animées ;
> Cérès en un moment vit leurs fiers bataillons
> Ravager ses bienfaits naissans dans les sillons.
> De l'Eure & de l'Iton les ondes s'alarmèrent ;
> Dans le fond des forêts les nymphes se cachèrent.
> Le berger plein d'effroi, chassé de ces beaux lieux,
> Du sein de son foyer fuit les larmes aux yeux.

(*d*) Voyez la variante (*g*).

(*e*) On voit dans l'édition de 1723 ce qui suit :

> Sancy, brave guerrier, ministre, magistrat,
> Estimé dans l'armée, à la cour, au sénat ;
> La Trimouille, Clermont, Tournemine & d'Angennes;
> Et ce fier ennemi de la pourpre romaine,
> Mornai, dont l'éloquence égale la valeur,
> Soutien trop vertueux du parti de l'erreur.
> Là paraissaient Givri, Noailles, & Feuquières,
> Le malheureux de Nesle, & l'heureux Lesdiguières.

Nicolas de Harlai de Sancy fut successivement conseiller au parlement, maître des requêtes, ambassadeur en Angleterre & en Allemagne, colonel-général des Suisses, premier maître-d'hôtel du roi, surintendant des finances, & réunit ainsi en sa personne, le ministère, la magistrature, & le commandement des armées. Il était fils de *Robert de Harlai*, conseiller au parlement, & de *Jacqueline Morvilliers*; il naquit en 1546, & mourut en 1629.

N'étant encore que maître des requêtes, il se trouva dans le conseil de *Henri III*, lorsqu'on délibérait sur les moyens de soutenir la guerre contre la ligue ; il proposa de lever une armée de Suisses. Le conseil, qui savait que le roi n'avait pas un sou, se moqua de lui : *Messieurs*, dit Sancy, *puisque de tous ceux qui ont reçu du roi tant de bienfaits il ne s'en trouve pas un qui veuille le secourir, je vous déclare que ce sera moi qui leverai cette armée.* On lui donna sur le champ la commission & point d'argent, & il partit pour la Suisse. Jamais négociation ne fut si singulière : d'abord il persuada aux Génevois & aux Suisses de faire la guerre au duc de Savoie, conjointement avec la France ; il leur promit de la cavalerie, qu'il ne leur donna point ; il leur fit lever dix mille hommes d'infanterie, & les engagea de plus à donner cent mille écus. Quand il se vit à la tête de cette armée, il prit quelques places au duc de Savoie ; ensuite il sut tellement gagner les Suisses, qu'il engagea l'armée à marcher au secours du roi. Ainsi on vit pour la première fois les Suisses donner des hommes & de l'argent.

Sancy, dans cette négociation, dépensa une partie de ses biens ; il mit en gage ses pierreries, & entre autres ce fameux diamant, nommé *le Sancy*, qui est à présent à la couronne.

Ce diamant, qui passait pour le plus beau de l'Europe, avait d'abord appartenu au malheureux roi de Portugal, dom *Antoine*, chassé de son pays par *Philippe II* : dom *Antoine* s'était réfugié en France, n'ayant pour tout bien qu'une selle garnie de pierreries, & un petit coffre dans lequel il y avait quelques diamans. Celui dont il est question, est un diamant assez large, qu'il mettait à son chapeau & qu'il aimait beaucoup. Ce fut celui dont il se défit le dernier ; il le mit en gage entre les mains de *Sancy*, qui lui prêta quarante mille francs sur cet effet. Le roi n'étant point en état de rendre cette somme, le diamant demeura à *Sancy*, qui fut honteux d'avoir, pour une somme si modique, une pièce d'un si grand prix. Il envoya dix mille écus au roi dom *Antoine*, & eût pu même en donner davantage.

Sancy, étant surintendant des finances sous *Henri IV*, fut disgracié, au rapport de M. de *Thou*, parce qu'il avait dit à la duchesse de *Beaufort* que ses enfans ne seraient jamais que des fils de p. Il y a plus d'apparence que le roi lui ôta les finances, parce qu'il s'accommodait beaucoup mieux de *Rosni*. *Sancy* même ne fut point disgracié, puisque le roi, en 1604, le nomma chevalier de l'ordre.

Il s'était fait catholique quelque temps après *Henri IV*, disant qu'il fallait être de la religion de son prince. C'est sur cela que d'*Aubigné*, qui ne l'aimait pas, composa l'ingénieuse & mordante satire intitulée : *La confession catholique de Sancy*, imprimée avec le journal de *Henri III*.

(*f*) Il y a dans l'édition de 1727 & les fuivantes :

Il veille autour de lui, tel qu'un puiffant génie :
Voyez-vous, lui dit-il, cet efcadron qui plie ?
Ici près de ce bois Mayenne eft arrêté :
D'Aumale vient à nous, marchons de ce côté.
Mornai revole au prince, il le fuit, il l'efcorte, &c.

(*g*) Cet épifode eft bien moins orné & moins touchant
dans les premières éditions. Le voici tel qu'il fe trouvait
dans le poëme de la ligue :

Du fuperbe d'Aumont la valeur indomptée
Repouffait de Nemours la troupe épouvantée ;
D'Ailly portait par-tout l'horreur & le trépas,
Les ligueurs ébranlés fuyaient devant fes pas ;
Soudain de mille dards affrontant la tempête,
Un jeune audacieux dans fa courfe l'arrête.
Ils fondent l'un fur l'autre à coups précipités,
La victoire & la mort volent à leurs côtés ;
Ils s'attaquent cent fois & cent fois fe repouffent ;
Leur courage s'augmente & leurs glaives s'émouffent :
Défendus par leur cafque & par leur bouclier,
Ils parent tous les traits du redoutable acier ;
Chacun d'eux étonné de tant de réfiftance,
Refpecte fon rival, admire fa vaillance.
Enfin le vieux d'Ailly, par un coup malheureux,
Fait tomber à fes pieds ce guerrier généreux ;
Ses yeux font pour jamais fermés à la lumière,
Son cafque auprès de lui roule fur la pouffière :
D'Ailly voit fon vifage ; ô défefpoir ! ô cris !
Il le voit, il l'embraffe ; hélas ! c'était fon fils :
Le père infortuné, les yeux baignés de larmes,
Tournait contre fon fein fes parricides armes :
On l'arrête, on s'oppofe à fa jufte fureur ;
Il s'arrache en tremblant de ce lieu plein d'horreur ;
Il détefte à jamais fa coupable victoire ;
Il renonce à la cour, aux humains, à la gloire ;

S 3

Et se fuyant lui-même au milieu des déserts,
Il va cacher sa peine au bout de l'univers :
Là, soit que le soleil rendît le jour au monde,
Soit qu'il finît sa course au vaste sein de l'onde,
Sa voix fesait redire aux échos attendris
Le nom, le triste nom de son malheureux fils.
  Ciel, quels cris effrayans se font par-tout entendre !

(*h*) Dans l'édition de 1727 on lit :

Que vois-je ? c'est ton roi qui vole à ton secours ;
Il sait l'affreux danger qui menace tes jours :
Il le sait, il y vole, il laisse la poursuite
De ceux qui devant lui précipitaient leur fuite ;
Il arrive, il paraît comme un dieu menaçant ;
D'Aumale à son aspect recule en frémissant :
Tout tremble devant lui, tout s'écarte, tout plie.

(*i*) Voici les vers qui se trouvent à la suite de celui-ci
dans l'édition de 1723 :

Egmont, courtisan lâche & soldat téméraire,
Esclave du tyran qui fit périr son père ;
Malheureux, il n'osait sur un bord étranger
Chercher dans les combats la gloire & le danger ;
Et de ses fers honteux chérissant l'infamie,
Il n'osait point venger son père & sa patrie.
Il parut, le héros le fit tomber soudain ;
Le fer étincelant &c.

(*k*) Il y avait dans la première édition :

Sur son corps tout sanglant, le roi sans résistance,
Tel qu'un foudre éclatant, vers Mayenne s'avance ;
Il l'attaque, il l'étonne, il le presse, & son bras
A chaque instant sur lui suspendait le trépas.
Ce bras vaillant, Mayenne, allait trancher ta vie ;
La ligue en pâlissait, la guerre était finie :
Mais d'Aumale & Saint-Paul accourent à l'instant ;
On l'entoure, on l'arrache à la mort qui l'attend.
Que vois-je ? au moment même une main inconnue
Frappe le grand Henri d'une atteinte imprévue ;

C'eft ainfi qu'autrefois dans ces temps fabuleux,
Que l'amour du menfonge a rendu trop fameux,
Aux pieds de ces remparts qu'Hector ne put défendre,
Dans ces combats fanglans, aux rives du Scamandre,
On vit plus d'une fois des mortels furieux,
Par un fer facrilége ofer bleffer les dieux.

Mais ce que l'auteur y a fubftitué eft incomparable-
ment mieux.

(*l*) Après ce vers, voici ceux qu'on trouve dans
l'édition de 1723 :

Vivez, s'écria-t-il, peuple né pour me nuire ;
Henri voulait vous vaincre & non pas vous détruire ;
C'eft la feule vertu qui doit vous défarmer :
Vivez, c'eft trop me craindre, apprenez à m'aimer.
Il dit, & dans l'inftant arrêtant le carnage,
Maître de fes foldats, il fléchit leur courage.
Ce n'eft plus ce lion &c.

(*m*) Au lieu de ces quatre vers, on lit dans l'édition
de 1740 :

C'eft un Dieu bienfefant, qui, laiffant fon tonnerre,
Fait fuccéder le calme aux horreurs de la guerre,
Confole les vaincus, applaudit aux vainqueurs,
Soulage, récompenfe, & gagne tous les cœurs.

Fin des Variantes du Chant huitième.

NOTES

DU CHANT NEUVIEME.

(1) CETTE description du temple de l'Amour, & la peinture de cette paffion perfonnifiée, font entièrement allegoriques. On a placé en Chypre le lieu de la fcène, comme on a mis à Rome la demeure de la Politique ; parce que les peuples de l'île de Chypre ont de tout temps paffé pour être très-abandonnés à l'amour, de même que la cour de Rome a eu la réputation d'être la cour la plus politique de l'Europe.

On ne doit point regarder ici l'Amour comme fils de *Vénus* & comme un dieu de la fable, mais comme une paffion repréfentée avec tous les plaifirs & tous les défordres qui l'accompagnent.

(2) *Vaucluse*, *Valifclaufa*, près de Gordes en Provence, célèbre par le féjour que fit *Pétrarque* dans les environs. L'on voit même encore près de fa fource une maifon, qu'on appelle la maifon de *Pétrarque*.

(3) *Anet* fut bâti par *Henri II*, pour *Diane de Poitiers*, dont les chiffres font mêlés dans tous les ornemens de ce château, lequel n'eft pas loin de la plaine d'Ivry.

(4) *Gabrielle d'Eftrées*, d'une ancienne maifon de Picardie, fille & petite-fille d'un grand-maître de l'artillerie, mariée au feigneur de *Liancourt*, & depuis ducheffe de *Beaufort* &c.

Henri IV en devint amoureux pendant les guerres civiles, il fe dérobait quelquefois pour l'aller voir. Un jour même il fe déguifa en payfan, paffa au travers des gardes ennemies & arriva chez elle, non fans courir rifque d'être pris.

On peut voir ces détails dans l'hiftoire des amours du grand *Alcandre*, écrite par une princeffe de *Conti*.

(5) *Cléopâtre* allant à Tarfe, où *Antoine* l'avait mandée, fit ce voyage fur un vaiffeau brillant d'or & orné des plus belles peintures ; les voiles étaient de pourpre, les cordages d'or & de foie. *Cléopâtre* était habillée

comme on représentait alors la déesse *Vénus* ; ses femmes représentaient les Nymphes & les Grâces ; la poupe & la proue étaient remplies des plus beaux enfans déguisés en Amours. Elle avançait dans cet équipage sur le fleuve Cydnus, au son de mille instrumens de musique. Tout le peuple de Tarse la prit pour la déesse. On quitta le tribunal d'*Antoine* pour courir au devant d'elle. Ce romain lui-même alla la recevoir, & en devint éperdument amoureux. [*Plutarque.*]

Fin des Notes du Chant neuvième.

VARIANTES

DU CHANT NEUVIEME.

(*a*) AU lieu des huit vers fuivans, on trouve dans l'édition de 1723 ceux que voici :

> Dans ces climats charmans habite l'indolence.
> Les peuples pareffeux, féduits par l'abondance,
> N'ont jamais exercé, par d'utiles travaux,
> Leurs corps appefantis qu'énerve le repos ;
> Dans un loifir profond, aux foins inacceffible,
> La Molleffe entretient un filence paifible :
> Seulement quelquefois on entend dans les airs
> Les fons efféminés des plus tendres concerts,
> *Les voix de mille amans &c.*

(*b*) Voici comme l'édition de 1723 a mis ces deux vers :

> Sans ceffe armé de traits plus prompts que le tonnerre,
> Porte en fa faible main les deftins de la terre.

(*c*) L'édition de 1723 met ainfi ce vers :

> La campagne où jadis on vit les murs de Troie.

(*d*) Dans l'édition de 1723 on lifait :

> Bientôt dans la Provence il voit cette fontaine
> Dont fon pouvoir aimable éternifa la veine ;
> Quand le tendre Pétrarque, au printemps de fes jours,
> Sur ces bords enchantés foupirait fes amours.

(*e*) Au lieu de ces vers, on lifait dans l'édition de 1723 :

> Jamais rien de plus beau ne parut fous les cieux,
> Et feule elle ignorait le pouvoir de fes yeux.
> *Elle entrait dans cet âge &c.*

(*f*) Dans l'édition de 1723 on lifait :

Au devant du monarque il conduifit fes pas.
Armé de tous fes traits, préfent à l'entrevue,
Il allume en leur ame une crainte inconnue,
Leur infpire ce trouble & ces émotions
Que forment en naiffant les grandes paffions.
Quelque temps de Henri la valeur immortelle.

(*g*) N'aime, ne voit, n'entend, ne connaît que d'Eftrées.

Après ce vers, on lit dans l'édition de 1723 :

C'eft alors que l'on vit, dans les bras du repos,
Les folâtres Plaifirs défarmer ce héros ;
L'un tenait fa cuiraffe encor de fang trempée,
L'autre avait détaché fa redoutable épée,
Et riait en voyant dans fes débiles mains
Ce fer, l'appui du trône & l'effroi des humains.
Tandis que de l'amour Henri goûtait les charmes,
Son abfence en fon camp répandait les alarmes ;
Et fes chefs étonnés, fes foldats abattus,
Ne marchant plus fous lui, femblaient déjà vaincus.
Mais le Génie heureux, qui préfide à la France,
Ne fouffrit pas long-temps fa dangereufe abfence ;
Il va trouver Sully d'un vol léger & prompt,
Et lui dit de fon roi la faibleffe & l'affront.
Non moins prudent ami &c.

(*h*) Ces deux vers font ainfi dans l'édition de 1723 :

Tout autre eût d'un cenfeur haï le front févère :
Cher ami, dit le roi, tu ne peux me déplaire.
Viens, le cœur de ton prince &c.

Fin des Variantes du Chant neuvième.

NOTES

DU CHANT DIXIEME.

(1) LE chevalier d'Aumale fut tué dans ce temps-là à Saint-Denis , & fa mort affaiblit beaucoup le parti de la ligue. Son duel avec le vicomte de *Turenne* n'eft qu'une fiction ; mais ces combats finguliers étaient encore à la mode. Il s'en fit un célèbre derrière les chartreux , entre le fieur de *Marivaux* , qui tenait pour les royaliftes , & le fieur *Claude de Marolles* , qui tenait pour les ligueurs. Ils fe battirent en préfence du peuple & de l'armée, le jour même de l'affaffinat de *Henri III* ; mais ce fut *Marolles* qui fut vainqueur.

(2) *Henri IV* bloqua Paris en 1590 , avec moins de vingt mille hommes.

(3) Ce fut l'ambaffadeur d'Efpagne auprès de la ligue qui donna le confeil de faire du pain avec des os de morts , confeil qui fut exécuté , & qui ne fervit qu'à avancer les jours de plufieurs milliers d'hommes. Sur quoi on remarque l'étrange faibleffe de l'imagination humaine. Ces affiégés n'auraient pas ofé manger la chair de leurs compatriotes qui venaient d'être tués , mais ils mangeaient volontiers les os.

(4) On fit la vifite , dit *Mézerai* , dans les logis des eccléfiaftiques & dans les couvens , qui fe trouvèrent tous pourvus , même celui des capucins , pour plus d'un an.

(5) Les Suiffes qui étaient dans Paris à la folde du duc de *Mayenne* , y commirent des excès affreux , au rapport de tous les hiftoriens du temps ; c'eft fur eux feuls que tombe ce mot de *barbares* , & non fur leur nation , pleine de bon fens & de droiture , & l'une des plus refpectables nations du monde , puifqu'elle ne fonge qu'à conferver fa liberté , & jamais à opprimer celle des autres.

(6) Cette hiftoire eft rapportée dans tous les mémoires du temps. De pareilles horreurs arrivèrent auffi au fiége de la ville de Sancerre.

(7) *Henri IV* fut fi bon qu'il permettait à fes officiers d'envoyer (comme le dit *Mézerai*) des rafraîchiffemens à leurs anciens amis & aux dames. Les foldats en fefaient autant à l'exemple des officiers. Le roi avait de plus la générofité de laiffer fortir de Paris prefque tous ceux qui fe préfentaient. Par-là il arriva effectivement que les affiégeans nourrirent les affiégés.

(8) Ce blocus & cette famine de Paris ont pour époque l'année 1590, & *Henri IV* n'entra dans Paris qu'au mois de mars 1594. Il s'était fait catholique en 1593 ; mais il a fallu rapprocher ces trois grands événemens, parce qu'on écrivait un poëme & non une hiftoire.

Fin des Notes du Chant dixième.

V A R I A N T E S

DU CHANT DIXIEME.

(*a*)　Ces momens dangereux, perdus dans la molleſſe.

Voici de quelle manière commence l'édition de 1723 :

> Le temps vole, & ſa perte eſt toujours dangereuſe ;
> En vain du grand Bourbon la main victorieuſe
> Fit dans les champs d'Ivry triompher ſa vertu ;
> Négliger ſes lauriers, c'eſt n'avoir point vaincu ;
> Ces jours, ces doux momens perdus dans la molleſſe,
> Rendaient aux ennemis l'audace & l'alégreſſe.
> Déjà dans leur aſile oubliant leurs malheurs,
> Vaincus, chargés d'opprobre, ils parlaient en vainqueurs.

C'était après ces vers que M. de *Voltaire* plaçait les états de Paris & le diſcours de d'*Aubray.* Voyez les notes du ſixième chant dans l'édition de 1727 ; la marche du poëme eſt la même que dans les dernières éditions, mais les détails du combat de *Turenne* ont été très-embellis depuis l'édition de 1727 :

(*b*)　Ils demandent l'aſſaut ; mais l'auguſte Louis.

Au lieu de ce vers & des treize qui le ſuivent, voici ce que met l'édition de 1723 :

> Mais d'un peuple barbare ennemi généreux,
> Henri retint ſes traits déjà tournés ſur eux ;
> Il voulait les ſauver de leur propre furie :
> Haï de ſes ſujets, il aimait ſa patrie ;
> Armé pour les punir, prompt à les épargner,
> *Eux ſeuls voulaient ſe perdre &c.*

Et depuis, jufque dans l'édition de 1740 :

> Ils demandent l'affaut : le roi dans ce moment
> Modéra leur courage & leur emportement ;
> *Il fentit qu'il aimait &c.*

(c) Mais le faux zèle, hélas ! qui ne faurait céder &c.

Au lieu de ces deux vers, voici ceux de l'édition de 1723 :

> Mais il ne prévit pas en cette occafion
> Ce que pouvaient les Seize & la religion.

(d) Après ce vers & les treize qui fuivent, il y avait dans l'édition de 1723 :

> Enfin les temps affreux allaient être accomplis,
> Qu'aux plaines d'Albion le ciel avait prédits ;
> Le faint roi, qui du haut de la voûte divine
> Veillait fur le héros dont il eft l'origine ;
> Touché de fa vertu, faifi de tant d'horreurs,
> Aux pieds de l'Eternel apporte fes douleurs.

(e) Au lieu de ces vers, on lifait dans l'édition de 1723 :

> Par des coups effrayans fouvent ce Dieu jaloux
> A fur les nations étendu fon courroux ;
> Mais toujours pour le jufte il eut des yeux propices.
> Il le foutient lui-même au bord des précipices,
> Epure fa vertu dans les adverfités,
> Combat pour fa défenfe, & marche à fes côtés.
> *Le père des Bourbons &c.*

(f) Il y avait dans l'édition de 1727 :

> Il abjure avec foi ces dogmes féducteurs,
> Ingénieux enfans de cent nouveaux docteurs.
> *Il reconnaît l'Eglife &c.*

Et dans celle de 1723 le poëme se terminait par ces vers :

> Henri, dont le grand cœur était formé pour elle,
> Voit, connaît, aime enfin sa lumière immortelle ;
> Ces rayons désirés enflamment ses esprits :
> Il avance avec elle aux remparts de Paris ;
> Il parle, & les remparts tombent en sa présence ;
> Les ligueurs éperdus implorent sa clémence ;
> Les prêtres sont muets ; les Seize épouvantés,
> En vain cherchent pour fuir des antres écartés ;
> Et le peuple à genoux, dans ce jour salutaire,
> Reconnaît son vrai roi, son vainqueur, & son père.

Fin des Variantes du dixième & dernier Chant.

ESSAI

ESSAI

SUR LES GUERRES CIVILES

DE FRANCE. (*a*)

HENRI LE GRAND naquit en 1553 à Pau, petite ville, capitale du Béarn. *Antoine de Bourbon*, duc de Vendôme, fon père, était du fang royal de France, & chef de la branche de *Bourbon*, (ce qui autrefois fignifiait *bourbeux*) ainfi appelée d'un fief de ce nom, qui tomba dans leur maifon par un mariage avec l'héritière de *Bourbon*.

La maifon de *Bourbon*, depuis *Louis IX* jufqu'à *Henri IV*, avait prefque toujours été négligée & réduite à un tel degré de pauvreté, qu'on a prétendu que le fameux prince de *Condé*, frère d'*Antoine de Navarre*, & oncle de *Henri le grand*, n'avait que fix cents livres de rente de fon patrimoine.

La mère de *Henri* était *Jeanne d'Albret*, fille de *Henri d'Albret* roi de Navarre, prince fans mérite, mais bon homme, plutôt indolent que paifible, qui foutint avec trop de réfignation la perte de fon royaume, enlevé à fon père par une bulle du pape, appuyée des armes de l'Efpagne. *Jeanne*, fille d'un prince fi faible, eut encore un plus faible époux, auquel elle apporta en mariage la principauté de Béarn, & le vain titre de roi de Navarre.

(*a*) L'auteur avait écrit ce morceau en anglais, lorfqu'on imprima la Henriade à Londres.

Suite de la Henriade.   T

Ce prince, qui vivait dans un temps de factions & de guerres civiles, où la fermeté d'esprit est si nécessaire, ne fit voir qu'incertitude & irrésolution dans sa conduite. Il ne fut jamais de quel parti ni de quelle religion il était. Sans talent pour la cour, & sans capacité pour l'emploi de général d'armée, il passa toute sa vie à favoriser ses ennemis & à ruiner ses serviteurs ; joué par *Catherine de Médicis*, amusé & accablé par les *Guises*, & toujours dupe de lui-même. Il reçut une blessure mortelle au siége de Rouen, où il combattit pour la cause de ses ennemis contre l'intérêt de sa propre maison. Il fit voir en mourant le même esprit inquiet & flottant qui l'avait agité pendant sa vie.

Jeanne d'Albret était d'un caractère tout opposé : pleine de courage & de résolution, redoutée de la cour de France, chérie des protestans, estimée des deux partis. Elle avait toutes les qualités qui font les grands politiques, ignorant cependant les petits artifices de l'intrigue & de la cabale. Une chose remarquable est qu'elle se fit protestante dans le même temps que son époux redevint catholique, & fut aussi constamment attachée à la nouvelle religion qu'*Antoine* était chancelant dans la sienne. Ce fut par-là qu'elle se vit à la tête d'un parti, tandis que son époux était le jouet de l'autre.

Jalouse de l'éducation de son fils, elle voulut seule en prendre le soin. *Henri* apporta en naissant toutes les excellentes qualités de sa mère, & il les porta dans la suite à un plus haut degré de perfection. Il n'avait hérité de son père qu'une certaine facilité d'humeur, qui dans *Antoine* dégénéra en incertitude

& en faibleffe, mais qui dans *Henri* fut bienveillance & bon naturel.

Il ne fut pas élevé, comme un prince, dans cet orgueil lâche & efféminé qui énerve le corps, affaiblit l'efprit, & endurcit le cœur. Sa nourriture était groffière, & fes habits fimples & unis. Il alla toujours nu-tête. On l'envoyait à l'école avec des jeunes gens de même âge ; il grimpait avec eux fur les rochers & fur le fommet des montagnes voifines, fuivant la coutume du pays & des temps.

Pendant qu'il était ainfi élevé au milieu de fes fujets, dans une forte d'égalité, fans laquelle il eft facile à un prince d'oublier qu'il eft né homme ; la fortune ouvrit en France une fcène fanglante, & au travers des débris d'un royaume prefque détruit, & fur les cendres de plufieurs princes enlevés par une mort prématurée, lui fraya le chemin d'un trône, qu'il ne put rétablir dans fon ancienne fplendeur qu'après en avoir fait la conquête.

Henri II roi de France, chef de la branche des *Valois*, fut tué à Paris dans un tournoi, qui fut en Europe le dernier de ces romanefques & périlleux divertiffemens.

Il laiffa quatre fils : *François II, Charles IX, Henri III,* & le duc d'*Alençon.* Tous ces indignes defcendans de *François I* montèrent fucceffivement fur le trône, excepté le duc d'*Alençon,* & moururent heureufement à la fleur de leur âge, & fans poftérité.

Le règne de *François II* fut court, mais remarquable. Ce fut alors que percèrent ces factions, & que commencèrent ces calamités, qui pendant trente ans fucceffivement ravagèrent le royaume de France.

T 2

Il épousa la célèbre & malheureuse *Marie Stuart*, reine d'Écosse, que sa beauté & sa faiblesse conduisirent à de grandes fautes, à de plus grands malheurs, & enfin à une mort déplorable. Elle était maîtresse absolue de son jeune époux, prince de dix-huit ans, sans vices & sans vertus, né avec un corps délicat & un esprit faible.

Incapable de gouverner par elle-même, elle se livra sans réserve au duc de *Guise*, frère de sa mère. Il influait sur l'esprit du roi par son moyen, & jetait par-là les fondemens de la grandeur de sa propre maison. Ce fut dans ce temps que *Catherine de Médicis*, veuve du feu roi, & mère du roi régnant, laissa échapper les premières étincelles de son ambition, qu'elle avait habilement étouffée pendant la vie de *Henri II*. Mais se voyant incapable de l'emporter sur l'esprit de son fils, & sur une jeune princesse qu'il aimait passionnément, elle crut qu'il lui était plus avantageux d'être pendant quelque temps leur instrument, & de se servir de leur pouvoir pour établir son autorité, que de s'y opposer inutilement. Ainsi les *Guises* gouvernaient le roi & les deux reines. Maîtres de la cour, ils devinrent les maîtres de tout le royaume : l'un en France est toujours une suite nécessaire de l'autre.

La maison de *Bourbon* gémissait sous l'oppression de la maison de *Lorraine* ; & *Antoine*, roi de Navarre, souffrit tranquillement plusieurs affronts d'une dangereuse conséquence. Le prince de *Condé* son frère, encore plus indignement traité, tâcha de secouer le joug, & s'associa pour ce grand dessein à l'amiral de *Coligni*, chef de la maison de *Châtillon*. La cour n'avait point d'ennemi plus redoutable. *Condé* était plus ambitieux, plus entreprenant, plus actif; *Coligni* était d'une humeur plus posée, plus mesuré dans sa conduite, plus capable d'être chef d'un parti ; à la vérité aussi malheureux à la guerre que *Condé*, mais réparant souvent par son habileté ce qui semblait irréparable; plus dangereux après une défaite que ses ennemis après une victoire; orné d'ailleurs d'autant de vertus que des temps si orageux & l'esprit de faction pouvaient le permettre.

Les protestans commençaient alors à devenir nombreux : ils s'aperçurent bientôt de leurs forces.

La superstition, les secrètes fourberies des moines de ce temps-là, le pouvoir immense de Rome, la passion des hommes pour la nouveauté, l'ambition de *Luther* & de *Calvin*, la politique de plusieurs princes, servirent à l'accroissement de cette secte, libre à la vérité de superstition, mais tendant aussi impétueusement à l'anarchie que la religion de Rome à la tyrannie.

Les protestans avaient essuyé en France les persécutions les plus violentes, dont l'effet ordinaire est de multiplier les prosélytes. Leur secte croissait au milieu des échafauds & des tortures. *Condé*, *Coligni*, les deux frères de *Coligni*, leurs partisans, & tous ceux qui étaient tyrannisés par les *Guises*, embrassèrent en même temps la religion protestante. Ils unirent avec tant de concert leurs plaintes, leur vengeance, & leurs intérêts, qu'il y eut en même temps une révolution dans la religion & dans l'Etat.

La première entreprise fut un complot pour arrêter les *Guises* à Amboise, & pour s'assurer de la personne du roi. Quoique ce complot eût été tramé avec

T 3

hardieſſe, & conduit avec ſecret, il fut découvert au moment où il allait être mis en exécution. Les *Guiſes* punirent les conſpirateurs de la manière la plus cruelle, pour intimider leurs ennemis, & les empêcher de former à l'avenir de pareils projets. Plus de ſept cents proteſtans furent exécutés ; *Condé* fut fait priſonnier, & accuſé de lèſe-majeſté. On lui fit ſon procès, & il fut condamné à mort.

Pendant le cours de ſon procès, *Antoine*, roi de Navarre, ſon frère, leva en Guienne, à la ſollici-tation de ſa femme & de *Coligni*, un grand nombre de gentilshommes, tant proteſtans que catholiques, attachés à ſa maiſon. Il traverſa la Gaſcogne avec ſon armée ; mais ſur un ſimple meſſage qu'il reçut de la cour en chemin, il les congédia tous en pleurant. *Il faut que j'obéiſſe*, dit-il ; *mais j'obtiendrai votre pardon du roi. Allez, & demandez pardon pour vous-même*, lui répondit un vieux capitaine : *notre ſureté eſt au bout de nos épées.* Là-deſſus la nobleſſe qui le ſuivait s'en retourna avec mépris & indignation.

Antoine continua ſa route & arriva à la cour. Il y ſollicita pour la vie de ſon frère, n'étant pas ſûr de la ſienne. Il allait tous les jours chez le duc & chez le cardinal de *Guiſe*, qui le recevaient aſſis & couverts pendant qu'il était debout & nu-tête.

Tout était prêt alors pour la mort du prince de *Condé*, lorſque le roi tomba tout d'un coup malade, & mourut. Les circonſtances & la promptitude de cet événement, le penchant des hommes à croire que la mort précipitée des princes n'eſt point naturelle, donnèrent cours au bruit commun que *François II* avait été empoiſonné.

Sa mort donna un nouveau tour aux affaires. Le prince de *Condé* fut mis en liberté : son parti commença à respirer ; la religion protestante s'étendit de plus en plus ; l'autorité des *Guises* baissa, sans cependant être abattue ; *Antoine de Navarre* recouvra une ombre d'autorité dont il se contenta ; *Marie Stuart* fut renvoyée en Ecosse ; & *Catherine de Médicis*, qui commença alors à jouer le premier rôle sur le théâtre, fut déclarée régente du royaume pendant la minorité de *Charles IX* son second fils.

Elle se trouva elle-même embarrassée dans un labyrinthe de difficultés insurmontables, & partagée entre deux religions & différentes factions, qui étaient aux prises l'une avec l'autre, & se disputaient le pouvoir souverain.

Cette princesse résolut de les détruire par leurs propres armes, s'il était possible. Elle nourrit la haine des *Condés* contre les *Guises ;* elle jeta la semence des guerres civiles ; indifférente & impartiale entre Rome & Genève, uniquement jalouse de sa propre autorité.

Les *Guises*, qui étaient zélés catholiques, parce que *Condé* & *Coligni* étaient protestans, furent long-temps à la tête des troupes. Il y eut plusieurs batailles livrées ; le royaume fut ravagé en même temps par trois ou quatre armées.

Le connétable *Anne de Montmorenci* fut tué à la journée de St Denis, dans la soixante & quatorzième année de son âge. *François* duc de *Guise* fut assassiné par *Poltrot* au siége d'Orléans. *Henri III*, alors duc d'Anjou, grand prince dans sa jeunesse, quoique roi de peu de mérite dans la maturité de l'âge, gagna la bataille de Jarnac contre *Condé*, & celle de Moncontour contre *Coligni*.

La conduite de *Condé*, & sa mort funeste à la bataille de Jarnac, sont trop remarquables pour n'être pas détaillées. Il avait été blessé au bras deux jours auparavant. Sur le point de donner bataille à son ennemi, il eut le malheur de recevoir un coup de pied d'un cheval fougueux, sur lequel était monté un de ses officiers. Le prince, sans marquer aucune douleur, dit à ceux qui étaient autour de lui : *Messieurs, apprenez par cet accident qu'un cheval fougueux est plus dangereux qu'utile dans un jour de bataille. Allons,* poursuivit-il, *le prince de Condé, avec une jambe cassée & le bras en écharpe, ne craint point de donner bataille, puisque vous le suivez.* Le succès ne répondit point à son courage : il perdit la bataille ; toute son armée fut mise en déroute. Son cheval ayant été tué sous lui, il se tint tout seul le mieux qu'il put appuyé contre un arbre, à demi évanoui, à cause de la douleur que lui causait son mal, mais toujours intrépide, & le visage tourné du côté de l'ennemi. *Montesquiou*, capitaine des gardes du duc d'*Anjou*, passa par là quand ce prince infortuné était en cet état, & demanda qui il était. Comme on lui dit que c'était le prince de *Condé*, il le tua de sang froid.

Après la mort de *Condé*, *Coligni* eut sur les bras tout le fardeau du parti. *Jeanne d'Albret*, alors veuve, confia son fils à ses soins. Le jeune *Henri*, alors âgé de quatorze ans, alla avec lui à l'armée, & partagea les fatigues de la guerre. Le travail & les adversités furent ses guides & ses maîtres.

Sa mère & l'amiral n'avaient point d'autre vue que de rendre en France leur religion indépendante de l'Eglife de Rome, & d'affurer leur propre autorité contre le pouvoir de *Catherine de Médicis.*

Catherine était déjà débarraffée de plufieurs de fes rivaux. *François* duc de *Guife*, qui était le plus dangereux & le plus nuifible de tous, quoiqu'il fût de même parti, avait été affaffiné devant Orléans. *Henri de Guife* fon fils, qui joua depuis un fi grand role dans le monde, était alors fort jeune.

Le prince de *Condé* était mort. *Charles IX* fon fils avait pris le pli qu'elle voulait, étant aveuglément foumis à fes volontés. Le duc d'*Anjou*, qui fut depuis *Henri III*, était abfolument dans fes intérêts ; elle ne craignait d'autres ennemis que *Jeanne d'Albret, Coligni*, & les proteftans. Elle crut qu'un feul coup pouvait les détruire tous, & rendre fon pouvoir immuable.

Elle preffentit le roi, & même le duc d'*Anjou*, fur fon deffein. Tout fut concerté, & les piéges étant préparés, une paix avantageufe fut propofée aux proteftans. *Coligni*, fatigué de la guerre civile, l'accepta avec chaleur. *Charles*, pour ne laiffer aucun fujet de foupçon, donna fa fœur en mariage au jeune *Henri de Navarre*. *Jeanne d'Albret*, trompée par des apparences fi féduifantes, vint à la cour avec fon fils, *Coligni*, & tous les chefs des proteftans. Le mariage fut célébré avec pompe : toutes les manières obligeantes, toutes les affurances d'amitié, tous les fermens fi facrés parmi les hommes, furent prodigués par *Catherine* & par le roi. Le refte de la cour n'était occupé que de fêtes, de jeux, & de mafcarades. Enfin une nuit, qui fut la veille de la Saint-Barthelemi,

au mois d'août 1572, le fignal fut donné à minuit.
Toutes les maifons des proteftans furent forcées &
ouvertes en même temps. L'amiral de *Coligni*, alarmé
du tumulte, fauta de fon lit. Une troupe d'affaffins
entra dans fa chambre; un certain *Befme*, lorrain,
qui avait été élevé domeftique dans la maifon de
Guife, était à leur tête; il plongea fon épée dans le
fein de l'amiral, & lui donna un coup de revers fur
le vifage.

Le jeune *Henri* duc de *Guife*, qui forma enfuite
la ligue catholique, & qui fut depuis affaffiné à Blois,
était à la porte de la maifon de *Coligni*, attendant la
fin de l'affaffinat, & cria tout haut : *Befme, cela eft-il
fait?* Immédiatement après, les affaffins jetèrent le
corps par la fenêtre. *Coligni* tomba & expira aux pieds
de *Guife*, qui lui marcha fur le corps; non qu'il fût
enivré de ce zèle catholique pour la perfécution, qui
dans ce temps avait infecté la moitié de la France;
mais il y fut pouffé par l'efprit de vengeance, qui,
bien qu'il ne foit point en général fi cruel que le faux
zèle pour la religion, mène fouvent à de plus grandes
baffeffes.

Cependant tous les amis de *Coligni* étaient attaqués
dans Paris : hommes, enfans, tout était maffacré fans
diftinction : toutes les rues étaient jonchées de corps
morts. Quelques prêtres, tenant un crucifix d'une
main, & une épée de l'autre, couraient à la tête des
meurtriers, & les encourageaient au nom de DIEU
à n'épargner ni parens ni amis.

Le maréchal de *Tavanès*, foldat ignorant & fuperftitieux, qui joignait la fureur de la religion à la rage
du parti, courait à cheval dans Paris, criant aux

foldats : *Du fang , du fang ; la faignée est auffi falutaire dans le mois d'août que dans le mois de mai.*

Le palais du roi fut un des principaux théâtres du carnage : car le prince de Navarre logeait au louvre , & tous fes domestiques étaient proteftans. Quelques-uns d'entr'eux furent tués dans leurs lits avec leurs femmes ; d'autres s'enfuyaient tout nus , & étaient pourfuivis par les foldats fur les efcaliers de tous les appartemens du palais , & même jufqu'à l'antichambre du roi. La jeune femme de *Henri de Navarre ,* éveillée par cet affreux tumulte , craignant pour fon époux & pour elle-même , faifie d'horreur & à demi-morte , fauta brufquement de fon lit pour aller fe jeter aux pieds du roi fon frère. A peine eut-elle ouvert la porte de fa chambre , que quelques-uns de fes domestiques proteftans coururent s'y réfugier. Les foldats entrèrent après eux , & les pourfuivirent en préfence de la princeffe. Un d'eux , qui s'était caché fous fon lit y fut tué ; deux autres furent percés de coups de hallebarde à fes pieds ; elle fut elle-même couverte de fang.

Il y avait un jeune gentilhomme qui était fort avant dans la faveur du roi , à caufe de fon air noble , de fa politeffe , & d'un certain tour heureux qui régnait dans fa converfation. C'était le comte de *la Rochefoucauld* , bifaïeul du marquis de *Montendre* , qui eft venu en Angleterre pendant une perfécution moins cruelle , mais auffi injufte. *La Rochefoucauld* avait paffé la foirée avec le roi dans une douce familiarité , où il avait donné l'effor à fon imagination. Le roi fentit quelques remords , & fut touché d'une forte de compaffion pour lui. Il lui dit deux ou trois fois de ne point retourner chez lui, & de coucher dans fa chambre ; mais *la Rochefoucauld* répondit qu'il voulait aller trouver fa femme. Le roi ne l'en preffa pas davantage, & dit : *Qu'on le laiffe aller ; je vois bien que* DIEU *a réfolu fa mort.* Ce jeune homme fut maffacré deux heures après.

Il y en eut fort peu qui échappèrent de ce maffacre général. Parmi ceux-ci, la délivrance du jeune *la Force* eft un exemple illuftre de ce que les hommes appellent *deftinée.* C'était un enfant de dix ans. Son père, fon frère aîné, & lui, furent arrêtés en même temps par les foldats du duc d'*Anjou.* Ces meurtriers tombèrent fur tous les trois tumultuairement, & les frappèrent au hafard. Le père & les enfans, couverts de fang, tombèrent à la renverfe les uns fur les autres. Le plus jeune, qui n'avait reçu aucun coup, contrefit le mort, & le jour fuivant il fut délivré de tout danger. Une vie fi miraculeufement confervée dura quatre-vingt-cinq ans. Ce fut le célèbre maréchal de *la Force,* oncle de la ducheffe de *la Force* qui eft préfentement en Angleterre.

Cependant plufieurs de ces infortunées victimes fuyaient du côté de la rivière. Quelques-uns la traverfaient à la nage, pour gagner le faubourg Saint-Germain. Le roi les aperçut de fa fenêtre, qui avait vue fur la rivière : ce qui eft prefque incroyable, quoique cela ne foit que trop vrai, il tira fur eux avec une carabine. *Catherine de Médicis,* fans trouble, & avec un air ferein & tranquille, au milieu de cette boucherie, regardait du haut d'un balcon qui avait vue fur la ville, enhardiffait les affaffins, & riait d'entendre les foupirs des mourans & les cris de ceux qui étaient maffacrés. Ses filles d'honneur vinrent dans la rue avec une curiofité effrontée, digne des abominations de ce fiècle ; elles contemplèrent le corps nu d'un gentilhomme nommé *Soubife*, qui avait été foupçonné d'impuiffance, & qui venait d'être affaffiné fous les fenêtres de la reine.

La cour, qui fumait encore du fang de la nation, effaya quelques jours après de couvrir un forfait fi énorme par les formalités des lois. Pour juftifier ce maffacre, ils imputèrent calomnieufement à l'amiral une confpiration qui ne fut crue de perfonne. On ordonna au parlement de procéder contre la mémoire de *Coligni*. Son corps fut pendu par les pieds avec une chaîne de fer au gibet de Montfaucon. Le roi lui-même eut la cruauté d'aller jouir de ce fpectacle horrible. Un de fes courtifans l'avertiffant de fe retirer, parce que le corps fentait mauvais ; le roi répondit : *Le corps d'un ennemi mort fent toujours bon.*

Il eft impoffible de favoir s'il eft vrai que l'on envoya la tête de l'amiral à Rome. Ce qu'il y a de bien certain, c'eft qu'il y a à Rome dans le vatican un tableau où eft repréfenté le maffacre de la Saint-Barthelemi, avec ces paroles : *Le pape approuve la mort de Coligni.*

Le jeune *Henri de Navarre* fut épargné plutôt par politique que par compaffion de la part de *Catherine*, qui le retint prifonnier jufqu'à la mort du roi, pour être caution de la foumiffion des proteftans qui voudraient fe révolter.

Jeanne d'Albret était morte fubitement trois ou quatre jours auparavant. Quoique peut-être fa mort eût été naturelle, ce n'eſt pas toutefois une opinion ridicule de croire qu'elle avait été empoiſonnée.

L'exécution ne fut pas bornée à la ville de Paris. Les mêmes ordres de la cour furent envoyés à tous les gouverneurs des provinces de France. Il n'y eut que deux ou trois gouverneurs qui refuſèrent d'obéir aux ordres du roi. Un, entr'autres, appelé *Montmorin*, gouverneur d'Auvergne, écrivit à ſa majeſté la lettre ſuivante, qui mérite d'être tranſmiſe à la poſtérité.

SIRE,

,, J'ai reçu un ordre, ſous le ſceau de votre
,, majeſté, de faire mourir tous les proteſtans qui
,, ſont dans ma province. Je reſpecte trop votre
,, majeſté pour ne pas croire que ces lettres ſont
,, ſuppoſées; & ſi, ce qu'à DIEU ne plaiſe, l'ordre
,, eſt véritablement émané d'elle, je la reſpecte auſſi
,, trop pour lui obéir. ,,

Ces maſſacres portèrent au cœur des proteſtans la rage & l'épouvante. Leur haine irréconciliable ſembla prendre de nouvelles forces; l'eſprit de vengeance les rendit plus forts & plus redoutables.

Peu de temps après, le roi fut attaqué d'une étrange maladie qui l'emporta au bout de deux ans. Son ſang coulait toujours, & perçait au travers des pores de ſa peau; maladie incompréhenſible, contre laquelle échoua l'art & l'habileté des médecins, & qui fut regardée comme un effet de la vengeance divine.

Durant la maladie de *Charles*, ſon frère le duc d'*Anjou* avait été élu roi de Pologne. Il devait ſon élévation à la réputation qu'il avait acquife étant général, & qu'il perdit en montant fur le trône.

Dès qu'il apprit la mort de fon frère, il s'enfuit de Pologne, & fe hâta de venir en France, fe mettre en poffeffion du périlleux héritage d'un royaume déchiré par des factions fatales à fes fouverains, & inondé du fang de fes habitans. Il ne trouva en arrivant que partis & troubles qui augmentèrent à l'infini.

Henri, alors roi de Navarre, fe mit à la tête des proteftans, & donna une nouvelle vie à ce parti. D'un autre côté, le jeune duc de *Guife* commençait à frapper les yeux de tout le monde par fes grandes & dangereufes qualités. Il avait un génie encore plus entreprenant que fon père ; il femblait d'ailleurs avoir une heureufe occafion d'atteindre à ce faîte de grandeur, dont fon père lui avait frayé le chemin.

Le duc d'*Anjou*, alors *Henri III*, était regardé comme incapable d'avoir des enfans, à caufe de fes infirmités qui étaient les fuites des débauches de fa jeuneffe. Le duc d'*Alençon*, qui avait pris le nom de duc d'*Anjou*, était mort en 1584, & *Henri de Navarre* était légitime héritier de la couronne. *Guife* effaya de fe l'affurer à lui-même, du moins après la mort de *Henri III*, & de l'enlever à la maifon des *Capets*, comme les *Capets* l'avaient ufurpée fur la maifon de *Charlemagne*, & comme le père de *Charlemagne* l'avait ravie à fon légitime fouverain.

Jamais fi hardi projet ne parut fi bien & fi heureufement concerté. *Henri de Navarre*, & toute la maifon de *Bourbon* était proteftante. *Guife* commença à fe concilier la bienveillance de la nation, en affectant un grand zèle pour la religion catholique. Sa libéralité lui gagna le peuple ; il avait tout le clergé à fa dévotion, des amis dans le parlement, des efpions à la cour, des ferviteurs dans tout le royaume. Sa première démarche politique fut une affociation fous le nom de *fainte Ligue*, contre les proteftans, pour la fureté de la religion catholique.

La moitié du royaume entra avec empreffement dans cette nouvelle confédération. Le pape *Sixte V* donna fa bénédiction à la Ligue, & la protégea comme une nouvelle milice romaine. *Philippe II*, roi d'Efpagne, felon la politique des fouverains qui concourent toujours à la ruine de leurs voifins, encouragea la Ligue de toutes fes forces, dans la vue de mettre la France en pièces, & de s'enrichir de fes dépouilles.

Ainfi *Henri III*, toujours ennemi des proteftans, fut trahi lui-même par des catholiques ; affiégé d'ennemis fecrets & déclarés ; & inférieur en autorité à un fujet qui, foumis en apparence, était réellement plus roi que lui.

La feule reffource pour fe tirer de cet embarras était peut-être de fe joindre avec *Henri de Navarre*, dont la fidélité, le courage, & l'efprit infatigable, étaient l'unique barrière qu'on pouvait oppofer à l'ambition de *Guife*, & qui pouvait retenir dans le parti du roi tous les proteftans : ce qui eût mis un grand poids de plus dans fa balance.

Le roi, dominé par *Guife* dont il fe défiait, mais qu'il n'ofait offenfer, intimidé par le pape, trahi par

fon

fon confeil & par fa mauvaife politique, prit un parti tout oppofé. Il fe mit lui-même à la tête de la fainte Ligue. Dans l'efpérance de s'en rendre le maître, il s'unit avec *Guife* fon fujet rebelle, contre fon fucceffeur & fon beau-frère, que la nature & la bonne politique lui défignaient pour fon allié.

Henri de Navarre commandait alors en Gafcogne une petite armée, tandis qu'un grand corps de troupes accourait à fon fecours de la part des princes proteftans d'Allemagne; il était déjà fur les frontières de Lorraine.

Le roi s'imagina qu'il pourrait tout à la fois réduire le Navarrois, & fe débarraffer de *Guife*. Dans ce deffein, il envoya le Lorrain avec une très-petite & très-faible armée contre les Allemands, par lefquels il faillit à être mis en déroute.

Il fit marcher en même temps *Joyeufe*, fon favori, contre le Navarrois, avec la fleur de la nobleffe fran-çaife, & avec la plus puiffante armée qu'on eût vue depuis *François I*. Il échoua dans tous ces deffeins. *Henri de Navarre* défit entièrement à Coutras cette armée fi redoutable, & *Guife* remporta la victoire fur les Allemands.

Le Navarrois ne fe fervit de fa victoire que pour offrir une paix fûre au royaume, & fon fecours au roi. Mais quoique vainqueur, il fe vit refufé, le roi craignant plus fes propres fujets que ce prince.

Guife retourna victorieux à Paris, & y fut reçu comme le fauveur de la nation. Son parti devint plus audacieux, & le roi plus méprifé; en forte que *Guife* femblait plutôt avoir triomphé du roi que des Allemands.

Suite de la Henriade.   **V**

Le roi follicité de toutes parts fortit, mais trop tard, de fa profonde léthargie. Il effaya d'abattre la ligue ; il voulut s'affurer de quelques bourgeois les plus féditieux ; il ofa défendre à *Guife* l'entrée de Paris ; mais il éprouva à fes dépens ce que c'eft que de commander fans pouvoir. *Guife*, au mépris de fes ordres, vint à Paris ; les bourgeois prirent les armes, les gardes du roi furent arrêtés, & lui-même fut emprifonné dans fon palais.

Rarement les hommes font affez bons ou affez méchans. Si *Guife* avait entrepris dans ce jour fur la liberté ou la vie du roi, il aurait été le maître de la France ; mais il le laiffa échapper après l'avoir affiégé, & en fit ainfi trop ou trop peu.

Henri III s'enfuit à Blois, où il convoqua les états-généraux du royaume. Ces états reffemblaient au parlement de la Grande-Bretagne, quant à leur convocation ; mais leurs opérations étaient différentes. Comme ils étaient rarement affemblés, ils n'avaient point de règles pour fe conduire. C'était en général une affemblée de gens incapables, faute d'expérience, de favoir prendre de juftes mefures : ce qui formait une véritable confufion.

Guife, après avoir chaffé fon fouverain de fa capitale, ofa venir le braver à Blois, en préfence d'un corps qui repréfentait la nation. *Henri* & lui fe réconcilièrent folemnellement ; ils allèrent enfemble au même autel ; ils y communièrent enfemble. L'un promit par ferment d'oublier toutes les injures paffées, l'autre d'être obéiffant & fidelle à l'avenir ; mais dans le même temps le roi projetait de faire mourir *Guife*, & *Guife* de faire détrôner le roi.

Guife avait été fuffifamment averti de fe défier de *Henri ;* mais il le méprifait trop pour le croire affez hardi d'entreprendre un affaffinat. Il fut la dupe de fa fécurité : le roi avait réfolu de fe venger de lui & de fon frère le cardinal de *Guife*, le compagnon de fes ambitieux deffeins, & le plus hardi promoteur de la Ligue. Le roi fit lui-même provifion de poignards, qu'il diftribua à quelques gafcons qui s'étaient offerts d'être les miniftres de fa vengeance. Ils tuèrent *Guife* dans le cabinet du roi ; mais ces mêmes hommes qui avaient tué le duc ne voulurent point tremper leurs mains dans le fang de fon frère, parce qu'il était prêtre & cardinal ; comme fi la vie d'un homme qui porte une robe longue & un rabat était plus facrée que celle d'un homme qui porte un habit court & une épée.

Le roi trouva quatre foldats qui, au rapport du jéfuite *Maimbourg*, n'étant pas fi fcrupuleux que les gafcons, tuèrent le cardinal pour cent écus chacun. Ce fut fous l'appartement de *Catherine de Médicis* que les deux frères furent tués ; mais elle ignorait parfaitement le deffein de fon fils, n'ayant plus alors la confiance d'aucun parti, & étant même abandonnée par le roi.

Si une telle vengeance eût été revêtue des formalités de la loi, qui font les inftrumens naturels de la juftice des rois, ou le voile naturel de leur iniquité, la Ligue en eût été épouvantée : mais manquant de cette forme folemnelle, cette action fut regardée comme un affreux affaffinat, & ne fit qu'irriter le parti. Le fang des *Guifes* fortifia la Ligue, comme la mort de *Coligni* avait fortifié les proteftans. Plufieurs villes de France fe révoltèrent ouvertement contre le roi.

Il vint d'abord à Paris ; mais il en trouva les portes fermées, & tous les habitans fous les armes.

Le fameux duc de *Mayenne*, cadet du feu duc de *Guife*, était alors dans Paris. Il avait été éclipfé par la gloire de *Guife* pendant fa vie ; mais après fa mort, le roi le trouva auffi dangereux ennemi que fon frère. Il avait toutes fes grandes qualités, auxquelles il ne manqua que l'éclat & le luftre.

Le parti des Lorrains était très-nombreux dans Paris. Le grand nom de *Guife*, leur magnificence, leur libéralité, leur zèle apparent pour la religion catholique, les avait rendus les délices de la ville. Prêtres, bourgeois, femmes, magiftrats, tout fe ligua fortement avec *Mayenne* pour pourfuivre une vengeance qui leur paraiffait légitime.

La veuve du duc préfenta une requête au parlement contre les meurtriers de fon mari. Le procès commença fuivant le cours ordinaire de la juftice ; deux confeillers furent nommés pour informer des circonftances du crime ; mais le parlement n'alla pas plus loin. les principaux étant fingulièrement attachés aux intérêts du roi.

La forbonne ne fuivit point cet exemple de modération : foixante & dix docteurs publièrent un écrit, par lequel ils déclarèrent *Henri de Valois* déchu de fon droit à la couronne, & fes fujets difpenfés du ferment de fidélité.

Mais l'autorité royale n'avait pas d'ennemis plus dangereux que ces bourgeois de Paris, nommés *les*

Seize, non à caufe de leur nombre, puifqu'ils étaient quarante, mais à caufe des feize quartiers de Paris, dont ils s'étaient partagé le gouvernement. Le plus confidérable de tous ces bourgeois était un certain *le Clerc*, qui avait ufurpé le grand nom de *Buffi*. C'était un citoyen hardi, & un méchant foldat, comme tous fes compagnons. Ces *Seize* avaient acquis une autorité abfolue, & devinrent dans la fuite auffi infupportables à *Mayenne* qu'ils avaient été terribles au roi.

D'ailleurs les prêtres, qui ont toujours été les trompettes de toutes les révolutions, tonnaient en chaire, & affuraient de la part de DIEU que celui qui tuerait le tyran entrerait infailliblement en paradis. Les noms facrés & dangereux de *Jéhu* & de *Judith*, & tous ces affaffinats confacrés par l'écriture fainte, frappaient par-tout les oreilles de la nation. Dans cette affreufe extrémité, le roi fut enfin forcé d'implorer le fecours de ce même Navarrois, qu'il avait autrefois refufé. Ce prince fut plus fenfible à la gloire de protéger fon beau-frère & fon roi, qu'à la victoire qu'il avait remportée fur lui.

Il mena fon armée au roi ; mais avant que fes troupes fuffent arrivées, il vint le trouver, accompagné d'un feul page. Le roi fut étonné de ce trait de générofité, dont il n'avait pas été lui-même capable. Les deux rois marchèrent vers Paris à la tête d'une puiffante armée. La ville n'était point en état de fe défendre. La Ligue touchait au moment de fa ruine entière, lorfqu'un jeune religieux de l'ordre de St Dominique changea toute la face des affaires.

Son nom était *Jacques Clément* ; il était né dans un village de Bourgogne, appelé *Sorbonne*, & alors âgé de vingt-quatre ans. Sa farouche piété, & son esprit noir & mélancolique, se laissèrent bientôt entraîner au fanatisme, par les importunes clameurs des prêtres. Il se chargea d'être le libérateur & le martyr de la sainte Ligue. Il communiqua son projet à ses amis & à ses supérieurs : tous l'encouragèrent & le canonisèrent d'avance. *Clément* se prépara à son parricide par des jeûnes & par des prières continuelles pendant des nuits entières. Il se confessa, reçut les sacremens, puis acheta un bon couteau. Il alla à Saint-Cloud, où était le quartier du roi, & demanda à être présenté à ce prince, sous prétexte de lui révéler un secret, dont il lui importait d'être promptement instruit. Ayant été conduit devant sa majesté, il se prosterna avec une modeste rougeur sur le front, & il lui remit une lettre qu'il disait être écrite par *Achille de Harlai*, premier président. Tandis que le roi lit, le moine le frappe dans le ventre, & laisse le couteau dans la place. Ensuite, avec un regard assuré, & les mains sur sa poitrine, il lève les yeux au ciel, attendant paisiblement les suites de son assassinat. Le roi se lève, arrache le couteau de son ventre, & en frappe le meurtrier au front. Plusieurs courtisans accoururent au bruit. Leur devoir exigeait qu'ils arrêtassent le moine pour l'interroger, & tâcher de découvrir ses complices ; mais ils le tuèrent sur le champ, avec une précipitation qui les fit soupçonner d'avoir été trop instruits de son dessein. *Henri de Navarre* fut alors roi de France par le droit de sa naissance, reconnu d'une partie de l'armée, & abandonné par l'autre.

Le duc d'*Epernon*, & quelques autres, quittèrent l'armée, alléguant qu'ils étaient trop bons catholiques pour prendre les armes en faveur d'un roi qui n'allait point à la meffe. Ils efpéraient fecrétement que le renverfement du royaume, l'objet de leurs défirs & de leur efpérance, leur donnerait occafion de fe rendre fouverains dans leur pays.

Cependant le meurtre de *Clément* fut approuvé à Rome, & adoré à Paris. La fainte Ligue reconnut pour fon roi le cardinal de *Bourbon*, vieux prêtre, oncle de *Henri IV*, pour faire voir au monde que ce n'était pas la maifon de *Bourbon*, mais les hérétiques, que fa haine pourfuivait.

Ainfi le duc de *Mayenne* fut affez fage pour ne pas ufurper le titre de *roi*; & cependant il s'empara de toute l'autorité royale, pendant que le malheureux cardinal de *Bourbon*, appelé *roi* par la Ligue, fut gardé prifonnier par *Henri IV* le refte de fa vie, qui dura encore deux ans. La Ligue, plus appuyée que jamais par le pape, fecourue des Efpagnols, & forte par elle-même, était parvenue au plus haut point de fa grandeur; & fefait fentir à *Henri IV* cette haine que le faux zèle infpire, & ce mépris que font naître les heureux fuccès.

Henri avait peu d'amis, peu de places importantes, point d'argent, & une petite armée; mais fon courage, fon activité, fa politique, fuppléaient à tout ce qui lui manquait. Il gagna plufieurs batailles, & entre autres, celle d'Ivry fur le duc de *Mayenne*, une des plus remarquables qui ait jamais été donnée. Les deux généraux montrèrent dans ce jour toute leur capacité, & les foldats tout leur courage. Il y

eut peu de fautes commifes de part & d'autre. *Henri*
fut enfin redevable de la victoire à la fupériorité de
fes connaiffances & de fa valeur : mais il avoua que
Mayenne avait rempli tous les devoirs d'un grand
général : *Il n'a péché*, dit-il, *que dans la caufe qu'il
foutenait.*

Il fe montra, après la victoire, auffi modéré qu'il
avait été terrible dans le combat. Inftruit que le
pouvoir diminue fouvent quand on en fait un ufage
trop étendu, & qu'il augmente en l'employant avec
ménagement, il mit un frein à la fureur du foldat
armé contre l'ennemi ; il eut foin des bleffés, &
donna la liberté à plufieurs perfonnes. Cependant
tant de valeur & tant de générofité ne touchèrent
point les Ligueurs.

Les guerres civiles de France étaient devenues la
querelle de toute l'Europe. Le roi *Philippe II* était
vivement engagé à défendre la Ligue : la reine *Elifabeth*
donnait toutes fortes de fecours à *Henri*, non parce
qu'il était proteftant, mais parce qu'il était ennemi
de *Philippe II* ; dont il lui était dangereux de laiffer
croître le pouvoir. Elle envoya à *Henri* cinq mille
hommes, fous le commandement du comte d'*Effex* fon
favori, auquel elle fit depuis trancher la tête.

Le roi continua la guerre avec différens fuccès. Il
prit d'affaut tous les faubourgs de Paris dans un feul
jour. Il eût peut-être pris de même la ville, s'il n'eût
penfé qu'à la conquérir ; mais il craignit de donner
fa capitale en proie aux foldats, & de ruiner une ville
qu'il avait envie de fauver. Il affiégea Paris ; il leva le
fiége, il le recommença ; enfin il le bloqua, & coupa
toutes les communications à la ville, dans l'efpérance

que les Parisiens seraient forcés, par la disette des vivres, à se rendre sans effusion de sang.

Mais *Mayenne*, les prêtres, & les Seize, tournèrent les esprits avec tant d'art, les envenimèrent si fort contre les hérétiques, & remplirent leur imagination de tant de fanatisme, qu'ils aimèrent mieux mourir de faim que de se rendre & d'obéir.

Les moines & les religieux donnèrent un spectacle qui, bien que ridicule en lui-même, fut cependant un ressort merveilleux pour animer le peuple. Ils firent une espèce de revue militaire, marchant par rang & de file, & portant des armes rouillées par-dessus leurs capuchons, ayant à leur tête la figure de la vierge *Marie*, branlant des épées, & criant qu'ils étaient tous prêts à combattre & à mourir pour la défense de la foi ; en sorte que les bourgeois, voyant leurs confesseurs armés, croyaient effectivement soutenir la cause de Dieu.

Quoi qu'il en soit, la disette dégénéra en famine universelle. Ce nombre prodigieux de citoyens n'avait d'autre nourriture que les sermons des prêtres & que les miracles imaginaires des moines, qui par ce pieux artifice avaient dans leurs couvens toutes choses en abondance, tandis que toute la ville était sur le point de mourir de faim. Les misérables Parisiens, trompés d'abord par l'espérance d'un prompt secours, chantaient dans les rues des ballades & des lampons contre *Henri* : folie qu'on ne pourrait attribuer à quelqu'autre nation avec vraisemblance, mais qui est assez conforme au génie des Français, même dans un état si affreux. Cette courte & déplorable joie fut bientôt entièrement étouffée par la misère la plus réelle & la plus étonnante.

Trente mille hommes moururent de faim dans l'espace
d'un mois. Les malheureux citoyens, pressés par la
famine, essayèrent de faire une espèce de pain avec les
os des morts, lesquels étant brisés & bouillis formaient
une sorte de gelée. Mais cette nourriture si peu naturelle ne servait qu'à les faire mourir plus promptement.
On conte, & cela est attesté par les témoignages les
plus authentiques, qu'une femme tua & mangea son
propre enfant. Au reste, l'inflexible opiniâtreté des
Parisiens était égale à leur misère. *Henri* eut plus de
compassion pour leur état qu'ils n'en avaient eux-
mêmes : son bon naturel l'emporta sur son intérêt
particulier.

Il souffrit que ses soldats vendissent en particulier
toutes sortes de provisions à la ville. Ainsi on vit
arriver ce qu'on n'avait pas encore vu, que les assiégés
étaient nourris par les assiégeans. C'était un spectacle
bien singulier, que de voir les soldats qui du fond de
leurs tranchées envoyaient des vivres aux citoyens,
qui leur jetaient de l'argent de leurs remparts. Plusieurs
officiers, entraînés par la licence si ordinaire à la solda-
tesque, troquaient un aloyau pour une fille ; en sorte
qu'on ne voyait que femmes qui descendaient dans
des baquets, & des baquets qui remontaient pleins
de provisions. Par-là une licence hors de saison régna
parmi les officiers ; les soldats amassèrent beaucoup
d'argent ; les assiégés furent soulagés ; & le roi perdit la
ville ; car dans le même temps une armée d'Espagnols
vint des Pays-Bas. Le roi fut obligé de lever le siège
& d'aller à sa rencontre, au travers de tous les dangers
& de tous les hasards de la guerre ; jusqu'à ce qu'enfin
les Espagnols ayant été chassés du royaume, il revint

une troifième fois devant Paris, qui était toujours plus opiniâtré à ne point le recevoir.

Sur ces entrefaites, le cardinal de *Bourbon*, ce fantôme de la royauté, mourut. On tint une affemblée à Paris, qui nomma les états-généraux du royaume pour procéder à l'élection d'un nouveau roi. L'Efpagne influait fortement fur ces états; *Mayenne* avait un parti confidérable qui voulait le mettre fur le trône. Enfin *Henri*, ennuyé de la cruelle néceffité de faire éternellement la guerre à fes fujets, & fachant d'ailleurs que ce n'était pas fa perfonne, mais fa religion qu'ils haïffaient, réfolut de rentrer au giron de l'Eglife romaine. Peu de femaines après, Paris lui ouvrit fes portes. Ce qui avait été impoffible à fa valeur & à fa magnanimité, il l'obtint facilement en allant à la meffe, & en recevant l'abfolution du pape.

> Tout le peuple, changé dans ce jour falutaire,
> Reconnaît fon vrai roi, fon vainqueur, & fon père.
> Dès-lors on admira ce règne fortuné,
> Et commencé trop tard, & trop tôt terminé.
> L'Autrichien trembla. Juftement défarmée
> Rome adopta Bourbon; Rome s'en vit aimée.
> La Difcorde rentra dans l'éternelle nuit.
> A reconnaître un roi Mayenne fut réduit;
> Et foumettant enfin fon cœur & fes provinces,
> Fut le meilleur fujet du plus jufte des princes.

HENRIADE, *fin du dernier chant.*

DISSERTATION

SUR LA MORT

DE HENRI IV.

LE plus horrible accident qui foit jamais arrivé
en Europe a produit les plus odieufes conjectures.
Prefque tous les mémoires du temps de la mort de
Henri IV, jettent également des foupçons fur les
ennemis de ce bon roi, fur les courtifans, fur les
jéfuites, fur fa maîtreffe, fur fa femme même. Ces
accufations durent encore, & on ne parle jamais de
cet affaffinat fans former un jugement téméraire. J'ai
toujours été étonné de cette facilité malheureufe, avec
laquelle les hommes les plus incapables d'une méchante
action, aiment à imputer les crimes les plus affreux
aux hommes d'Etat, aux hommes en place. On veut
fe venger de leur grandeur en les accufant ; on veut
fe faire valoir en racontant des anecdotes étranges.
Il en eft de la converfation comme d'un fpectacle,
comme d'une tragédie, dans laquelle il faut attacher
par de grandes paffions & par de grands crimes.

Des voleurs affaffinent *Vergier* dans la rue ; tout
Paris accufe de ce meurtre un grand prince. Une
rougeole pourprée enlève des perfonnes confidérables, il faut qu'elles aient été toutes empoifonnées.
L'abfurdité de l'accufation, le défaut total de preuves,
rien n'arrête ; & la calomnie paffant de bouche en
bouche, & bientôt de livre en livre, devient une

vérité importante aux yeux de la postérité toujours crédule. Depuis que je m'applique à l'histoire, je ne cesse de m'indigner contre ces accusations sans preuve, dont les historiens se plaisent à noircir leurs ouvrages.

La mère de *Henri IV* mourut d'une pleurésie ; combien d'auteurs la font empoisonner par un marchand de gants qui lui vendit des gants parfumés, & qui était, dit-on, l'empoisonneur à brevet de *Catherine de Médicis*. On ne s'avise guère de douter que le pape *Alexandre VI* ne soit mort du poison qu'il avait préparé pour le cardinal *Corneto*, & pour quelques autres cardinaux dont il voulait, dit-on, être l'héritier. *Guichardin*, auteur contemporain, auteur respecté, dit qu'on imputait la mort de ce pontife à ce crime & à ce châtiment du crime ; il ne dit pas que le pape fût un empoisonneur, il le laisse entendre, & l'Europe ne l'a que trop bien entendu.

Et moi j'ose dire à *Guichardin* : *L'Europe est trompée par vous, & vous l'avez été par votre passion.* Vous étiez l'ennemi du pape ; vous avez trop cru votre haine & les actions de sa vie. Il avait, à la vérité, exercé des vengeances cruelles & perfides contre des ennemis aussi perfides & aussi cruels que lui ; de-là vous concluez qu'un pape de soixante & douze ans n'est pas mort d'une façon naturelle ; vous prétendez, sur des rapports vagues, qu'un vieux souverain, dont les coffres étaient remplis alors de plus d'un million de ducats d'or, voulut empoisonner quelques cardinaux pour s'emparer de leur mobilier ; mais ce mobilier était-il un objet si important ? Ces effets étaient presque toujours enlevés

par les valets-de-chambre avant que les papes puffent
en faifir quelques dépouilles. Comment pouvez-vous
croire qu'un homme prudent ait voulu hafarder,
pour un auffi petit gain, une action auffi infame,
une action qui demandait des complices, & qui tôt
ou tard eût été découverte ? Ne dois-je pas croire
le journal de la maladie du pape plutôt qu'un bruit
populaire ? ce journal le fait mourir d'une fièvre
double-tierce. Il n'y a point le moindre veftige de
cette accufation intentée contre fa mémoire. Son fils
Borgia tomba malade dans le temps de la mort de fon
père ; voilà le feul fondement de l'hiftoire du poifon.
Le père & le fils font malades en même temps, donc
ils font empoifonnés : ils font l'un & l'autre de grands
politiques, des princes fans fcrupule, donc ils font
atteints du poifon même qu'ils deftinaient à douze
cardinaux. C'eft ainfi que raifonne l'animofité ; c'eft
la logique d'un peuple qui détefte fon maître : mais
ce ne doit pas être celle d'un hiftorien. Il fe porte
pour juge : il prononce les arrêts de la poftérité ; il
ne doit déclarer perfonne coupable fans des preuves
évidentes.

Ce que je dis de *Guichardin*, je le dirai des mémoires
de *Sulli* au fujet de la mort de *Henri IV*. Ces mémoires
furent compofés par des fecrétaires du duc de *Sulli*,
alors difgracié par *Marie de Médicis;* on y laiffe échapper
quelques foupçons fur cette princeffe, que la mort
de *Henri IV* fefait maîtreffe du royaume, & fur le
duc d'*Epernon* qui fervit à la faire déclarer régente.
Mézerai, plus hardi que judicieux, fortifie ces foupçons ; & celui qui vient de faire imprimer le fixième
tome des mémoires de *Condé* fait fes efforts pour

donner au miférable *Ravaillac* les complices les plus refpectables. N'y a-t-il donc pas affez de crimes fur la terre ? faut-il encore en chercher où il n'y en a point ?

On accufe à la fois le père *Alagona* jéfuite, oncle du duc de *Lerme*, tout le confeil efpagnol, la reine *Marie de Médicis*, la maîtreffe de *Henri IV* Mme de *Verneuil*, & le duc d'*Epernon*. Choififfez donc. Si la maîtreffe eft coupable, il n'y a pas d'apparence que l'époufe le foit ; fi le confeil d'Efpagne a mis dans Naples le couteau à la main de *Ravaillac*, ce n'eft donc pas le duc d'*Epernon* qui l'a féduit dans Paris ; lui que *Ravaillac* appelait *catholique à gros grain*, comme il eft prouvé au procès ; lui qui n'avait jamais fait que des actions généreufes ; lui qui d'ailleurs empêcha qu'on ne tuât *Ravaillac* à l'inftant qu'on le reconnut tenant fon couteau fanglant, & qui voulait qu'on le réfervât à la queftion & au fupplice.

Il y a des preuves, dit *Mézerai*, que des prêtres avaient mené *Ravaillac* jufqu'à Naples. Je réponds qu'il n'y a aucune preuve. Confultez le procès criminel de ce monftre, vous y trouverez tout le contraire. Je ne fais quelles dépofitions vagues d'un nommé *du Jardin* & d'une *Defcomans*, ne font pas des allégations à oppofer aux aveux que fit *Ravaillac* dans les tortures. Rien n'eft plus fimple, plus ingénu, moins embarraffé, moins inconftant ; rien par conféquent de plus vrai que toutes fes réponfes. Quel intérêt aurait-il eu à cacher les noms de ceux qui l'auraient abufé ? Je conçois bien qu'un fcélérat, affocié à d'autres fcélérats, cèle d'abord fes complices.

Les brigands s'en font un point d'honneur; car il y a de ce qu'on appelle *honneur* jufque dans le crime: cependant ils avouent tout à la fin. Comment donc un jeune homme qu'on aurait féduit, un fanatique à qui on aurait fait accroire qu'il ferait protégé, ne décélerait-il pas fes féducteurs? comment dans l'horreur des tortures n'accuferait-il pas les impofteurs qui l'ont rendu le plus malheureux des hommes? n'eft-ce pas là le premier mouvement du cœur humain?

Ravaillac perfifte toujours à dire dans fes interrogatoires: *J'ai cru bien faire en tuant un roi qui voulait faire la guerre au pape; j'ai eu des vifions, des révélations; j'ai cru fervir* DIEU: *je reconnais que je me fuis trompé, & que je fuis coupable d'un crime horrible; je n'y ai été jamais excité par perfonne.* Voilà la fubftance de toutes fes réponfes. Il avoue que le jour de l'affaffinat il avait été dévotement à la meffe; il avoue qu'il avait voulu plufieurs fois parler au roi, pour le détourner de faire la guerre en faveur des princes hérétiques; il avoue que le deffein de tuer le roi l'a déjà tenté deux fois, qu'il y a réfifté, qu'il a quitté Paris pour fe rendre le crime impoffible, qu'il y eft retourné vaincu par fon fanatifme. Il figne l'un de fes interrogatoires *François Ravaillac*,

> Que toujours dans mon cœur
> Jéfus foit le vainqueur.

Qui ne reconnaît, qui ne voit, à ces deux vers dont il accompagna fa fignature, un malheureux dévot dont le cerveau égaré était empoifonné de tous les venins de la Ligue?

Ses

Ses complices étaient la superstition & la fureur qui animèrent *Jean Châtel*, *Pierre Barrière*, *Jacques Clément*. C'était l'esprit de *Poltrot* qui assassina le duc de *Guise*; c'étaient les maximes de *Balthasar Gerard*, assassin du grand prince d'Orange. *Ravaillac* avait été feuillant; & il suffisait alors d'avoir été moine, pour croire que c'était une œuvre méritoire de tuer un prince ennemi de sa religion. On s'étonne qu'on ait attenté plusieurs fois sur la vie de *Henri IV* le meilleur des rois; on devrait s'étonner que les assassins n'aient pas été en plus grand nombre. Chaque superstitieux avait continuellement devant les yeux *Aod* assassinant le roi des Philistins; *Judith* se prostituant à *Holoferne* pour l'égorger dormant entre ses bras; *Samuel* coupant par morceaux un roi prisonnier de guerre, envers qui *Saül* n'osait violer le droit des nations. Rien n'avertissait alors que ces cas particuliers étaient des exceptions, des inspirations, des ordres exprès, qui ne tiraient point à conséquence; on les prenait pour la loi générale. Tout encourageait à la démence, tout consacrait le parricide. Il me paraît enfin bien prouvé, par l'esprit de superstition, de fureur, & d'ignorance, qui dominait, par la connaissance du cœur humain, & par les interrogatoires de *Ravaillac*, qu'il n'eut aucun complice. Il faut surtout s'en tenir à ces confessions faites à la mort devant des juges. Ces confessions prouvent expressément que *Jean Châtel* avait commis son parricide dans l'espérance d'être moins damné, & *Ravaillac* dans l'espérance d'être sauvé.

Il le faut avouer, ces monstres étaient fervens dans la foi. *Ravaillac* se recommande en pleurant à *St François* son patron & à tous les saints; il se confesse

Suite de la Henriade.   X.

avant de recevoir la question ; il charge deux docteurs auxquels il s'est confessé, d'assurer le greffier que jamais il n'a parlé à personne du dessein de tuer le roi ; il avoue seulement qu'il a parlé au père d'*Aubigni*, jésuite, de quelques visions qu'il a eues, & le père d'*Aubigni* dit très-prudemment qu'il ne s'en souvient pas ; enfin le criminel jure jusqu'au dernier moment, sur sa damnation éternelle, qu'il est seul coupable ; & il le jure plein de repentir. Sont-ce-là des raisons ? sont-ce-là des preuves suffisantes ?

Cependant l'éditeur du sixième tome des mémoires de *Condé* insiste encore ; il recherche un passage des mémoires de *l'Etoile*, dans lequel on fait dire à *Ravaillac* dans la place de l'exécution : *On m'a bien trompé quand on m'a voulu persuader que le coup que je ferais serait bien reçu du peuple, puisqu'il fournit lui-même des chevaux pour me déchirer.* Premièrement, ces paroles ne sont point rapportées dans le procès-verbal de l'exécution ; secondement, il est vrai peut-être que *Ravaillac* dit ou voulut dire : *On m'a bien trompé quand on me disait, le roi est haï, on se réjouira de sa mort.* Il voyait le contraire, & les regrets du peuple ; il se voyait l'objet de l'horreur publique ; il pouvait bien dire *on m'a trompé.* En effet, s'il n'avait jamais entendu justifier dans les conversations le crime de *Jean Châtel*, s'il n'avait pas eu les oreilles rebattues des maximes fanatiques de la Ligue, il n'eût jamais commis ce parricide. Voilà l'unique sens de ces paroles. Mais les a-t-il prononcées ? qui l'a dit à M. de *l'Etoile* ? un bruit de ville qu'il rapporte prévaudra-t-il sur un procès-verbal ? Dois-je en croire ce *l'Etoile*, qui écrivait le soir tous les contes populaires qu'il avait entendus le jour ? Défions-nous de tous ces journaux qui font des recueils de tout ce que la renommée débite.

Je lus il y a quelques années dix-huit tomes *in-folio* des mémoires du feu marquis de *Dangeau :* j'y trouvai ces propres paroles : ,, La reine d'Efpagne , *Marie-*
,, *Louife d'Orléans ,* eft morte empoifonnée par le
,, marquis de *Mansfeld ;* le poifon avait été mis dans
,, une tourte d'anguilles ; la comteffe de *Pernits ,* qui
,, mangea la defferte de la reine, en eft morte auffi ;
,, trois cameriftes en ont été malades ; le roi l'a dit ce
,, foir à fon petit couvert. ,, Qui ne croirait un tel fait, circonftancié , appuyé du témoignage de *Louis XIV ,* & rapporté par un courtifan de ce monarque , par un homme d'honneur qui avait foin de recueillir toutes les anecdotes ? Cependant il eft très-faux que la comteffe de *Pernits* foit morte alors ; il eft tout auffi faux qu'il y ait eu trois cameriftes malades , & non moins faux que *Louis XIV* ait prononcé des paroles auffi indifcrètes. Ce n'était point M. de *Dangeau* qui fefait ces malheureux mémoires, c'était un vieux valet-de-chambre imbécille , qui fe mêlait de faire à tort & à travers des gazettes manufcrites de toutes les fottifes qu'il entendait dans les antichambres. Je fuppofe cependant que ces mémoires tombaffent dans cent ans entre les mains de quelque compilateur ; que de calomnies alors fous preffe ! que de menfonges répétés dans tous les journaux ! Il faut tout lire avec défiance. *Ariftote* avait bien raifon , quand il difait que *le doute eft le commencement de la fageffe.* (*)

(*) Nous joindrons ici un extrait du procès criminel de *Ravaillac ,* qui peut fervir de preuve à ce qu'on vient de lire.

Extrait du procès criminel fait à François Ravaillac.

Du 19 mai 1610.

A dit qu'il n'a jamais reçu aucun outrage du roi, & que la cour a affez d'argumens fuffifans par les interrogatoires & réponfes au procès ; qu'il n'y a nullement apparence qu'il y ait été induit par argent, ou fufcité par gens ambitieux du fceptre de France ; car fi tant eft qu'il eût été porté par argent ou autrement, il femble qu'il ne fût pas venu jufqu'à trois fois, & à trois voyages exprès d'Angoulême à Paris, diftans l'un de l'autre de cent lieues, pour donner confeil au roi de ranger à l'Eglife catholique & romaine ceux de la prétendue réformée, gens du tout contraires à la volonté de DIEU & de fon Eglife ; parce que qui a volonté de tuer autrui par argent, dès qu'il fe laiffe malheureufement corrompre pour affaffiner fon prince, ne va pas le faire avertir comme il a fait trois diverfes fois, ainfi que le fieur de *la Force* a reconnu, depuis l'homicide commis par l'accufé, avoir été dans le louvre, & prié inftamment de le faire parler au roi ; à quoi ledit fieur de *la Force* aurait répondu qu'il était un papaute & catholique à gros grain, lui difant s'il connaiffait M. d'*Epernon* ; & l'accufé lui répondit qu'oui, & que c'était un catholique à gros grain ; & ayant dit au fieur de *la Force* qu'étant catholique, apoftolique, & romain, & voulant tel vivre & mourir, il le fupplie de vouloir le faire parler au roi, afin de déclarer à fa majefté l'exécution où il était depuis fi long-temps de le tuer, n'ofant le déclarer à aucun autre, parce que l'ayant dit à fa majefté, il fe ferait défifté tout-à-fait de cette mauvaife volonté.

Enquis fi de lors qu'il fit fes voyages pour parler au roi, & lui confeiller de faire la guerre à ceux de la religion prétendue réformée, il avait protefté à fon curé que, fi fa majefté ne voulait accorder ce dont l'accufé la fuppliait, il ferait le malheureux acte qu'il a commis.

A dit que non ; & que s'il l'avait projeté, s'en était défifté, & avait cru qu'il était expédient de lui faire cette remontrance plutôt que de le tuer.

Remontré qu'il n'avait changé fa mauvaife intention, parce que depuis le dernier voyage qu'il a fait à Angoulême, le jour de pâques, il n'a cherché les moyens de parler au roi, ce qui démontre affez qu'il était parti en cette réfolution de faire ce qu'il a fait.

A dit qu'il eft véritable.

Enquis fi le jour de pâques & de fon départ il fit la fainte communion ; a dit que non, & l'avait faite le premier dimanche de carême ; mais néanmoins, qu'il fit célébrer le facrifice de la fainte meffe à l'églife Saint-Paul d'Angoulême fa paroiffe, comme fe reconnaiffant indigne d'approcher de ce très-faint & très-augufte facrement, plein de myftère & d'incompréhenfible vertu, parce qu'il fe fentait encore vexé de cette tentation de tuer le roi, & en tel état ne voulait s'approcher de la fainte table.

. . . . . . Enquis s'il ne les a pas fait venir (les démons) dans la chambre où était couché ledit *Dubois* ?

A dit que non ; qu'il eft bien vrai que lui accufé étant couché dans un grenier au-deffus de la chambre

X 3

dudit *Dubois*, dans lequel grenier étaient auſſi couchées d'autres perſonnes, il entendit à l'heure de minüit ledit *Dubois* qui le priait de deſcendre dans ſa chambre, s'exclamant avec grands cris : *Ravaillac, mon ami, deſcends en bas, je ſuis mort ; mon Dieu, ayez pitié de moi :* alors l'accuſé voulut deſcendre ; mais il en fut empêché par ceux qui étaient avec lui pour la crainte qu'ils avaient ; de ſorte qu'il ne deſcendit point ; & le lendemain il demanda audit *Dubois* qui l'avait mû de crier ainſi ? à quoi il lui fit réponſe qu'il avait vu dans ſa chambre un chien d'une exceſſive groſſeur & fort effroyable, lequel s'était mis les deux pieds de devant ſur ſon lit ; de quoi il avait eu telle peur qu'il en avait penſé mourir, & avait appelé l'accuſé à ſon ſecours : à quoi l'accuſé fit réponſe que, pour ren-verſer ſes viſions, il devait avoir recours à la ſainte communion ou à la célébration de la meſſe, & furent à cet effet au couvent des cordeliers faire dire la meſſe, pour armer la grâce de DIEU contre les viſions de ſatan, ennemi commun des hommes.

Remontré qu'il y a apparence que c'était lui qui avait fait paraître ce chien.

A dit que non ; & de peur que nous n'ajoutions pas de foi à ſes réponſes, cette vérité ſerait atteſtée par ceux qui étaient dans la chambre où il était couché, qui l'empêchèrent de deſcendre, qui étaient l'hôteſſe de la maiſon & une ſienne couſine qui le prièrent de n'y point aller, à cauſe qu'elles avaient entendu un grand bruit dans la chambre.

Remontré qu'il n'a pas eu volonté de changer ſon malheureux deſſein, ne voulant recevoir la communion le jour de pâques, parce que c'était le moyen de s'en divertir ; duquel moyen n'ayant uſé , & s'étant ainſi éloigné de la ſainte communion, il a continué en ſa méchante entrepriſe.

A dit que ce qui l'empêcha de communier fut qu'il avait pris cette réſolution le jour de pâques pour venir tuer le roi ; mais aurait ouï la ſainte meſſe auparavant de partir , croyant que la communion réelle de ſa mère était ſuffiſante pour elle & pour lui.

Remontré, que lui ayant cette mauvaiſe intention de commettre cet acte, il était en péché & en danger de damnation, ne pouvant participer à la grâce de Dieu & communion des fidelles chrétiens pendant qu'il avait cette mauvaiſe volonté , dont ſe devait départir pour être en la grâce de Dieu.

A dit qu'il ne fait pas de difficulté de convenir qu'il n'ait été porté d'un propre mouvement & particulier, contraire à la volonté de Dieu, auteur de tout bien, & vérité , contraire au diable , père du menſonge ; mais que maintenant, à la remontrance que lui feſons, il reconnaît qu'il n'a pu réſiſter à cette tentation, étant hors du pouvoir des hommes de s'empêcher du mal ; & qu'à préſent qu'il a déclaré la vérité entière ſans rien retenir & cacher, il eſpérait que Dieu tout benin & miſéricordieux lui ferait pardon & rémiſſion de ſes péchés , étant plus puiſſant pour diſſoudre le péché, moyennant la confeſſion & abſolution ſacerdotale , que les hommes pour l'offenſer, priant la ſacrée Vierge, S*t* Pierre, S*t* Paul, S*t* François, (en pleurant) S*t* Bernard, & toute la cour céleſte du paradis, requérir être ſes avocats envers ſa ſacrée majeſté , afin qu'elle impoſe ſa croix entre ſa mort & jugement de ſon ame & l'enfer; par ainſi requiert & eſpère être participant des mérites

X 4

de la paffion de notre Sauveur JESUS-CHRIST, le
priant bien très-humblement lui faire la grâce d'être
affocié aux mérites de tous les tréfors qu'il a infus en
fa puiffance apoftolique, lorfqu'il a dit : *Tu es Petrus.*

Extrait du procès-verbal de la queftion.

Du 27 mai.

ARRET de mort prononcé par le greffier, qui l'a
prévenu que, pour révélation de fes complices, ferait
appliqué à la queftion; & le ferment de lui pris, a
été exhorté de prévenir le tourment, et s'en rédimer
par la connaiffance de la vérité qui l'avait induit,
perfuadé, & fortifié, au méchant acte, à qui il en avait
conféré & communiqué ?

A dit que par la damnation de fon ame, il n'y a
eu homme, femme, ni autre que lui, qui l'ait fu, &
perfifté, &c........

ESSAI

SUR

LA POESIE EPIQUE.

AVERTISSEMENT.

CET Essai avait d'abord été composé en
anglais par l'auteur lorsqu'il était à Londres,
en 1726 ; on le traduisit en français à Paris :
cette traduction fut même imprimée à la suite
de la Henriade ; mais depuis, l'auteur refondit
cet ouvrage en l'écrivant en français : il a été
revu & augmenté en dernier lieu avec beaucoup
de soin.

ESSAI

SUR

LA POESIE EPIQUE.

CHAPITRE PREMIER.

Des différens goûts des peuples.

On a accablé prefque tous les arts d'un nombre prodigieux de règles, dont la plupart font inutiles ou fauffes. Nous trouvons par-tout des leçons, mais bien peu d'exemples. Rien n'eft plus aifé que de parler d'un ton de maître des chofes qu'on ne peut exécuter : il y a cent poëtiques contre un poëme. On ne voit que des maîtres d'éloquence, & prefque pas un orateur. Le monde eft plein de critiques, qui, à force de *commentaires*, de *définitions*, de *diftinétions*, font parvenus à obfcurcir les connaiffances les plus claires & les plus fimples. Il femble qu'on n'aime que les chemins difficiles. Chaque fcience, chaque étude a fon jargon inintelligible, qui femble n'être inventé que pour en défendre les approches. Que de noms barbares, que de puérilités pédantefques on entaffait il n'y a pas long-temps dans la tête d'un jeune homme, pour lui donner en une année ou deux une très-fauffe idée de l'éloquence, dont il aurait pu avoir une connaiffance très-vraie en peu de mois par la lecture de quelques bons livres ! La voie par laquelle

on a fi long-temps enfeigné l'art de penfer eft affurément bien oppofée au don de penfer.

Mais c'eft furtout en fait de poëfie que les commentateurs & les critiques ont prodigué leurs leçons.
Ils ont laborieufement écrit des volumes fur quelques
lignes que l'imagination des poëtes a créées en fe
jouant. Ce font des tyrans qui ont voulu affervir à
leurs lois une nation libre, dont ils ne connaiffent
point le caractère ; auffi ces prétendus légiflateurs
n'ont fait fouvent qu'embrouiller tout dans les Etats
qu'ils ont voulu régler.

La plupart ont difcouru avec pefanteur de ce qu'il
fallait fentir avec tranfport ; & quand même leurs
règles feraient juftes, combien peu feraient-elles utiles ?
Homère, *Virgile*, *le Taffe*, *Milton*, n'ont guère obéi à
d'autres leçons qu'à celles de leur génie. Tant de prétendues règles, tant de liens ne ferviraient qu'à embar-
raffer les grands-hommes dans leur marche, & feraient
d'un faible fecours à ceux à qui le talent manque. Il
faut courir dans la carrière, & non pas s'y traîner avec
des béquilles. Prefque tous les critiques ont cherché
dans *Homère* des règles qui n'y font affurément point.
Mais comme ce poëte grec a compofé deux poëmes
d'une nature abfolument différente, ils ont été bien
en peine pour réconcilier *Homère* avec lui-même.
Virgile venant enfuite, qui réunit dans fon ouvrage le
plan de l'Iliade & celui de l'Odyffée, il fallut qu'ils
cherchaffent encore de nouveaux expédiens pour ajufter
leurs règles à l'Enéide. Ils ont fait à-peu-près comme
les aftronomes, qui inventaient tous les jours des cercles
imaginaires, & créaient ou anéantiffaient un ciel ou
deux de cryftal à la moindre difficulté.

Si un de ceux qu'on nomme favans, & qui fe croient tels, venait vous dire : *Le poëme épique eſt une longue fable inventée pour enſeigner une vérité morale, & dans laquelle un héros achève quelque grande aĉtion avec le ſecours des Dieux dans l'eſpace d'une année ;* il faudrait lui répondre : Votre définition eſt très-fauſſe ; car, ſans examiner ſi l'Iliade d'*Homère* eſt d'accord avec votre règle, les Anglais ont un poëme épique, dont le héros, loin de venir à bout d'une grande entreprife par le ſecours célefte en une année, eſt trompé par le diable & par ſa femme en un jour, & eſt chaſſé du paradis terreſtre pour avoir déſobéi à DIEU. Ce poëme cependant eſt mis par les Anglais au niveau de l'Iliade ; & beaucoup de perſonnes le préfèrent à *Homère*, avec quelque apparence de raiſon.

Mais, me direz-vous, le poëme épique ne fera-t-il donc que le récit d'une aventure malheureufe ? non : cette définition ferait auſſi fauſſe que l'autre. L'Oedipe de *Sophocle*, le Cinna de *Corneille*, l'Athalie de *Racine*, le Céfar de *Shakeſpeare*, le Caton d'*Addiſſon*, la Mérope du marquis *Scipion Maffei*, le Roland de *Quinault*, font toutes de belles tragédies, & j'oſe dire, toutes d'une nature différente. On aurait beſoin en quelque forte d'une définition particulière pour chacune d'elles.

Il faut dans tous les arts ſe donner bien de garde de ces définitions trompeufes, par lefquelles nous oſons exclure toutes les beautés qui nous font inconnues, ou que la coutume ne nous a point encore rendues familières. Il n'en eſt point des arts, & furtout de ceux qui dépendent de l'imagination, comme des ouvrages de la nature. Nous pouvons définir les métaux, les minéraux, les élémens, les animaux, parce que leur nature eft toujours la même ; mais prefque tous les ouvrages des hommes changent ainfi que l'imagination qui les produit. Les coutumes, les langues, le goût des peuples les plus voifins, différent. Que dis-je ? la même nation n'eft plus reconnaiffable au bout de trois ou quatre fiècles. Dans les arts qui dépendent purement de l'imagination , il y a autant de révolutions que dans les Etats ; ils changent en mille manières tandis qu'on cherche à les fixer.

La mufique des anciens Grecs , autant que nous en pouvons juger, était très-différente de la nôtre. Celle des Italiens d'aujourd'hui n'eft plus celle de *Luigi* & de *Cariffimi* : des airs perfans ne plairaient pas affurément à des oreilles européanes. Mais fans aller fi loin , un français accoutumé à nos opéra ne peut s'empêcher de rire la première fois qu'il entend du récitatif en Italie : autant en fait un italien à l'opéra de Paris ; & tous deux ont également tort, ne confidérant point que le récitatif n'eft autre chofe qu'une déclamation notée ; que le caractère des deux langues eft très-différent ; que ni l'accent ni le ton ne font les mêmes ; que cette différence eft fenfible dans la converfation , plus encore fur le théâtre tragique, & doit par conféquent l'être beaucoup dans la mufique. Nous fuivons à-peu-près les règles d'architecture de *Vitruve ;* cependant les maifons bâties en Italie par *Palladio* , & en France par nos architectes, ne reffemblent pas plus à celles de *Pline* & de *Cicéron* que nos habillemens ne reffemblent aux leurs.

Mais, pour revenir à des exemples qui aient plus de rapport à notre fujet, qu'était la tragédie chez les Grecs ? un chœur , qui demeurait prefque toujours fur le théâtre, point de divifion d'actes, très-peu d'action, encore moins d'intrigues. Chez les Français, c'eft pour l'ordinaire une fuite de converfations en cinq actes, avec une intrigue amoureufe. En Angleterre, la tragédie eft véritablement une action; & fi les auteurs de ce pays joignaient à l'activité qui anime leurs pièces un ftyle naturel, avec de la décence & de la régularité, ils l'emporteraient bientôt fur les Grecs & fur les Français.

Qu'on examine tous les autres arts, il n'y en a aucun qui ne reçoive des tours particuliers du génie différent des nations qui les cultive.

Quelle fera donc l'idée que nous devons nous former de la poëfie épique? Le mot *épique* vient du grec Επος, qui fignifie *difcours*: l'ufage a attaché ce nom particulièrement à des récits en vers d'aventures héroïques; comme le mot d'*oratio* chez les Romains, qui fignifiait auffi *difcours*, ne fervit dans la fuite que pour les difcours d'appareil; & comme le titre d'*Imperator*, qui appartenait aux généraux d'armée, fut enfuite conféré aux feuls fouverains de Rome.

Le poëme épique, regardé en lui-même, eft donc un récit en vers d'aventures héroïques. Que l'action foit fimple ou complexe; qu'elle s'achève dans un mois ou dans une année, ou qu'elle dure plus long-temps; que la fcène foit fixée dans un feul endroit, comme dans l'Iliade; que le héros voyage de mers en mers, comme dans l'Odyffée; qu'il foit heureux ou infortuné, furieux comme *Achille*, ou pieux comme *Enée*; qu'il y ait un principal perfonnage ou plufieurs; que l'action fe paffe fur la terre ou fur la mer; fur le rivage d'Afrique comme dans la Louifiade; dans

l'Amérique comme dans l'Araucana ; dans le ciel,
dans l'enfer, hors des limites de notre monde,
comme dans le paradis de *Milton* ; il n'importe : le
poëme fera toujours un poëme épique, un poëme
héroïque, à moins qu'on ne lui trouve un nouveau
titre proportionné à fon mérite. Si vous vous faites
fcrupule, difait le célèbre M. *Addiffon*, de donner le
titre de poëme épique au paradis perdu de *Milton* ;
appelez-le, fi vous voulez, un poëme divin, donnez-lui
tel nom qu'il vous plaira, pourvu que vous confeffiez
que c'eft un ouvrage auffi admirable en fon genre que
l'Iliade.

Ne difputons jamais fur les noms. Irais-je refufer
le nom de comédies aux pièces de M. *Congrève* ou à
celles de *Calderon*, parce qu'elles ne font pas dans nos
mœurs ? La carrière des arts a plus d'étendue qu'on
ne penfe. Un homme qui n'a lu que les auteurs
claffiques méprife tout ce qui eft écrit dans les langues
vivantes ; & celui qui ne fait que la langue de fon
pays eft comme ceux qui n'étant jamais fortis de
la cour de France, prétendent que le refte du
monde eft peu de chofe, & que qui a vu Verfailles
a tout vu.

Mais le point de la queftion & de la difficulté eft
de favoir fur quoi les nations polies fe réuniffent,
& fur quoi elles diffèrent. Un poëme épique doit
par-tout être fondé fur le jugement, & embelli par
l'imagination : ce qui appartient au bon fens appartient
également à toutes les nations du monde. Toutes
vous diront qu'une action, *une & fimple*, qui fe déve-
loppe aifément & par degrés, & qui ne coûte point
une attention fatigante, leur plaira davantage qu'un

amas

amas confus d'aventures monftrueufes. On fouhaite généralement que cette unité fi fage foit ornée d'une variété d'épifodes, qui foient comme les membres d'un corps robufte & proportionné. Plus l'action fera *grande*, plus elle plaira à tous les hommes, dont la faibleffe eft d'être féduits par tout ce qui eft au-delà de la vie commune. Il faudra furtout que cette action foit *intéreffante;* car tous les cœurs veulent être remués; & un poëme parfait d'ailleurs, s'il ne touchait point, ferait infipide en tout temps & en tout pays. Elle doit être *entière*, parce qu'il n'y a point d'homme qui puiffe être fatisfait s'il ne reçoit qu'une partie du tout qu'il s'eft promis d'avoir.

Telles font à-peu-près les principales règles que la nature dicte à toutes les nations qui cultivent les lettres; mais la machine du merveilleux, l'intervention d'un pouvoir célefte, la nature des épifodes, tout ce qui dépend de la tyrannie de la coutume, & de cet inftinct qu'on nomme *goût;* voilà fur quoi il y a mille opinions, & point de règles générales.

Mais, me direz-vous, n'y a-t-il point des beautés de goût qui plaifent également à toutes les nations? il y en a fans doute en très-grand nombre. Depuis le temps de la renaiffance des lettres, qu'on a pris les anciens pour modèles, *Homère*, *Démofthènes*, *Virgile*, *Cicéron*, ont en quelque manière réuni fous leurs lois tous les peuples de l'Europe, & fait de tant de nations différentes une feule république des lettres; mais au milieu de cet accord général, les coutumes de chaque peuple introduifent dans chaque pays un goût particulier.

Suite de la la Henriade.   Y

Vous sentez dans les meilleurs écrivains modernes
le caractère de leur pays à travers l'imitation de
l'antique : leurs fleurs & leurs fruits sont échauffés
& mûris par le même soleil ; mais ils reçoivent du
terrain qui les nourrit des goûts, des couleurs, &
des formes, différentes. Vous reconnaîtrez un Italien,
un Français, un Anglais, un Espagnol, à son style,
comme aux traits de son visage, à sa prononciation,
à ses manières. La douceur & la mollesse de la langue
italienne s'est insinuée dans le génie des auteurs italiens.
La pompe des paroles, les métaphores, un style majestueux, sont, ce me semble, généralement parlant, le
caractère des écrivains espagnols. La force, l'énergie,
la hardiesse, sont plus particulières aux Anglais ; ils
sont surtout amoureux des allégories & des comparai-
sons. Les Français ont pour eux la clarté, l'exactitude,
l'élégance : ils hasardent peu ; ils n'ont ni la force
anglaise, qui leur paraîtrait une force gigantesque &
monstrueuse, ni la douceur italienne, qui leur semble
dégénérer en une mollesse efféminée.

De toutes ces différences naissent ce dégoût & ce
mépris que les nations ont les unes pour les autres.
Pour regarder dans tous ses jours cette différence qui
se trouve entre les goûts des peuples voisins, confi-
dérons maintenant leur style.

On approuve avec raison en Italie ces vers imités
de *Lucrèce* dans la troisième stance du premier chant
de la Jérusalem.

Così all' egro fanciul' porgiamo aspersi
Di soave licor gli orli del vaso :
Succhi amari ingannato intanto ei beve,
E dall' inganno suo vita riceve.

Cette comparaifon du charme des fables qui enveloppent des leçons utiles, avec une médecine amère donnée à un enfant dans un vafe bordé de miel, ne ferait pas foufferte dans un poëme épique français. Nous lifons avec plaifir dans *Montagne*, qu'il faut *emmieller la viande falubre à l'enfant*. Mais cette image, qui nous plaît dans fon ftyle familier, ne nous paraîtrait pas digne de la majefté de l'épopée.

Voici un autre endroit univerfellement approuvé, & qui mérite de l'être. C'eft dans le chant feizième de la Jérufalem, lorfqu'*Armide* commence à foupçonner la fuite de fon amant :

> *Volea gridar : dove, o crudel, me fola*
> *Lafci ? ma il varco al fuon chiufe il dolore :*
> *Sicchè tornò la flebile parola*
> *Più amara indietro a rimbombar fu'l core.*

Ces quatre vers italiens font très-touchans & très-naturels ; mais fi on les traduit exactement, ce fera un *galimatias* en français. ,, Elle voulait crier : Cruel, ,, pourquoi me laiffes-tu feule ? mais la douleur ferma ,, le chemin à fa voix ; & ces paroles douloureufes ,, reculèrent avec plus d'amertume, & retentirent fur ,, fon cœur. ,,

Apportons un autre exemple tiré d'un des plus fublimes endroits du poëme fingulier de *Milton*, dont j'ai déjà parlé ; c'eft au premier livre, dans la defcription de Satan & des enfers.

> ———— *Round he throws his baleful eyes*
> *That witnefs'd huge affliction and difmay,*

Mix'd with obdurate pride, and stedfast hate.
At once, as far as angels ken, he views
The dismal situation waste and wild,
A dungeon horrible, on all sides round,
As one great furnace, flam'd, yet from those flames
No light, but rather darkness visible,
Serv'd only to discover sights of woe;
Regions of sorrow! doleful shades! where peace
And rest can never dwell! hope never comes
That comes to all; &c.

„ Il promène de tous côtés ses tristes yeux, dans
„ lesquels sont peints le désespoir & l'horreur, avec
„ l'orgueil & l'irréconciliable haine. Il voit d'un
„ coup d'œil, aussi loin que les regards des chéru-
„ bins peuvent percer, ce séjour épouvantable, ces
„ déserts désolés, ce donjon immense, enflammé
„ comme une fournaise énorme. Mais de ces *flammes*
„ *il ne sortait point de lumières, ce sont des ténèbres*
„ *visibles*, qui servent seulement à découvrir des
„ spectacles de désolation, des régions de douleur,
„ dont jamais n'approchent le repos ni la paix, où
„ l'on ne connaît point l'espérance connue par-tout
„ ailleurs. „

Antonio de Solis, dans son excellente histoire de la
conquête du Mexique, après avoir dit que l'endroit
où *Montezume* consultait ses dieux était une large
voûte souterraine, où de petits soupiraux laissaient
à peine entrer la lumière, ajoute: *O permitian sola-*
mente lo que bastava porque se viesse la oscuridad : „ Où
„ laissaient entrer seulement autant de jour qu'il
„ en fallait pour voir l'obscurité. „ Ces ténèbres

viſibles de *Milton* ne ſont point condamnées en
Angleterre, & les Eſpagnols ne reprennent point cette
même penſée dans *Solis*. Il eſt très-certain que les
Français ne ſouffriraient point de pareilles libertés.
Ce n'eſt pas aſſez que l'on puiſſe excuſer la licence
de ces expreſſions ; l'exactitude françaiſe n'admet rien
qui ait beſoin d'excuſe.

Qu'il me ſoit permis, pour ne laiſſer aucun doute
ſur cette matière, de joindre un nouvel exemple à
tous ceux que j'ai rapportés. Je le prendrai dans
l'éloquence de la chaire. Qu'un homme comme le
père *Bourdaloue* prêche devant une aſſemblée de la
communion anglicane, & qu'animant par un geſte
noble un diſcours pathétique, il s'écrie : ,, Oui,
,, Chrétiens, vous étiez bien diſpoſés ; mais le ſang
,, de cette veuve que vous avez abandonnée ; mais le
,, ſang de ce pauvre que vous avez laiſſé opprimer ;
,, mais le ſang de ces miſérables dont vous n'avez
,, pas pris en main la cauſe ; ce ſang retombera ſur
,, vous ; & vos bonnes diſpoſitions ne ſerviront qu'à
,, rendre ſa voix plus forte pour demander à D I E U
,, vengeance de votre infidélité. Ah ! mes chers Audi-
,, teurs, &c. ,, Ces paroles pathétiques, prononcées
avec force, & accompagnées de grands geſtes, feront
rire un auditoire anglais : car autant qu'ils aiment
ſur le théâtre les expreſſions ampoulées & les mouvemens forcés de l'éloquence, autant ils goûtent dans
la chaire une ſimplicité ſans ornement. Un ſermon
en France eſt une longue déclamation, ſcrupuleuſement diviſée en trois points, & récitée avec enthouſiaſme. En Angleterre un ſermon eſt une diſſertation
ſolide, & quelquefois ſèche, qu'un homme lit au

peuple fans gefte & fans aucun éclat de voix. En Italie c'eft une comédie fpirituelle. En voilà affez pour faire voir combien grande eft la différence entre les goûts des nations.

Je fais qu'il y a plufieurs perfonnes qui ne fauraient admettre ce fentiment. Ils difent que la raifon & les paffions font par-tout les mêmes ; cela eft vrai, mais elles s'expriment par-tout diverfement. Les hommes ont en tout pays un nez, deux yeux, & une bouche : cependant l'affemblage des traits, qui fait la beauté en France, ne réuffira pas en Turquie ; ni une beauté turque à la Chine : & ce qu'il y a de plus aimable en Afie & en Europe ferait regardé comme un monftre dans le pays de la Guinée. Puifque la nature eft fi différente d'elle-même, comment veut-on affervir à des lois générales des arts fur lefquels la coutume, c'eft-à-dire l'inconftance, a tant d'empire ? Si donc nous voulons avoir une connaiffance un peu étendue de ces arts, il faut nous informer de quelle manière on les cultive chez toutes les nations. Il ne fuffit pas, pour connaître l'épopée, d'avoir lu *Virgile* & *Homère ;* comme ce n'eft point affez, en fait de tragédie, d'avoir lu *Sophocle* & *Euripide.*

Nous devons admirer ce qui eft univerfellement *beau* chez les anciens ; nous devons nous prêter à ce qui était *beau* dans leur langue & dans leurs mœurs ; mais ce ferait s'égarer étrangement, que de les vouloir fuivre en tout à la pifte. Nous ne parlons point la même langue. La religion, qui eft prefque toujours le fondement de la poëfie épique, eft parmi nous l'oppofé de leur mythologie. Nos coutumes font plus différentes de celles des héros du fiége de Troie que de celles des Américains. Nos combats, nos fiéges, nos flottes, n'ont pas la moindre reffemblance ; notre philofophie eft en tout le contraire de la leur. L'invention de la poudre, celle de la bouffole, de l'imprimerie, tant d'autres arts, qui ont été apportés récemment dans le monde, ont en quelque façon changé la face de l'univers. Il faut peindre avec des couleurs vraies comme les anciens, mais il ne faut pas peindre les mêmes chofes.

Qu'*Homère* nous repréfente fes dieux s'enivrans de nectar, & rians fans fin de la mauvaife grâce dont *Vulcain* leur fert à boire ; cela était bon de fon temps, où les Dieux étaient ce que les fées font dans le nôtre : mais affurément perfonne ne s'avifera aujourd'hui de repréfenter dans un poëme une troupe d'anges & de faints buvans & rians à table. Que dirait-on d'un auteur qui irait après *Virgile* introduire des harpies enlevant le dîner de fon héros, & qui changerait de vieux vaiffeaux en belles nymphes ? En un mot, admirons les anciens ; mais que notre admiration ne foit pas une fuperftition aveugle : & ne fefons pas cette injuftice à la nature humaine & à nous-mêmes, de fermer nos yeux aux beautés qu'elle répand autour de nous, pour ne regarder & n'aimer que fes anciennes productions, dont nous ne pouvons pas juger avec autant de fureté.

Il n'y a point de monumens en Italie qui méritent plus l'attention d'un voyageur que la Jérufalem du *Taffe*. *Milton* fait autant d'honneur à l'Angleterre que le grand *Newton*. *Camouens* eft en Portugal ce que *Milton* eft en Angleterre. Ce ferait fans doute un grand plaifir, & même un grand avantage, pour

Y 4

un homme qui penfe, d'examiner tous ces poëmes épiques de différente nature, nés en des fiècles, & dans des pays éloignés les uns des autres. Il me femble qu'il y a une fatisfaction noble à regarder les portraits vivans de ces illuftres perfonnages, grecs, romains, italiens, anglais ; tous habillés, fi je l'ofe dire, à la manière de leur pays.

C'eft une entreprife au-delà de mes forces, que de prétendre les peindre ; j'effaierai feulement de crayonner une efquiffe de leurs principaux traits : c'eft au lecteur à fuppléer aux défauts de ce deffin. Je ne ferai que propofer : il doit juger ; & fon jugement fera jufte, s'il lit avec impartialité, & s'il n'écoute ni les préjugés qu'il a reçus dans l'école, ni cet amour-propre mal-entendu qui nous fait méprifer tout ce qui n'eft pas dans nos mœurs. Il verra la naiffance, le progrès, la décadence, de l'art ; il le verra enfuite fortir comme de fes ruines ; il le fuivra dans tous fes changemens ; il diftinguera ce qui eft *beauté* dans tous les temps, & chez toutes les nations, d'avec ces *beautés locales* qu'on admire dans un pays, & qu'on méprife dans un autre. Il n'ira point demander à *Ariftote* ce qu'il doit penfer d'un auteur anglais ou portugais, ni à M. *Perrault* comment il doit juger de l'Iliade. Il ne fe laiffera point tyrannifer par *Scaliger* ni par *le Boffu* ; mais il tirera fes règles de la nature, & des exemples qu'il aura devant les yeux ; & il jugera entre les Dieux d'*Homère* & le Dieu de *Milton*, entre *Calypfo* & *Didon*, entre *Armide* & *Eve*.

Si les nations de l'Europe, au lieu de fe méprifer injuftement les unes les autres, voulaient faire une

attention moins superficielle aux ouvrages & aux
manières de leurs voisins ; non pas pour en rire,
mais pour en profiter ; peut-être de ce commerce
mutuel d'observations, naîtrait ce goût général qu'on
cherche si inutilement.

CHAPITRE II.

HOMERE.

*H*OMERE vivait probablement environ huit cents
cinquante années avant l'ère chrétienne : il était
certainement contemporain d'*Héfiode*. Or *Héfiode* nous
apprend qu'il écrivait dans l'*âge* qui fuivait celui de
la guerre de Troie, & que cet âge, dans lequel il
vivait, finirait avec la génération qui exiftait alors.
Il eft donc certain qu'*Homère* floriffait deux géné-
rations après la guerre de Troie ; ainfi il pouvait
avoir vu dans fon enfance quelques vieillards qui
avaient été à ce fiége, & il devait avoir parlé fouvent
à des Grecs d'Europe & d'Afie qui avaient vu *Ulyffe*,
Ménélas, & *Achille*.

Quand il compofa l'Iliade, (fuppofé qu'il foit
l'auteur de tout cet ouvrage,) il ne fit donc que
mettre en vers une partie de l'hiftoire & des fables
de fon temps. Les Grecs n'avaient alors que des
poëtes pour hiftoriens & pour théologiens ; ce ne
fut même que quatre cents ans après *Héfiode* & *Homère*
qu'on fe réduifit à écrire l'hiftoire en profe. Cet ufage,
qui paraîtra bien ridicule à beaucoup de lecteurs,

était très-raisonnable. Un livre dans ces temps-là était une chose aussi rare qu'un bon livre l'est aujourd'hui : loin de donner au public l'histoire *in-folio* de chaque village, comme on fait à présent, on ne transmettait à la postérité que les grands événemens qui devaient l'intéresser. Le culte des Dieux, & l'histoire des grands-hommes, étaient les seuls sujets de ce petit nombre d'écrits. On les composa long-temps en vers chez les Egyptiens & chez les Grecs, parce qu'ils étaient destinés à être retenus par cœur, & à être chantés : telle était la coutume de ces peuples si différens de nous. Il n'y eut jusqu'à *Hérodote* d'autre histoire parmi eux qu'en vers, & ils n'eurent en aucun temps de poësie sans musique.

A l'égard d'*Homère*, autant ses ouvrages sont connus, autant est-on dans l'ignorance sur sa personne. Tout ce qu'on sait de vrai, c'est que long-temps après sa mort on lui a érigé des statues & élevé des temples. Sept villes puissantes se sont disputé l'honneur de l'avoir vu naître ; mais la commune opinion est que de son vivant il mendiait dans ces sept villes, & que celui dont la postérité a fait un dieu, a vécu méprisé & méprisable ; deux choses compatibles.

L'Iliade, qui est le grand ouvrage d'*Homère*, est plein de dieux & de combats peu vraisemblables. Ces sujets plaisent naturellement aux hommes ; ils aiment ce qui leur paraît terrible ; ils sont comme les enfans qui écoutent avidement ces contes de sorciers qui les effraient. Il y a des fables pour tout âge, & il n'y a point de nation qui n'ait eu les siennes. De ces deux sujets qui remplissent l'Iliade

naiſſent les deux grands reproches que l'on fait à
Homère : on lui impute l'extravagance de ſes dieux
& la groſſièreté de ſes héros. C'eſt reprocher à un
peintre d'avoir donné à ſes figures les habillemens
de ſon temps. *Homère* a peint les Dieux tels qu'on
les croyait , & les hommes tels qu'ils étaient. Ce
n'eſt pas un grand mérite de trouver de l'abſurdité
dans la théologie païenne ; mais il faudrait être bien
dépourvu de goût pour ne pas aimer certaines fables
d'*Homère*. Si l'idée des trois Grâces qui doivent
toujours accompagner la Déeſſe de la beauté , ſi la
ceinture de *Vénus* , ſont de ſon invention ; quelles
louanges ne lui doit-on pas pour avoir ainſi orné
cette religion que nous lui reprochons ? Et ſi ces fables
étaient déjà reçues avant lui , peut-on mépriſer un
ſiècle qui avait trouvé des allégories ſi juſtes & ſi
charmantes ?

Quant à ce qu'on appelle groſſièreté dans les
héros d'*Homère* , on peut rire tant qu'on voudra de
voir *Patrocle* , au neuvième livre de l'Iliade , mettre
trois gigots de mouton dans une marmite , allumer
& ſouffler le feu , & préparer le dîner avec *Achille;*
Achille & *Patrocle* n'en ſont pas moins éclatans.
Charles XII roi de Suède , a fait ſix mois ſa cuiſine
à *Demir-Tocca* , ſans perdre rien de ſon héroïſme :
& la plupart de nos généraux , qui portent dans un
camp tout le luxe d'une cour efféminée , auront bien
de la peine à égaler ces héros qui feſaient leur cuiſine eux-mêmes. On peut ſe moquer de la princeſſe
Nauſica qui , ſuivie de toutes ſes femmes , va laver
ſes robes , & celles du roi & de la reine. On peut
trouver ridicule que les filles d'*Auguſte* aient filé les

habits de leur père, lorfqu'il était maître de la moitié de l'univers. Cela n'empêchera pas qu'une fimplicité fi refpeftable ne vaille bien la vaine pompe, la molleffe, & l'oifiveté, dans lefquelles les perfonnes d'un haut rang font nourries.

Que fi l'on reproche à *Homère* d'avoir tant loué la force de fes héros, c'eft qu'avant l'invention de la poudre, la force du corps décidait de tout dans les batailles ; c'eft que cette force eft l'origine de tout pouvoir chez les hommes ; c'eft que par cette fupériorité feule les nations du Nord ont conquis notre hémifphère depuis la Chine jufqu'au mont Atlas. Les anciens fe fefaient une gloire d'être robuftes : leurs plaifirs étaient des exercices violens : ils ne paffaient point leurs jours à fe faire traîner dans des chars, à couvert des influences de l'air, pour aller porter languiffamment d'une maifon dans une autre leur ennui & leur inutilité. En un mot *Homère* avait à repréfenter un *Ajax* & un *Heftor*, non un courtifan de Verfailles ou de Saint-James.

Après avoir rendu juftice au fond du fujet des poëmes d'*Homère*, ce ferait ici le lieu d'examiner la manière dont il les a traités, & d'ofer juger du prix de fes ouvrages : mais tant de plumes favantes ont épuifé cette matière, que je me bornerai à une feule réflexion, dont ceux qui s'appliquent aux belles-lettres pourront peut-être tirer quelque utilité.

Si *Homère* a eu des temples, il s'eft trouvé bien des infidelles qui fe font moqués de fa divinité. Il y a eu dans tous les fiècles des favans, des *raifonneurs* qui l'ont traité d'écrivain pitoyable, tandis que d'autres étaient à genoux devant lui.

Ce père de la poësie est depuis quelque temps un grand sujet de dispute en France. *Perrault* commença la querelle contre *Despréaux ;* mais il apporta à ce combat des armes trop inégales : il composa son livre du parallèle des anciens & des modernes, où l'on voit un esprit très-superficiel, nulle méthode, & beaucoup de méprises. Le redoutable *Despréaux* accabla son adversaire en s'attachant uniquement à relever ses bévues ; de sorte que la dispute fut terminée par rire aux dépens de *Perrault*, sans qu'on entamât seulement le fond de la question. *Houdart de la Motte* a depuis renouvelé la querelle : il ne savait pas la langue grecque ; mais l'esprit a suppléé en lui, autant qu'il est possible, à cette connaissance. Peu d'ouvrages sont écrits avec autant d'art, de discrétion, & de finesse, que ses dissertations sur *Homère*. Mme *Dacier*, connue par une érudition qu'on eût admirée dans un homme, soutint la cause d'*Homère* avec l'emportement d'un commentateur. On eût dit que l'ouvrage de M. de *la Motte* était d'une femme d'esprit, & celui de Mme *Dacier* d'un homme savant. L'un, par son ignorance de la langue grecque, ne pouvait sentir les beautés de l'auteur qu'il attaquait ; l'autre, toute remplie de la superstition des commentateurs, était incapable d'apercevoir les défauts dans l'auteur qu'elle adorait.

Pour moi, lorsque je lus *Homère*, & que je vis ces fautes grossières qui justifient les critiques, & ces beautés plus grandes que ces fautes ; je ne pus croire d'abord que le même génie eût composé tous les chants de l'Iliade. En effet nous ne connaissons, parmi les Latins ni parmi nous, aucun auteur qui soit tombé si bas, après s'être élevé si haut. Le grand *Corneille*, génie pour le moins égal à *Homère*, a fait à la vérité Pertharite, Suréna, Agésilas, après avoir donné Cinna & Polyeucte ; mais Suréna & Pertharite sont des sujets encore plus mal choisis que mal traités. Ces tragédies sont très-faibles, mais non pas remplies d'absurdités, de contradictions, & de fautes grossières. Enfin j'ai trouvé chez les Anglais ce que je cherchais ; & le paradoxe de la réputation d'*Homère* m'a été développé. *Shakespeare*, leur premier poëte tragique, n'a guère en Angleterre d'autre épithète que celle de divin. Je n'ai jamais vu à Londres la salle de la comédie aussi remplie à l'Andromaque de *Racine*, toute bien traduite qu'elle est par *Philips*, ou au Caton d'*Addisson*, qu'aux anciennes pièces de *Shakespeare*. Ces pièces sont des monstres en tragédie. Il y en a qui durent plusieurs années ; on y baptise au premier acte le héros, qui meurt de vieillesse au cinquième ; on y voit des sorciers, des paysans, des ivrognes, des bouffons, des fossoyeurs qui creusent une fosse, & qui chantent des airs à boire en jouant avec des têtes de mort. Enfin, imaginez ce que vous pourrez de plus monstrueux & de plus absurde, vous le trouverez dans *Shakespeare*. Quand je commençais à apprendre la langue anglaise, je ne pouvais comprendre comment une nation si éclairée pouvait admirer un auteur si extravagant : mais dès que j'eus une plus grande connaissance de la langue, je m'aperçus que les Anglais avaient raison ; & qu'il est impossible que toute une nation se trompe en fait de sentiment, & ait tort d'avoir du plaisir. Ils voyaient comme moi les fautes grossières de leur auteur favori ; mais ils fentaient mieux que moi fes beautés, d'autant plus fingulières que ce font des éclairs qui ont brillé dans la nuit la plus profonde. Il y a cent cinquante années qu'il jouit de fa réputation. Les auteurs qui font venus après lui ont fervi à l'augmenter plutôt qu'ils ne l'ont diminuée. Le grand fens de l'auteur de Caton, & fes talens qui en ont fait un fecrétaire d'Etat, n'ont pu le placer à côté de *Shakefpeare*. Tel eft le privilége du génie d'invention ; il fe fait une route où perfonne n'a marché avant lui ; il court fans guide, fans art, fans règle ; il s'égare dans fa carrière ; mais il laiffe loin derrière lui tout ce qui n'eft que raifon & qu'exactitude. Tel à-peu-près était *Homère* : il a créé fon art, & l'a laiffé imparfait : c'eft un chaos encore ; mais la lumière y brille déjà de tous côtés.

Le Clovis de *Defmarets*, la Pucelle de *Chapelain*, ces poëmes fameux par leur ridicule, font, à la honte des règles, conduits avec plus de régularité que l'Iliade ; comme le Pirame de *Pradon* eft plus exact que le Cid de *Corneille*. Il y a peu de petites *nouvelles* où les événemens ne foient mieux ménagés, préparés avec plus d'artifice, arrangés avec mille fois plus d'induftrie, que dans *Homère*. Cependant douze beaux vers de l'Iliade font au-deffus de la perfection de ces bagatelles ; autant qu'un gros diamant, ouvrage brut de la nature, l'emporte fur des colifichets de fer ou de laiton, quelque bien travaillés qu'ils puiffent être par des mains induftrieufes. Le grand mérite d'*Homère* eft d'avoir été un peintre fublime. Inférieur de beaucoup à *Virgile* dans tout le refte, il lui eft fupérieur en cette partie. S'il décrit une armée en

marche , *c'eſt un feu dévorant qui, pouſſé par les vents,*
conſume la terre devant lui. Si c'eſt un Dieu qui ſe
tranſporte d'un lieu à un autre , il *fait trois pas, &*
au quatrième il arrive au bout de la terre. Quand il décrit
la ceinture de *Vénus ,* il n'y a point de tableau de
l'*Albane* qui approche de cette peinture riante. Veut-il
fléchir la colère d'*Achille ;* il perſonnifie les prières ;
elles ſont filles du maître des Dieux ; elles marchent triſte-
ment , le front couvert de confuſion , les yeux trempés de
larmes ; & ne pouvant ſe ſoutenir ſur leurs pieds chancelans,
elles ſuivent de loin l'Injure, l'Injure altière qui court ſur
la terre d'un pied léger, levant ſa tête audacieuſe. C'eſt
ici ſans doute qu'on ne peut ſurtout s'empêcher d'être
un peu révolté contre feu *la Motte Houdart* de l'académie françaiſe, qui dans ſa traduction d'*Homère*
étrangle tout ce beau paſſage , & le raccourcit ainſi
en deux vers.

> On apaiſe les Dieux ; mais par des ſacrifices
> De ces Dieux irrités on fait des Dieux propices.

Quel malheureux don de la nature que l'eſprit,
s'il a empêché M. de *la Motte* de ſentir ces grandes
beautés d'imagination ; & ſi cet académicien ſi ingénieux a cru que quelques antithèſes, quelques tours
délicats, pourraient ſuppléer à ces grands traits
d'éloquence ! *La Motte* a ôté beaucoup de défauts à
Homère ; mais il n'a conſervé aucune de ſes beautés :
il a fait un petit ſquelette d'un corps démeſuré &
trop plein d'embonpoint. En vain tous les journaux
ont prodigué des louanges à *la Motte ;* en vain avec
tout l'art poſſible, & ſoutenu de beaucoup de mérite,
s'était-il fait un parti conſidérable ; ſon parti, ſes

éloges,

éloges, fa traduction, tout a difparu; & *Homére* eft refté.

Ceux qui ne peuvent pardonner les fautes d'*Homére* en faveur de fes beautés, font la plupart des efprits trop philofophiques, qui ont étouffé en eux-mêmes tout fentiment. On trouve dans les penfées de M. *Pafcal* qu'il n'y a point de beauté poëtique, & *que faute d'elle on a inventé de grands mots, comme* fatal laurier, bel aftre, *& que c'eft cela qu'on appelle beauté poëtique.* Que prouve un tel paffage, finon que l'auteur parlait de ce qu'il n'entendait pas? Pour juger des poëtes il faut favoir fentir, il faut être né avec quelques étincelles du feu qui anime ceux qu'on veut connaître; comme pour décider fur la mufique, ce n'eft pas affez, ce n'eft rien même de calculer en mathématicien la proportion des tons, il faut avoir de l'oreille & de l'ame.

Qu'on ne croie point encore connaître les poëtes par les traductions; ce ferait vouloir apercevoir le coloris d'un tableau dans une eftampe. Les traductions augmentent les fautes d'un ouvrage, & en gâtent les beautés. Qui n'a lu que Mme *Dacier* n'a point lu *Homére;* c'eft dans le grec feul qu'on peut voir le ftyle du poëte, plein de négligences extrêmes, mais jamais affecté, & paré de l'harmonie naturelle de la plus belle langue qu'aient jamais parlé les hommes. Enfin on verra *Homére* lui-même, qu'on trouvera comme fes héros tout plein de défauts, mais fublime. Malheur à qui l'imiterait dans l'économie de fon poëme! heureux qui peindrait les détails comme lui! & c'eft précifément par ces détails que la poëfie charme les hommes.

Suite de la Henriade.   Z

CHAPITRE III.

VIRGILE.

IL ne faut avoir aucun égard à la vie de *Virgile*, qu'on trouve à la tête de plufieurs éditions des ouvrages de ce grand-homme. Elle eft pleine de puérilités & de contes ridicules. On y repréfente *Virgile* comme une efpèce de maquignon & de fefeur de prédictions, qui devine qu'un poulain qu'on avait envoyé à *Augufle* était né d'une jument malade ; & qui, étant interrogé fur le fecret de la naiffance de l'empereur, répond qu'*Augufle* était fils d'un bou-langer, parce qu'il n'avait été jufque-là récompenfé de l'empereur qu'en rations de pain. Je ne fais par quelle fatalité la mémoire des grands-hommes eft prefque toujours défigurée par des contes infipides. Tenons-nous-en à ce que nous favons certainement de *Virgile*. Il naquit l'an 684 de la fondation de Rome, dans le village d'Andez, à une lieue de Mantoue, fous le premier confulat du grand *Pompée* & de *Craffus*. Les ides d'octobre, qui étaient le quinze de ce mois, devinrent à jamais fameufes par fa naiffance : *octobris Maro confecravit idus*, dit *Martial*. Il ne vécut que cinquante-deux ans, & mourut à Brindes comme il allait en Grèce pour mettre dans la retraite la dernière main à fon Enéide, qu'il avait été onze ans à compofer.

Il eft le feul de tous les poëtes épiques qui ait joui de fa réputation pendant fa vie. Les fuffrages

& l'amitié d'*Augufte*, de *Mécène*, de *Tucca*, de *Pollion*, d'*Horace*, de *Gallus*, ne fervirent pas peu, fans doute, à diriger les jugemens de fes contemporains, qui peut-être fans cela ne lui auraient pas rendu fi tôt juftice. Quoi qu'il en foit, telle était la vénération qu'on avait pour lui à Rome, qu'un jour comme il vint paraître au théâtre, après qu'on y eut récité quelques-uns de fes vers, tout le peuple fe leva avec des acclamations ; honneur qu'on ne rendait alors qu'à l'empereur. Il était né d'un caractère doux, modefte, & même timide. Il fe dérobait très-fouvent en rougiffant à la multitude, qui accourait pour le voir. Il était embarraffé de fa gloire ; fes mœurs étaient fimples ; il négligeait fa perfonne & fes habillemens ; mais cette négligence était aimable. Il fefait les délices de fes amis par cette fimplicité, qui s'accorde fi bien avec le génie, & qui femble être donnée aux véritables grands-hommes pour adoucir l'envie.

Comme les talens font bornés, & qu'il arrive rarement qu'on touche aux deux extrémités à la fois, il n'était plus le même, dit-on, lorfqu'il écrivait en profe. *Sénèque* le philofophe nous apprend que *Virgile* n'avait pas mieux réuffi en profe que *Cicéron* ne paffait pour avoir réuffi en vers. Cependant il nous refte de très-beaux vers de *Cicéron*. Pourquoi *Virgile* n'aurait-il pu defcendre à la profe, puifque *Cicéron* s'éleva quelquefois à la poëfie ?

Horace & lui furent comblés de biens par *Augufte*. Cet heureux tyran favait bien qu'un jour fa réputation dépendrait d'eux : auffi eft-il arrivé que l'idée que ces deux grands écrivains nous ont donnée d'*Augufte* a effacé l'horreur de fes profcriptions ; ils nous font aimer fa mémoire ; ils ont fait, fi j'ofe le dire , illufion à toute la terre. *Virgile* mourut affez riche pour laiffer des fommes confidérables à *Tucca*, à *Varius*, à *Mécénas*, & à l'empereur même. On fait qu'il ordonna, par fon teftament, que l'on brûlât fon Enéide , dont il n'était point fatisfait ; mais on fe donna bien de garde d'obéir à fa dernière volonté. Nous avons encore les vers qu'*Augufte* compofa au fujet de cet ordre que *Virgile* avait donné en mourant ; ils font beaux, & femblent partir du cœur.

> *Ergone fupremis potuit vox improba vobis*
> *Tam dirum mandare nefas ? ergo ibit in ignes ,*
> *Magnaque doctiloqui morietur mufa Maronis ?*

Cet ouvrage , que l'auteur avait condamné aux flammes , eft encore avec fes défauts le plus beau monument qui nous refte de toute l'antiquité. *Virgile* tira le fujet de fon poëme des traditions fabuleufes, que la fuperftition populaire avait tranfmifes jufqu'à lui, à-peu-près comme *Homère* avait fondé fon Iliade fur la tradition du fiége de Troie ; car en vérité il n'eft pas croyable qu'*Homère* & *Virgile* fe foient foumis par hafard à cette règle bizarre que le père *le Boffu* a prétendu établir ; c'eft de choifir fon fujet avant fes perfonnages, & de difpofer toutes les actions qui fe paffent dans le poëme avant de favoir à qui on les attribuera. Cette règle peut avoir lieu dans la comédie, qui n'eft qu'une repréfentation des ridicules du fiècle ; ou dans un roman frivole, qui n'eft qu'un tiffu de petites intrigues , lefquelles n'ont befoin ni de l'autorité de l'histoire ni du poids d'aucun nom célèbre.

Les poëtes épiques, au contraire, sont obligés de choisir un héros connu, dont le nom seul puisse imposer au lecteur, & un point d'histoire qui soit par lui-même intéressant. Tout poëte épique qui suivra la règle de *le Bossu* sera sûr de n'être jamais lu ; mais heureusement il est impossible de la suivre : car si vous tirez votre sujet tout entier de votre imagination, & que vous cherchiez ensuite quelque événement dans l'histoire pour l'adapter à votre fable, toutes les annales de l'univers ne pourraient pas vous fournir un événement entièrement conforme à votre plan : il faudra de nécessité que vous altériez l'un pour le faire cadrer avec l'autre ; & y a-t-il rien de plus ridicule que de commencer à bâtir pour être ensuite obligé de détruire ?

Virgile rassembla donc dans son poëme tous ces différens matériaux qui étaient épars dans plusieurs livres, & dont on peut voir quelques-uns dans *Denys d'Halicarnasse*. Cet historien trace exactement le cours de la navigation d'*Enée* ; il n'oublie ni la fable des harpies, ni les prédictions de *Celeno*, ni le petit *Ascagne* qui s'écrie que les *Troyens ont mangé leurs assiettes, &c.* Pour la métamorphose des vaisseaux d'*Enée* en nymphes, *Denys d'Halicarnasse* n'en parle point ; mais *Virgile* lui-même prend soin de nous avertir que ce conte était une ancienne tradition : *Prisca fides facto, sed fama perennis.* Il semble qu'il ait eu honte de cette fable puérile, & qu'il ait voulu se l'excuser à lui-même en se rappelant la croyance publique. Si on considérait dans cette vue plusieurs

endroits de *Virgile*, qui choquent au premier coup
d'œil, on ferait moins prompt à le condamner.

N'eſt-il pas vrai que nous permettrions à un auteur
français, qui prendrait *Clovis* pour ſon héros, de
parler de la ſainte ampoule, qu'un pigeon apporta
du ciel dans la ville de· Reims pour oindre le roi,
& qui ſe conſerve encore avec foi dans cette ville ?
Un anglais qui chanterait le roi *Arthur* n'aurait-il pas
la liberté de parler de l'enchanteur *Merlin* ? Tel eſt le
ſort de toutes ces anciennes fables, où ſe perd l'origine
de chaque peuple, qu'on reſpecte leur antiquité en
riant de leur abſurdité. Après tout, quelqu'excuſable
qu'on ſoit de mettre en œuvre de pareils contes, je
penſe qu'il vaudrait encore mieux les rejeter entièrement : un ſeul lecteur ſenſé, que ces faits rebutent,
mérite plus d'être ménagé qu'un vulgaire ignorant
qui les croit.

A l'égard de la conſtruction de la fable, *Virgile*
eſt blâmé par quelques critiques, & loué par d'autres,
de s'être aſſervi à imiter *Homère*. Pour moi, ſi j'oſe
haſarder mon ſentiment, je penſe qu'il ne mérite ni
ces reproches ni ces louanges. Il ne pouvait éviter de
mettre ſur la ſcène les dieux d'*Homère*, qui étaient
auſſi les ſiens, & qui, ſelon la tradition, avaient
eux-mêmes guidé *Enée* en Italie. Mais aſſurément
il les fait agir avec plus de jugement que le poëte
grec. Il parle comme lui du ſiége de Troie ; mais
j'oſe dire qu'il y a plus d'art, & des beautés plus
touchantes, dans la deſcription que fait *Virgile* de la
priſe de cette ville, que dans toute l'Iliade d'*Homère*.
On nous crie que l'épiſode de *Didon* eſt d'après
celui de *Circé* & de *Calypſo* ; qu'*Enée* ne deſcend aux

enfers qu'à l'imitation d'*Ulyſſe*. Le lecteur n'a qu'à comparer ces prétendues copies avec l'original ſuppoſé, il y trouvera une prodigieuſe différence. *Homère a fait Virgile*, dit-on ; ſi cela eſt, c'eſt ſans doute ſon plus bel ouvrage.

Il eſt bien vrai que *Virgile* a emprunté du grec quelques comparaiſons, quelques deſcriptions, dans leſquelles même pour l'ordinaire il eſt au-deſſous de l'original. Quand *Virgile* eſt grand, il eſt lui-même ; s'il bronche quelquefois, c'eſt lorſqu'il ſe plie à ſuivre la marche d'un autre.

J'ai entendu ſouvent reprocher à *Virgile* de la ſtérilité dans l'invention. On le compare à ces peintres qui ne ſavent point varier leurs figures. Voyez, dit-on, quelle profuſion de caractères *Homère* a jeté dans ſon Iliade : au lieu que dans l'Enéide, le fort *Cloanthe*, le brave *Gias*, & le fidelle *Achate*, ſont des perſonnages inſipides, des domeſtiques d'*Enée*, & rien de plus, dont les noms ne ſervent qu'à remplir quelques vers. Cette remarque me paraît juſte ; mais j'oſe dire qu'elle tourne à l'avantage de *Virgile*. Il chante les actions d'*Enée*, & *Homère* l'oiſiveté d'*Achille*. Le poëte grec était dans la néceſſité de ſuppléer à l'abſence de ſon principal héros ; & comme ſon talent était de faire des tableaux plutôt que d'ourdir avec art la trame d'une fable intéreſſante, il a ſuivi l'impulſion de ſon génie, en repréſentant avec plus de force que de choix des caractères éclatans, mais qui ne touchent point. *Virgile* au contraire ſentait qu'il ne fallait point affaiblir ſon principal perſonnage, & le perdre dans la foule. C'eſt au ſeul *Enée* qu'il a voulu, & qu'il a

dû nous attacher ; aussi ne nous le fait-il jamais
perdre de vue. Toute autre méthode aurait gâté son
poëme.

Saint-Evremond dit qu'*Enée* est plus propre à être
le fondateur d'un ordre de moines que d'un empire.
Il est vrai qu'*Enée* passe auprès de bien des gens
plutôt pour un dévot que pour un guerrier ; mais
leur préjugé vient de la fausse idée qu'ils ont du
courage. Ils ont les yeux éblouis de la fureur d'*Achille*,
ou des exploits gigantesques des héros de roman. Si
Virgile avait été moins sage, si au lieu de représenter
le courage calme d'un chef prudent il avait peint la
témérité emportée d'*Ajax* & de *Dioméde*, qui combattent contre des dieux, il aurait plu davantage à
ces critiques ; mais il mériterait peut-être moins de
plaire aux hommes sensés.

Je viens à la grande & universelle objection que
l'on fait contre l'Enéide. Les six derniers chants,
dit-on, sont indignes des six premiers. Mon admiration pour ce grand génie ne me ferme point les
yeux sur ce défaut ; je suis persuadé qu'il le sentait
lui-même, & que c'était la vraie raison pour laquelle
il avait eu dessein de brûler son ouvrage. Il n'avait
voulu réciter à *Auguste* que le premier, le second,
le quatrième, & le sixième livre, qui sont effectivement la plus belle partie de l'Enéide. Il n'est point
donné aux hommes d'être parfaits. *Virgile* a épuisé
tout ce que l'imagination a de plus grand dans la
descente d'*Enée* aux enfers ; il a dit tout au cœur
dans les amours de *Didon*. La terreur & la compassion
ne peuvent aller plus loin que dans la description
de la ruine de Troie. De cette haute élévation, où

il était parvenu au milieu de fon vol, il ne pouvait guère que defcendre. Le projet du mariage d'*Énée* avec une *Lavinie* qu'il n'a jamais vue ne faurait nous intéreffer après les amours de *Didon*. La guerre contre les Latins, commencée à l'occafion d'un cerf bleffé, ne peut que refroidir l'imagination échauffée par la ruine de Troie. Il eft bien difficile de s'élever quand le fujet baiffe. Cependant il ne faut pas croire que les fix derniers chants de l'Enéide foient fans beautés : il n'y en a aucun où vous ne reconnaiffiez *Virgile*. Ce que la force de fon art a tiré de ce terrain ingrat eft prefque incroyable. Vous voyez par-tout la main d'un homme fage qui lutte contre les difficultés : il difpofe avec choix tout ce que la brillante imagination d'*Homère* avait répandu avec une profufion fans règle.

Pour moi, s'il m'eft permis de dire ce qui me bleffe davantage dans les fix derniers livres de l'Enéide, c'eft qu'on eft tenté en les lifant de prendre le parti de *Turnus* contre *Enée*. Je vois en la perfonne de *Turnus* un jeune prince paffionnément amoureux, prêt à époufer une princeffe qui n'a point pour lui de répugnance ; il eft favorifé dans fa paffion par la mère de *Lavinie*, qui l'aime comme fon fils. Les Latins & les Rutules défirent également ce mariage, qui femble devoir affurer la tranquillité publique, le bonheur de *Turnus*, celui d'*Amate*, & même de *Lavinie*. Au milieu de ces douces efpérances, lorfqu'on touche au moment de tant de félicités, voici qu'un étranger, un fugitif, arrive des côtes d'Afrique. Il envoie une ambaffade au roi latin pour obtenir un afile ; le bon vieux roi commence par lui offrir fa fille, qu'*Enée* ne lui demandait pas : de-là fuit une guerre cruelle ; encore ne commence-t-elle que par hafard , & par une aventure commune & petite. *Turnus* en combattant pour fa maîtreffe eft tué impitoyablement par *Enée;* la mère de *Lavinie* au défefpoir fe donne la mort; & le faible roi latin, pendant tout ce tumulte, ne fait ni refufer ni accepter *Turnus* pour fon gendre, ni faire la guerre ni la paix. Il fe retire au fond de fon palais, laiffant *Turnus* & *Enée* fe battre pour fa fille , fûr d'avoir un gendre , quoi qu'il arrive.

Il eût été aifé , ce me femble , de remédier à ce grand défaut : il fallait peut-être qu'*Enée* eût à délivrer *Lavinie* d'un ennemi , plutôt qu'à combattre un jeune & aimable amant qui avait tant de droits fur elle , & qu'il fecourût le vieux roi *Latinus* au lieu de ravager fon pays. Il a trop l'air du raviffeur de *Lavinie.* J'aimerais qu'il en fût le vengeur ; je voudrais qu'il eût un rival que je puffe haïr , afin de m'intéreffer davantage au héros. Une telle difpofition eût été une fource de beautés nouvelles. Le père & la mère de *Lavinie* , cette jeune princeffe même , euffent eu des perfonnages plus convenables à jouer. Mais ma préfomption va trop loin ; ce n'eft point à un jeune peintre à ofer reprendre les défauts d'un *Raphaël ;* & je ne puis pas dire comme le *Corrège : Son Pittor anche io.*

CHAPITRE IV.

LUCAIN.

Après avoir levé nos yeux vers *Homère* & *Virgile*, il eſt inutile de les arrêter ſur leurs copiſtes. Je paſſerai ſous ſilence *Statius*, & *Silius Italicus*, l'un faible, l'autre monſtrueux imitateur de l'Iliade & de l'Enéide ; mais il ne faut pas omettre *Lucain*, dont le génie original a ouvert une route nouvelle. Il n'a rien imité ; il ne doit à perſonne ni ſes beautés ni ſes défauts, & mérite par cela ſeul une attention particulière.

Lucain était d'une ancienne maiſon de l'ordre des chevaliers : il naquit à Cordoue en Eſpagne, ſous l'empereur *Caligula*. Il n'avait encore que huit mois lorſqu'on l'amena à Rome, où il fut élevé dans la maiſon de *Sénèque* ſon oncle. Ce fait ſuffit pour impoſer ſilence à des critiques qui ont révoqué en doute la pureté de ſon langage. Ils ont pris *Lucain* pour un eſpagnol qui a fait des vers latins. Trompés par ce préjugé, ils ont cru trouver dans ſon ſtyle des barbariſmes qui n'y ſont point, & qui, ſuppoſé qu'ils y fuſſent, ne peuvent aſſurément être aperçus par aucun moderne. Il fut d'abord favori de *Néron*, juſqu'à ce qu'il eût la noble imprudence de diſputer contre lui le prix de la poëſie, & le dangereux honneur de le remporter. Le ſujet qu'ils traitaient tous deux était *Orphée*. La hardieſſe qu'eurent les juges de déclarer *Lucain* vainqueur, eſt une preuve bien forte de la liberté dont on jouissait dans les premières années de ce règne.

Tandis que *Néron* fit les délices des Romains, *Lucain* crut pouvoir lui donner des éloges; il le loue même avec trop de flatterie, & en cela seul il a imité *Virgile*, qui avait eu la faiblesse de donner à *Auguste* un encens que jamais un homme ne doit donner à un autre homme tel qu'il soit. *Néron* démentit bientôt les louanges outrées dont *Lucain* l'avait comblé. Il força *Sénèque* à conspirer contre lui ; *Lucain* entra dans cette fameuse conjuration, dont la découverte coûta la vie à trois cents romains du premier rang. Etant condamné à la mort, il se fit ouvrir les veines dans un bain chaud, & mourut en récitant des vers de sa Pharsale, qui exprimaient le genre de mort dont il expirait.

Il ne fut pas le premier qui choisit une histoire récente pour le sujet d'un poëme épique. *Varius*, contemporain, ami, & rival, de *Virgile*, mais dont les ouvrages ont été perdus, avait exécuté avec succès cette dangereuse entreprise. La proximité des temps, la notoriété publique de la guerre civile, le siècle éclairé, politique, & peu superstitieux, où vivaient *César* & *Lucain*, la solidité de son sujet, ôtaient à son génie toute liberté d'invention fabuleuse. La grandeur véritable des héros réels qu'il fallait peindre d'après nature était une nouvelle difficulté. Les Romains du temps de *César* étaient des personnages bien autrement importans que *Sarpedon*, *Dioméde*, *Mezence*, & *Turnus*. La guerre de Troie était un jeu d'enfans en comparaison des guerres civiles de Rome, où les plus grands capitaines, & les plus puissans

hommes qui aient jamais été, difputaient de l'empire
de la moitié du monde connu.

Lucain n'a ofé s'écarter de l'hiftoire : par-là il a
rendu fon poëme fec & aride. Il a voulu fuppléer au
défaut d'invention par la grandeur des fentimens ;
mais il a caché trop fouvent fa féchereffe fous de
l'enflure. Ainfi il eft arrivé qu'*Achille* & *Enée*, qui
étaient peu importans par eux-mêmes, font devenus
grands dans *Homère* & dans *Virgile* ; & que *Céfar* &
Pompée font petits quelquefois dans *Lucain*. Il n'y a
dans fon poëme aucune defcription brillante comme
dans *Homère*. Il n'a point connu comme *Virgile* l'art
de narrer, & de ne rien dire de trop ; il n'a ni fon
élégance ni fon harmonie. Mais auffi vous trouvez
dans la Pharfale des beautés qui ne font ni dans
l'Iliade ni dans l'Enéide. Au milieu de fes déclamations ampoulées, il y a de ces penfées mâles &
hardies, de ces maximes politiques dont *Corneille*
eft rempli ; quelques-uns de fes difcours ont la
majefté de ceux de *Tite-Live*, & la force de *Tacite*.
Il peint comme *Salluíte ;* en un mot, il eft grand
par-tout où il ne veut point être poëte. Une feule
ligne telle que celle-ci en parlant de *Céfar*, *Nil aɛlum
reputans, fi quid fupereffet agendum*, vaut bien affurément une defcription poëtique.

Virgile & *Homère* avaient fort bien fait d'amener
les divinités fur la fcène. *Lucain* a fait tout auffi-bien
de s'en paffer. *Jupiter, Junon, Mars, Vénus*, étaient
des embelliffemens néceffaires aux aɛtions d'*Enée* &
d'*Agamemnon*. On favait peu de chofe de ces héros
fabuleux : ils étaient comme ces vainqueurs des jeux
olympiques que *Pindare* chantait, dont il n'avait

prefque rien à dire. Il fallait qu'il fe jetât fur les
louanges de *Caftor*, de *Pollux*, & d'*Hercule*. Les faibles
commencemens de l'empire romain avaient befoin
d'être relevés par l'intervention des Dieux ; mais
Céfar, *Pompée*, *Caton*, *Labiénus*, vivaient dans un autre
fiècle qu'*Enée :* les guerres civiles de Rome étaient
trop férieufes pour ces jeux d'imagination. Quel rôlè
Céfar jouerait-il dans la plaine de Pharfale, fi *Iris*
venait lui apporter fon épée, ou fi *Vénus* defcendait
dans un nuage d'or à fon fecours ?

Ceux qui prennent les commencemens d'un art
pour les principes de l'art même, font perfuadés
qu'un poëme ne faurait fubfifter fans divinités,
parce que l'Iliade en eft pleine ; mais ces divinités
font fi peu effentielles au poëme, que le plus bel
endroit qui foit dans *Lucain*, & peut-être dans aucun
poëte, eft le difcours de *Caton*, dans lequel ce ftoïque
ennemi des fables dédaigne d'aller voir le temple de
Jupiter Hammon. Je me fers de la traduction de *Brebeuf*,
malgré fes défauts.

Laiffons, laiffons, dit-il, un fecours fi honteux
A ces ames qu'agite un avenir douteux.
Pour être convaincu que la vie eft à plaindre,
Que c'eft un long combat dont l'iffue eft à craindre,
Qu'une mort glorieufe eft préférable aux fers,
Je ne confulte point les Dieux ni les enfers.
Alors que du néant nous paffons jufqu'à l'être,
Le ciel met dans nos cœurs tout ce qu'il faut connaître ;
Nous trouvons DIEU par-tout ; par-tout il parle à nous.
Nous favons ce qui fait ou détruit fon courroux ;

Et chacun porte en foi ce confeil falutaire,
Si le charme des fens ne le force à fe taire.
Penfez-vous qu'à ce temple un Dieu foit limité ?
Qu'il ait dans ces déferts caché la vérité ?
Faut-il d'autre féjour à ce monarque augufte,
Que les cieux, que la terre, & que le cœur du jufte ?
C'eft lui qui nous foutient, c'eft lui qui nous conduit ;
C'eft fa main qui nous guide, & fon feu qui nous luit ;
Tout ce que nous voyons eft cet être fuprême, &c.

C'eft bien affez, Romains, de ces vives leçons
Qu'il grave dans notre ame au point que nous naiffons.
Si nous n'y favons pas lire nos aventures,
Percer avant le temps dans les chofes futures ;
Loin d'appliquer en vain nos foins à les chercher ;
Ignorons fans douleur ce qu'il veut nous cacher.

Ce n'eft donc point pour n'avoir pas fait ufage
du miniftère des Dieux, mais pour avoir ignoré l'art
de bien conduire les affaires des hommes, que *Lucain*
eft fi inférieur à *Virgile*. Faut-il qu'après avoir peint
Céfar, *Pompée*, *Caton*, avec des traits fi forts, il foit
fi faible quand il les fait agir ? Ce n'eft prefque plus
qu'une gazette pleine de déclamations ; il me femble
que je vois un portique hardi & immenfe qui me
conduit à des ruines.

CHAPITRE V.

LE TRISSIN.

APRÈS que l'empire romain eut été détruit par les barbares, plufieurs langues fe formèrent des débris du latin, comme plufieurs royaumes s'élevèrent fur les ruines de Rome. Les conquérans portèrent dans tout l'Occident leur barbarie & leur ignorance. Tous les arts périrent; & lorfqu'après huit cents ans ils commencèrent à renaître, ils renaquirent Goths & Vandales. Ce qui nous refte malheureufement de l'architecture & de la fculpture de ces temps-là, eft un compofé bizarre de groffièrèté & de colifichets. Le peu qu'on écrivait était dans le même goût. Les moines confervèrent la langue latine pour la corrompre; les Francs, les Vandales, les Lombards, mêlèrent à ce latin corrompu leur jargon irrégulier & ftérile. Enfin la langue italienne, comme la fille aînée de la latine, fe polit la première; enfuite l'efpagnole, puis la françaife & l'anglaife, fe perfectionnèrent.

La poëfie fut le premier art qui fut cultivé avec fuccès. *Dante* & *Pétrarque* écrivirent dans un temps où l'on n'avait pas encore un ouvrage de profe fupportable; chofe étrange que prefque toutes les nations du monde aient eu des poëtes avant que d'avoir aucune autre forte d'écrivains. *Homère* fleurit chez les Grecs plus d'un fiècle avant qu'il parût un hiftorien. Les cantiques de *Moïfe* font le plus ancien

monument

monument des Hébreux. On a trouvé des chanſons chez les Caraïbes qui ignoraient tous les arts. Les barbares des côtes de la mer baltique avaient leurs fameuſes rimes *runiques*, dans les temps qu'ils ne ſavaient pas lire ; ce qui prouve en paſſant que la poëſie eſt plus naturelle aux hommes qu'on ne penſe.

Quoi qu'il en ſoit, *le Taſſe* était encore au berceau lorſque *le Triſſin*, auteur de la fameuſe Sophonisbe, la première tragédie écrite en langue vulgaire, entreprit un poëme épique. Il prit pour ſon ſujet l'*Italie délivrée des Goths par Béliſaire ſous l'empire de Juſtinien*. Son plan eſt ſage & régulier : mais la poëſie y eſt faible. Toutefois l'ouvrage réuſſit, & cette aurore du bon goût brilla pendant quelque temps, juſqu'à ce qu'elle fut abſorbée dans le grand jour qu'apporta *le Taſſe*.

Le Triſſin était un homme d'un ſavoir très-étendu, & d'une grande capacité. *Léon X* l'employa dans plus d'une affaire importante. Il fut ambaſſadeur auprès de *Charles-Quint* ; mais enfin il ſacrifia ſon ambition, & la prétendue ſolidité des affaires, à ſon goût pour les lettres ; bien différent en cela de quelques hommes célébres que nous avons vu quitter, & même mépriſer les lettres, après avoir fait fortune par elles. Il était avec raiſon charmé des beautés qui ſont dans *Homére*, & cependant ſa grande faute eſt de l'avoir imité ; il en a tout pris hors le génie. Il s'appuie ſur *Homére* pour marcher, & tombe en voulant le ſuivre : il cueille les fleurs du poëte grec, mais elles ſe flétriſſent dans les mains de l'imitateur. *Le Triſſin*, par exemple, a copié ce bel endroit d'*Homére* où *Junon*, parée de la ceinture de *Vénus*, dérobe à *Jupiter* des careſſes qu'il n'avait pas coutume de lui faire. La femme de

Suite de la Henriade.　　　　　A a

l'empereur *Juſtinien* a les mêmes vues ſur ſon époux
dans l'*Italia liberata.* „ Elle commence par ſe baigner
„ dans ſa belle chambre ; elle met une chemiſe
„ blanche ; & après une longue énumération de tous
„ les affiquets d'une toilette, elle va trouver l'empe-
„ reur, qui eſt aſſis ſur un gazon dans un petit jardin;
„ elle lui fait une menterie avec beaucoup d'agace-
„ ries, & enfin *Juſtinien le diede un baſcio.*

> *Soave, e le gettò le braccia al collo,*
> *Ed ella ſtette; e ſorridendo diſſe :*
> *Signor mio dolce, or che volete fare ?*
> *Che ſe veniſſe alcuno in queſto luogo,*
> *E ci vedeſſe, avrei tanta vergogna,*
> *Che più non ardirei levar la fronte.*
> *Entriamo nelle noſtre uſate ſtanze,*
> *Chiudiam gli uſci, e ſopra il voſtro letto*
> *Poniam ci, e fate poi quel che vi piace.*
> *L'imperator riſpoſe : Alma mia vita,*
> *Non dubitate della viſta altrui ;*
> *Che qui non può venir perſona umana*
> *Se non per la mia ſtanza, ed io la chiuſi*
> *Come qui venni, e hò la chiave a canto ;*
> *E penſo, che ancor voi chiudeſte l'uſcio,*
> *Che vien in eſſo dalle ſtanze voſtre ;*
> *Perchè giammai non lo laſciaſte aperto.*
> *E detto queſto, ſubito abbracciolla ;*
> *Poi ſi colcar nella minuta erbetta*
> *La quale allegra gli fioria d'intorno ; &c.*

„ L'empereur lui donna un doux baiſer, & lui jeta
„ les bras au cou. Elle s'arrêta, & lui dit en ſouriant:

,, Mon doux Seigneur, que voulez-vous faire? Si
,, quelqu'un entrait ici, & nous découvrait, je ferais
,, fi honteufe que je n'oferais plus lever les yeux.
,, Allons dans notre appartement, fermons les portes,
,, mettons-nous fur le lit, & puis faites ce que vous
,, voudrez. L'empereur lui répondit: Ma chère ame,
,, ne craignez point d'être aperçue. Perfonne ne peut
,, entrer ici que par ma chambre; je l'ai fermée, &
,, j'en ai la clef dans ma poche. Je préfume que vous
,, avez auffi fermé la porte de votre appartement qui
,, entre dans le mien; car vous ne le laiffez jamais
,, ouvert. Après avoir ainfi parlé, il l'embraffe, & la
,, jette fur l'herbe tendre, qui femble partager leurs
,, plaifirs, & qui fe couronne de fleurs. ,, Ainfi ce
qui eft décrit noblement dans *Homère* devient auffi
bas & auffi dégoûtant dans *le Triffin*, que les careffes
d'un mari & d'une femme devant le monde.

Le Triffin femble n'avoir copié *Homère* que dans le
détail des defcriptions: il eft très-exaɛt à peindre les
habillemens & les meubles de fes héros; mais il oublie
leurs caraɛtères. Je prétends pas parler de lui pour
remarquer feulement fes fautes, mais pour lui donner
l'éloge qu'il mérite, d'avoir été le premier moderne
en Europe qui ait fait un poëme épique régulier &
fenfé, quoique faible, & qui ait ofé fecouer le joug
de la rime. De plus, il eft le feul des poëtes italiens
dans lequel il n'y ait ni jeux de mots ni pointes, &
celui de tous qui a le moins introduit d'enchanteurs
& de héros enchantés dans fes ouvrages; ce qui n'était
pas un petit mérite.

CHAPITRE VI.

LE CAMOUENS.

Tandis que *le Trissin* en Italie suivait d'un pas timide & faible les traces des anciens, *le Camouens* en Portugal ouvrait une carrière toute nouvelle, & s'acquérait une réputation qui dure encore parmi ses compatriotes, qui l'appellent le *Virgile portugais*.

Camouens, d'une ancienne famille portugaise, naquit en Espagne dans les dernières années du règne célébre de *Ferdinand* & d'*Isabelle*, tandis que *Jean II* régnait en Portugal. Après la mort de *Jean* il vint à la cour de Lisbonne, la première année du règne d'*Emmanuel le grand*, héritier du trône & des grands desseins du roi *Jean*. C'étaient alors les beaux jours du Portugal, & le temps marqué pour la gloire de cette nation.

Emmanuel, déterminé à suivre le projet qui avait échoué tant de fois, de s'ouvrir une route aux Indes orientales par l'Océan, fit partir en 1497 *Vasco de Gama* avec une flotte pour cette fameuse entreprise, qui était regardée comme téméraire & impraticable, parce qu'elle était nouvelle. *Gama*, & ceux qui eurent la hardiesse de s'embarquer avec lui, passèrent pour des insensés qui se sacrifiaient de gaieté de cœur. Ce n'était qu'un cri dans la ville contre le roi : tout Lisbonne vit partir avec indignation & avec larmes ces aventuriers, & les pleura comme morts. Cependant l'entreprise réussit, & fut le premier fondement du commerce que l'Europe fait aujourd'hui avec les Indes par l'Océan.

Camouens n'accompagna point *Vafco de Gama* dans fon expédition, comme je l'avais dit dans mes éditions précédentes ; il n'alla aux grandes Indes que long-temps après. Un défir vague de voyager & de faire fortune, l'éclat que fefaient à Lisbonne fes galanteries indifcrètes, fes mécontentemens de la cour, & furtout cette curiofité affez inféparable d'une grande imagina-tion, l'arrachèrent à fa patrie. Il fervit d'abord volon-taire fur un vaiffeau, & il perdit un œil dans un combat de mer. Les Portugais avaient déjà un vice-roi dans les Indes. *Camouens* étant à Goa en fut exilé par le vice-roi. Etre exilé d'un lieu qui pouvait être regardé lui-même comme un exil cruel, c'était un de ces mal-heurs finguliers que la deftinée réfervait à *Camouens*. Il languit quelques années dans un coin de terre barbare fur les frontières de la Chine, où les Portugais avaient un petit comptoir, & où ils commençaient à bâtir la ville de Macao. Ce fut là qu'il compofa fon poëme de la découverte des Indes, qu'il intitula Lufiade ; titre qui a peu de rapport au fujet, & qui, à propre-ment parler, fignifie la Portugade.

Il obtint un petit emploi à Macao même, & de là retournant enfuite à Goa, il fit naufrage fur les côtes de la Chine, & fe fauva, dit-on, en nageant d'une main, & tenant de l'autre fon poëme, feul bien qui lui reftait. De retour à Goa, il fut mis en prifon ; il n'en fortit que pour effuyer un plus grand malheur, celui de fuivre en Afrique un petit gouverneur arrogant & avare : il éprouva toute l'humiliation d'en être protégé. Enfin il revint à Lisbonne avec fon poëme pour toute reffource. Il obtint une petite penfion d'environ huit cents livres de notre monnaie d'aujourd'hui ; mais on

ceſſa bientôt de la lui payer. Il n'eut d'autre retraite &
d'autre ſecours qu'un hôpital. Ce fut là qu'il paſſa
le reſte de ſa vie, & qu'il mourut dans un abandon
général. A peine fut-il mort qu'on s'empreſſa de lui
faire des épitaphes honorables, & de le mettre au rang
des grands-hommes. Quelques villes ſe diſputèrent
l'honneur de lui avoir donné la naiſſance. Ainſi il
éprouva en tout le ſort d'*Homère*. Il voyagea comme
lui ; il vécut & mourut pauvre, & n'eut de réputation
qu'après ſa mort. Tant d'exemples doivent apprendre
aux hommes de génie que ce n'eſt point par le génie
qu'on fait ſa fortune & qu'on vit heureux.

Le ſujet de la Luſiade, traité par un eſprit auſſi
vif que *le Camouens*, ne pouvait que produire une
nouvelle eſpèce d'épopée. Le fond de ſon poëme n'eſt
ni une guerre ni une querelle de héros, ni le monde
en armes pour une femme ; c'eſt un nouveau pays
découvert à l'aide de la navigation.

Voici comme il débute: ,, Je chante ces hommes
,, au-deſſus du vulgaire, qui des rives occidentales
,, de la Luſitanie, portés ſur des mers qui n'avaient
,, point encore vu de vaiſſeaux, allèrent étonner la
,, Trapobane de leur audace : eux dont le courage
,, patient à ſouffrir des travaux au-delà des forces
,, humaines, établit un nouvel empire ſous un ciel
,, inconnu & ſous d'autres étoiles. Qu'on ne vante plus
,, les voyages du fameux troyen qui porta ſes dieux
,, en Italie ; ni ceux du ſage grec qui revit Ithaque
,, après vingt ans d'abſence ; ni ceux d'*Alexandre*,
,, cet impétueux conquérant. Diſparaiſſez, drapeaux
,, que *Trajan* déployait ſur les frontières de l'Inde :
,, voici un homme à qui *Neptune* a abandonné ſon

,, trident : voici des travaux qui furpaffent tous les
,, vôtres.

,, Et vous, Nymphes du Tage, fi jamais vous
,, m'avez infpiré des fons doux & touchans, fi j'ai
,, chanté les rives de votre aimable fleuve; donnez-moi
,, aujourd'hui des accens fiers & hardis ; qu'ils aient la
,, force & la clarté de votre cours; qu'ils foient purs
,, comme vos ondes, & que déformais le dieu des vers
,, préfère vos eaux à celles de la fontaine facrée. ,,

Le poëte conduit la flotte portugaife à l'embouchure
du Gange; il décrit en paffant les côtes occidentales,
le midi & l'orient de l'Afrique, & les différens peuples
qui vivent fur cette côte; il entre-mêle avec art l'hiftoire
du Portugal. On voit dans le troifième chant la mort
de la célèbre *Inès de Caftro*, époufe du roi dom *Pedro*,
dont l'aventure déguifée a été jouée depuis peu fur le
théâtre de Paris. C'eft à mon gré le plus beau morceau
du *Camouens* ; il y a peu d'endroits dans *Virgile* plus
attendriffans & mieux écrits. La fimplicité du poëme
eft rehauffée par des fictions auffi neuves que le fujet.
En voici une qui, je l'ofe dire, doit réuffir dans tous
les temps & chez toutes les nations.

Lorfque la flotte eft prête à doubler le Cap de
Bonne-Efpérance, appelé alors le promontoire des
tempêtes, on aperçoit tout-à-coup un formidable
objet. C'eft un fantôme qui s'élève du fond de la mer;
fa tête touche aux nues ; les tempêtes, les vents, les
tonnerres font autour de lui ; fes bras s'étendent aux
loin fur la furface des eaux : ce monftre, ou ce dieu,
eft le gardien de cet Océan dont aucun vaiffeau n'avait
encore fendu les flots ; il menace la flotte, il fe plaint
de l'audace des Portugais qui viennent lui difputer

l'empire de ces mers ; il leur annonce toutes les calamités qu'ils doivent effuyer dans leur entreprife. Cela
eft grand en tout pays fans doute.

Voici une autre fiction qui fut extrêmement du
goût des Portugais , & qui me paraît conforme au
génie italien ; c'eft une île enchantée , qui fort de la
mer pour le rafraîchiffement de *Gama* & de fa flotte.
Cette île a fervi , dit-on , de modèle à l'île d'*Armide*,
décrite quelques années après par *le Taffe*. C'eft-là que
Vénus, aidée des confeils du Père éternel , & fecondée
en même temps des flèches de *Cupidon*, rend les néréides
amoureufes des Portugais. Les plaifirs les plus lafcifs
y font peints fans ménagement ; chaque portugais
embraffe une néréide ; *Thétis* obtient *Vafco de Gama*
pour fon paffage. Cette déeffe le tranfporte fur une
haute montagne , qui eft l'endroit le plus délicieux de
l'île , & de là lui montre tous les royaumes de la terre,
& lui prédit les deftinées du Portugal.

Camouens, après s'être abandonné fans réferve à la
defcription voluptueufe de cette île , & des plaifirs où
les Portugais font plongés, s'avife d'informer le lecteur
que toute cette fiction ne fignifie autre chofe que le
plaifir qu'un honnête homme fent à faire fon devoir.
Mais il faut avouer qu'une île enchantée , dont *Vénus*
eft la déeffe, & où des nymphes careffent des matelots
après un voyage de long cours , reffemble plus à un
Muſico d'Amfterdam qu'à quelque chofe d'honnête.
J'apprends qu'un traducteur du *Camouens* prétend que
dans ce poëme *Vénus* fignifie la *fainte Vierge*, & que *Mars*
eft évidemment JESUS-CHRIST. A la bonne heure;
je ne m'y oppofe pas ; mais j'avoue que je ne m'en
ferais pas aperçu. Cette allégorie nouvelle rendra

raiſon de tout; on ne ſera plus tant ſurpris que *Gama* dans une tempête adreſſe ſes prières à JESUS-CHRIST, & que ce ſoit *Vénus* qui vienne à ſon ſecours. *Bacchus* & la vierge *Marie* ſe trouveront tout naturellement enſemble.

Le principal but des Portugais, après l'établiſſement de leur commerce, eſt la propagation de la foi, & *Vénus* ſe charge du ſuccès de l'entrepriſe. A parler ſérieuſement, un merveilleux ſi abſurde défigure tout l'ouvrage aux yeux des lecteurs ſenſés. Il ſemble que ce grand défaut eût dû faire tomber ce poëme; mais la poëſie du ſtyle, & l'imagination dans l'expreſſion, l'ont ſoutenu; de même que les beautés de l'exécution ont placé *Paul Veronèſe* parmi les grands peintres, quoiqu'il ait placé des pères bénédictins & des ſoldats ſuiſſes dans des ſujets de l'ancien teſtament.

Le Camouens tombe preſque toujours dans de telles diſparates. Je me ſouviens que *Vaſco*, après avoir raconté ſes aventures au roi de Melinde, lui dit: *O Roi, jugez ſi Ulyſſe & Enée ont voyagé auſſi loin que moi, & couru autant de périls:* comme ſi un barbare africain des côtes de Zanguebar ſavait ſon *Homère* & ſon *Virgile.* Mais de tous les défauts de ce poëme, le plus grand eſt le peu de liaiſon qui règne dans toutes ſes parties; il reſſemble au voyage dont il eſt le ſujet. Les aventures ſe ſuccèdent les unes aux autres, & le poëte n'a d'autre art que celui de bien conter les détails: mais cet art ſeul, par le plaiſir qu'il donne, tient quelquefois lieu de tous les autres. Tout cela prouve enfin que l'ouvrage eſt plein de grandes beautés, puiſque depuis deux cents ans il fait les délices d'une nation ſpirituelle qui doit en connaître les fautes.

CHAPITRE VII.

LE TASSE.

TORQUATO TASSO commença sa *Gierusalemme liberata* dans le temps que la Lusiade du *Camouens* commençait à paraître. Il entendait assez le portugais pour lire ce poëme & pour en être jaloux ; il disait que *le Camouens* était le seul rival en Europe qu'il craignît. Cette crainte, si elle était sincère, était très-mal fondée ; *le Tasse* était autant au-dessus de *Camouens* que le Portugais était supérieur à ses compatriotes. *Le Tasse* eût eu plus de raison d'avouer qu'il était jaloux de l'*Arioste*, par qui sa réputation fut si long-temps balancée, & qui lui est encore préféré par bien des italiens. Il y aura même quelques lecteurs qui s'étonneront que l'on ne place point ici l'*Arioste* parmi les poëtes épiques. Il est vrai que l'*Arioste* a plus de fertilité, plus de variété, plus d'imagination que tous les autres ensemble ; & si on lit *Homère* par une espèce de devoir, on lit & on relit l'*Arioste* pour son plaisir. Mais il ne faut pas confondre les espèces. Je ne parlerais point des comédies de l'Avare & du Joueur en traitant de la tragédie. L'*Orlando furioso* est d'un autre genre que l'Iliade & l'Enéide. On peut même dire que ce genre, quoique plus agréable au commun des lecteurs, est cependant très-inférieur au véritable poëme épique. Il en est des écrits comme des hommes. Les caractères sérieux sont les plus estimés, & celui qui domine son imagination est supérieur à celui qui s'y abandonne. Il eſt plus aiſé de peindre des ogres & des géans que des héros, & d'outrer la nature que de la ſuivre. (*)

Le Taſſe naquit à Sorrento en 1544 le 11 mars, de *Bernardo Taſſo* & de *Portia de Roſſi*. La maiſon dont il ſortait était une des plus illuſtres d'Italie, & avait été long-temps une des plus puiſſantes. Sa grand'mère était une *Cornaro*: on ſait aſſez qu'une noble vénitienne a d'ordinaire la vanité de ne point épouſer un homme d'une qualité médiocre : mais toute cette grandeur paſſée ne ſervit peut-être qu'à le rendre plus malheureux. Son père, né dans le déclin de ſa maiſon, s'était attaché au prince de Salerne, qui fut dépouillé de ſa principauté par *Charles-Quint.* De plus, *Bernardo* était poëte lui-même ; avec ce talent, & le malheur qu'il eut d'être domeſtique d'un petit prince, il n'eſt pas étonnant qu'il ait été pauvre & malheureux.

Torquato fut d'abord élevé à Naples. Son génie poëtique, la ſeule richeſſe qu'il avait reçue de ſon père, ſe manifeſta dès ſon enfance. Il feſait des vers à l'âge de ſept ans. *Bernardo*, banni de Naples avec les partiſans du prince de Salerne, & qui connaiſſait par une dure expérience le danger de la poëſie & d'être attaché aux grands, voulut éloigner ſon fils de ces deux ſortes d'eſclavage. Il l'envoya étudier le droit à Padoue. Le jeune *Taſſe* y réuſſit, parce qu'il avait un génie qui s'étendait à tout : il reçut même ſes degrés en philoſophie & en théologie. C'était alors un grand honneur, car on regardait comme ſavant un homme qui ſavait par cœur la logique d'*Ariſtote*, &

(*) Voyez l'article EPOPÉE dans le *Dictionnaire philoſophique.*

ce bel art de difputer pour & contre en termes inintelligibles, fur des matières qu'on ne comprend point. Mais le jeune homme, entraîné par l'impulfion irréfiftible du génie, au milieu de toutes ces études qui n'étaient point de fon goût, compofa à l'âge de dix-fept ans fon poëme de Renaud, qui fut comme le précurfeur de fa Jérufalem. La réputation que ce premier ouvrage lui attira le détermina dans fon penchant pour la poëfie. Il fut reçu dans l'académie des *Ætherei* de Padoue fous le nom de *Pentito*, du repentant, pour marquer qu'il fe repentait du temps qu'il croyait avoir perdu dans l'étude du droit & dans les autres, où fon inclination ne l'avait pas appelé.

Il commença la Jérufalem à l'âge de vingt-deux ans. Enfin, pour accomplir la deftinée que fon père avait voulu lui faire éviter, il alla fe mettre fous la protection du duc de Ferrare, & crut qu'être logé & nourri chez un prince pour lequel il fefait des vers, était un établiffement affuré. A l'âge de vingt-fept ans, il alla en France à la fuite du cardinal d'*Efte. Il fut reçu du roi Charles IX*, difent les hiftoriens italiens, *avec des diftinctions dues à fon mérite, & revint à Ferrare comblé d'honneurs & de biens.* Mais ces biens & ces honneurs, tant vantés, fe réduifaient à quelques louanges; c'eft la fortune des poëtes. On prétend qu'il fut amoureux à la cour de Ferrare de la fœur du duc, & que cette paffion, jointe aux mauvais traitemens qu'il reçut dans cette cour, fut la fource de cette humeur mélancolique qui le confuma vingt années, & qui fit paffer pour fou un homme qui avait mis tant de raifon dans fes ouvrages.

Quelques chants de fon poëme avaient déjà paru fous le nom de *Godefroi;* il le donna tout entier au public à l'âge de trente ans, fous le titre plus judicieux de la *Jérufalem délivrée.* Il pouvait dire alors comme un grand-homme de l'antiquité : J'ai vécu affez pour le bonheur & pour la gloire. Le refte de fa vie ne fut plus qu'une chaîne de calamités & d'humiliations. Enveloppé dès l'âge de huit ans dans le banniffement de fon père, fans patrie, fans bien, fans famille, perfécuté par les ennemis que lui fufcitaient fes talens, plaint, mais négligé par ceux qu'il appelait fes amis, il fouffrit l'exil, la prifon, la plus extrême pauvreté, la faim même ; & ce qui devait ajouter un poids infupportable à tant de malheurs, la calomnie l'attaqua & l'opprima. Il s'enfuit de Ferrare où le protecteur qu'il avait tant célébré l'avait fait mettre en prifon : il alla à pied, couvert de haillons, depuis Ferrare jufqu'à Sorrento dans le royaume de Naples, trouver une fœur qu'il y avait, & dont il efpérait quelque fecours, mais dont probablement il n'en reçut point, puifqu'il fut obligé de retourner à pied à Ferrare, où il fut emprifonné encore. Le défefpoir altéra fa conftitution robufte, & le rejeta dans des maladies violentes & longues, qui lui ôtèrent quelquefois l'ufage de la raifon. Il prétendit un jour avoir été guéri par le fecours de la *fainte Vierge* & de *fainte Scholaftique,* qui lui apparurent dans un grand accès de fièvre. Le marquis *Manfo di Villa* rapporte ce fait comme certain. Tout ce que la plupart des lecteurs en croiront, c'eft que *le Taffe* avait la fièvre.

Sa gloire poëtique, cette confolation imaginaire des malheurs réels, fut attaquée de tous côtés. Le

nombre de fes ennemis éclipfa pour un temps fa
réputation. Il fut prefque regardé comme un mauvais
poëte. Enfin, après vingt années l'envie fut laffe de
l'opprimer ; fon mérite furmonta tout. On lui offrit
des honneurs & de la fortune, mais ce ne fut que
lorfque fon efprit, fatigué d'une fuite de malheurs fi
longue, était devenu infenfible à tout ce qui pouvait
le flatter. Il fut appelé à Rome par le pape *Clément VII*,
qui dans une congrégation de cardinaux avait réfolu
de lui donner la couronne de laurier & les honneurs
du triomphe ; cérémonie bizarre qui paraît ridicule
aujourd'hui, furtout en France, & qui était alors
très-férieufe & très-honorable en Italie. *Le Taffe* fut
reçu à un mille de Rome par les deux cardinaux
neveux, & par un grand nombre de prélats & d'hommes
de toutes conditions. On le conduifit à l'audience du
pape : *Je défire*, lui dit le pontife, *que vous honoriez la
couronne de laurier, qui a honoré jufqu'ici tous ceux qui l'ont
portée.* Les deux cardinaux *Aldobrandins*, neveux du
pape, qui aimaient & admiraient *le Taffe*, fe char-
gèrent de l'appareil du couronnement ; il devait fe
faire au capitole ; chofe affez fingulière, que ceux qui
éclairent le monde par leurs écrits triomphent dans
la même place que ceux qui l'avaient défolé par leurs
conquêtes. *Le Taffe* tomba malade dans le temps de
ces préparatifs, & comme fi la fortune avait voulu le
tromper jufqu'au dernier moment, il mourut la veille
du jour deftiné à la cérémonie.

Le temps, qui fape la réputation des ouvrages
médiocres, a affuré celle du *Taffe*. La Jérufalem délivrée
eft aujourd'hui chantée en plufieurs endroits de
l'Italie, comme les poëmes d'*Homère* l'étaient en Grèce ;

& on ne fait nulle difficulté de le mettre à côté de
Virgile & d'*Homère*, malgré fes fautes & malgré la critique de *Defpréaux*.

La Jérufalem paraît à quelques égards être d'après
l'Iliade : mais fi c'eft imiter que de choifir dans
l'hiftoire un fujet qui a des reffemblances avec la
fable de la guerre de Troie ; fi *Renaud* eft une
copie d'*Achille* & *Godefroi* d'*Agamemnon*, j'ofe dire
que *le Taffe* a été bien au-delà de fon modèle. Il a
autant de feu qu'*Homère* dans fes batailles, avec plus
de variété. Ses héros ont tous des caractères différens
comme ceux de l'Iliade ; mais fes caractères font mieux
annoncés, plus fortement décrits, & mieux foutenus ;
car il n'y en a prefque pas un feul qui ne fe démente
dans le poëte grec, & pas un qui ne foit invariable
dans l'italien.

Il a peint ce qu'*Homère* crayonnait ; il a perfectionné
l'art de nuancer les couleurs & de diftinguer les différentes efpèces de vertus, de vices & de paffions, qui
ailleurs femblent être les mêmes. Ainfi *Godefroi* eft
prudent & modéré ; l'inquiet *Aladin* a une politique
cruelle ; la généreufe valeur de *Tancrède* eft oppofée
à la fureur d'*Argant* ; l'amour dans *Armide* eft un
mélange de coquetterie & d'emportement ; dans
Herminie c'eft une tendreffe douce & aimable. Il n'y a
pas jufqu'à l'ermite *Pierre* qui ne faffe un perfonnage
dans le tableau, & un beau contrafte avec l'enchanteur
Ifmeno ; & ces deux figures font affurément au-deffus
de *Calchas* & de *Taltibius*. *Renaud* eft une imitation
d'*Achille* ; mais fes fautes font plus excufables ; fon
caractère eft plus aimable ; fon loifir eft mieux employé.
Achille éblouit, & *Renaud* intéreffe.

Je ne fais fi *Homère* a bien ou mal fait d'infpirer tant de compaffion pour *Priam* l'ennemi des Grecs : mais c'eft fans doute un coup de l'art d'avoir rendu *Aladin* odieux. Sans cet artifice, plus d'un lecteur fe ferait intéreffé pour les mahométans contre les chrétiens ; on ferait tenté de regarder ces derniers comme des brigands ligués pour venir du fond de l'Europe défoler un pays fur lequel ils n'avaient aucun droit, & maffacrer de fang-froid un vénérable monarque âgé de quatre-vingts ans, & tout un peuple innocent qui n'avait rien à démêler avec eux.

C'était une chofe bien étrange que la folie des croifades. Les moines prêchaient ces faints brigandages, moitié par enthoufiafme, moitié par intérêt. La cour de Rome les encourageait par une politique qui profitait de la faibleffe d'autrui. Des princes quittaient leurs Etats, les épuifaient d'hommes & d'argent, & les laiffaient expofés au premier occupant pour aller fe battre en Syrie. Tous les gentilshommes vendaient leurs biens, & partaient pour la Terre fainte avec leurs maîtreffes. L'envie de courir, la mode, la fuperftition, concouraient à répandre dans l'Europe cette maladie épidémique. Les croifés mêlaient les débauches les plus fcandaleufes & la fureur la plus barbare, avec des fentimens tendres de dévotion ; ils égorgèrent tout dans Jérufalem, fans diftinction de fexe ni d'âge : mais quand ils arrivèrent au faint Sépulcre, ces monftres ornés de croix blanches, encore toutes dégoûtantes du fang des femmes qu'ils venaient de maffacrer après les avoir violées, fondirent tendrement en larmes, baifèrent la terre & fe frappèrent la poitrine ; tant la nature humaine eft capable de réunir les extrêmes.

Le

Le Tasse fait voir, comme il le doit, les croisades dans un jour tout opposé. C'est une armée de héros qui, sous la conduite d'un chef vertueux, vient délivrer du joug des infidelles une terre consacrée par la naissance & la mort d'un Dieu. Le sujet de la Jérusalem, à le considérer dans ce sens, est le plus grand qu'on ait jamais choisi. *Le Tasse* l'a traité dignement : il y a mis autant d'intérêt que de grandeur. Son ouvrage est bien conduit ; presque tout y est lié avec art ; il amène adroitement les aventures ; il distribue sagement les lumières & les ombres. Il fait passer le lecteur des alarmes de la guerre aux délices de l'amour, & de la peinture des voluptés il le ramène aux combats ; il excite la sensibilité par degrés ; il s'élève au-dessus de lui-même de livre en livre. Son style est presque par-tout clair & élégant ; & lorsque son sujet demande de l'élévation, on est étonné comment la mollesse de la langue italienne prend un nouveau caractère sous ses mains, & se change en majesté & en force.

On trouve, il est vrai, dans la Jérusalem environ deux cents vers où l'auteur se livre à des jeux de mots & à des *concetti* puériles : mais ces faiblesses étaient une espèce de tribut que son génie payait au mauvais goût de son siècle pour les pointes, qui même a augmenté depuis lui, mais dont les Italiens sont entièrement désabusés.

Si cet ouvrage est plein de beautés qu'on admire par-tout, il y a aussi bien des endroits qu'on n'approuve qu'en Italie, & quelques-uns qui ne doivent plaire nulle part. Il me semble que c'est une faute par tout pays d'avoir débuté par un épisode qui ne tient

Suite de la Henriade.   B b

en rien au reſte du poëme. Je parle de l'étrange &
inutile taliſman que fait le ſorcier *Iſmeno* avec une
image de la Vierge *Marie*, & de l'hiſtoire d'*Olindo* &
de *Sophronia*. Encore ſi cette image de la Vierge ſervait
à quelque prédiction ; ſi *Olindo* & *Sophronia*, près
d'être les victimes de leur religion, étaient éclairés d'en
haut & diſaient un mot de ce qui doit arriver ; mais
ils ſont entièrement hors d'œuvre. On croit d'abord
que ce ſont les principaux perſonnages du poëme ;
mais le poëte ne s'eſt épuiſé à décrire leur aventure
avec tous les embelliſſemens de ſon art, & n'excite
tant d'intérêt & de pitié pour eux, que pour n'en plus
parler du tout dans le reſte de l'ouvrage. *Sophronie* &
Olinde ſont auſſi inutiles aux affaires des chrétiens que
l'image de la Vierge l'eſt aux mahométans.

Il y a dans l'épiſode d'*Armide*, qui d'ailleurs eſt un
chef-d'œuvre, des excès d'imagination, qui aſſurément
ne feraient point admis en France ni en Angleterre.
Dix princes chrétiens métamorphoſés en poiſſons, &
un perroquet chantant des chanſons de ſa propre
compoſition, ſont des fables bien étranges aux yeux
d'un lecteur ſenſé, accoutumé à n'approuver que ce
qui eſt naturel. Les enchantemens ne réuſſiraient pas
aujourd'hui avec des Français ou des Anglais ; mais
du temps du *Taſſe* ils étaient reçus dans toute l'Europe,
& regardés preſque comme un point de foi par le
peuple ſuperſtitieux d'Italie. Sans doute un homme
qui vient de lire *Locke* ou *Addiſſon*, ſera étrangement
révolté de trouver dans la Jéruſalem un ſorcier chrétien
qui tire *Renaud* des mains des ſorciers mahométans.
Quelle fantaiſie d'envoyer *Ubalde* & ſon compagnon à
un vieux & ſaint magicien, qui les conduit juſqu'au

centre de la terre ! Les deux chevaliers fe promènent là
fur le bord d'un ruiffeau rempli de pierres précieufes
de tout genre. De ce lieu on les envoie à Afcalon ,
vers une vieille , qui les tranfporte auffitôt dans un
petit bateau aux îles Canaries. Ils y arrivent fous la
protection de D I E U , tenant dans leurs mains une
baguette magique : ils s'acquittent de leur ambaffade ,
& ramènent au camp des chrétiens le brave *Renaud* ,
dont toute l'armée avait grand befoin. Encore ces imaginations dignes des contes de fées n'appartiennent-
elles pas au *Taffe ;* elles font copiées de l'*Ariofte* , ainfi
que fon *Armide* eft une copie d'*Alcine.* C'eft-là furtout
ce qui fait que tant de littérateurs italiens ont mis
l'*Ariofte* beaucoup au-deffus du *Taffe.*

Mais quel était ce grand exploit qui était réfervé
à *Renaud* ? Conduit par enchantement depuis le Pic
de Ténérife jufqu'à Jérufalem , la Providence l'avait
deftiné pour abattre quelques vieux arbres dans une
forêt. Cette forêt eft le grand merveilleux du poëme.
Dans les premiers chants, D I E U ordonne à l'archange
Michel de précipiter dans l'enfer les diables répandus
dans l'air, qui excitaient des tempêtes , & qui tour-
naient fon tonnerre contre les chrétiens en faveur des
mahométans. *Michel* leur défend abfolument de fe mêler
déformais des affaires des chrétiens. Ils obéiffent auffitôt
& fe plongent dans l'abyme : mais bientôt après le
magicien *Ifmeno* les en fait fortir. Ils trouvent alors les
moyens d'éluder les ordres de D I E U ; & fous le prétexte de quelques diftinctions fophiftiques, ils prennent
poffeffion de la forêt, où les chrétiens fe préparaient à
couper le bois néceffaire pour la charpente d'une tour.
Les diables prennent une infinité de différentes formes

pour épouvanter ceux qui coupent les arbres. *Tancrède*
trouve fa *Clorinde* enfermée dans un pin, & bleffée
du coup qu'il a donné au tronc de cet arbre. *Armide*
s'y préfente à travers l'écorce d'un myrte, tandis
qu'elle eft à plufieurs milles dans l'armée d'Egypte.
Enfin les prières de l'ermite *Pierre* & le mérite de la
contrition de *Renaud* rompent l'enchantement.

Je crois qu'il eft à propos de faire voir comment
Lucain a traité différemment dans fa Pharfale un'fujet
prefque femblable. *Céfar* ordonne à fes troupes de
couper quelques arbres dans la forêt facrée de Mar-
feille, pour en faire des inftrumens & des machines
de guerre. Je mets fous les yeux du lecteur les vers de
Lucain & la traduction de *Brebeuf*, qui, comme toutes
les autres traductions, eft au-deffous de l'original.

> *Lucus erat longo nunquam violatus ab ævo,*
> *Obfcurum cingens connexis aëra ramis,*
> *Et gelidas altè fummotis folibus umbras.*
> *Hunc non ruricolæ panes, nemorumque potentes*
> *Sylvani, nymphæque tenent; fed barbara ritu*
> *Sacra Deûm, ftructæ diris feralibus aræ,*
> *Omnis & humanis luftrata cruoribus arbos.*
> *Si qua fidem meruit fuperos mirata vetuftas,*
> *Illis & volucres metuunt infiftere ramis,*
> *Et luftris recubare feræ : nec ventus in illas*
> *Incubuit fylvas, excuffaque nubibus atris*
> *Fulgura : non ullis frondem præbentibus auris,*
> *Arboribus fuus horror ineft. Tum plurima nigris*
> *Fontibus unda cadit, fimulacraque mæfta Deorum*
> *Arte carent, cæfifque extant informia truncis;*
> *Ipfe fitus, putrique facit jam robore pallor*
> *Attonitos : non vulgatis facrata figuris,*

Numina sic metuunt : tantùm terroribus addit
Quos timeant, non nosse Deos. Jam fama ferebat
Sæpe cavas motu terræ mugire cavernas,
Et procumbentes iterum consurgere taxos,
Et non ardentis fulgere incendia sylvæ,
Roboraque amplexos circumfulsisse dracones :
Non illum cultu populi propiore frequentant,
Sed cessere Deis. Medio cum Phæbus in axe est,
Aut cælum nox atra tenet, pavet ipse sacerdos
Accessus, dominumque timet deprendere luci.
Hanc jubet immisso sylvam procumbere ferro :
Nam vicina operi, belloque intacta priori
Inter nudatos stabat densissima montes.
Sed fortes tremuere manus, motique verendâ
Majestate loci, si robora sacra ferirent,
In sua credebant redituras membra secures.
Implicitas magno Cæsar terrore cohortes
Ut vidit, primus raptam vibrare bipennem
Ausus, & aëriam ferro proscindere quercum,
Effatur merso violata in robora ferro :
Jam ne quis vestrûm dubitet subvertere sylvam,
Credite me fecisse nefas. Tunc paruit omnis
Imperiis non sublato secura pavorè
Turba ; sed, expensâ Superorum & Cæsaris irâ,
Procumbunt orni, nodosa impellitur ilex,
Sylvaque Dodones, & fluctibus altior alnus,
Et non plebeios luctus testata cupressus.
Tum primum posuere comas, & fronde carentes
Admisere diem, propulsaque robore denso
Sustinuit se sylva cadens. Gemuere videntes
Gallorum populi : muris sed clausa juventus
Exultat. Quis enim læsos impunè putaret
Esse Deos ?   B b 3

Voici la traduction de *Brebeuf ;* on fait qu'il était plus ampoulé encore que *Lucain ;* il gâte fouvent fon original en voulant le furpaffer : mais il y a toujours dans *Brebeuf* quelques vers heureux.

On voit auprès du camp une forêt facrée,
Formidable aux humains, & des Dieux révérée,
Dont le feuillage fombre, & les rameaux épais,
Du Dieu de la clarté font mourir tous les traits.
Sous la noire épaiffeur des ormes & des hêtres,
Les faunes, les fylvains, & les nymphes champêtres
Ne vont point accorder aux accens de leur voix
Le fon des chalumeaux ou celui des hautbois.
Cette ombre, deftinée à de plus noirs offices,
Cache aux yeux du foleil fes cruels facrifices ;
Et les vœux criminels qui s'offrent en ces lieux
Offenfent la nature, en révérant les Dieux.
Là du fang des humains on voit fuer les marbres ;
On voit fumer la terre ; on voit rougir les arbres ;
Tout y reffent l'horreur ; & même les oifeaux
Ne fe perchent jamais fur ces triftes rameaux.
Les fangliers, les lions, les bêtes les plus fières,
N'ofent pas y chercher leur bauge ou leurs tanières.
La foudre, accoutumée à punir les forfaits,
Craint ce lieu fi coupable, & n'y tombe jamais.
Là de cent Dieux divers les groffières images
Impriment l'épouvante, & forcent les hommages ;
La mouffe & la pâleur de leurs membres hideux
Semblent mieux attirer les refpects & les vœux :
Sous un air plus connu la Divinité peinte
Trouverait moins d'encens, produirait moins de crainte ;
Tant aux faibles mortels il eft bon d'ignorer
Les Dieux qu'il leur faut craindre, & qu'il faut adorer.

Là d'une obfcure fource il coule une onde obfcure,
Qui femble du Cocyte emprunter la teinture.
Souvent un bruit confus trouble ce noir féjour,
Et l'on entend mugir les roches d'alentour :
Souvent du trifte éclat d'une flamme enfoufrée
La forêt eft couverte, & n'eft pas dévorée ;
Et l'on a vu cent fois les troncs entortillés
De céraftes hideux, & de dragons ailés.
Les voifins de ce bois fi fauvage & fi fombre,
Laiffent à ces démons fon horreur & fon ombre ;
Et le druide craint, en abordant ces lieux,
D'y voir ce qu'il adore, & d'y trouver fes Dieux.
Il n'eft rien de facré pour des mains facriléges ;
Les Dieux, même les Dieux n'ont point de priviléges :
Céfar veut qu'à l'inftant leurs droits foient violés,
Les arbres abattus, les autels dépouillés ;
Et de tous les foldats les ames étonnées
Craignent de voir contre eux retourner leurs coignées.
Il querelle leur crainte, il frémit de courroux,
Et, le fer à la main, porte les premiers coups.
Quittez, quittez, dit-il, l'effroi qui vous maîtrife ;
Si ces bois font facrés, c'eft moi qui les méprife ;
Seul j'offenfe aujourd'hui le refpeft de ces lieux,
Et feul je prends fur moi tout le courroux des Dieux.
A ces mots tous les fiens, cédant à leur contrainte,
Dépouillent le refpeft, fans dépouiller la crainte :
Les Dieux parlent encore à ces cœurs agités ;
Mais quand Jule commande ils font mal écoutés.
Alors on voit tomber fous un fer téméraire
Des chênes & des ifs, auffi vieux que leur mère,
Des pins & des cyprès, dont les feuillages verds
Confervent le printemps au milieu des hivers.

Bb 4

A ces forfaits nouveaux tous les peuples frémiſſent;
A ce fier attentat tous les prêtres gémiſſent.
Marſeille ſeulement, qui le voit de ſes tours,
Du crime des Latins fait ſon plus grand ſecours.
Elle croit que les Dieux, d'un éclat de tonnerre,
Vont foudroyer Céſar, & terminer la guerre.

J'avoue que toute la Pharſale n'eſt pas comparable
à la Jéruſalem délivrée; mais au moins cet endroit
fait voir combien la vraie grandeur d'un héros réel eſt
au-deſſus de celle d'un héros imaginaire, & combien
les penſées fortes & ſolides ſurpaſſent ces inventions,
qu'on appelle des beautés poëtiques, & que les perſonnes de bon ſens regardent comme des contes
inſipides, propres à amuſer les enfans.

Le Taſſe ſemble avoir reconnu lui-même ſa faute,
& il n'a pu s'empêcher de ſentir que ces contes ridicules & bizarres, ſi fort à la mode alors, non-ſeulement
en Italie, mais encore dans toute l'Europe, étaient
abſolument incompatibles avec la gravité de la poëſie
épique. Pour ſe juſtifier, il publia une préface, dans
laquelle il avança que tout ſon poëme était allégorique.
L'armée des princes chrétiens, dit-il, repréſente le
corps & l'ame. Jéruſalem eſt la figure du vrai bonheur,
qu'on acquiert par le travail & avec beaucoup de difficulté. Godefroi eſt l'ame, Tancrède, Renaud &c. en ſont
les facultés. Le commun des ſoldats ſont les membres
du corps. Les diables ſont à la fois figures & figurés,
figura e figurato. Armide & Iſmeno ſont les tentations qui
aſſiégent nos ames; les charmes, les illuſions de la forêt
enchantée repréſentent les faux raiſonnemens, falſi
ſillogiſmi, dans leſquels nos paſſions nous entraînent.

Telle eft la clef que *le Taffe* ofe donner de fon poëme. Il en ufe en quelque forte avec lui-même comme les commentateurs ont fait avec *Homère* & avec *Virgile*. Il fe fuppofe des vues & des deffeins qu'il n'avait pas probablement quand il fit fon poëme ; ou fi par malheur il les a eus, il eft bien incompréhenfible comment il a pu faire un fi bel ouvrage avec des idées fi alambiquées.

Si le diable joue dans fon poëme le rôle d'un miférable charlatan, d'un autre côté tout ce qui regarde la religion y eft expofé avec majefté, & fi je l'ofe dire, dans l'efprit de la religion. Les proceffions, les litanies, & quelques autres détails des pratiques religieufes font repréfentés dans la Jérufalem délivrée fous une forme refpectable. Telle eft la force de la poëfie, qui fait ennoblir tout, & étendre la fphère des moindres chofes.

Il a eu l'inadvertance de donner aux mauvais efprits les noms de *Pluton* & d'*Alecton*, & d'avoir confondu les idées païennes avec les idées chrétiennes. Il eft étrange que la plupart des poëtes modernes foient tombés dans cette faute. On dirait que nos diables & notre enfer chrétien auraient quelque chofe de bas & de ridicule, qui demanderait d'être ennobli par l'idée de l'enfer païen. Il eft vrai que *Pluton*, *Proferpine*, *Rhadamanthe*, *Tifiphone*, font des noms plus agréables que *Belzébut* & *Aftaroth* ; nous rions du mot de *diable*, nous refpectons celui de *furie*. Voilà ce que c'eft que d'avoir le mérite de l'antiquité ; il n'y a pas jufqu'à l'enfer qui n'y gagne.

CHAPITRE VIII.

DOM ALONZO D'ERCILLA.

Sur la fin du feizième fiècle l'Efpagne produifit un poëme épique célébre par quelques beautés particulières qui y brillent, auffi-bien que par la fingularité du fujet; mais encore plus remarquable par le caractère de l'auteur.

Dom *Alonzo d'Ercilla y Cuniga*, gentilhomme de la chambre de l'empereur *Maximilien II*, fut élevé dans la maifon de *Philippe II*, & combattit à la bataille de Saint-Quentin où les Français furent défaits. *Philippe*, qui n'était point à cette bataille, moins jaloux d'acquérir de la gloire au dehors que d'établir fes affaires au dedans, retourna en Efpagne. Le jeune *Alonzo*, entraîné par une infatiable avidité du vrai favoir, c'eft-à-dire, de connaître les hommes & de voir le monde, voyagea par toute la France, parcourut l'Italie & l'Allemagne, & féjourna long-temps en Angleterre. Tandis qu'il était à Londres, il entendit dire que quelques provinces du Pérou & du Chily avaient pris les armes contre les Efpagnols leurs conquérans. Je dirai en paffant que cette tentative des Américains pour recouvrer leur liberté eft traitée de rébellion par les auteurs efpagnols. La paffion qu'il avait pour la gloire, & le défir de voir & d'entreprendre des chofes fingulières, l'entraînèrent dans ce pays du nouveau monde. Il alla au Chili à la tête

de quelques troupes, & il y refta pendant tout le temps
de la guerre.

Sur les frontières du Chili, du côté du Sud, eft
une petite contrée montagneufe nommée *Araucana*,
habitée par une race d'hommes plus robuftes & plus
féroces que tous les autres peuples de l'Amérique.
Ils combattirent pour la défenfe de leur liberté avec
plus de courage & plus long-temps que les autres
Américains; & ils furent les derniers que les Efpagnols
foumirent. *Alonzo* foutint contre eux une pénible &
longue guerre. Il courut des dangers extrêmes : il vit
& fit les actions les plus étonnantes, dont la feule
récompenfe fut l'honneur de conquérir des rochers,
& de réduire quelques contrées incultes fous l'obéiffance du roi d'Efpagne.

Pendant le cours de cette guerre, *Alonzo* conçut le
deffein d'immortalifer fes ennemis en s'immortalifant
lui-même. Il fut en même temps le conquérant & le
poëte ; il employa les intervalles de loifir que la guerre
lui laiffait à en chanter les événemens ; & faute de
papier, il écrivit la première partie de fon poëme fur
de petits morceaux de cuir, qu'il eut enfuite bien de
la peine à arranger. Le poëme s'appelle *Araucana*, du
nom de la contrée.

Il commence par une defcription géographique du
Chili, & par la peinture des mœurs & des coutumes
des habitans. Ce commencement, qui ferait infupportable dans tout autre poëme, eft ici néceffaire, &
ne déplaît pas dans un fujet où la fcène eft par-delà
l'autre tropique, & où les héros font des fauvages,
qui nous auraient été toujours inconnus s'il ne les
avait pas conquis & célébrés. Le fujet, qui était neuf,

a fait naître des penſées neuves. J'en préſenterai une au lecteur pour échantillon, comme une étincelle du beau feu qui animait quelquefois l'auteur.

,, Les Araucaniens, dit-il, furent bien étonnés de ,, voir des créatures pareilles à des hommes, portant ,, du feu dans leurs mains, & montés ſur des monſtres, ,, qui combattaient ſous eux; ils les prirent d'abord ,, pour des Dieux deſcendus du ciel, armés du ,, tonnerre, & ſuivis de la deſtruction; & alors ils ſe ,, ſoumirent, quoiqu'avec peine. Mais dans la ſuite ,, s'étant familiariſés avec leurs conquérans, ils con- ,, nurent leurs paſſions & leurs vices, & jugèrent que ,, c'étaient des hommes. Alors honteux d'avoir ſuc- ,, combé ſous des mortels ſemblables à eux, ils jurèrent ,, de laver leur erreur dans le ſang de ceux qui l'avaient ,, produite, & d'exercer ſur eux une vengeance exem- ,, plaire, terrible & mémorable. ,,

Il eſt à propos de faire connaître ici un endroit du deuxième chant, dont le ſujet reſſemble beaucoup au commencement de l'Iliade, & qui, ayant été traité d'une manière différente, mérite d'être mis ſous les yeux des lecteurs qui jugent ſans partialité. La pre- mière action de l'Araucana eſt une querelle qui naît entre les chefs des barbares, comme dans *Homère* entre *Achille* & *Agamemnon*. La diſpute n'arrive pas au ſujet d'une captive; il s'agit du commandement de l'armée. Chacun de ces généraux ſauvages vante ſon mérite & ſes exploits; enfin la diſpute s'échauffe tellement qu'ils ſont près d'en venir aux mains. Alors un des caciques nommé *Colocolo*, auſſi vieux que *Neſtor*, mais moins favorablement prévenu en ſa faveur que le héros grec, fait la harangue ſuivante.

,, Caciques , illuftres défenfeurs de la patrie , le
,, défir ambitieux de commander n'eft point ce qui
,, m'engage à vous parler. Je ne me plains pas que
,, vous difputiez avec tant de chaleur un honneur
,, qui peut-être ferait dû à ma vieilleffe, & qui ornerait
,, mon déclin. C'eft ma tendreffe pour vous , c'eft
,, l'amour que je dois à ma patrie, qui me follicite
,, à vous demander attention pour ma faible voix.
,, Hélas! comment pouvons-nous avoir affez bonne
,, opinion de nous-mêmes pour prétendre à quelque
,, grandeur , & pour ambitionner des titres faftueux,
,, nous qui avons été les malheureux fujets & les
,, efclaves des Efpagnols? Votre colère , Caciques ,
,, votre fureur ne devraient-elles pas s'exercer plutôt
,, contre nos tyrans? Pourquoi tournez-vous contre
,, vous-mêmes ces armes, qui pourraient exterminer
,, vos ennemis & venger notre patrie? Ah! fi vous
,, voulez périr, cherchez une mort qui vous procure
,, de la gloire. D'une main brifez un joug honteux,
,, & de l'autre attaquez les Efpagnols, & ne répandez
,, pas dans une querelle ftérile les précieux reftes
,, d'un fang que les Dieux vous ont laiffé pour vous
,, venger. J'applaudis , je l'avoue, à la fière émulation
,, de vos courages : ce même orgueil que je condamne
,, augmente l'efpoir que je conçois. Mais que votre
,, valeur aveugle ne combatte pas contre elle-même ,
,, & ne fe ferve pas de fes propres forces pour détruire
,, le pays qu'elle doit défendre. Si vous êtes réfolus
,, de ne point ceffer vos querelles, trempez vos glaives
,, dans mon fang glacé. J'ai vécu trop long-temps :
,, heureux qui meurt fans voir fes compatriotes
,, malheureux, & malheureux par leur faute! Ecoutez

,, donc ce que j'ofe vous propofer. Votre valeur, ô
,, Caciques, eft égale; vous êtes tous également
,, illuftres par votre naiffance, par votre pouvoir, par
,, vos richeffes, par vos exploits : vos ames font éga-
,, lement dignes de commander, également capables
,, de fubjuguer l'univers. Ce font ces préfens céleftes
,, qui caufent vos querelles. Vous manquez de chef,
,, & chacun de vous mérite de l'être; ainfi puifqu'il
,, n'y a aucune différence entre vos courages, que la
,, force du corps décide ce que l'égalité de vos vertus
,, n'aurait jamais décidé., &c. ,, Le vieillard propofe
alors un exercice digne d'une nation barbare, de
porter une groffe poutre & de déférer à qui en fou-
tiendrait le poids plus long-temps l'honneur du
commandement.

Comme la meilleure manière de perfectionner notre
goût eft de comparer enfemble des chofes de même
nature, oppofez le difcours de *Neftor* à celui de
Colocolo; & renonçant à cette adoration que nos efprits
juftement préoccupés rendent au grand nom d'*Homère,*
pefez les deux harangues dans la balance de l'équité
& de la raifon.

Après qu'*Achille*, inftruit & infpiré par *Minerve*
déeffe de la fageffe, a donné à *Agamemnon* les noms
d'*ivrogne* & de *chien;* le fage *Neftor* fe lève pour
adoucir les efprits irrités de ces deux héros & parle ainfi:
,, Quelle fatisfaction fera-ce aux Troyens, lorfqu'ils
,, entendront parler de vos difcordes? Votre jeuneffe
,, doit refpecter mes années, & fe foumettre à mes
,, confeils. J'ai vu autrefois des héros fupérieurs à
,, vous. Non, mes yeux ne verront jamais des hommes
,, femblables à l'invincible *Pyrithoüs*, au brave *Cineus*,

,, au divin *Théfée*, &c... J'ai été à la guerre avec eux,
,, & quoique je fuffe jeune, mon éloquence perfuafive
,, avait du pouvoir fur leurs efprits. Ils écoutaient
,, *Neftor* ; jeunes guerriers, écoutez donc les avis que
,, vous donne ma vieilleffe. *Atride*, vous ne devez pas
,, garder l'efclave d'*Achille* : fils de *Thétis*, vous ne
,, devez pas traiter avec hauteur le chef de l'armée.
,, *Achille* eft le plus grand, le plus courageux des
,, guerriers: *Agamemnon* eft le plus grand des rois, &c. ,,
Sa harangue fut infructueufe; *Agamemnon* loua fon
éloquence & méprifa fon confeil.

Confidérez d'un côté l'adreffe avec laquelle le
barbare *Colocolo* s'infinue dans l'efprit des Caciques,
la douceur refpectable avec laquelle il calme leur
animofité, la tendreffe majeftueufe de fes paroles ;
combien l'amour du pays l'anime, combien les fentimens de la vraie gloire pénètrent fon cœur, avec
quelle prudence il loue leur courage en réprimant
leur fureur, avec quel art il ne donne la fupériorité
à aucun. C'eft un cenfeur, un panégyrifte adroit.
Auffi tous fe foumettent à fes raifons, confeffant la
force de fon éloquence, non par de vaines louanges,
mais par une prompte obéïffance. Qu'on juge d'un
autre côté fi *Neftor* eft fi fage de parler tant de fa
fageffe ; fi c'eft un moyen fûr de s'attirer de l'attention
des princes grecs, que de les rabaiffer & de les mettre
au-deffous de leurs aïeux; fi toute l'affemblée peut
entendre dire avec plaifir à *Neftor* qu'*Achille* eft le
plus courageux des chefs qui font là préfens. Après
avoir comparé le babil préfomptueux & impoli de
Neftor avec le difcours modefte & mefuré de *Colocolo*,
l'odieufe différence qu'il met entre le rang d'*Agamemnon*

& le mérite d'*Achille*, avec cette portion égale de grandeur & de courage attribuée avec art à tous les Caciques ; que le lecteur prononce. Et s'il y a un général dans le monde qui fouffre volontiers qu'on lui préfère fon inférieur pour le courage ; s'il y a une affemblée qui puiffe fupporter fans s'émouvoir un harangueur, qui, leur parlant avec mépris, vante leurs prédéceffeurs à leurs dépens, alors *Homére* pourra être préféré à *Alonzo* dans ce cas particulier.

Il eft vrai que fi *Alonzo* eft dans un feul endroit fupérieur à *Homére*, il eft dans tout le refte au-deffous du moindre des poëtes. On eft étonné de le voir tomber fi bas, après avoir pris un vol fi haut. Il y a fans doute beaucoup de feu dans fes batailles, mais nulle invention, nul plan, point de variété dans les defcriptions, point d'unité dans le deffin. Ce poëme eft plus fauvage que les nations qui en font le fujet. Vers la fin de l'ouvrage, l'auteur, qui eft un des premiers héros du poëme, fait pendant la nuit une longue & ennuyeufe marche, fuivi de quelques foldats ; & pour paffer le temps, il fait naître entre eux une difpute au fujet de *Virgile*, & principalement fur l'épifode dè *Didon*. *Alonzo* faifit cette occafion pour entretenir fes foldats de la mort de *Didon*, telle qu'elle eft rapportée par les anciens hiftoriens ; & afin de mieux donner le démenti à *Virgile*, & de reftituer à la reine de Carthage fa réputation, il s'amufe à en difcourir pendant deux chants entiers.

Ce n'eft pas d'ailleurs un défaut médiocre de fon poëme d'être compofé de trente-fix chants très-longs. On peut fuppofer avec raifon qu'un auteur, qui ne fait ou qui ne peut s'arrêter, n'eft pas propre à fournir une telle carrière. Un

Un fi grand nombre de défauts n'a pas empêché le célébre *Michel Cervantes* de dire que l'Araucana peut être comparé avec les meilleurs poëmes d'Italie. L'amour aveugle de la patrie a fans doute diété ce faux jugement à l'auteur efpagnol. Le véritable & folide amour de la patrie confifte à lui faire du bien, & à contribuer à fa liberté autant qu'il nous eft poffible : mais difputer feulement fur les auteurs de notre nation, nous vanter d'avoir parmi nous de meilleurs poëtes que nos voifins, c'eft plutôt fot amour de nous-mêmes qu'amour de notre pays.

C H A P I T R E   I X.

M I L T O N.

ON trouvera ici, touchant *Milton*, quelques parti-cularités omifes dans l'abrégé de fa vie qui eft au-devant de la traduétion françaife de fon Paradis perdu. Il n'eft pas étonnant, qu'ayant recherché avec foin en Angleterre tout ce qui regarde ce grand-homme, j'aie découvert des circonftances de fa vie que le public ignore.

Milton, voyageant en Italie dans fa jeuneffe, vit repréfenter à Milan une comédie intitulée *Adam* ou *le péché originel*, écrite par un certain *Andreino*, & dédiée à *Marie de Médicis* reine de France. Le fujet de cette comédie était la chute de l'homme. Les aéteurs étaient DIEU le père, les diables, les anges, *Adam*, *Eve*, le ferpent, la mort & les fept péçhés mortels. Ce fujet,

digne du génie abfurde du théâtre de ce temps-là,
était écrit d'une manière qui répondait au deffin.

La fcène s'ouvre par un chœur d'anges, & *Michel*
parle ainfi au nom de fes confrères : ,, Que l'arc-en-ciel
,, foit l'archet du violon du firmament ; que les fept
,, planètes foient les fept notes de notre mufique ; que
,, le temps batte exactement la mefure ; que les vents
,, jouent de l'orgue, &c. ,, Toute la pièce eft dans ce
goût. J'avertis feulement les Français, qui en riront,
que notre théâtre ne valait guère mieux alors ; que
la Mort de Sᵗ Jean-Baptifte & cent autres pièces font
écrites dans ce ftyle ; mais que nous n'avions ni
Paftor-fido ni *Aminte*.

Milton, qui affifta à cette repréfentation, découvrit
à travers l'abfurdité de l'ouvrage, la fublimité cachée
du fujet. Il y a fouvent dans des chofes où tout paraît
ridicule au vulgaire, un coin de grandeur qui ne fe
fait apercevoir qu'aux hommes de génie. *Les fept péchés
mortels danfant avec le diable* font affurément le comble
de l'extravagance & de la fottife ; mais *l'univers rendu
malheureux par la faibleffe d'un homme, les bontés & les
vengeances du créateur, la fource de nos malheurs & de nos
crimes*, font des objets dignes du pinceau le plus hardi.
Il y a furtout dans ce fujet, je ne fais quelle horreur
ténébreufe, un fublime fombre & trifte qui ne convient pas mal à l'imagination anglaife. *Milton* conçut
le deffein de faire une tragédie de la farce d'*Andreino* :
il en compofa même un acte & demi. Ce fait m'a été
affuré par des gens de lettres qui le tenaient de fa fille,
laquelle eft morte lorfque j'étais à Londres.

La tragédie de *Milton* commençait par ce monologue
de *Satan*, qu'on voit dans le quatrième chant de fon

poëme épique. C'eft lorfque cet Efprit de révolte,
s'échappant du fond des enfers, découvre le foleil
qui fortait des mains du créateur.

» Toi, fur qui mon tyran prodigue fes bienfaits,
» Soleil, aftre de feu, jour heureux que je hais,
» Jour qui fais mon fupplice, & dont mes yeux s'étonnent,
» Toi qui fembles le Dieu des cieux qui t'environnent,
» Devant qui tout éclat difparaît & s'enfuit,
» Qui fais pâlir le front des aftres de la nuit;
» Image du Très-Haut qui régla ta carrière,
» Hélas! j'euffe autrefois éclipfé ta lumière.
» Sur la voûte des cieux, élevé plus que toi,
» Le trône où tu t'affieds s'abaiffait devant moi;
» Je fuis tombé; l'orgueil m'a plongé dans l'abyme.

Dans le temps qu'il travaillait à cette tragédie, la
fphère de fes idées s'élargiffait à mefure qu'il penfait.
Son plan devint immenfe fous fa plume; & enfin au
lieu d'une tragédie qui, après tout, n'eût été que
bizarre & non intéreffante, il imagina un poëme
épique, efpèce d'ouvrage dans lequel les hommes
font convenus d'approuver fouvent le bizarre fous le
nom du merveilleux.

Les guerres civiles d'Angleterre ôtèrent long-temps
à *Milton* le loifir néceffaire pour l'exécution d'un fi
grand deffein. Il était né avec une paffion extrême
pour la liberté. Ce fentiment l'empêcha toujours de
prendre parti pour aucune des feétes qui avaient la
fureur de dominer dans fa patrie. Il ne voulut fléchir
fous le joug d'aucune opinion humaine, & il n'y eut
point d'églife qui pût fe vanter de compter *Milton*

pour un de fes membres. Mais il ne garda point cette neutralité dans les guerres civiles du roi & du parlement. Il fut un des plus ardens ennemis de l'infortuné roi *Charles I.* Il entra même affez avant dans la faveur de *Cromwell*, &, par une fatalité qui n'eft que trop commune, ce zèle républicain fut le ferviteur d'un tyran. Il fut fecrétaire d'*Olivier Cromwell*, de *Richard Cromwell*, & du parlement qui dura jufqu'au temps de la reftauration. Les Anglais employèrent fa plume pour juftifier la mort de leur roi, & pour répondre au livre que *Charles II* avait fait écrire par *Saumaife* au fujet de cet événement tragique. Jamais caufe ne fut plus belle & ne fut fi mal plaidée de part & d'autre. *Saumaife* défendit en pédant le parti d'un roi mort fur l'échafaud, d'une famille royale errante dans l'Europe, & de tous les rois même de l'Europe, intéreffés dans cette querelle. *Milton* foutint en mauvais déclamateur la caufe d'un peuple victorieux qui fe vantait d'avoir jugé fon prince felon les lois. La mémoire de cette révolution étrange ne périra jamais chez les hommes, & les livres de *Saumaife* & de *Milton* font déjà enfevelis dans l'oubli. *Milton*, que les Anglais regardent aujourd'hui comme un poëte divin, était un très-mauvais écrivain en profe.

Il avait cinquante-deux ans lorfque la famille royale fut rétablie. Il fut compris dans l'amniftie que *Charles II* donna aux ennemis de fon père ; mais il fut déclaré, par l'acte même d'amniftie, incapable de poffèder aucune charge dans le royaume. Ce fut alors qu'il commença fon poëme épique, à l'âge où *Virgile* avait fini le fien. A peine avait-il mis la main à cet ouvrage qu'il fut privé de la vue. Il fe trouva pauvre,

abandonné & aveugle, & ne fut point découragé. Il
employa neuf années à compofer le Paradis perdu.
Il avait alors très-peu de réputation ; les beaux-efprits
de la cour de *Charles II* ou ne le connaiffaient pas, ou
n'avaient pour lui nulle eftime. Il n'eft pas étonnant
qu'un ancien fecrétaire de *Cromwell*, vieilli dans la
retraite, aveugle & fans bien, fût ignoré ou méprifé
dans une cour qui avait fait fuccéder à l'auftérité du
gouvernement du protecteur toute la galanterie de la
cour de *Louis XIV*, & dans laquelle on ne goûtait que
les poëfies efféminées, la molleffe de *Waller*, les fatires
du comte de *Rochefter* & l'efprit de *Cowley*.

Une preuve indubitable qu'il avait très-peu de
réputation, c'eft qu'il eut beaucoup de peine à trouver
un libraire qui voulût imprimer fon Paradis perdu.
Le titre feul révoltait, & tout ce qui avait quelque
rapport à la religion était alors hors de mode. Enfin
Tompfon lui donna trente piftoles de cet ouvrage qui
a valu depuis plus de cent mille écus aux héritiers de
ce *Tompfon*. Encore ce libraire avait-il fi peur de faire
un mauvais marché, qu'il ftipula que la moitié de ces
trente piftoles ne ferait payable qu'en cas qu'on fît
une feconde édition du poëme : édition que *Milton*
n'eut jamais la confolation de voir. Il refta pauvre &
fans gloire : fon nom doit augmenter la lifte des grands
génies perfécutés de la fortune.

Le Paradis perdu fut donc négligé à Londres, &
Milton mourut fans fe douter qu'il aurait un jour de
la réputation. Ce fut le lord *Somers* & le docteur
Atterbury, depuis évêque de Rochefter, qui voulurent
enfin que l'Angleterre eût un poëme épique. Ils
engagèrent les héritiers de *Tompfon* à faire une belle

édition du Paradis perdu. Leur fuffrage en entraîna plufieurs. Depuis, le célébre M. *Addiſſon* écrivit en forme, pour prouver que ce poëme égalait ceux de *Virgile* & d'*Homére* : les Anglais commencèrent à fe le perfuader, & la réputation de *Milton* fut fixée.

Il peut avoir imité plufieurs morceaux du grand nombre de poëmes latins faits de tout temps fur ce fujet, l'*Adamus exul* de *Grotius*, un nommé *Mazen* ou *Mazenius*, & beaucoup d'autres, tous inconnus au commun des lecteurs. Il a pu prendre dans *le Taſſe* la defcription de l'enfer, le caractère de *Satan*, le confeil des démons. Imiter ainfi, ce n'eft point être plagiaire, c'eft lutter, comme dit *Boileau*, contre fon original ; c'eft enrichir fa langue des beautés des langues étrangères ; c'eft nourrir fon génie & l'accroître du génie des autres ; c'eft reffembler à *Virgile* qui imita *Homére*. Sans doute *Milton* a joûté contre *le Taſſe* avec des armes inégales ; la langue anglaife ne pouvait rendre l'harmonie des vers italiens :

> *Chiama gli abitatori dell' ombre eterne*
> *Il rauco ſuon della tartarea tromba ;*
> *Treman le ſpazioſe atre caverne,*
> *E l'aer cieco a quel rumor rimbomba, &c....*

Cependant *Milton* a trouvé l'art d'imiter heureufement tous ces beaux morceaux. Il eft vrai que ce qui n'eft qu'un épifode dans *le Taſſe* eft le fujet même dans *Milton*. Il eft encore vrai que fans la peinture des amours d'*Adam* & d'*Eve*, comme fans l'amour de *Renaud* & d'*Armide*, les diables de *Milton* & du *Taſſe* n'auraient pas eu un grand fuccès. Le judicieux

Despréaux, qui a presque toujours eu raison, excepté contre *Quinault*, a dit à tous les poëtes :

Eh, quel objet enfin à présenter aux yeux,
Que le diable toujours hurlant contre les cieux !

Je crois qu'il y a deux causes du succès que le Paradis perdu aura toujours : la première, c'est l'intérêt qu'on prend à deux créatures innocentes & fortunées qu'un être puissant & jaloux rend par sa séduction coupables & malheureuses ; la seconde est la beauté des détails.

Les Français riaient encore quand on leur disait que l'Angleterre avait un poëme épique, dont le sujet était le Diable combattant contre DIEU, & un serpent qui persuade à une femme de manger une pomme : ils ne croyaient pas qu'on pût faire sur ce sujet autre chose que des vaudevilles. Je fus le premier qui fis connaître aux Français quelques morceaux de *Milton* & de *Shakespeare*. M. *du Pré de Saint-Maur* donna une traduction en prose française de ce poëme singulier. On fut étonné de trouver dans un sujet qui paraît si stérile, une si grande fertilité d'imagination. On admira les traits majestueux avec lesquels il ose peindre DIEU, & le caractère encore plus brillant qu'il donne au Diable. On lut avec beaucoup de plaisir la description du jardin d'Eden & des amours innocens d'*Adam* & d'*Eve*. En effet, il est à remarquer que dans tous les autres poëmes l'amour est regardé comme une faiblesse ; dans *Milton* seul il est une vertu. Le poëte a su lever d'une main chaste le voile qui couvre ailleurs les plaisirs de cette passion ; il transporte le lecteur dans le jardin de délices ; il semble lui faire goûter les voluptés pures

dont *Adam* & *Eve* font remplis : il ne s'élève pas au-
deffus de la nature humaine , mais au-deffus de la
nature humaine corrompue ; & comme il n'y a point
d'exemple d'un pareil amour, il n'y en a point d'une
pareille poëfie.

Mais tous les critiques judicieux , dont la France
eft pleine , fe réunirent à trouver que le Diable parle
trop fouvent & trop long-temps de la même chofe.
En admirant plufieurs idees fublimes, ils jugèrent
qu'il y en a plufieurs d'outrees , & que l'auteur n'a
rendu que puériles en s'efforçant de les faire grandes.
Ils condamnerent unanimement cette futilité avec
laquelle *Satan* fait bâtir une falle d'ordre dorique au
milieu de l'enfer , avec des colonnes d'airain & de
beaux chapiteaux d'or , pour haranguer les Diables
auxquels il venait de parler tout auffi-bien en plein
air. Pour comble de ridicule , les grands Diables, qui
auraient occupé trop de place dans ce parlement
d'enfer, fe transforment en pygmées, afin que tout
le monde puiffe fe trouver à l'aife au confeil.

Après la tenue des états infernaux, *Satan* s'apprête
à fortir de l'abyme ; il trouve la Mort à la porte, qui
veut fe battre contre lui. Ils étaient prêts à en venir
aux mains, quand le Péché, monftre féminin , à qui
des dragons fortent du ventre, court au-devant de ces
deux champions. *Arrête, ô mon père*, dit-il au Diable ;
arrête, ô mon fils, dit-il à la Mort. *Et qui es-tu donc*,
répond le Diable, *toi qui m'appelles ton père? Je fuis le
Péché*, réplique ce monftre; *tu accouchas de moi dans le
ciel ; je fortis de ta tête par le côté gauche ; tu devins bientôt
amoureux de moi ; nous couchâmes enfemble ; j'entraînai
beaucoup de chérubins dans ta révolte ; j'étais groffe quand*

la bataille fe donna dans le ciel ; nous fûmes précipités
enfemble. J'accouchai dans l'enfer , & ce fut ce monftre que
tu vois dont je fus père ; il eft ton fils & le mien. A peine
fût-il né qu'il viola fa mère , & qu'il me fit tous ces enfans
que tu vois , qui fortent à tous momens de mes entrailles ,
qui y rentrent , & qui les déchirent.

Après cette dégoûtante & abominable hiftoire , le
Péché ouvre à *Satan* les portes de l'enfer ; il laiffe les
Diables fur le bord du Phlégéton , du Styx & du Léthé :
les uns jouent de la harpe , les autres courent la bague ;
quelques-uns difputent fur la grâce & fur la prédefti-
nation. Cependant *Satan* voyage dans les efpaces
imaginaires : il tombe dans le vide , & il tomberait
encore fi une nuée ne l'avait repouffé en haut. Il
arrive dans le pays du chaos ; il traverfe le paradis
des fous , *the paradife of fools* , (c'eft l'un des endroits
qui ne font point traduits en français.) Il trouve dans
ce paradis les indulgences , les *Agnus Dei* , les chapelets ,
les capuchons & les fcapulaires des moines.

Voilà des imaginations dont tout lecteur fenfé a
été révolté ; & il faut que le poëme foit bien beau
d'ailleurs pour qu'on ait pu le lire , malgré l'ennui
que doit caufer cet amas de folies défagréables.

La guerre entre les bons & les mauvais anges a
paru auffi aux connaiffeurs un épifode où le fublime
eft trop noyé dans l'extravagant. Le merveilleux
même doit être fage ; il faut qu'il conferve un air
de vraifemblance , & qu'il foit traité avec goût. Les
critiques les plus judicieux n'ont trouvé dans cet
endroit ni goût , ni vraifemblance , ni raifon. Ils ont
regardé comme une grande faute contre le goût , la
peine que prend *Milton* de peindre le caractère de

Raphaël, de *Michel*, d'*Abdiel*, d'*Uriel*, de *Moloc*, de *Nifroth*, d'*Aflaroth*, tous êtres imaginaires dont le lecteur ne peut fe former aucune idée, & auxquels on ne peut prendre aucun intérêt. *Homère*, en parlant de fes dieux, les caractérifait par leurs attributs qu'on connaiffait ; mais un lecteur chrétien a envie de rire quand on veut lui faire connaître à fond *Nifroth*, *Moloc* & *Abdiel*. On a reproché à *Homère* de longues & inutiles harangues, & furtout les plaifanteries de fes héros : comment fouffrir dans *Milton* les harangues & les railleries des anges & des diables pendant la bataille qui fe donne dans le ciel ? Ces mêmes critiques ont jugé que *Milton* péchait contre le vraifemblable, d'avoir placé du canon dans l'armée de *Satan*, & d'avoir armé d'épées tous ces efprits qui ne pouvaient fe bleffer ; car il arrive que, lorfque je ne fais quel ange a coupé en deux je ne fais quel diable, les deux parties du diable fe réuniffent dans le moment.

Ils ont trouvé que *Milton* choquait évidemment la raifon par une contradiction inexcufable, lorfque Dieu le père envoie fes fidelles anges combattre, réduire & punir les rebelles. ,, Allez, dit Dieu à *Michel* & à ,, *Gabriel*, pourfuivez mes ennemis jufqu'aux extré- ,, mités du ciel ; précipitez-les loin de Dieu & de ,, leur bonheur dans le Tartare qui ouvre déjà fon ,, brûlant chaos pour les engloutir. ,, Comment fe peut-il qu'après un ordre fi pofitif la victoire refte indécife ? Et pourquoi Dieu donne-t-il un ordre inutile ? Il parle, & n'eft point obéi : il veut vaincre, & on lui réfifte : il manque à la fois de prévoyance & de pouvoir. Il ne devait point ordonner à fes anges de faire ce que fon fils unique feul devait faire.

C'eſt ce grand nombre de fautes groſſières qui fit ſans doute dire à *Dryden*, dans ſa préface ſur l'Enéide, que *Milton* ne vaut guère mieux que nôtre *Chapelain* & notre *le Moine*. Mais auſſi ce ſont les beautés admi‑ rables de *Milton* qui ont fait dire à ce même *Dryden*, que la nature l'avait formé de l'ame d'*Homère* & de celle de *Virgile*. Ce n'eſt pas la première fois qu'on a porté du même ouvrage des jugemens contradiĉtoires. Quand on arrive à Verſailles du côté de la cour, on voit un vilain petit bâtiment écraſé, avec ſept croiſées de face, accompagné de tout ce que l'on a pu imaginer de plus mauvais goût. Quand on le regarde du côté des jardins, on voit un palais immenſe, dont les beautés peuvent racheter les défauts.

Lorſque j'étais à Londres, j'oſai compoſer en anglais un petit Eſſai (*) ſur la poëſie épique, dans lequel je pris la liberté de dire que nos bons juges français ne manqueraient pas de relever toutes les fautes dont je viens de parler. Ce que j'avais prévu eſt arrivé, & la plupart des critiques de ce pays-ci ont jugé, autant qu'on le peut faire ſur une traduĉtion, que le Paradis perdu eſt un ouvrage plus ſingulier que naturel, plus plein d'imagination que de grâces, & de hardieſſe que de choix, dont le ſujet eſt tout idéal, & qui ſemble n'être pas fait pour l'homme.

Nous n'avions point de poëme épique en France, & je ne ſais même ſi nous en avons aujourd'hui. La Henriade, à la vérité, a été imprimée ſouvent ; mais il y aurait trop de préſomption à regarder ce poëme comme un ouvrage qui doit paſſer à la poſtérité, &

(*) C'eſt en partie celui-ci même, qui en pluſieurs endroits eſt une traduĉtion littérale de l'ouvrage anglais.

effacer la honte qu'on a reprochée fi long-temps à la France de n'avoir pu produire un poëme épique. C'eft au temps feul à confirmer la réputation des grands ouvrages. Les artiftes ne font bien jugés que quand ils ne font plus.

Il eft honteux pour nous, à la vérité, que les étrangers fe vantent d'avoir des poëmes épiques, & que nous qui avons réuffi en tant de genres, nous foyons forcés d'avouer fur ce point notre ftérilité & notre faibleffe. L'Europe a cru les Français incapables de l'épopée : mais il y a peu de juftice à juger la France fur les *Chapelain*, les *le Moine*, les *Defmarets*, les *Caffaigne*, & les *Scudéri*. Si un écrivain célèbre d'ailleurs avait échoué dans cette entreprife ; fi un *Corneille*, un *Defpréaux*, un *Racine*, avaient fait de mauvais poëmes épiques, on aurait raifon de croire l'efprit français incapable de cet ouvrage ; mais aucun de nos grands-hommes n'a travaillé dans ce genre ; il n'y a eu que les plus faibles qui aient ofé porter ce fardeau, & ils ont fuccombé. En effet, de tous ceux qui ont fait des poëmes épiques, il n'y en a aucun qui foit connu par quelque autre écrit un peu eftimé. La comédie des Vifionnaires de *Defmarets* eft le feul ouvrage d'un poëte épique, qui ait eu en fon temps quelque réputation ; mais c'était avant que *Molière* eût fait goûter la bonne comédie. Les Vifionnaires de *Defmarets* étaient réellement une très-mauvaife pièce, auffi-bien que la Mariamne de *Triftan* & l'Amour tyrannique de *Scudéri*, qui ne devaient leur réputation paffagère qu'au mauvais goût du fiècle.

Quelques-uns ont voulu réparer notre difette en donnant au Télémaque le titre de poëme épique ;

mais rien ne prouve mieux la pauvreté que de fe
vanter d'un bien qu'on n'a pas. On confond toutes
les idées, on tranfpofe les limites des arts quand on
donne le nom de poëme à la profe. Le Télémaque eft
un roman moral, écrit, à la vérité, dans le ftyle dont
on aurait dû fe fervir pour traduire *Homère* en profe :
mais l'illuftre auteur du Télémaque avait trop de
goût, était trop favant & trop jufte pour appeler fon
roman du nom de poëme. J'ofe dire plus, c'eft que
fi cet ouvrage était écrit en vers français, je dis même
en beaux vers, il deviendrait un poëme ennuyeux,
par la raifon qu'il eft plein de détails que nous ne
fouffrons point dans notre poëfie, & que de longs
difcours politiques & économiques ne plairaient affurément pas en vers français. Quiconque connaîtra
bien le goût de notre nation, fentira qu'il ferait
ridicule d'exprimer en vers, (*) *Qu'il faut diftinguer les
citoyens en fept claffes ; habiller la première de blanc avec
une frange d'or, lui donner un anneau & une médaille ;
habiller la feconde de bleu avec un anneau & point de
médaille, la troifième de verd avec une médaille fans anneau
& fans frange, &c. & enfin donner aux efclaves des habits
gris-brun.* Il ne conviendrait pas davantage de dire,
*qu'il faut qu'une maifon foit tournée à un afpect fain, que
les logemens en foient dégagés, que l'ordre & la propreté s'y
confervent, que l'entretien foit de peu de dépenfe, que chaque
maifon un peu confidérable ait un fallon & un petit périftile,
avec de petites chambres pour les hommes libres.* En un mot
tous les détails dans lefquels *Mentor* daigne entrer,
feraient auffi indignes d'un poëme épique qu'ils le
font d'un miniftre d'Etat.

(*) Livre XII.

On a encore accufé long-temps notre langue de
n'être pas affez fublime pour la poëfie épique. Il eft
vrai que chaque langue a fon génie, formé en partie
par le génie même du peuple qui la parle, & en partie
par la conftruction de fes phrafes, par la longueur
ou la briéveté de fes mots, &c. Il eft vrai que le latin
& le grec étaient des langues plus poëtiques & plus
harmonieufes que celles de l'Europe moderne ; mais
fans entrer dans un plus long détail, il eft aifé de
finir cette difpute en deux mots. Il eft certain que
notre langue eft plus forte que l'italienne, & plus
douce que l'anglaife. Les Anglais & les Italiens ont
des poëmes épiques ; il eft donc clair que fi nous
n'en avions pas, ce ne ferait pas la faute de la langue
françaife.

On s'en eft auffi pris à la gêne de la rime, & avec
encore moins de raifon. La Jérufalem & le Roland
furieux font rimés, font beaucoup plus longs que
l'Enéide, & ont de plus l'uniformité des ftances ; &
non-feulement tous les vers, mais prefque tous les
mots finiffent par une de ces voyelles, a, e, i, o ;
cependant on lit ces poëmes fans dégoût, & le plaifir
qu'ils font empêche qu'on ne fente la monotonie
qu'on leur reproche.

Il faut avouer qu'il eft plus difficile à un Français
qu'à un autre de faire un poëme épique ; mais ce
n'eft ni à caufe de la rime ni à caufe de la féchereffe
de notre langue. Oferai-je le dire ? c'eft que de toutes
les nations polies la nôtre eft la moins *poëtique*. Les
ouvrages en vers, qui font le plus à la mode en
France, font les pièces de théâtre. Ces pièces doivent
être écrites dans un ftyle naturel, qui approche affez

de celui de la converfation. *Defpréaux* n'a jamais traité que des fujets didactiques, qui demandent de la fimplicité. On fait que l'exactitude & l'élégance font le mérite de fes vers, comme de ceux de *Racine;* & lorfque *Defpréaux* a voulu s'élever dans une ode, il n'a plus été *Defpréaux.*

Ces exemples ont en partie accoutumé la poëfie françaife à une marche trop uniforme ; l'efprit géométrique, qui de nos jours s'eft emparé des belles-lettres, a encore été un nouveau frein pour la poëfie. Notre nation, regardée comme fi légère par des étrangers qui ne jugent de nous que par nos petits-maîtres, eft de toutes les nations la plus fage, la plume à la main. La méthode eft la qualité dominante de nos écrivains. On cherche le vrai en tout, on préfère l'hiftoire au roman ; les *Cyrus*, les *Clélies* & les *Aftrées* ne font aujourd'hui lus de perfonne. Si quelques romans nouveaux paraiffent encore, & s'ils font pour un temps l'amufement de la jeuneffe frivole, les vrais gens de lettres les méprifent. Infenfiblement il s'eft formé un goût général, qui donne affez l'exclufion aux imaginations de l'épopée ; on fe moquerait également d'un auteur qui emploierait les Dieux du paganifme & de celui qui fe fervirait de nos faints : *Vénus* & *Junon* doivent refter dans les anciens poëmes grecs & latins : S*te* *Geneviève*, S*t* *Denis*, S*t* *Roch* & S*t* *Chriftophe* ne doivent fe trouver ailleurs que dans notre légende. Les cornes & les queues des diables ne font tout au plus que des fujets de raillerie ; on ne daigne pas même en plaifanter.

Les Italiens s'accommodent affez des faints, & les Anglais ont donné beaucoup de réputation au diable ;

mais bien des idées qui feraient fublimes pour eux, ne nous paraîtraient qu'extravagantes. Je me fouviens que lorfque je confultai il y a plus de douze ans fur ma Henriade feu M. *Malezieux*, homme qui joignait une grande imagination à une littérature immenfe, il me dit : ,, Vous entreprenez un ouvrage qui n'eft pas ,, fait pour notre nation ; *les Français n'ont pas la tête* ,, *épique.* ,, Ce furent fes propres paroles , & il ajouta : ,, Quand vous écririez auffi-bien que MM. *Racine* & ,, *Defpréaux* , ce fera beaucoup fi on vous lit. ,,

C'eft pour me conformer à ce génie fage & exact, qui règne dans le fiècle où je vis , que j'ai choifi un héros véritable au lieu d'un héros fabuleux ; que j'ai décrit des guerres réelles , & non des batailles chimériques ; que je n'ai employé aucune fiction qui ne foit une image fenfible de la vérité. Quelque chofe que je dife de plus fur cet ouvrage , je ne dirai rien que les critiques éclairés ne fachent ; c'eft à la Henriade feule à parler en fa défenfe , & au temps feul de défarmer l'envie.

F I N.

TABLE

TABLE

DES PIECES CONTENUES

DANS LE VOLUME DE LA HENRIADE.

LA HENRIADE.

Suite de la Henriade.   D d

Fin de la Table de la Henriade.

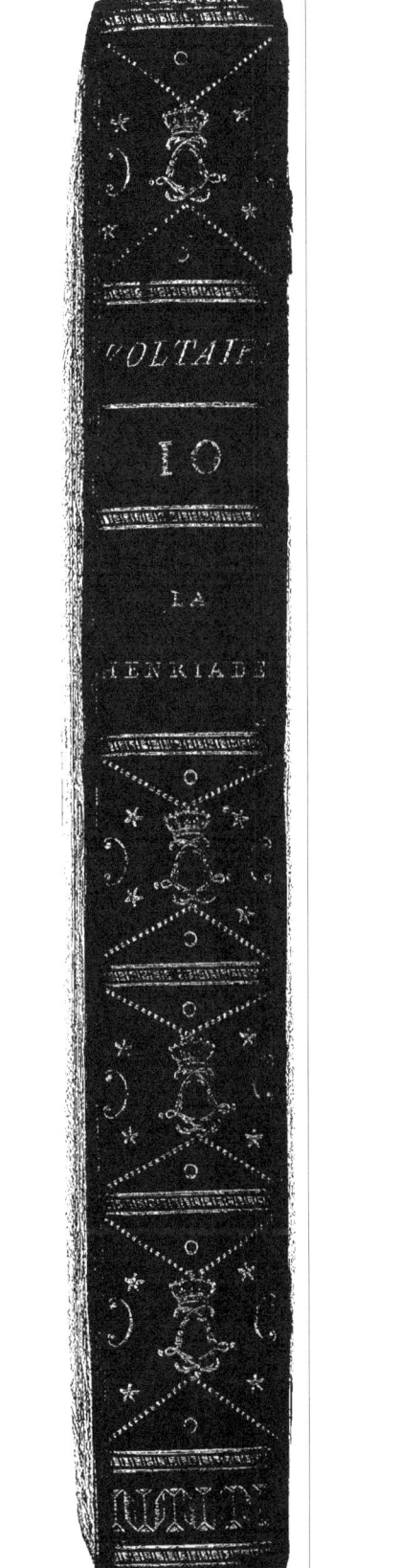

VOLTAIRE

10

LA
HENRIADE